Yadé Kara

Cafe Cyprus

Roman

Diogenes

Die Erstausgabe erschien 2008
im Diogenes Verlag
Umschlagfoto von Steve Outram

E-Mail-Adresse zu diesem Roman:
cafe-cyprus@windowslive.com

Für Anadolu
Ünal, Asya, Mirkelam
und Melisa

Veröffentlicht als Diogenes Taschenbuch, 2010

www.diogenes.ch
70/10/44/1
ISBN 978 3 257 24029 0

Diogenes Taschenbuch 24029

detebe

Inhalt

I

Charing Cross

»*Gimme hope Jooaaanna, gimme hope Joooaanna … 'fore the morning come …, daab dabadiii, daab dabadiii, diibiiidaaab …, daab, dabadii, daab dabaadiii, diiibiiidaab …*«, sang ich vor mich hin und wippte in den Knien. Nicht weit von Trafalgar Square, da, wo Eleonor's Cross als Denkmal steht und dahinter große schwarze Londoner Taxis eine Schlange bilden, ja, genau da, am Charing Cross, tief unter der Erde, stand der Trommler am Anfang einer Rolltreppe mit zwei großen Felltrommeln. Er war groß und kräftig gebaut und hatte eine Jeansweste an, die seine schwarzen, starken Arme freiließ. Er trug ein rotes Band um die Stirn, und Schweiß lief an seinen Schläfen herunter. Der Trommler schloss die Augen, schlug wuchtig auf die Drums, zauberte einen Rhythmus, entfachte Wirbelstürme, er jammte und geriet in Trance, steckte die Menge Leute um sich an, und alle begannen mit den Fingern zu schnippen, in den Knien zu wippen. Sie schüttelten sich in seinem Takt und tanzten in seinem Rhythmus.

Er war ein Magier, ein Schwarzer Magier, der alle Geister wachrief.

In Kürze erfasste sein Beat auch mich, und mir schäumte das Blut in den Adern, raste durch meinen Körper und machte mich wach. »*Hey hey hey…, too funky, hey hey hey, yeayea, yeayea, yeayea …«*, sang ich vor mich hin, rüttelte und schüttelte mich in seinem Beat, alles vibrierte in meinen Beinen, ich schnipste mit den Fingern, schwang in den Hüften und sah in die Menge: Männer und Frauen in Abendrobe strömten aus der *tube*. Alle in Vorfreude und entschlossen, den Abend auszukosten. Pinke Lippenstifte, Pfennigabsätze, Satin, schwarze Anzüge, Krawatten: *London on a Saturday night!*

In der Luft lag eine Erregung, die mich ansteckte und einige Stufen hochkickte und mich in einen anderen Orbit katapultierte.

Ich schwang locker die Hüften und tanzte auf den Gängen von Charing Cross.

Mit diesem Beat im Ohr und dem Schwung in den Beinen machte ich mich davon, lief die alten Rolltreppen von Charing Cross hinunter und nahm die *tube* nach King's Cross. Mein Arbeitsabend begann.

In der *tube* setzte ich meinen Walkman auf, und James Browns tiefe, erdige Stimme rockte in meinem Ohr. »… *Stay on the scene, like a sex machine … get on up and then shake your money maker, shake your money maker …«*, alles in diesem Song schlug, schob, schnitt und stampfte auf den Rhythmus, ja, genau das war es: Rhythmus, Rhythmus, Rhythmus pur! Wenn Elvis Presley *»the king of rock 'n' roll«* war, dann war James Brown *»the emperor of funk and soul«*.

Mir gegenüber stand ein junger Schwarzer mit kurzgeschorener Frisur. Er hatte ein großes Hanfzeichen auf den Hinterkopf rasiert. Daneben ein junger Inder im beigen Anzug mit einem langen schwarzen Zopf, in den er grüne, rote und gelbe Fäden eingeflochten hatte. *Rastaaafaaaraaa, yeeaahhh!* Diese Jungs hier waren exklusiv und extravagant. Da konnte ich mit meinen Berliner Cowboystiefeln und meiner Levi's 501 nicht mehr viel ausrichten, geschweige denn mithalten. Deshalb trug ich neuerdings eine XXL Baggy Jeans, die wie ein Shalwar* an meinen Hüften herunterhing. Darunter zog ich weite Boxershorts an. Alles hatte mehr Platz, mehr Freiheit. Es klemmte, zwickte und drückte nichts mehr zwischen den Beinen, und ich kratze mich auch nicht mehr am Sack, das gewöhnte ich mir hier ab. In den weiten Hosentaschen klimperten mein Zippo Feuerzeug und meine Uhr. Über der Jeans trug ich meine alte Lederjacke aus Istanbuler Tagen, und an den Seitentaschen meiner Jeans hatte ich lässig ein rotes Tuch hängen, das hatte ich mir von den Jungs aus Brixton abgekuckt. Diese Jungs trugen weite Jeans, weite Jacken, weite Caps und sogar die Schnürsenkel ihrer Sportschuhe klemmten sie lässig in die Seiten ihrer Schuhe. Alles sollte weit, locker, ungebunden, frei an ihnen sitzen, ja, das wollte ich auch, nichts sollte so sein wie in Berlin, denn jede Zelle meines Körpers wollte sich in London erneuern.

In der Waggonscheibe betrachtete ich meine kurze Frisur, okay, dann strich ich mir durch die stoppeligen Haare, meine Koteletten standen mir, hatten was Fetziges. Ich strich mir wieder durchs Haar und bemerkte, wie mir eine Brünette heimlich von der Seite Blicke zuwarf. Sie stand an der Waggontür mit zwei flotten, rothaarigen Mädels, die ständig kicherten. Es waren London *girlies* mit knallrotem

* Pumphose

Lippenstift, Glitzerzeugs um die Augen und engen Tops, die ihre runden, vollen Brüste zur Geltung brachten. Die *girlies* trugen hochhackige Glitzerschuhe ohne Strümpfe. *Eeeyyyh sorry,* aber das war wie ein Auto, dem Polen die Räder abgeschraubt hatten. Beim Anblick von nackter weißer Haut kräuselte sich alles in mir. Ehrlich gesagt, fehlte der verführerische Reiz von hauchdünnen Strümpfen.

Momentan hatte ich es nicht so mit den Weibern, deshalb war meine erste Zeit in London *»No woman, no cry ...«*, und ich wartete, wartete, nichts geschah, gar nichts. Es kam mir vor wie das Warten der Türkei auf den EU-Beitritt. Nicht mal ein One-Night-Stand war im Angebot.

Dafür zog London mich in seinen Sog, und ich stürzte mich auf diese Stadt wie ein Kind in schäumende Wellen und versuchte ihre Frequenzen zu empfangen.

Manchmal lief ich stundenlang herum und entdeckte neue Straßen, Brücken und Ausblicke, dabei kam ich mir vor wie Columbus auf Entdeckung. Die Hungerford-Brücke am Embankment hatte einen wunderbaren weiten Blick auf die Themse und die darauf fahrenden Boote. Ich atmete tief durch und fühlte mich, als stünde ich über allem. Am Ufer der Themse strolchte ich entlang, stöberte an Buchständen und schaute auf die andere Uferseite, und wenn dann die Nacht über London hereinbrach, spiegelten sich die Lichter der umliegenden Häuser im dunklen Wasser. Lange blaue, rote, grüne Lichtstreifen tänzelten zittrig im dunklen Wasser. Das erinnerte mich ein bisschen an Yakamoz* am Bosporus bei Nacht.

* Lichterspiel

Ich weiß noch genau, wie ich vor einigen Wochen an einem sonnigen Samstag hier ankam. Als die British Airways Maschine den Boden von Heathrow berührte, musste ich mich dreimal in den Arm zwicken, um mich zu vergewissern, dass ich nicht träumte.

Am Kofferband dachte ich an meine Cousine Leyla in Berlin. Sie sollte mich jetzt so aufrecht und voller Erwartung sehen, denn sie meinte immer, dass ich es nie schaffen würde, nach London zu gehen, da ich oft in irgendwelchen Projekten, Jobs, Beziehungen und Studienkursen hängengeblieben war und nichts richtig auf die Reihe bekam. Na ja, ich hatte manchmal Blitzideen, oft, eigentlich fast jeden Tag: Secondhandladen, Hundeladen, Transportunternehmen, um nur einige aufzuzählen. Immerhin kam ich allein für Miete, Studium und Unterhalt in Berlin auf. Ich bekam keine fetten monatlichen Überweisungen von Daddy aus dem Wessiland, wie so viele Typen an der Uni. Nein, ich war auf mich allein gestellt, was im Nachhinein auch gut war, denn ich brauchte mich niemandem gegenüber zu rechtfertigen. Warum ich die Politologie nicht auf die Reihe bekam? Warum ich nicht fertig wurde? Warum? Warum? Warum?

Die Mieten waren seit dem Mauerfall astronomisch gestiegen, die Jobs mies bezahlt, Polen und Russen drückten die Preise mit Schwarzarbeit, Studentenjobs waren rar. Berlin war tough geworden.

In letzter Zeit wurde in Berlin viel marschiert unter bunten und braunen Fahnen. Auf der Love Parade, Fuck Parade und dem Christopher Street Day. Anfangs fand ich es hip und kultig. Doch dann kamen die Neonazi-Aufmärsche auf Bahnhöfen und Straßen unter braunen Fahnen, und ich dachte ans Weggehen, denn oft hatte ich das Gefühl, dass das neue Berlin und ich wie Spielkarten aneinanderlehnten, und jederzeit auseinanderdriften konnten.

Vielleicht war es das Schicksal dieser flachen Stadt Berlin, häufig von Massen, Demonstrationen, Ostermärschen, Paraden, Gebrüll, Getöse und Gewalt aufgesucht zu werden. Vielleicht hatte auch das Rad der Geschichte Sand im Getriebe und klemmte öfter bei Massen, Paraden, Fahnen, Aufmärschen. Keine Ahnung, jedenfalls schien es das Kismet von Berlin zu sein.

Als grauer Staub und Kräne in den Berliner Himmel aufstiegen und sich langsam spitze, moderne Häuser und Türme in die Skyline der Stadt emporstreckten, machte sich eine Sehnsucht in der Stadt und in mir breit, die ich vorher so nie gekannt habe: Die Welt freute sich über den Mauerfall und hakte ihn ab. Europa freute sich über den Mauerfall und bereitete sich auf Expansion vor, darauf, die bisherigen Grenzen zu überschreiten, um nicht als alter, beschränkter Kontinent zu gelten. West- und Ostdeutschland freuten sich über den Mauerfall und begannen sich gegenseitig abzutasten und zu beschnüffeln und sich in neue und alte Bundesländer zu teilen. Die Neuberliner jauchzten über die neue Freiheit, wollten der Enge deutscher Provinz entfliehen, um im neuen Berlin Pionier zu spielen, und ich wollte nicht mehr diesen Provinzheini-Pionieren in meiner Geburtsstadt begegnen.

Zwischen all dieser Friede-Freude-Eierkuchen-Stimmung kam ein leises, knuffendes Murren auf, das viele in den Chefetagen nicht hörten oder nicht hören wollten, denn es passte nicht ins offizielle Berlinbild der Westdeutschen. Aber ich vernahm es sehr deutlich. Es war ein knurriges Murren, das immer lauter wurde und manchmal in eine seltsame Sehnsucht umschlug. Neben dem gewohnten hektischen, kecken und motzenden Ton Berlins klang dieser neue Ton ruhiger, bedauernder, ja fast traurig.

Oft hörte ich ein »Aaaaachhh« und »Ooooochhh« an Berliner Imbissbuden, in Kneipen, an Küchentischen und in Bahnhöfen sich ausbreiten, und es nahm sogar die alten Männer vom Galata-Cafe in Kreuzberg in seinen Bann. Diese Männer zogen an ihren Zigarettenstummeln und Perlenketten und dachten an früher; ans anatolische Hochgebirge, an Akkordarbeit und Berlinzulage und seufzten tief. Auch die alten Rentner vom Prenzlauer Berg ließen die Köpfe hängen, wenn sie zum nächsten Plus oder Aldi einkaufen gingen, und seufzten vor den Regalen.

Am lautesten vernahm ich dieses Murren, diese Sehnsucht am Stammtisch der Arbeitslosen. Hier freute sich niemand über den Fall der Mauer, er machte sie zu den Verlierern der Einheit, zu Einsamen im neuen Berlin, das für sie nicht mehr übersichtlich war. Baba, mein Vater, saß in seinem Reisebüro und war auch von dieser stillen Sehnsucht angesteckt. Sein Blick war auf die vergangenen Jahre gerichtet. Er blieb einfach irgendwo in den achtziger Jahren hängen und kam im Heute nicht voran.

Das alles schnürte mir die Kehle zu, und ich spürte einen ständigen Druck auf der Brust, so als würde dieser Spalt zwischen BRD und DDR immer noch klemmen und drücken. Ich konnte zu Hause nicht mehr atmen – in meiner Stadt. Deshalb stellte ich mich aufs Weggehen ein.

Es war so befreiend, in der British Airways Maschine zu sitzen und über die Dächer, Wälder und Seen von Berlin zu fliegen. Einfach weg aus diesem Gemotze und Gebrumme.

In London wollte ich Englisch lernen und meinen jüngeren Bruder Ediz übertrumpfen. Er hatte sich diesen furchtbaren Boston-Akzent zugelegt, mit dem er eine Show abzog, und tat immer so, als würde ihm das deutsche oder türkische Wort gerade nicht einfallen. Paaahh! Bei mir kam das nicht an.

In King's Cross lief ich die Bahnhofstreppen hoch.

Auf der Straße tümmelten sich die Massen, Autos brummten und hupten laut. Es war so, als wäre die Stadt an einen Megaverstärker angeschlossen und dröhnte einem ihren Willkommenssound in die Ohren. Dieser Lärm schlug alles, was ich vom Istanbuler Verkehrschaos und von Berliner Krawallnächten kannte. LONDON: Triumph über die Stille. Deshalb schlief ich nachts mit Ohropax.

Ich sprang in den Bus Richtung Camden, setzte mich ins Oberdeck und sah auf die hetzenden Londoner im leichten Nieselregen. Ich hatte mir einen Regenschirm gekauft, aber das stellte sich als ein Bild aus den fünfziger Jahren heraus, wo sich der berühmte Smog und Regen durch viele Hitchcock-Filme zog. Das war längst passé, aber auf dem Kontinent hielt man noch fest an diesem Bild. Ja, Bilder, davon habe ich so einige hier zu spüren bekommen, und wie fest manche Bilder in den Köpfen von Menschen saßen, einfach zum Heulen, wenn nicht sogar zum Schreien, Brüllen … Ach ja, das kostete mich zu viel Power, die ich lieber für meinen alltäglichen Kampf in dieser Stadt hätte aufheben wollen. Ehrlich gesagt, war es ein Hammer, was da so durch die Köppe der Leute ging.

Ich stieg aus dem Bus aus und ging zu meinem Wochenendjob bei meinem Freund Kazim. Er hatte sich in Dartford angesiedelt und ein Haus gekauft, zahlte seinen *mortgage** ab, und seine Frau Sukjeet war schwanger. Ein kleines, dunkles Baby war auf dem Weg in diese Welt. Klare, realistische Ziele.

Kazim schlug sich mit diversen Jobs während der Woche durch, und am Wochenende verkauften wir Kebap** in diesem Imbisswagen.

»Mc'Kebap« leuchtete es gelb in die dunkle Straße. An den Seiten des Wagens stand auf Schildern in verschiedenen Sprachen: *Bon appétit, Dobar tek, Guten Appetit, enjoy your meal, Buon appetito, smakling maltid, afiyet olsun, buen provecho, dobrou chuf, smacznego…*

Kazim stand in langer, weißer Schürze mit einem Lappen an den Stehtischen, wischte sie ab und lief hektisch umher.

Eine kleine Wampe hing über seiner Schürze und erschwerte ihm das Bücken. Von seinen dichten schwarzen Haaren, die er in Westberliner Zeiten zu einem Pferdeschwanz trug, war wenig übriggeblieben. Der Neuanfang in London hatte ihm Haarausfall und Fett beschert, ehrlich gesagt, ein schlechter Tausch. Aber trotz allem hatte Kazim seinen ansteckenden Enthusiasmus nicht verloren. Wenn er von seinen Projekten erzählte, dann leuchteten seine großen

* Kredit für den Kauf einer Immobilie
** generell: Kebap (Singular), Kebab (türk. Plural von Kebap); manchmal im Text auch »eingedeutscht« als Kebabs (Plural)

braunen Augen, und er versprühte einen Optimismus, der alle Dynamos in mir auf Hochtouren brachte.

Kazim, den wir in Berlin »Kültür Kazim« nannten, hatte keine Zeit, kein Geld für Theater, Pubs und Fringeaufführung in London. Aus »Kültür Kazim« war »Turbo Kazim« geworden, der sich voller Elan auf diese brummende Stadt stürzte und dabei war, sie zu erobern. Das Kebapgeschäft war nur der Anfang.

Kazim sagte immer: »Mach es wie gute Musiker, die erfinden neue Melodien, die zu Ohrwürmern werden. Erfinde neue Kebabs, neue Soßen, neue Geschmacksmixturen, die süchtig machen.« Er wollte das Ganze wie ein echter Profi angehen, nichts »à la turca« auf die Beine stellen. Unter uns gesagt, fangen die meisten Türken eine Sache mit großem Enthusiasmus an, und dann scheitern sie an den Uferfelsen, an denen schon viele türkische Träume zerschellt sind: große Vorhaben, Visionen, Ideen, aber kein bisschen Durchhaltevermögen. Diese Art von *Turkishness* mussten wir vermeiden!

Kazim wollte, wie McDonald's es zuvor gemacht hatte, diese trübe Stadt von seinem Kebap Van aus kolonialisieren, also in jede Einkaufstraße, an jede Ecke, in jede Fußgängerzone und an jede Kreuzung vorstoßen und sie mit Kebab-Shops belagern. Doch er vergaß, dass er gegen einen Giganten wie McDonald's ankämpfte, gegen ein Weltunternehmen, einen *global player,* gegen ein Netzwerk von angloamerikanischer Rationalität und Pragmatik. Doch all das schreckte ihn nicht ab, schließlich hatte er Mut, der versteckt in jeder Zelle auf Einsatz lauerte und der sogar »die Janitscharen vor die Tore Wiens gebracht hatte«, meinte Kazim.

Jetzt schrubbte, reinigte, ordnete Kazim alles nach einem ganz einfachen System: Es gab keines, und so sah es denn im Imbisswagen auch aus. Überall lagen Pappbecher, Plastikbesteck, halbe Pidebrote und allerlei Krimkrams herum.

Dafür hatte ich mir heimlich ein ausgeklügeltes Arbeitssystem ausgedacht, das ich streng befolgte. Jedes Wochenende fing damit an, dass ich vor einer riesengroßen, roten Plastikschüssel und einem riesigen Sack Zwiebeln stand. Ich arbeitete mich in folgender Reihenfolge vor: von Zwiebeln in Ringe zu Weißkohl in Streifen bis hin zu Döner in Streifen schneiden. Dann wischte ich die Theke, ordnete die Servietten, schnitt Pidebrote. Mir gefiel das Zwiebel-in-Ringe-Schneiden, denn dabei kamen mir jedes Mal die Tränen und spornten meinen Eroberungsgeist an. Ich spürte, das war erst der Anfang meines neuen Lebens, und jedes Mal wenn ich vor der vollen Zwiebelschüssel stand, war ich zufrieden über die getane Arbeit. In dieser Zeit waren meine Gedanken rund, scharf und übersichtlich wie die Zwiebelringe, die ich jedes Wochenende in die Schüsseln schnitt.

Eine Zeitlang habe ich mich einfach über Widerstand definiert. Ich wusste immer nur, was ich nicht wollte: In einem Büro hinter einem Schreibtisch arbeiten und dann mit kaputtem Rücken in Frührente gehen, mehrere Vorgesetzte haben, das ganze Jahr sehnsüchtig auf zwei Wochen Strandurlaub warten, jederzeit gefeuert werden können, alles für die Rente sparen, mich jetzt schon festlegen; im Nichtwollen war ich vehement. Deshalb entschied ich mich fürs Englischlernen in London, denn da konnte ich nicht viel falsch machen. Ich meine, egal was für einen Job ich später machen würde, mit gutem Englisch kam man immer voran.

Oder? Und außerdem brauchte ich ein verdammt gutes Englisch für mein Politologiestudium, wenn ich später mal was Ernsthaftes damit machen wollte. Jedenfalls wollte ich mich einfach noch nicht festlegen, weil ich manchmal das unwohle Gefühl hatte, vielleicht das Richtige zu verpassen.

Ich bündelte meine Kräfte erst einmal auf das Ziel: reich werden! »Schließlich entstehen Grenzen, indem du dir welche setzt oder solche anerkennst«, flüsterte der Ehrgeizige in mir. »Aber wie wird man reich?«, fragte der Skeptiker. Ich vertrieb beide aus meinem Ohr und Kopf. Immerhin hatte ich eine erste Entscheidung und ein klares Ziel. Nichts beruhigt den Geist so sehr wie ein Ziel. Oder?

Für den Döner hierzulande mussten Berliner Maßstäbe geschaffen werden. Also damit es klar ist, hier nochmals eine kurze Worterklärung: Döner Kebap heißt schlicht Spießbraten. Kebap – gebratenes Fleisch, Döner – Drehen, Drehspieß, und nicht, wie einige in Deutschland annehmen, dass ein Herr Döner Kebap existiert, dem all die Imbissbuden gehören.

In London gab es den Döner in trockenen, blassen Fladen mit großen Zwiebelringen und Weißkohl. Neee, das ging nicht, echt nicht! Wie konnte man den Döner nur so verhunzen? Und das seit Jahrzehnten! Das war eine Beleidigung für alle Dönerhersteller aus Adana, Antep und Berlin. Die alten Dönermeister würden sich noch heute im Grab umdrehen, wenn sie das hier zu sehen und schmecken bekämen.

Für einen echten Berliner Döner brauchte man reines Lammfleisch plus Rind, das Ganze zu sechzig Prozent aus Gehacktem. Manche hatten den Döner zu sehr eingedeutscht und benutzten Kalb, Pute und neuerdings auch Huhn, deshalb nannten sie ihre Läden auch *McChicken Kebap*.

Die knusprig braune Kruste musste in langen, zarten, dünnen Streifen längs geschnitten werden, dann das weiche Pidebrot schön knusprig warm gemacht, mit Knoblauchsauce leicht bestrichen, darauf die zarten Dönerstreifen, Salat, Zwiebeln, eine Serviette drum herum, und fertig war ein echter Döner Kebap!

In Berlin war er *streetfood number one* und eine Antwort auf McDonald's Imperialisierung und fette Burger und Whooper! »Döner macht schöner.« Im Vergleich zu McDonald's Burger und Whooper hatte der Berliner Döner mehr Individualität. Schließlich war es allgemein bekannt, dass alle McDonald's Burger weltweit das gleiche Aussehen, Gewicht, die Zutaten, ja sogar die exakte Höhe und Breite hatten. Kein Wunder, dass viele McDonald's-Kunden weltweit gleich breit, gleich dick und gleich fett waren.

Die Wochenenden verdeutlichten mir, wie es um das Verhältnis zu den Engländern stand. Wenn Rugby- oder Fußballspiele stattfanden, stiegen unsere Umsätze. Die Fans erschienen mit roten Gesichtern, Tätowierungen an den Armen, geschorenen Haaren und dicken Stiernacken. Manche trugen ein dünnes T-Shirt, darunter einen Schottenrock, sogar an eiskalten Abenden. Sie verschlangen fettige Kebabs, dabei hatten sie Brotkrümel am Mund, Zwiebeln, Kohl auf der Brust, schöööne Sauerei. Diese Typen bissen gleich in die Mitte des Kebaps, und alles quoll heraus. Korrekt aß man einen Kebap wie ein Baguette von links nach rechts. Aber das wussten diese Typen hier nicht, und sie spülten das Ganze mit Dosenbier hinunter, rülpsten laut, einige pissten in dunkle Ecken, an Bäume und gingen. Jeder von ihnen ließ drei, vier Pfund da, und das blieb vorerst unser Kontakt zu Engländern.

Diese Fantypen waren eine bestimmte Liga von Engländern, die ich zuvor nur von Fußballspielen im Fernsehen kannte. Kazim meinte: »In denen wohnt noch der Wikingergeist, die sind noch nicht im England der feinen Teenachmittage angekommen. Früher tobten sie auf wilden Ozeanen, eroberten Kontinente, legten ganze Völker in Ketten und waren die ausführende Hand Ihrer Majestät. Und jetzt brüllen sie in den Stadien, schlagen Bänke und Telefonzellen für die Recycling-Industrie zusammen.«

Wir bedienten diese Typen schnell, in der Hoffnung, dass sie bald unsere Stehtische verließen. Denn in Sekunden konnten sie aus Kazims *Mc'Kebap*-Imperium Kleinholz machen. Wir blieben diplomatisch.

Spät am Abend erschien eine kleine blonde Frau mit einem großgewachsenen Mann mit dunkler Mähne an unserem Imbisswagen. Der Typ bezahlte für Bier und Kebabs, stellte sich zu der Kleinen an den Stehtisch. Sie waren anders als die übliche betrunkene, laute Kundschaft. Beide schwiegen, kauten langsam auf ihren Kebabs. Dann bestellte das Mädchen noch ein Bier, und so wie sie »Bieer« aussprach, klang sie sehr deutsch. Plötzlich fing der Typ an auf der Stelle herumzumarschieren … Klack, klack, klack knallten seine Stiefel auf das dunkle Pflaster. *»Khan…! Stop it…! Please!«*, befahl die kleine Frau entschieden.

Doch Khan schien sie gar nicht wahrzunehmen, seine Schritte wurden schneller, lauter, und er fing an zu schreien:

»I am a WARRIOR*, I am a* SOLDIER*...«*, dabei streckte er den Arm weit aus und trampelte immer lauter auf der Stelle. Die Frau blickte kurz beschämt zu den anderen Kunden rüber, die jetzt aufgehört hatten auf ihren Dönern rumzukauen. Sie verfolgten erstaunt und stumm die Beine dieses Goliaths, der wie besessen auf der Stelle marschierte, als wäre er auf einem Laufband.

Dann packte er die Beck's Dose auf dem Tisch und warf sie mit voller Wucht gegen ein vorbeifahrendes Auto und schrie wieder: *»I am a* SOLDIER*, I am a* WARRIOR*...«*.

Im nächsten Moment hörten wir quietschende Bremsen, zuschlagende Autotüren, und zwei dicke Bauarbeitertypen rannten auf Khan, auf unsere Bude zu. »Höchste Alarmstufe!«, rief Kazim entsetzt und versteckte die Kasse unter dem Zwiebelsack. Ich rannte zu Khan, packte ihn an seinem Jackenkragen, schrie ihm ins Gesicht: *»Piss off!«* Er schaute auf mich herab, zwei entsetzte blaue Augen in einem roten Gesicht versuchten sich zu orientieren.

Die kleine Frau zog Khan am Arm und wollte mit ihm davonrennen. Doch die dicken Bauarbeiter kamen mit Dinoschritten auf uns zu, ihre Augen sprühten vor Wut, ihre Hände waren zu dicken festen Fäusten geballt. Ich trat einige Schritte zurück, die kleine Frau stellte sich vor den Riesen.

»Which bastard...?!«, knurrten die beiden Männer, und alle Kunden blickten zu Khan.

»Please, he is in bad condition, he is under drugs, he is in treatment..., please...«, heulte die kleine Frau los und wiederholte so entschuldigend und sanft ihr *»Please«*, dass die Bauarbeiter einen Moment innehielten, den Typen anschauten, der wieder *»I am a* WARRIOR*«* schrie und auf der

Stelle marschierte. Dann schubsten sie die Frau beiseite, packten Khan am Kragen und schüttelten ihn wie einen Milchshake durch. Die kleine Frau begann zu weinen und flehte sie an, sie sollten ihm nichts tun.

»You'll pay for the shit damage ...«, drohte der eine Bauarbeiter.

»200 quid!«, befahl der andere.

Die Frau griff in ihre Handtasche, hielt den Bauarbeitern einen Batzen Scheine hin und flehte sie an, ihm nichts zu tun. Sie zählten die Scheine.

»50 quid missing?!«, schrie der eine Bauarbeiter. Stille. Pause.

Im nächsten Moment reichte Kazim ihnen einen nagelneuen Fünfziger mit Elizabeth II. und blitzender Krone im Abendlicht. Sie steckten das Geld ein, schlugen Khan einige granitharte Fäuste in die Magengrube und liefen in Dinoschritten davon. Khan übergab sich und schrie wild herum. Die Frau sah uns hilflos an. Wir führten Khan beiseite, Kazim reichte ihm eine Flasche Wasser. Die anderen Gäste wendeten sich wieder ihrem Bier und Kebap zu.

»Ambulance? Police?«, fragte Kazim leise, damit die Kunden nicht in Panik gerieten, denn einige von ihnen bewegten sich in der legal-illegalen Grauzone.

Die blonde Frau schüttelte den Kopf, packte hektisch Taschentücher aus, wischte Khan Kotzbrocken von der Kleidung und zischte wütend: »Du Mistkerl, du verdammter Idiot!« Mitten in der Nacht in Nordlondon aus so einem schönen, vollen Mund diese deutschen Worte zu hören war nicht nur überraschend, sondern auch komisch. »Lass ihn in Ruhe, der hat schon genug abgekriegt«, sagte ich. Sie drehte sich zu mir um, schaute einen Moment verdutzt. »Ach was…, ich krieg immer alles ab – wie soll ich ihn nach Hause bekommen?«

»Taxi?«

»Geht nicht. Kein *cash,* alles weg«, heulte sie los und trat Khan vor Wut ans Schienbein, der schien jedoch nichts mehr zu bemerken.

Pause.

»Kein Problem, ich helfe dir aus.«

Pause.

»Nicht nötig«, sagte sie abweisend.

»Nächste Woche *cash back?«,* schlug ich vor und reichte ihr Geld.

Sie nickte, packte die Scheine ein, ich hielt ein Taxi an und half Khan beim Einsteigen. »Was hat er denn?«, fragte ich leise.

»Manisch-depressiv«, erklärte die kleine Frau knapp und schlug die Taxitür zu. Sie fuhren davon und verschwanden in den Lichtern von Nordlondon.

Booowwooh! Was für ein Abend!

Nach Mitternacht zählte Kazim die Scheine aus der Kasse, und ich stapelte die runden, dicken One-Pound-Münzen mit Elizabeth II. drauf. Ich arbeitete an Freitag-, Samstag- und Sonntagabenden, und das viermal im Monat, verdiente 600 Pfund im Monat, und es reichte vorne und hinten nicht. Ich richtete mir ein Konto bei der Barclay Bank ein und bekam auch eine Bankkarte.

Ich merkte bald, dass in London eine ganz andere Macht die Stadt lenkte als in Berlin. Es waren die grünen Scheine mit Elizabeths Krone drauf, die den Rhythmus dieser Stadt bestimmten, wohingegen in Berlin alles noch ein bisschen anders lief.

»Was hat'n der Typ eigentlich gehabt? Zu viel gesoffen?«, fragte Kazim müde.

»Neee, der ist manisch-depressiv.«

»Was ist denn das?«

Ich zuckte mit den Schultern.

»Bringt die blonde Tussi uns das Geld wieder?« Ich nickte und wollte erst gar nicht über die Möglichkeit eines Verlustes nachdenken, denn ich war selbst so knapp bei Kasse. »Die kommt wieder, glaube ich, die hatte was Deutsches an sich, auf die kannst du dich verlassen.«

»Meinste? Dann merk dir eins!«, sagte Kazim warnend. »In London stinkt die Themse und hat oft Ebbe und deine Kasse auch!«

Wir hatten fast 80 Pfund weggegeben! Das waren umgerechnet ca. 240 Mark; eine stolze Summe. Der Hoffende flüsterte mir ins Ohr: *»You'll get the money back!«*, *»Bullshit,* die Moneten sind weg!«, protestierte der Zweifler, »Dumme müssen doppelt im Leben bezahlen«, stellte der Zyniker kalt fest. Ich hielt mir die Ohren zu und brachte somit alle zum Schweigen. In Ruhe zählte ich weiter die Münzen.

Jede Sonntagnacht hatte ich das gute Gefühl, den ersten Schritt in London gemacht zu haben, denn nach getaner Arbeit fühlte ich mich erschöpft, jedoch zufrieden. Am Ende des ersten Monats, nach zwölfmal Zwiebelschneiden, reichte mein Einkommen allerdings nur für die Miete und billiges Essen aus. Für einen Sprachkurs blieb kein Penny übrig. London war im Vergleich zu Berlin und Istanbul: sauuuteuuuer! Ich brauchte unbedingt noch eine weitere Arbeit, einen Job, einen Nebenverdienst, einen Nachtjob, Tagesjob, eine Aushilfstätigkeit, es gab so viele Namen für das Eine und Gleiche: Arbeit – *cash*!

2

Cyprus, Kibris, Kypros

London musst du mit dem Bus erkunden«, erklärte mir Kazim, als er mir die Adresse von Ali Bey*, der einen Laden in Nordlondon hatte, in die Hand drückte: Ein alter Bekannter von Kazim, der eine Aushilfe suchte.

An einem Montagmorgen im September machte ich mich auf den Weg dahin. Ich holte den Zettel mit den Straßenkoordinaten aus der Tasche und checkte nochmals in meinem *London A to Z* die Adresse. Auf dem Stadtplan verlief Green Lanes wie eine lange Schlange mit Kurven und Knicken, es war eine der längsten Straßen Londons.

»Haringey ist ein Bezirk, und in dem Bezirk gibt es auch ein Harringay«, klärte mich Kazim auf. »Früher befand sich dort eine Hunderennbahn. Die Viktorianer sind an Sonntagen zum Hunderennen dorthin gegangen, um zu wetten, und jetzt, fast hundert Jahre später, haben sich Zyprioten dort niedergelassen.« Kazim konnte sich solche Details über Orte gut merken. Ich glaube, das stammte noch aus seiner Zeit als Taxifahrer in Westberlin.

»Schöne Grüße von mir, und sei tüchtig und diplomatisch«, empfahl er mir, und ich fragte mich, wozu diplomatisch? Schließlich suchten sie lediglich eine Aushilfskraft

* höfliche Anrede für ›Herr‹

und keinen Sondergesandten der UNO. Doch die heikle Situation in Green Lanes belehrte mich später eines Besseren.

Als ich in Wood Green Station aus der Underground ans Tageslicht kam, brach London mit all seinen Sounds über mich herein. Passanten wuselten zwischen den Autos über die Straße, große, rote Doppeldeckerbusse in Kolonnen düsten laut durch die windige Straße und strahlten wie frischer, roter Chili.

Mir gefielen diese peppigen Doppeldecker, mit ihrem strahlenden Rot trotzten sie dem Grau dieser Stadt und waren für mich ein Stück Westberlin in London, was mir gleich zu Anfang das Gefühl gab, hier heimisch werden zu können.

Ich sprang in einen und fuhr zum anderen Ende von Green Lanes.

Vom oberen Deck sah ich die vorbeirauschenden Gesichter dieser Gegend unter graublauem Himmel: *Bank of Cyprus, Cypriot Barber shop, travelagents, take-aways, Zorba's Fruit, Kypnäkon, Pandopoleion, Hollywood Dream Bridal Gowns. Trehantiri Music Shop, »the largest collection of greek music in the world«*, stand es stolz über dem Geschäft.

Ein kurzer Anblick von einem grünen Park, graue Häuser, dann ein blendend weißer türkischer Laden mit Würsten im Schaufenster. Auf dem Schild stand *Kasap Sami,* dann ein *Gül Baklava Salonlari* mit süßem Gebäck in einer Pyramide im Schaufenster. Daneben *Kebab Delight Takeaway,* FIRAT RESTAURANT, *Kurdish & Middle Eastern Cuisine*

Fully licensed & Air conditioned, dann Backsteinhäuser, dann *Apo Show Aile Kuaförü unisex hair salon, Ada Spor kulübü.* Auf weiteren Schildern stand *Melek Firin, Deniz Kebab.* Die Namen dieser Läden, Deniz, Melek, Gül, erinnerten mich an die Vornamen meiner Cousinen in Istanbul. Das Angebot dieser Läden war auf die Formel: Fleisch oder Brot, Eiweiß und Kohlenhydrate zu bringen. Das war die Grundformel für türkische Nahrung, deshalb hatten so viele Türken hier im Westen einen Bauch und einen Watschelgang.

Von weitem strahlte ein Laden in Grün, Rot und Gelb in die graue Green Lanes. In großen Buchstaben stand: *ALI'S SUPERMARKET. Fresh Fruits & Veg. Off Licence. Turkish-Greek & English Food. Tel: 0181-3897...*

Das Schild hatte klare Konturen, und die Buchstaben waren groß und deutlich geschrieben wie auf den Alphabettafeln in türkischen Grundschulen, die Ali Bey wahrscheinlich besucht hatte.

Ein junger Mann in grünem Kittel bückte sich vor dem Gemüsestand und packte grüne Peperoni und gelbe Paprika in Tüten. Tomaten, Gurken, Porree, alles leuchtete unter dem warmen Licht der Stand-Spots. Für einen Moment hatte ich das Gefühl, unter der warmen Sonne Zyperns zu sein. Unter einer Markise befühlten dicke Frauen mit Kopftüchern reife Tomaten.

Gleich am Eingang des Ladens überschwemmte mich ein Duft von warmen Fladen, Humus und Knoblauch in heißer Butter. Im vorderen Teil des Ladens, neben den zwei Kassen, befand sich eine große Theke mit Gebäck, Brot und Delikatessen. Dahinter stand ein dicker Mann mit rotem

Gesicht im grünen Kittel. Hinter der Theke hingen *Sucuk** und *Pastirma*** an der Wand. In der Auslage präsentierte sich das halbe Mittelmeer mit eingelegten Artischocken, Humus***, Sardinen und Schafskäse in Öl und Gewürzen, und über allem lag der Geruch von frisch gebackenem Brot, und es duftete nach Zimtgebäck. Es war so einladend, dass ich sofort einen Einkaufskorb nahm und mich mit Pide (mit Schafskäse und Spinat gefüllt) eindeckte. Schließlich bekam man sie nicht überall in London. Am Abend, dachte ich, könnte ich für Kazim und Sukjeet kochen. Die beiden hatten außer Döner, Zwiebelringen und Weißkohl schon lange keinen zivilisiert gedeckten Tisch mit Vorspeise, Hauptgericht und Nachtisch gehabt. Beide rackerten sich ab, um ihre Kredite abzuzahlen.

Ich brauchte eingelegte Weinblätter und Artischocken. An der Delikatessentheke sah ich mir die gesamte Auslage genau an.

Draußen war es kalt und windig, hier drinnen war es wohlig warm und einladend, so dass sich die Kunden hier nach dem Einkauf gerne für ein Schwätzchen aufhielten, wie jetzt die beiden alten Männer am Stehtisch vor der Delikatessentheke. Sie tunkten Pidebrot in Humusschalen. Im Hintergrund lief *London Turkish Radio* mit *Saz*****-Musik.

An der Kasse saß eine kleine Frau mit einer spitzen Nase und einem großem Leberfleck auf der linken Wange. Ich erkundigte mich nach Ali Bey. »Ich bin Ayşe, seine Frau«,

* Knoblauchwurst
** Dörrfleisch vom Rind
*** Paste aus Kichererbsen
**** Türkische Langhalslaute

sagte sie mit dunkler Stimme. Ihre schwarzen Locken umrandeten ihr Gesicht wie ein Kranz. Sie schaute mich neugierig mit großen braunen Augen an, unter denen sich üppige Tränensäcke befanden. Ich erzählte ihr von Kazim und seiner Empfehlung, sie nickte zustimmend, zwei runde Diamantohrringe blitzten mir entgegen. »Hhmm«, meinte sie und blickte mich von oben bis unten an, als suche sie etwas an mir, dann winkte sie den jungen Mann vom Gemüsestand an die Kasse und ging mit mir zu den Stehtischen.

Sie ließ zwei Gläser dampfenden Tee bringen. Die Alten beobachteten uns beide mit großem Interesse, was mir persönlich auf den Keks ging.

Ich trank langsam Tee und erzählte ihr von Istanbul, Berlin und mir. Ayşe Hanim* zündete sich eine Zigarette an, hörte zu und beobachtete mich aufmerksam, dabei blies sie den Rauch energisch durch die Nasenlöcher über meinen Kopf hinweg. Ayşe Hanim hatte eine feine spitze Nase, die aus ihrem runden Gesicht herausstach und alles zu riechen schien, wahrscheinlich war es ihre zypriotische Visitenkarte. Sie war gesund und kräftig gebaut und hatte nur Lachfalten. Ihre dunklen Augen blitzten, wenn sie lächelte.

Kaum hatten wir den Tee ausgetrunken, wurde unser Gespräch von Lieferanten unterbrochen, die ganze Paletten von Waren in großen Dosen und Kartons brachten. »Montag ist Liefertag«, erklärte Ayşe Hanim, drückte ihre Zi-

* höfliche Anrede für ›Frau‹, ›Madame‹

garette aus und entschuldigte sich kurz. Sie stellte sich in ihren hochhackigen Schuhen aufrecht neben den Eingang. *»Herrre, therrre …, upstairrrs, frrront …«*, befahl sie, und dabei bewegten sich ihre Hände in alle Himmelsrichtungen. Sie gab Anweisungen wie eine Polizistin auf einer Kreuzung, und ich glaube, es war dieses Rollen des »R« und ihre tiefe, dunkle Stimme, was ihr eine gewisse Autorität unter den Angestellten, Lieferanten und der Kundschaft verschaffte. Dann wendete sie sich zu mir und sagte: »Mein Mann ist Ware holen, kommt nachher. Sehen Sie sich um. Wir zahlen erst am Ende des Monats.«

Ich ging durch den Laden und sah mir die Regale mit Konserven von eingelegten Weinblättern, Tomaten, weißen Bohnen, die Gläser mit Peperoni, Okra und so weiter an. Die Regale waren sauber, gut beleuchtet und ordentlich etikettiert, und ich dachte, hier kann ich mich niederlassen und vor allem gut zu Mittag essen, denn die Delikatessentheke kam mir wie ein Gourmettempel vor, und ich wollte unbedingt lernen, wie man all diese köstlichen Tarama, Humus, Salate und eingelegten Artischocken zubereitete. Ich wollte den Job!

Ich stellte mich an den Tisch neben dem der alten Männer und beobachtete sie unauffällig. Der eine hatte eine Vollglatze und stand breitbeinig am Tisch. Er kaute schnell und gierig auf seinem Pidebrot, dabei ging sein wuchtiger Bauch auf und ab. Der Alte neben ihm hatte einen langen, grauen Schnauzer, der mich an Günter Grass erinnerte. Er mochte Ende fünfzig sein und war ein kleiner Mann mit einem dicken Nacken und dichten, nach hinten gekämmten, grauen Haaren. Er verschlang häppchenweise Humus, dabei schnappte er sich die Brotstücke in der Luft, wie ein Walross einen zugeworfenen Fisch.

Zu den beiden Alten gesellte sich ein kleiner, dürrer Mann in grauem Shalwar Kamiz*. Er hatte einen dünnen, grauen Ziegenbart. *»Saalam Aleikum«***, lächelte er übers ganze braune Gesicht, und zwei Goldzähne funkelten aus seinem Kniffmund. Die beiden Dicken grüßten gemeinsam wie auf Kommando: *»Aleyküm Selam.«**** Für einen Moment kamen sie mir vor wie die fetten, alten Wasserpfeifenraucher von Çorlulu Ali Paşa Medresesi neben dem Grand Bazaar in Istanbul, da streckten und reckten sich die Alten im Rausch auf Kissen und Teppichen und machten gelassen einen auf *Ehyli Keyf.*****

Der dürre, kleine Mann blickte gierig auf die Humusschalen auf dem Tisch und gab dann eine ähnliche Bestellung auf. Die dicken Alten unterhielten sich ruhig und aßen ihren kleinen Imbiss mit solch einem Genuss, dass ich plötzlich auch Appetit auf so eine Humusschale bekam.

Nach einer Weile, als der Humus aus den Schalen weggeputzt war, wischten sich die Alten mit dem Handrücken über Mund und Schnauzer. Der Glatzkopf holte aus seiner Jackentasche ein Notizheft heraus, darin befand sich ein altes Schwarzweißfoto, das er strahlend seinem Nachbarn zeigte: »Habe ich endlich wiedergefunden, Fatma und ich bei unserer Verlobung.« Sein Nachbar nickte lachend. »Da hattest du ja noch dichtes schwarzes Haar, und schlank warst du«, stellte er mokant fest.

* Traditioneller indischer Zweiteiler
** Grußformel, »Friede sei mit euch«
*** »Friede sei mit uns allen«
**** Amüsement

»Meine Verlobung mit Fatma, dann der verdammte Krieg – ich habe sie nie wiedergesehen«, klagte der Glatzkopf und schaute immer wieder auf das Foto. »Siehst du, damals liefen bei uns die Frauen mit hohen Absätzen und in Miniröcken herum, niemand störte sich daran, und wir gingen gemeinsam mit den Mädchen zur Schule. Wir lernten, waren offen für alles Moderne, alles Neue – und heute? Da trauen sich viele noch nicht mal, einem kleinen Mädchen solche Röcke anzuziehen. Nein, nein, die Leute sind zu eng geworden, und das nur, weil der ARABER den Islam für sich in Anspruch nimmt und der AMERIKANER ihm immer wieder einen auf den Holzkopp schlägt«, schimpfte er mit tiefer Raucherstimme.

»Kein Wunder«, wandte der andere Alte mit Walrossschnauzer ein. »Damals gab es auch noch keine Pornomagazine an jeder Ecke zu kaufen. Und heute? Überall nackte, blonde Frauen, dicke Busen, Hintern, westliche Popmusik, der Westen greift sogar in die Kindergärten ein. Geburtstag feiern? Was ist das?« Empört hielt er kurz die Luft an, sah den Glatzkopf an: »Hast du, Cemil Bond, jemals Geburtstag gefeiert? Als Kind? Nein! Und du, Ziya?« Er wandte sich an den Dürren im Shalwar Kamiz, der sich inzwischen eine Schale Humus von der Theke genommen hatte und jetzt das Pidebrot hineintunkte.

»Allah behüte mich vor solch ungläubigen Bräuchen«, wehrte der dürre Ziya mit fester Stimme ab und blickte zur Decke, als wollte er sich kurz bei Allah vergewissern.

»Sogar mein kleiner Enkel fragt mich, was ich ihm zum Geburtstag schenke!«, empörte sich Mr. Walross.

»Was seid ihr für Moslems?«, protestierte plötzlich der

hagere Ziya aus seinem dünnen Kniffmund und zeigte auf das alte Foto. »Da können eure Weiber doch gleich nackt herumlaufen … naaa! Bei uns zu Hause in Lahore wissen Frauen und Männer, wie sie sich anzuziehen und zu benehmen haben und wo sie hingehören, so wie unser Prophet Mohammed – Friede sei mit ihm – es bestimmt hat.«

»Und? Was habt ihr ZU HAUSE IN LAHORE damit erreicht?«, fragte der glatzköpfige Cemil Bond genervt und zog seine dicken, wuscheligen Augenbrauen hoch, als würde er sagen wollen: *»Shut up!«,* aber er blieb höflich.

Der Pakistani kaute aufgeregt auf seinem Humusbrot. »Was meinst du mit erreicht?«

»Na, was für einen Fortschritt habt ihr in Lahore? Autoindustrie? Hightech? Chipindustrie? Demokratie? Freie Wahlen? Gleichberechtigung?«

»Was willst du mit dieser Fragerei sagen? Dass wir unterentwickelt sind? Nichts allein auf die Beine stellen ohne den Westen? Den Imperialisten in den Hintern kriechen? Mich beleidigen? Schließlich ist Pakistan das erste Land, das euch Nordzyprioten als Staat akzeptiert hat, und mein jüngster Bruder Ibrahim hat sogar einen Curry-Takeaway in Girne eröffnet. Also Geld in eure Insel investiert!«

»Ja, ja …, dafür hat dein Bruder wahrscheinlich auch *No Tax* bekommen … und außerdem lebst DU SEIT 30 JAHREN WEIT WEG VON DIESEM LAHORE … Du weißt doch gar nicht, wie die jungen Leute in Lahore jetzt so drauf sind. Du denkst immer noch an das Lahore von vor 30 Jahren, und du hast es noch immer nicht geschafft, hier in diesem London ein Zuhause zu finden, oder?«

Ziya winkte lässig ab. »In einem Land, wo sie Schwein

essen, möchte ich weder sterben noch begraben werden. Allah habe Erbarmen mit meiner armen Seele«, seufzte er.

»In diesem Land? Begraben? Niemals!«, sagte Mr. Walross entschieden und wandte sich an den Glatzkopf. »Zum Glück habe ich auch keine Frau, die mich hier zurückhält, wie deine ungläubige Frau …«

»Salim, bei deinem Schnauzer flüchtet jede Frau, ha, ha, ha – mit diesem Schnurrbart rote Lippen küssen? Bääh!«

»Siiiiktiiir Lan!«*, zischte Salim schwer empört. »An deiner Glatze kann sich deine liebe Frau Jane ja spiegeln… ha, ha, ha!«

In diesem Moment kam Ayşe Hanim mit festen Schritten an die Stehtische, sammelte schnell das Plastikbesteck der Alten ein und warf es in den Müll, dabei bewegte sie sich sehr geübt und zackig, und ihre Hände schienen nie stillzustehen, was die Alten dazu bewegte, langsam den Laden zu verlassen. Sie grummelten irgendetwas vor sich hin, und der alte Salim (Mr. Walross) gab eine Bestellung auf: »Gegrillter Hellim Käse. Ali Bey soll es nachher rüber ins Cafe bringen!«, und Cemil Bond fügte hinzu: »Schreib alles auf meine Rechnung.« Dann trotteten sie zum Ausgang.

Ayşe Hanim zog genervt eine Schnute. »Anschreiben wird Ende des Monats abgeschafft!«, schrie sie den Alten hinterher, doch die waren schon in den Lärm und Wind von Green Lanes eingetaucht und hörten nichts mehr von Ayşe Hanims Geschimpfe.

»Was glauben dieser Cemil Bond und dieser Salim eigentlich?«, fragte Ayşe Hanim einen Mann, der gerade

* Slang: »Zisch ab!«

schlurfend den Laden betrat. Der Mann hatte einen runden Kopf und einen runden Bauch, ein Hemdzipfel hing ihm über seinen Hosengürtel. Er drehte einen Autoschlüssel lässig um den Zeigefinger und deutete Ayşe Hanim mit einer gelassenen Handbewegung an, sich zu beruhigen. »Wir sind doch nicht mehr im Dorf Bellapais, und das ist auch nicht der Bauernhof ihrer Väter, sondern ein Unternehmen, das Steuern an die britische Regierung zahlt und sogar mitbeteiligt ist an dem Penny für die Queen. Wir sind hier in Haringey und nicht in Magosa!«, empörte sich Ayşe Hanim und zündete sich hektisch eine Zigarette an, blies verärgert den Rauch zur Decke. Dann unterhielt sie sich leise mit ihm und zeigte kurz in meine Richtung.

Kurz nachdem die Lieferanten gegangen waren, schlurfte der runde Mann auf mich zu und zog dabei seine dicken, buschigen Brauen hoch, die sich zu einem dicken M, wie das M von MCDONALD'S, formierten. »Also Sie sind der Freund von Kazim, warten Sie schon lange auf mich?«, fragte er mit heller Stimme. Ich schüttelte leicht verlegen den Kopf. Er reichte mir seine weiche Knuddelhand – »Ali«, sagte er und drückte fest zu. Der Griff saß, und ich dachte, dieser Ali Bey kann im Leben zupacken.

»Hier vor der Tür einen Parkplatz zu finden ist viel schwieriger, als in der Bingohall einen Treffer zu landen«, beschwerte er sich. »Sie sind neu in London?« Ich nickte und sah ihn aufmerksam an.

»Gut!« Er lächelte, dabei kam in seinem Mund eine Zahnlücke von der Größe Zyperns zum Vorschein, wahrscheinlich sein Glücksbringer.

»Können Sie gleich anfangen?«

Ich nickte, und er klopfte mir väterlich auf die Schulter, als würde er sagen, dann pack mal zu, Junge!

Ich schleppte schwere Kartons mit Ware aus Ali Beys altem Fordbus und stapelte sie im hinteren Teil des Ladens. Dann beauftragte mich Ali Bey mit einer altbewährten türkischen Krämermethode, die er auch in Nordlondon anzuwenden gedachte. Denn in Istanbul im Kiez stellten Ladenbesitzer, die die Nase voll von fremden parkenden Autos vor ihren Geschäften hatten, Balkonstühle, große Blumentöpfe, Olivenölkanister, große Steine, manchmal sogar eine alte Waage vor ihre Läden, um dieses Problem zu lösen. Auch ich stellte leere Obst- und Gemüsekisten, Reste von Verpackungen, alte Zeitungen breit verstreut auf den Bordstein und an den Fahrbahnrand, damit auch ja kein Auto die Aussicht vor Ali's Supermarket versperrte.

»Drüben ist das Cafe Cyprus«, erklärte Ali Bey und zeigte auf ein Cafe mit Neonlicht und Pflanzen im Fenster auf der gegenüberliegenden Straßenseite.

»Eine Art Tochterunternehmen von uns. Meine besten Kunden. Mittags ist immer Hochbetrieb. Auf die musst du besonders gut achtgeben und immer diplomatisch bedienen. Verstehst du? Deshalb heißt es auch CAFE CYPRUS und nicht KIBRIS oder KYPROS.*«

Das Cafe Cyprus, eine Institution in Green Lanes, eine Art Sonderkommission für die Zypernfrage (von der ich noch an anderer Stelle erzählen werde)!

Später zeigte Ali Bey mir die Lagerräume, den Keller und die Mülltonnen. Meine Arbeitszeiten waren von Montag bis

* Cyprus: englische, Kibris: türkische, Kypros: griechische Form für ›Zypern‹

Freitag von 16–20 Uhr und Samstag von früh bis spät. Wenn sich am Feierabend die Kundschaft aufs Einkaufen stürzte und es eng im Laden wurde, sollte ich einspringen, wo Not am Mann war. Das hieß, an der Delikatessentheke, beim Gemüsewiegen und an der zweiten Kasse.

Nach Feierabend ging ich mit müden Beinen und Tüten voll mit Bulgur, eingelegtem Schafskäse und Weinblättern nach Hause.

Ich war zu erschöpft, schmiss mich auf die alte Couch von Kazims Bruchbude, die er mir überließ, nachdem er umgezogen war. Ich wohnte in Lewisham, an dem Haus fuhren Züge von Kent nach Charing Cross vorbei, und ich schlief nur mit Ohropax ein, sonst hätte mich das Rattern auf den Schienen an den Rand eines Nervenzusammenbruchs gebracht.

Meine Wohnung war ein kleines *one-bedroom flat,* also eine Zweizimmerwohnung, in Quadratmetern konnte ich es nicht ausdrücken, weil hier alles in Quadratfüßen gemessen wurde. Sie lag im obersten Geschoss eines *council house,* so wurden hier die Sozialbauwohnungen bezeichnet, die an sozial Schwache vergeben wurden. Die Wohnung gehörte einem Maler aus dem bürgerlichen Surrey, der hier in London *on the dole** war, jetzt bei seiner wohlhabenden Freundin in Hampstead wohnte und die Wohnung als Nebeneinkunft inoffiziell untervermietet hatte. Wir alle mussten ziemlich vorsichtig sein, damit die Leute vom *council* nicht irgendwann vor der Tür standen und checkten, ob der Maler auch tatsächlich noch hier wohnte. Deshalb ging ich im-

* Arbeitslosengeld

mer sehr spät am Abend nach Hause, da hatten die vom *council* schon Feierabend.

»Der Typ lebt schon seit zehn Jahren *on the dole.* Der ist jetzt nur noch eine Karteileiche. Die checken nur neue Antragsteller«, meinte Kazim, um mich zu beruhigen. Er zog mir die Miete gleich von meinem Lohn ab und gab sie dem Maler cash auf die Hand.

Die alte Wanne, Waschbecken mit zwei Hähnen, die gelben Kacheln im Bad, das alte graue Linoleum auf dem Küchenboden, die roten Gardinen mit großen Karomustern, Plastikblumen am Küchenschrank. Alles Restposten aus den Siebzigern, die in den Achtzigern benutzt wurden und jetzt, in den Neunzigern, vergammelt, teilweise zerfleddert ihr stilles Dasein fristeten. Als Erstes kaufte ich mir einen *kettle**, weil der zur Grundausstattung eines jeden englischen Haushalts gehörte.

Die Nachbarn kannte ich nicht, aber ich hörte sie manchmal nachts betrunken schreien, brüllen, manchmal klirrten irgendwo Flaschen auf dem Straßenpflaster, oder ein Kind schrie, weil es geschlagen wurde. Nachts war diese Gegend ein Jagdrevier, Dschungel der Straßenkids und Drogenhändler. Das andere London der Armen, Verwahrlosten, Hoffnungslosen. Immerhin war es einige Straßen von hier entfernt, und das war auch gut so. Ich wollte mir ein Fahrrad zulegen, dann konnte ich Abkürzungen zur Bahnstation nehmen und diese Gegenden meiden, besonders nachts.

* Elektrischer Wasserkocher

3

Harac Hasan*

Ich hatte eine Woche Probezeit bei Ali Bey, und ich packte mit an, wo ich konnte. Allmählich bekam ich Routine, und vieles ging mir schneller von der Hand als am Anfang.

Es kam nicht nur darauf an, mit dem eigenen Chef zurechtzukommen, sondern auch, ob der Chef zu einem passte.

Ali Bey gegenüber antwortete ich immer mit *»Evet Efendim«*, *»Tamam Efendim«***, dabei neigte ich den Kopf zur Seite, kniff vertrauenerweckend die Augen zusammen. Diese Geste gefiel Ali Bey, das merkte ich sofort, es war eine Geste, die ich mir von Istanbuler Kellnern abgeschaut hatte. Die schnodderigen Berliner Verkäufer konnten sich eine Scheibe davon abschneiden. In Berlin musste man sich bei den Verkäufern regelrecht einschleimen, damit sie einen als Kunden gnädigerweise aufmerksam und höflich bedienten. Eigentlich müsste man alle Mitarbeiter von Hotels, Kneipen, Kaufhäusern, alle Bäckersfrauen, Busfahrer und Angestellte der gesamten Bundesrepublik durch einen intensiven Benimmkurs durchdreschen. Schließlich lebten sie

* Steuereintreiber
** »Jawohl, mein Herr«, »Geht klar, mein Herr«

in einem der reichsten Länder der Welt, verhungerten und verdursteten nicht und hatten auch keine Seuchen und Plagen, aber trotz alledem waren sie oft mürrisch, unhöflich, aufmüpfig und muffig drauf. Bis heute ein Rätsel für mich.

Ali Bey und Ayşe Hanim waren kinderlos, daher floss ihre gesamte Energie in diesen Laden. Ali Bey war ein Mann, der es mit den Einheimischen aufnehmen konnte. Deshalb kam für ihn eine Arbeit bei einem englischen Arbeitgeber nie in Frage. Er wollte immer sein eigener Herr sein.

Als er in Dover vom Schiff ging und den Boden Englands betrat, hatte er die Adresse eines Bekannten in Haringey auf der Rückseite seiner Fahrkarte, seinen britischen Pass in der Brusttasche, viel Hoffnung in den Augen und die Vorwahl für Zypern im Kopf. Seit seiner Ankunft hatte er jeden Penny gespart, um einmal diesen Laden aufzumachen.

In der zweiten Woche riefen mich Ali Bey und Ayşe Hanim in den hinteren Teil des Ladens und beauftragten mich, fällige Rechnungen im Cafe Cyprus einzuholen.

Ali Bey meinte: »Dich kennen sie nicht, und sie können dir auch nichts nachsagen oder anhaben, dir werden sie das Geld schon auszahlen.« Ayşe Hanim nickte resolut.

Im Nachhinein glaube ich, die beiden spekulierten auf meine höfliche Art, mit den Kunden umzugehen, und hofften heimlich, dass ich, ohne die Stammkunden zu verstimmen, das Geld zurückholen könnte. Sie selber mieden die Konfrontation mit den alten Zyprioten, was auch berechtigte Gründe hatte, wie ich später herausfand.

Wenn die Ersten von diesen Kunden mit der Zeitung unter dem Arm in Ali's Supermarket erschienen und bei süßem Tee und warmen Sesamkringeln über politische Entscheidungen plauderten, mir Fragen stellten, hieß das für mich Klappe halten! Denn Ali Bey hatte mich gewarnt: »Du weißt nicht genug. Sie wollen testen, ob du wirklich fest auf zypriotischer Seite stehst. Versuch erst gar nicht, griechisch-zypriotisch und türkisch-zypriotisch voneinander zu trennen und neu zu definieren. Es geht immer schief. Geh höflich über ihre Fragen hinweg.« Offen gestanden verstand ich manchmal die alten Zyprioten nur schwer, da sie alle gleichzeitig sprachen, was in laute Töne und große Gesten ausartete und an Dramen mit Slapstickeinlagen erinnerte. Außerdem sprachen sie einen Anglo-turco-cypriot-Dialekt, den nicht einmal Leute in Girne (Kyrenia) oder Lefkosa (Nicosia) verstanden hätten. Es handelte sich um einen *cockney*-türkischen Einschlag, vergleichbar mit Berlinerisch mit sächsischem Einschlag. *Merhaba** sprach man hier »Mährrrhaaabaaa« aus, es hörte sich an wie »Pearl Harbour«.

Die türkischen Vokale wurden wie im Englischen ausgesprochen, so zum Beispiel wurde das U wie in Umut »Aumut« ausgesprochen, das R wurde auf angelsächsische Art gerollt und klang dabei fast amerikanisch, ja erinnerte ein bisschen an New Yorker Bullen.

Ich verhielt mich also, wie Ayşe Hanim es in solchen Situationen tat. Sie blickte ruhig und bedächtig, dabei wirkte sie gesammelt und distanziert wie die Queen. Ayşe Hanim versuchte wichtige Fakten aus den Übertreibungen der Al-

* »Guten Tag«

ten herauszufiltern, wahrscheinlich hatte sie in all den Jahren einen inneren Filterapparat entwickelt, der Wesentliches von Unwesentlichem selektierte.

Mit einem alten, zerfledderten Heft unter dem Arm und einem riesigen Tablett mit Bestellungen von der Delitheke überquerte ich die Straße und ging auf das Cafe Cyprus zu.

Am Eingang war es schwierig, mit dem Tablett in den Händen reinzukommen, ich schlug mit dem Fuß gegen die Tür, doch niemand schien mich zu hören. Kein Wunder, drinnen hörte man laute Schreie, krächzende Raucherstimmen, durch die Ladenfenster sah ich Fäuste herumfuchteln, und ich dachte, wenn jetzt ein harmloser englischer Passant namens John Smith vorbeiginge, der würde sofort zum Telefon greifen und die Metropolitan Police anrufen, denn anscheinend wurde er Zeuge einer heftigen Schlägerei. Hauten sich die zypriotischen Türken und Griechen die Köpfe ein? Ging es wieder um die Green Line? Lefkosa und Girne? Weit gefehlt, die alten Männer gingen nur ihrer Freizeitbeschäftigung nach. Sie spielten *Tavla** und Karten, ausdauernd, tagelang. Ich schlug härter gegen die Tür, und schließlich öffnete der dicke Cemil Bond. Er lächelte und nickte mir wiedererkennend zu.

Ich trat ein, und eine Schwade von Qualm überschwemmte mich so heftig, dass ich kaum atmen konnte. Es roch nach kaltem Rauch, Asche, Tee und Männerschweiß, eine ätzende, herbe Mischung. Das Wort »Belüftung« war hier ein Fremdwort, und jeder verrauchte Londoner Pub war im Vergleich zum Cafe Cyprus ein Luftkurort.

* Backgammon

Das Cafe war klein, aber hell. Von der Decke knallte Licht aus unzähligen Neonröhren in den Raum und erleuchtete ihn seltsam grell. An der rechten Wand hing eine riesengroße Bildtapete mit einem wunderbaren, kitschigen Sonnenuntergang am Mittelmeer. Für einen kurzen Moment hatte ich den Eindruck, als würde das Licht dieser Riesensonne, von einem Generator verstärkt, in dieses Cafe scheinen und somit den Männern ein Stück Mittelmeer, ein Stück Heimat hier nach Nordlondon bringen.

Die alten Männer saßen an Tischen mit blauen Plastikdecken, schlürften Tee aus kleinen schlanken Gläsern, einige schauten Nachrichten, andere klopften Karten auf den Tisch.

Hier hörte man Würfel auf Tavlabrettern rollen, Löffel in Teegläsern klackern und tiefe, rauchige Stimmen von alten Männern – Timbre des zypriotischen Soziallebens. Es erinnerte mich sehr an das Cafe Galata in der Adalbert-Straße in Kreuzberg.

Ich stellte das Tablett auf einen leeren Tisch, und ein Dutzend alter Männer starrte mich neugierig an, als wäre ich ein Alien vom Mars. »Der Neue bei Ali«, erklärte Cemil Bond wissend, und die Runde wandte sich wieder ihrem Tee und Tavlaspiel zu. Ich stellte die Schalen mit Humus, Tarama, Oliven, Schafskäse ab und holte das Schuldnerheft hervor.

Ayşe Hanim hatte in deutlichen Druckbuchstaben eine Liste angelegt, die sehr übersichtlich war und dadurch fast wie ein amtliches Dokument wirkte. Man konnte in den deutlich geschriebenen Ziffern geradezu ihren Eifer sehen, mit dem sie jeden Pence und jedes Pound zurückforderte. Fast glaubte ich das Klicken der inneren Registrierkasse zu hören, die die fälligen Beträge einzeln zusammenrechnete.

»Dürfte ich die Beys bitten, diese Rechnungen zu begleichen?«, fragte ich im legersten Istanbuler Ton.

Keine Reaktion. Kein Ton. Das Einzige, was zu hören war, war das Klackern der Löffel in den Gläsern und das Rollen der Würfel auf den Brettern, sonst nichts. Ich räusperte mich kurz und setzte neu an: »Fällige Rechnungen, dürfte ich die Beys bitten?« Keiner blickte auf, keiner schaute mich an, keiner zuckte auch nur mit der Wimper. Niemand wagte es, seinen Nachbarn anzusehen.

Dann begann ich Namen aus dem zerfledderten Heft vorzulesen.

»Mehmet Kara 15 Pound, Jorgo Papazoglu 18 Pound, Hüseyin Şimşek 28 Pound, Panjajotis Berberakis 20, Cemil Celik 52 ...« Ein Raunen, Räuspern, Grummeln stieg durch den vergilbten Raum zur Decke und blieb dort hängen.

In förmlichem Ton verkündete ich, dass das Anschreiben in Zukunft wegfalle und die offenen Rechnungen unbedingt beglichen werden müssten. Wahrscheinlich habe ich wie die osmanischen Steuereintreiber geklungen, die früher auf den Marktplätzen *»Harac, Harac ...«* schrien.

Die Alten grummelten und brummten vor sich hin, einige beschwerten sich leise. Cemil Bond öffnete den Mund, als ob er mir etwas zurufen wolle, brachte aber nur ein unartikuliertes Gurgeln hervor und sank in seinen Stuhl zurück. Er fixierte mich unter buschigen Augenbrauen. Nie im Leben hatte ich so buschige Brauen gesehen. Wer jetzt auch nur die kleinste Gebärde machte, die von mir als Zeichen von Zahlungswilligkeit missdeutet werden konnte, hatte es sich selber zuzuschreiben. Vor meinem geistigen Auge tauchten die vielen tragischen Fälle auf, in denen Schuldner ihre Kreditgeber erstochen, erwürgt, ja sogar in Müllsäcke verstaut hatten, nur weil der Kreditgeber sein ihm zustehendes Geld zurückverlangt hatte. Aber es wurde keine Hand unbedacht gehoben, kein Kratzen am Kopf, an den Eiern. Eiserne Ruhe.

Plötzlich ging die Tür auf, und der hagere Ziya trat hinein. Er grüßte: *»Saalam Aleikum«,* die verstummte Versammlung brummte *»Aleyküm Selam«,* und einige schoben ihre Stühle instinktiv ein wenig zurück, um mich nicht im Blickfeld zu haben. Ziya, der hagere Pakistani, lächelte unsicher, sein Blick irrte ein paar Sekunden lang zwischen mir und den stummen Männern hin und her.

Alle saßen still und mit gesenkten Augen, nur ihre Nasenflügel vibrierten ein wenig, das war alles. Um die Mundwinkel von Cemil Bond glaubte ich sogar ein schäbiges Lächeln zu sehen.

»Wollen Sie bitte unser Lokal verlassen und uns nicht länger aufhalten, junger Mann«, forderte Cemil Bond mich auf.

»Davon kann keine Rede sein!«, antwortete ich ruhig und entschlossen.

»Wir zahlen Steuern, Renten«, stöhnte Cemil Bond, der als Mutigster den Mund aufmachte, die anderen nickten, einige schlugen mit der Hand auf den Tisch, diskutierten, plötzlich brummte es wieder im Cafe, als hätte man den Volumeknopf der Hi-Fi-Anlage auf maxi gedreht, und Ziya, der Pakistani, wurde sofort in die Angelegenheit miteinbezogen.

In die Rauchschwaden mischten sich alle Flüche, die die englische, türkische und griechische Sprache hergab, im Anglo-turco-Sound: *»This is namkörlük olan, Ali is Londraki Gibrisli en pintisi… upset oldum, Let Allah give you bela olan Ali gitmir…«**

Die Zyprioten packten einen englischen Ton ins Türkische, der so anders klang als die Aussprache der Istanbuler. Die Alten sprachen in Sätzen, die auf und ab wogten und rasten in einem Tempo durch das Türkisch, was wahrscheinlich von ihrem Inseltemperament herkam, und dabei verschluckten sie häufig Endungen; alle K-Konsonanten verwandelten sie in G und alle T-Konsonanten in D. Deshalb hieß bei denen auch Kibris »Gibris« (Zypern) und Kral »Gral« (König). Dieser aufbrausende Greco-turco-anglo-Mix passte nicht zusammen; auch historisch waren Türken, Griechen, Engländer selten in Harmonie miteinander gewesen.

In Berlin war ich Aussprachen gewohnt wie »Isch disch lieben«, Kräussberk, Scheeterasse, Sitil (Stil), Gülizar Banoff.

In dieser Klangmischung wurde der gute alte Görlitzerbahnhof zu »Gülizar** Bahnhof«, also hier verweiblicht; Blaschkoallee zu »Bulaşikci Ali«***, also vermännlicht.

Aber hier in Green Lanes kam eine Variante dazu, die alles bis jetzt Gehörte übertraf, denn diesen Akzent konnte man noch nicht mal mit Scotchbrit, geschweige denn mit Stahlwolle wegschrubben.

* »Das ist undankbar. Ali ist der geizigste Zypriot in ganz London. Allah soll dich verfluchen!«
** Weiblicher Vorname
*** »Tellerwäscher-Ali«

Unter diesen Attacken blieb ich ruhig stehen, lächelte wie ein weiser Buddha, hielt mein Schuldnerheft offen und meinen Bleistift gezückt. Meine Position: Warteschleife...

Irgendwann dann, sehr spät, zahlte sich meine Beharrlichkeit aus, die ich mir von rechthaberischen, meckernden Berlinern angeeignet hatte. Beim Verlassen des Cafes warfen einige der Alten eine Fünf-Pfund-Note auf den Tisch, und ich notierte Datum, Namen und Betrag.

Nach diesem ersten forschen Auftritt im Cafe Cyprus kamen weitere, und ich wurde von den Alten nur noch *Harac Hasan* genannt.

In dieser Zeit ließ sich Ali Bey nicht im Cafe Cyprus blicken, er hielt eine gesunde Distanz zu den meuternden Rentnern, die ihn in tausend Fetzen hätten reißen können; trotz Arthritis, Rheuma und Diabetes waren diese alten Männer jederzeit bereit, im richtigen Moment zuzuschlagen. Schließlich hatten sie den Zypernkrieg, Aufstände, Massaker überlebt und trugen deren Wunden, Narben und Schrecken tief im Herzen.

Hinter seinem Rücken beschimpfte man Ali Bey wütend als *Eşekoğlu Eşek* (Sohn eines Esels), *Öküzoğlu Öküz* (Sohn eines Ochsen) bis hin zu *Köpekoğlu Köpek* (Hundesohn).

Damit bedienten sich die Alten der ganzen Palette von Haustieren. Manchmal wurde er sogar hinter vorgehaltener Hand als *Domuzoğlu Domuz* (Sohn eines Schweins) für sein unnachgiebiges, pingeliges Verhalten in dieser Schuldenangelegenheit beschimpft, denn schließlich zeigte er für einen sonst so lockeren und alles nicht so genau nehmenden Inselbewohner eine Härte und Sturheit, die man hier im

Cafe mit Wikingern, ja, mit der nordeuropäischen Welt assoziierte, welche viel Schweinefleisch aß und somit jene Eigenschaften an den Tag legte, so jedenfalls schlussfolgerten die Alten im Cafe.

Mit der Zeit gewöhnten sich die Männer an mich und das zerfledderte Schuldnerheft, die Proteste und Flüche nahmen an Deftigkeit ab, aber die rückerstatteten Beträge waren bescheiden.

»Viele der Männer haben Krisen hinter sich und stecken im Altersstarrsinn, und der ist zäh wie Leder«, meinte Ayşe Hanim. Deshalb hatte sie sich was einfallen lassen. Sie wollte mich in die Geheimnisse der zypriotischen Küche einweihen und mir zeigen, wie man Mokka zubereitete und servierte, denn in diesen kühlen Herbsttagen stieg der Mokkaverbrauch im Cafe Cyprus, und es war eine gute Gelegenheit für sie, mich direkt im Cafe zu plazieren und noch höhere Beträge zurückzuholen.

Unter Ayşe Hanims Aufsicht setzten wir drei kupferne *Cezves** auf kleine Herdflammen, dann rührte ich gemahlenen Mokka und Zucker in kaltes Wasser.

»Niemals heißes Wasser verwenden!«, warnte sie mich. »Dann langsam den Mokka unter Umrühren zum Kochen bringen. Kurz vor dem Überschäumen einen Teil in die Tasse gießen. Den Rest nach nochmaligem Aufkochen in Tassen füllen. Der Mokka muss mit Schaum bedeckt sein. Merk dir das!« Ich nickte.

»Also nach alter Tradition«, fuhr Ayşe Hanim in leh-

* Stielgefäß

rerhaftem Ton fort, »stellt man Mokka ohne Zucker so auf das Tablett, dass der Tassenhenkel auf 12 Uhr zeigt. Mokka mit wenig Zucker: der Henkel zeigt auf drei Uhr, und sehr süßer Mokka: der Henkel zeigt auf sechs Uhr.« Ich nickte eifrig wie ein Schüler und versuchte mir alles genau zu merken. Vorsichtig plazierte sie alle drei Tassen aufs Tablett.

»Espresso? *Everything pronto, pronto*?«, fragte Ayşe Hanim hektisch, »das ist Italien. Aber türkischer Mokka erfordert Gefühl für Zeit und Grenzen. Erst muss sich der Kaffeesatz unten in der Tasse gesammelt haben, später dann kommt der richtige Moment, an dem man nicht weitertrinkt, damit der Kaffeesatz nicht in den Mund gelangt.« Ich probierte. Es schmeckte nach Karamell, nach Kaffee, ein bisschen erdig, am Ende schlammig. Ein kleiner Mokka war immer für die besseren Momente im Leben. Wie ein altes türkisches Sprichwort sagt: »Die Erinnerung an eine Tasse bitteren Kaffee währt 40 Jahre.« In diesen grauen Herbsttagen war eine Tasse Mokka anregend, machte die alten Männer gesprächig und laut im Ton. Der Mokka und die Gespräche gaben ihnen das Gefühl, dass sie die volle Wucht und Wonne des Lebens genossen.

Ich mochte diese Mokkagespräche, denn dann verwandelte sich das Cafe in eine UNO-Vollversammlung, die dabei war, die Zypernfrage zu lösen. Da wurden Schlachten ausgetragen, Pläne geschmiedet und Regierungskabinette zusammengesetzt. Manchmal packten die alten Männer die gesamte Geschichte auf den Tisch. Hier Makarios* (Tee-

* Makarios III., zypriotischer Erzbischof und Politiker

glas), da Lefkosa (Teelöffel), da Girne (Streichholzschachtel), dort türkische Armee (Aschenbecher). Manchmal reichte die Tischplatte nicht aus, um die Ereignisse des heißen Sommers 1974 militärisch und strategisch nochmals im Verlauf und im Detail darzustellen.

Es fielen Namen wie Makarios, Papadopoulos, Nikos Sampson, Kurt Waldheim, Callaghan, Harold Wilson, Bülent Ecevit – einige der Hauptakteure vom Krieg im Juli 1974. Dann benutzten die Alten den ganzen Raum. Die Theke war Zypern, blaues Linoleum am Boden das Mittelmeer, alte Stühle türkische Schiffe, die Ventilatoren Tausende von türkischen Fallschirmspringern. Sie holten wuchtig mit Händen und Armen aus, ihre Gesichter verjüngten sich und leuchteten auf, wenn sie die Kraft der Erinnerungen verteidigten. Die alten Männer legten eine Lebendigkeit an den Tag, die sie sonst vermissen ließen. In solchen Momenten schimmerte die ganze Leidenschaft und Wut des Mittelmeers aus ihnen heraus. Schließlich bestanden sie aus osmanischem Fleisch, griechischen Knochen und zypriotischem Wein.

Während dieser Mokkastunden entstanden Fraktionen, die mir vorher nicht bewusst waren. Eine unsichtbare Green Line – Demarkationslinie –, die Nord- von Südzypern trennte, durchlief das Cafe Cyprus. In der rechten Ecke des Cafes hatten sich griechische und in der linken Ecke türkische Zyprioten an Tischen breitgemacht. Es herrschte eine stillschweigende Übereinkunft, dass niemand diese Linie übertrat.

Im hintersten Teil des Cafes saß eine kleine Gruppe von griechischen und türkischen Zyprioten, meistens um Cemil

Bond und den alten Jorgo und Niko versammelt. In dieser eher milderen, liberalen Ecke saßen Musa, Isa, Jusuf und Yayah mit am Tisch – wenn man ihre Namen übersetzte, dann hießen sie Moses, Jesus, Josef und Johannes, somit war die halbe Bibelgeschichte jetzt bei Tee und Tavla vertreten. Komisch, mir war nie ein christlicher Ali, Omar oder Mohammed begegnet. Ihnen?

Ali Bey nannte diese Gruppe »die Aristoteles-und-Platon-Fraktion«. Sie waren die eher gemäßigten Zyprioten von beiden Seiten, die Zypernkonflikt, Rivalität und andere Uneinigkeiten allgemein kommentierten und das ganze Dilemma philosophisch betrachteten. Öfter hörte man von diesem Tisch Kommentare wie: »Ob sie nun türkisch oder griechisch sprechen, in die Kirche gehen oder in die Moschee. Sie sind zuerst Zyprioten, und sie möchten die Insel wiedervereint sehen.«

»Vereint???«, fragten die griechischen und türkischen Hardliner aus entgegengesetzten Ecken des Cafes. Da saßen einige von der Klerides-Papadopoulos-Denktaş-Liga, die in jedem politischen Akt der Griechen oder Türken einen Trick, einen versteckten Coup sahen. In diese Liga reihte sich manchmal auch Mr. Walross (Salim) ein. Es waren die konservativen, nationalistischen Zyprioten, die ultranationalistische Sprüche hinter vorgehaltener Hand klopften und jederzeit bereit waren, einen Konflikt heraufzubeschwören. Ali Bey hielt immer Distanz zu dieser Kundschaft, da sie geschäftsschädigend war.

»Natürlich werden sie sich wiedervereinigen. Schließlich haben sich auch West- und Ostberlin vereinigt und die Mauer zu Fall gebracht«, sagte Cemil Bond trotzig und zeigte auf mich. »Fragt *Harac Hasan*, schließlich kommt er ja aus Berlin.«

Ich sah ihn überrascht an, dachte an die Warnung Ali Beys und schwieg. »Die Zyprioten werden es denen da oben zeigen!«, empörte sich Cemil Bond mit lauter Stimme und streckte den Zeigefinger nach oben. »Ihnen in die alten Eier, in den Hintern treten, die Zyprioten sind ein Seevolk, Insulaner. Wir sind anders als diese Festland-Möchtegern-Politiker in Athen und Ankara, diese Erbsen-und-Getreide-Bauern können noch nicht mal eine Scholle von einer Krake unterscheiden, und dann entscheiden sie über die Zukunft Zyperns!« Dabei redete Cemil Bond so, als wären »die Zyprioten« eine Person mit einem gemeinsamen Willen.

Für die Aristoteles-Platon-Fraktion war ich ein willkommener Gast, der aus erster Hand erzählen konnte, wie es die West- und Ostdeutschen geschafft hatten, sich wiederzuvereinigen, ohne Blut zu vergießen, und wieder ein Land, ein Staat zu werden. Damit stand ich plötzlich im Zentrum der Debatte. Ehe ich jedoch ausholen und von meinen Berliner Erfahrungen erzählen konnte, unterbrach mich Mr. Walross: »Pah, Vereinigung? Berlin?«, spottete er. »Kein Wunder, die Deutschen haben die gleiche Geschichte, die gleiche Kultur. Klar, sie sind Christen, sie sprechen deutsch. Natürlich werden sie sich wiedervereinigen. Was denn sonst?«, wandte er ein.

»Aber wie soll ein Mehmet sich mit einem Costas vereinigen? Hä? Der ist noch nicht mal beschnitten«, warf ein dürrer Alter aus der konservativen Ecke ein.

»Jetzt haust du wieder unter die Gürtellinie! Das bringt uns auch nicht voran«, meinte Cemil Bond.

»Also bitte, sag ich doch immer…, Christen, noch dazu orthodoxe, sprechen griechisch, trinken Alkohol, essen Schweinefleisch und glauben, die ganze Insel gehöre ihnen, wie zum Beispiel diese Herren dort in der Ecke…« Der dürre Alte zeigte auf die griechisch-zypriotischen Hardliner, die sich gerne hinter dem Tisch der Aristoteles-Platon-Fraktion verbarrikadierten, um im Fall eines ausufernden Streits heil aus diesem Cafe rauszukommen. Schließlich kannten sich die Hardliner beider Seiten untereinander und konnten das Ausmaß ihrer spontanen Explosionen einschätzen.

»Wir möchten bei der jungen Generation erreichen, dass sie niemals vergisst, dass ein Teil ihrer Heimat okkupiert wurde. Das ist nicht Politik machen, sondern verlangen, was uns gehört«, brabbelte ein grauhaariger Mann vom griechischen Hardliner-Tisch. »Nein, mein Lieber. Einigung Zyperns? ILLUSION!«

Pause. Stille.

»Was willst du? Ist doch egal, wer die Insel regiert«, konterte der alte Jorgo aus der Philosophen-Ecke. »Die Zeit kennt keine Ewigkeit. Nur das menschliche Popelhirn, und das irrt oft!«

Die meisten Männer nickten zustimmend, denn viele von ihnen waren eher Reformisten und Pragmatiker – zu denen gehörte auch Ali Bey –, die über einen Musterland-Fahne-Nationalismus hinaus waren und einfach an einen Anschluss an Europa und die EU dachten. Schließlich hatten viele von ihnen in langer und friedlicher Nachbarschaft in Green Lanes zusammengelebt.

Sie fragten nicht mehr nach türkischer oder griechischer

Identität: Westler oder Ostler? Nomaden oder Sesshafte? Diktatur oder Demokratie? Eigentlich hatten die Türken von allem etwas, aber nichts Ganzes.

4

Zicken, Zoff, Zaster

Nach einigen Wochen, als ich schon die Hoffnung aufgegeben hatte, das geliehene Geld jemals wiederzusehen, stand die kleine blonde Frau vor unserer Mc'Kebap-Bude, reichte, ohne ein Wort zu sagen, Kazim einen Umschlag, dankte kurz, gab eine Bestellung für zwei Kebabs auf und lächelte aus einem hellen Gesicht. Dann stellte sie sich zu Khan an den Stehtisch. Kazim blickte nervös zu den beiden und sah mich fragend an. Ich zuckte mit den Schultern. »Hoffentlich legt der uns nicht wieder so 'ne Nummer hin wie letztes Mal«, flüsterte Kazim mir besorgt zu und zählte die Scheine aus dem Umschlag. »Stimmt auf den Penny«, meinte er sichtlich erfreut.

»Das check ich gleich«, sagte ich und servierte.

Die beiden schauten mich überrascht an, als ich ihnen ihre Kebab an den Tisch brachte, und dann bot ich ihnen Tee auf Kosten des Hauses an, was beide noch mehr überraschte, da sie es nicht gewohnt waren, in diesem verdammt gierigen London etwas umsonst zu bekommen.

Wir unterhielten uns ein bisschen, und ich versuchte mein Englisch *up-to-date* zu bringen, dabei beobachtete ich den Typ: Er zeigte keine Anzeichen von eventuellen Anfällen, sondern lachte, scherzte und biss genüsslich in seinen Döner. Heimlich gab ich Kazim das Zeichen für Entwarnung.

»Woher kommst du?« Diese Frage lag mir schon seit unserer ersten Begegnung auf der Zunge.

»Berlin!«

»Ach neee...! Wirklich?«

»Hmm, und du?«

»Kroozbärg.«

»König von Kroozbärg?«

»Nee, vom Kotti.«

»Ein so 36*-Typ?«, fragte sie lachend.

»Gebürtiger Westberliner.«

Sie zog überrascht die Brauen hoch, dabei wirkten ihre blauen Augen noch größer und heller, als sie so schon waren. »Und was hat dich hierherverschlagen?«

»Arbeit, Abenteuer und Englisch...«

»Na, dann viel Spaß bei deinem Abenteuer in London«, sagte sie schnippisch und verdrehte die Augen.

»Und was machst du hier?«

»Oooch, ich ...? Ich arbeite mit Khan zusammen.« Sie zeigte auf den großen Typen neben sich, er nickte kurz und strich sich durch seine wellige, dunkle Mähne. »Er malt und stellt Barockspiegel her.«

»Nice to meet you, I am Hasan.«

»Bettina aus Charlottenburg«, kicherte sie.

Kazim gab eine Runde Bier auf Kosten des Hauses aus. Wir mieden das Thema »letztes Mal« und unterhielten uns immer wieder zwischen den Bestellungen. Nach einigen Beck's Dosen deutete Bettina mit dem Kinn auf eine Gruppe von Hooligans mit Stiernacken, Kahlköpfen und Harring-

* Alter postalischer Westberliner Bezirk (Südost 36)

ton Jacken. Zwei dicke Typen von denen sprachen deutsch, der Rest machte einen auf Cockney*.

»Es geht mir ziemlich auf die Glocke, wenn ein Deutscher sich englischer verhält, als ein Engländer es tut, es kommt mir so wischiwaschi vor«, meinte sie genervt und deutete auf die, die jetzt auf Cockney machten.

»Von britischen Hooligans kann man lernen, dass die Eroberung eines Weltreichs mit der Hoheit auf dem gegnerischen Fußballfeld beginnt, und von den *stiff-upper-lip*-Engländern kann man lernen, dass es gar nicht notwendig ist, eine Fremdsprache zu lernen, geschweige denn die eigene Sprache verständlich zu sprechen«, erklärte sie mokant. Nicht blöd, die Frau, dachte ich; sie schien einen Radarblick zu haben, selbst in der Dunkelheit schien sie alles um sich herum scharf zu sehen. Die beiden blieben an unserer Bude, wir schwatzten, scherzten und lachten bis zum Feierabend. An den folgenden Wochenenden sahen wir sie öfter, und es schien, als würden sie Stammkunden werden.

Am Monatsende zahlte Ali Bey meinen Lohn aus, und dank der Delikatessentheke gab ich kaum Geld fürs Essen aus! Meine Kasse füllte sich mit Pfundnoten. Ich hatte einen Pakt mit mir selbst, ich wollte diese harte Gangart durchhalten. Zähne zusammenbeißen und vor mich hin arbeiten. In London ging es nur um Geld, vierundzwanzig Stunden lang, aber niemand klagte oder seufzte, was in Istanbul unmöglich wäre. An Bushaltestellen, in Läden und in Teegärten wurde dort ständig über hohe Mieten, hohe Benzinpreise, Inflation geklagt, geseufzt, in London dagegen

* ursprünglich: Englisch der Londoner Arbeiterklasse

wurde übers Wetter gesprochen, und das mit einer solchen Selbstverständlichkeit, dass es einem banal vorkam.

Daher verschwieg ich auch, dass ich herausgefunden hatte, dass die Zehn-Pence-Münze die gleiche Größe hatte wie eine DM-Münze. Ich sammelte für den Einsatz in Berliner Automaten.

Dann wagte ich es, nach Englischkursen Ausschau zu halten, Sie haben richtig gehört, »wagte«. Die Preise waren astronomisch, aber ich gab nicht auf.

Von Bettina bekam ich die Adresse einer Sprachschule, die sie selbst besucht hatte. Die Preise waren bezahlbar. Manchmal jobbte sie dort in der Cafeteria als Aushilfskraft.

Der Englischkurs war nicht weit von Green Park Station entfernt, was auf der Piccadilly Line lag und somit eine direkte Verbindung nach Turnpike Lane und Wood Green zu Ali's Supermarket oben im Norden hatte.

Eine Morgenfahrt in der London Underground war wie eine Camel-Trophy-Fahrt.

Die Waggons waren heillos überfüllt. Es war ein Balanceakt, im wild rüttelnden Waggon mit Zeitung unterm Arm und Tasche an der Hand das Gleichgewicht zu halten. Dazu kam noch der schlechte Atem der Leute, an die Deckenstange greifende Arme, Achselschweiß, Geruch, Schuppen auf Schultern, Bullnacken im weißen Kragen – und für all das zahlte man mit seiner teuren Monatskarte. Nur die Hartgesottenen, Angepassten überstanden diese morgendliche Tortur und blieben ihrem Arbeitsplatz und der Stadt London treu; der Rest plante vermutlich Wege für den Ausstieg aus diesem Moloch. Die London Underground sorgte für eine natürliche Selektion, denn die unausgesprochene Regel in dieser Hauptstadt war: *survival of the fittest.*

Mit jedem Morgen wurde ich routinierter, abgebrühter und gewann langsam eine Übersicht über dieses Spinnennetz London Underground. Ich versuchte die schlimmsten Rushhour-Zeiten zu meiden, ging viel zu Fuß und plante, mir ein Moped anzuschaffen.

Von zehn bis kurz vor vier Uhr ging es zivilisierter zu in der *tube*. Die Fahrgäste waren marineblau gekleidete ältere Damen, Touristen, arbeitslose Londoner, die nicht an feste Arbeitszeiten gebunden waren. Allerdings hatte ich nicht viel davon, da ich pünktlich früh um neun zum Englischunterricht erscheinen musste.

Im Kurs hatten die Frauen die absolute Mehrheit, deshalb gesellte ich mich von Anfang an zu der kleinen, stillen Minderheit von zwei Männern im hinteren Teil des Klassenzimmers. Es waren junge Bosnier aus Sarajevo. Sie waren Brüder und hießen Ismet und Ismail. Diese Jungs schwiegen meistens, da die Weiber im Unterricht, in den Pausen, in der Cafeteria schnatterten, was das Zeug hielt. Dabei ging es immer um das Gleiche: Unterkunft, Preise, Jobs. Und das Ganze endete mit Zicken, Zoff, Zaster! Was waren das für Tussen? Drei Engel für Charlie oder Ali?

Ein Teil von ihnen kam aus dem Westen: Französinnen, Portugiesinnen, Spanierinnen, der andere Teil aus dem ehemaligen Ostblock: Polinnen, Ungarinnen, Russinnen.

Die bosnischen Brüder gefielen mir. Sie waren schnell und ehrgeizig, lernten eifrig Englisch, wollten vorankommen und hielten sich nicht mit irgendwelchen Kinkerlitzchen auf. Im Unterricht waren sie oft müde, gähnten hinter vorgehaltener Hand, da sie in einer Pizzeria bis in die frühen Morgenstunden arbeiteten.

Viele der Frauen waren Au-pairs, die das erste Mal von zu Hause weg waren und wahrscheinlich in London hängenbleiben und irgendeinen Neil, Tim oder Andrew heiraten und Kinder bekommen würden.

Zum Glück waren unter den Mädels keine Pimpeltussis dabei, wie man sie sonst auf Kudamm-Partys antraf, so ausgehungerte, dünne Waschbretter, zackige, nervöse Tussis, die Stunden im Badezimmer verbrachten, um sich die Flecken im Gesicht abzudecken. Auf der Matratze brachen die wie Mikadostäbchen unter einem zusammen. Neee, die kamen mir nicht in die Tüte und auch nicht in meine Schrottbude. Deshalb unterhielt ich mich öfter in der Cafeteria mit Bettina, denn sie hatte schöne volle Rundungen und eine stramme aufrechte Haltung; wenn sie zu mir hochschaute, dann strahlten ihre Augen, und alles schimmerte an ihr, wenn sie sich freute und lachte.

Manchmal nannte ich sie Betty Hanim. Sie war freundlich, hautfreundlich wie ein schadstoffgeprüftes Hemd, das man gerne auf der Haut trug. Sie hatte keine Ticks und Macken.

Im Englischkurs nahm ich mir vor, die Finger von den Mädels zu lassen, denn eines war klar: In den Pausen würden sie über mich herziehen, und wie...! Außerdem wirkte man viel interessanter auf die Frauen, wenn sie wenig über einen wussten. Auf Hochspannung halten war die Devise. Deshalb traf ich eine heimliche Abmachung mit mir selbst: Weiber durften mein Zimmer nicht betreten. Der Liebeskummer gehörte in die Pubs, Bars, auf Parkbänke und in stille B&B-Zimmer. In meinen vier Wänden sollte Friede herrschen. Punkt. Aus. Schluss. Vorbei.

Aber das hieß nicht, dass ich die Londoner Girls nicht bewunderte, ganz im Gegenteil. Jeden Morgen in der *tube*, nachdem ich mir einen Stehplatz zwischen den Sitzbänken ergattert hatte, sah ich mir die Schönheiten genau an. Girls aus Lewisham, Brixton, Southall, geschminkt und fürs Büro adrett gekleidet. Mit ihren lebhaften Augen, roten Lippen, schwarzen Haaren, Afrofrisuren, ihrer braunen Haut, den langen Beinen hauten sie mich einfach um. Manche von ihnen waren noch ganz verschlafen und dösten so leicht und zauberhaft vor sich hin, andere lasen in Magazinen oder beobachteten sich in der dunklen Waggonscheibe. Manchmal versuchte ich zu erraten, welchen Hintergrund, welche ethnische Mischung sie hatten. Ich konnte noch nicht Ghanesin von Jamaikanerin, Inderin von Pakistani und Taiwanesin von Thailänderin unterscheiden. Unter den Fahrgästen waren am leichtesten weiße Engländerinnen zu erkennen, denn viele von ihnen hatten lange Pferdegesichter mit großen Krakenaugen. Eine Mischung aus Pferd und Krake. Kein Wunder, ihre Vorfahren waren ja auch Herren der Meere und Pferde.

Ich glaube, die meisten dieser Schönen waren in London geboren, aber ihre Eltern, ihre Großeltern kamen aus fernen Städten, aus schattigen Dörfern, von sonnigen Stränden und grünen Inseln hierher an die Themse und hatten solch umwerfend schöne Feen in die Welt gesetzt.

Aber das Beste waren die großen, schlanken Brixton Girls mit Hochsteckfrisuren, die ihre Nackenpartien, den Hals und die schön modellierten Schultern freilegten. Wenn diese Girls die Stationstreppen hochgingen, schaukelten ihre Hüften rhythmisch, ihr Gang war lässig, ein knackiger Po in tiefsitzenden Hosen, sichtbare Stringtanga über dem Hosenbund, toootaaal seeexyyyy!

Diese Girls waren cool und hatten eine gewisse Straßeneleganz, die mich einfach mitriss. Mit der Zeit entwickelte ich einen Blick für diese Frauen. Beim Busen achtete ich auf Mogelpackung mit Silikonkissen, oder wenn die Vitrine einer Frau zu viel Schminke hatte, dann klingelten bei mir die Alarmglocken. »Vorsicht, Etikettenschwindel!« Nicht alles, was drauf war, war auch drin.

Oft fragte ich mich, wie viele Menschen es schafften, die Liebe ihres Lebens in der *tube* zu finden? Sie sahen die gleiche Person jeden Tag, jede Woche, jeden Monat und hofften, dass die Anziehung gegenseitig wäre. Ich behielt einen wachen Blick, lauerte heimlich und hoffte auf eine Fee, man wusste ja nie?

Was für ein Unterschied zur Berliner U-Bahn, wo Sozialprojektfrauen mit kurzen Haaren und hängenden Mundwinkeln einen ignorierten. An Freitagabenden saßen viele dieser abgearbeiteten Kreuzberger aus ehemals Wessiland gefrustet, kaputt, einige bekifft oder besoffen in den Waggons Richtung Warschauer Straße. Sie strahlten so viele negative Vibes aus und zogen einen dermaßen runter, dass es schon unter »Suizidgefahr« einzuordnen war. Deshalb mied ich diese Linien an Freitagabenden.

»Von wegen das erste Mal von zu Hause Wegsein, Freiheit, London-Sprachkurse, alles nur Blablabla ...«, meinte Kazim, als ich ihm von meinem Englischkurs erzählte. »Eigentlich ein Vorwand für wilde Matratzenkämpfe«, stellte er amüsiert fest.

»Die Engländer haben aus diesen B&BS, *English courses, Stay-in-an-English-family* und diesem ganzen Tamtam um Shakespeare eine ganze Industrie, einen Wirtschaftssektor geschaffen.« Er hatte recht: Was die Leute auf dieser Insel geschafft hatten, war, den Englischschülern das Gefühl zu geben, dass sie hier frei wären – frei von Elternhaus, Lehrern, Schule, Nachbarn, und dafür verlangten sie horrende Preise für miese Unterkünfte, Tiefkühlessen, verspätete Züge und Busse.

Es war dieses poppige, hippe Image von London, das sie *nicely* und *politely* an uns Englischschüler verschacherten, und dafür blechten wir.

Die ultimative Freiheit war es, in der Menge unbekannt zu bleiben. In Londoner Straßen einen Fremden auf der Straße zu sehen, der in einer anderen Kultur und Sprache erzogen war, hieß, ihn nur ansehen und sonst nichts. Kein Abwägen oder Beurteilen. In Berlin hingegen wurde ich wegen meiner schwarzen Haare, meiner Kleider, meiner Schuhe und meines Türkischseins in Schubladen geschoben. Die Leute schauten mich an und dachten: Oh, ein Ausländer! Türke! Kreuzberger!

In Berlin konnte ich Ostberliner anhand von ihrem zackigen, hektischen Ton von Westberlinern, müde und abgebrühte Altberliner von neugierigen, naiven Neuberlinern, alte Charlottenburger von schwäbischen Neuprenzelbergern unterscheiden, Studenten an ihren Rucksäcken und Yuppies an ihren Mazda Cabriolets erkennen. In den Geschäften und Straßen von Kreuzberg konnte ich Ostanatolier von Westanatoliern und Laz von Kurden anhand von Aussprache und Betonung und Schnurrbart unterscheiden. In London war alles neu und anders.

Ehrlich gesagt, war für mich das coole hippe London das London der Menschen aus aller Welt. Ich mochte es, in der *tube*, am Kiosk, im Bus, beim Takeaway Englisch mit indischer, chinesischer, karibischer Aussprache und Betonung zu hören. Manchmal versuchte ich den soften Creole Ton vom Busfahrer (Bus 29, *»thank yuuu, loove«*) oder den *short sharp* Ton des kantonesischen Kellners (*Witsch numbel?! Pay cash!«*) zu imitieren. Langsam entwickelte ich mich zum Experten für Aussprache, Akzente des Englischen, daran war diese Sprache reich, bunt und witzig. In Gesprächsfetzen, an Bushaltestellen, in Pubs gab die Frage *»Where do you come from?«* den Ton an. In Istanbul brachte mich diese Frage früher auf die Palme, aber hier bekam sie eine andere Bedeutung, denn alle fragten alle, alle waren davon betroffen. Zum Glück war ich hier sicher, dass Fragen wie »Ich würde mich gerne mit Ihnen über Erfahrungen, die Sie in diesem Land gemacht haben wie Rassismus, Integration, das Leben in einer ethnischen Minderheit … blablabla«, nicht gestellt wurden. Eeeyyyh, was für ein beruhigendes Gefühl!

Im Kurs fielen mir die Ostblockfrauen auf, so zum Beispiel Marianne aus Sofia: Wenn sie einen kurzen Vortrag hielt, dann schaute sie mit gesenkten Augenlidern nach unten, nie in die Klasse. Was war denn das? Ich meine, diese dunkelhaarige Marianne, die in den Pausen Marlboro rauchte und am lautesten von den Mädels war, schaute uns in der Klasse nicht an. Später erfuhr ich, dass es eine Angewohnheit aus sozialistischer Sowjetära war, gegenüber höhergestellten Kadern und Parteileuten den direkten Augenkontakt, den aufrechten Blick zu meiden. Und Marianne wurde von der Kristof-Ilusch-Stiftung finanziert.

Als ich Kazim davon erzählte, zog er leicht die Augenbrauen hoch. »Kein Wunder, Kristof Ilusch hat die Knete an der Börse gemacht, als die Fonds, Aktien und Unternehmen von afrikanischen Ländern den Bach runtergingen. Er hat die Moneten kassiert, und jetzt gibt er sie den weißen osteuropäischen Brüdern und Schwestern, damit der Kapitalismus sich dort einnisten kann, schließlich braucht man Leute im Ostblock, die zum Handeltreiben Englisch können. Der Westen hat wieder zugeschlagen, kapiert?«

Ich zuckte nur mit den Achseln, das war mir alles zu kompliziert. Ich meine, da soll einer aus Bukarest nach London kommen, die Afrikaner Pleite machen und dann das Geld an die Osteuropäer verteilen? Ein toller Typ? Für die Afrikaner vielleicht ein mieser Typ? Es kam darauf an, wo man auf dieser Erdkugel stand – das prägte die Art, wie man die Dinge sah. Was wäre passiert, wenn dieser Kristof Ilusch ein Afrikaner wäre? Ich meine, wenn er ein weißer Afrikaner wäre, wie hätte er dann das Geld seiner Stiftung verteilt?

Dieses ganze Tamtam um den Ostblock verfolgte mich auch in London, als hätten wir nicht genug davon in Westberlin mitbekommen. Warum war Baba damals Anfang der Siebziger nicht gleich nach London ausgewandert? Er hätte auch hier studieren können, wie Kalle Marx, und dann hätte ich nicht so viel zu tun gehabt mit diesem ganzen Sozialismus, Kommunismus und anderem Gelaber. Aber nein, Baba musste in dieses Furzloch Westberlin gehen, wo er mit seinem Cousin Halim alias Onkel Breschnew Teegespräche im Reisebüro führte und den Zusammenbruch von Kommunismus, Marxismus, Sozialismus und weiteren Ismen, die mir jetzt nicht einfallen, diskutierte.

Mit der Zeit gewöhnte ich mir an, einige Runden im Green Park zu drehen, bevor ich zum Unterricht ging, das war dann mein morgendliches Joggingtraining. In ein Fitnesszentrum zu gehen kam aufgrund der Ebbe in meiner Kasse nicht in Frage, deshalb dachte ich: Schlag das *rip-off-system of London* mit seinen eigenen Waffen.

Also wurde der Green Park zu meiner Trainingsstrecke und die Herrentoilette im feinen Hotel Ritz zu meiner Wechselkabine.

Dort gab es große Spiegel, schöne Waschbecken, feine Tücher, alles war aus Marmor, Granit, immer blitzblank sauber und edel. Das Leben im Ritz war voller Licht, Ruhe und Bequemlichkeit, es duftete nach geröstetem Kaffee und Karamell, und edles Porzellan stand auf weißen Tischdecken.

Wenn ich schon für jeden Furz zur Kasse gebeten wurde, dann wollte ich wenigstens umsonst im edelsten Pissoir pinkeln. Fünf Sterne musste es haben! London war beim Kassieren immer top, aber bei Qualität ein Flop.

Obwohl ich ein leidenschaftlicher Teetrinker war, gab es nichts, was den Geruch von frischgemahlenen Kaffeebohnen schlagen konnte. Neuerdings hatte ich mir eine Handvoll Kaffeebohnen in die Tasche gesteckt, um den Zwiebelgeruch an meinen Fingern zu überdecken. Dieser wunderbare Kaffeegeruch erinnerte mich immer wieder daran, dass es noch ein anderes, feineres Leben gab als dieses Malochen, das ich Woche für Woche hinter mich brachte. Obwohl ich knapp bei Kasse war, schaffte ich es, ohne einen Penny zu bezahlen, mir das Stück *Les Misérables* anzusehen. Wie? In der Theaterpause mischte ich mich vor der Tür unter die Besucher und ging am Seitengang hoch in den zweiten Rang, und von da aus suchte ich mir einen freien Sitz im ersten Rang. Im *National Film Theatre* zahlte ich auch nichts. Kurz nach Filmbeginn tauchte ich, erschöpft nach Luft schnappend, vor den Kinoeinlasserinnen auf, meistens junge hübsche Studentinnen. Ich sprach gebrochen englisch, blickte hilflos und verloren um mich und erzählte immer wieder eine andere Story, dass ich mich in London verlaufen hätte, zu spät dran sei und dass meine Freunde mit den Tickets schon reingegangen seien und … und …, dabei lächelte ich verlegen und hoffte auf die Wunderwirkung meiner Grübchen. Die Mädels sahen mich mitleidig an und ließen mich rein. Ferner fand ich heraus, dass man am Ausgang von Ladbroke Grove Station über die Kontrollschranken springen konnte, ohne ein Ticket vorzuweisen. Ich hielt immer die Augen offen und hoffte, irgendeine Lücke zu finden, um nicht auf dieses *Rip-off-London* reinzufallen.

5

Nice, brill and smashing

In den Pausen hatte ich öfter *a cup of tea and a cigarette* mit Betty in der Cafeteria, da sie jetzt die ganze Woche dort arbeitete. Im Gespräch hörte sie mir genau zu, begeisterte sich schnell für meine Geschäftsideen, Vorhaben und schaffte es sogar, meine muffige Stimmung umzukippen und mich mit ihrer Begeisterung anzustecken, deshalb genoss ich die Pausen mit ihr.

Betty war in Hamburg aufgewachsen, und als ihre Eltern sich scheiden ließen, zog sie nach dem Abi nach Berlin. Ihre Mutter kam ursprünglich aus Basel und ihr Vater aus Hamburg. Jetzt bewohnte der Vater ein Haus auf der Insel Föhr, und ihre Mutter lebte in Luzern. Über ihre Eltern sagte Betty: »Mein Vater war flach wie Langeoog und meine Mutter steil und kantig wie das Matterhorn, deshalb ging ihre Ehe auch in die Brüche.«

Betty hatte Humor, und was für einen! Manchmal dachte ich, sie wäre vielleicht mit Otto Waalkes verwandt. Sie hatte ähnlich blaue Augen und den gleichen Blödelton, besonders wenn sie knapp bei Kasse war und sich über *Rip-off-London* aufregte, dann blödelte sie herum, plapperte wie Otto englische Wörter herunter, und wenn sie müde und erschöpft war, zog sie alles in die Länge, wiederholte irgendeinen absurden Satz, sagte »Grüezi«, ohne dabei eine Miene zu verziehen. Es war Bettys Art zu überleben, sonst wäre sie zynisch und bitter geworden.

Eigentlich war sie nach London gekommen, um hier Design zu studieren, dann lernte sie Khan kennen, zog bei ihm ein und wurde seine Assistentin im Atelier. Khan konnte einen ganz schön einnehmen, er hatte eine Art, Leute an sich zu binden, zu kontrollieren, ohne dass es einem auf den Senkel ging.

Betty und ich scherzten und motzten so herrlich auf Berlinerisch und zerrissen uns das Maul über die miesen Preise und *eggsandwiches with mayonnaise* hier. Wir bestärkten uns gegenseitig in unseren vernichtenden Urteilen, lästerten, wie es Expats in Istanbul taten. Kaum waren drei, vier Engländer oder Deutsche an einem Freitagabend bei Bier und Zigaretten zusammen, schon wurde alles von der Istanbuler Bürokratie, dem Verkehr, der Schulerziehung bis hin zu den Hausfrauen kritisiert, wurde gelästert, gemurrt und Kopf geschüttelt.

Kein Wunder: Wenn man anfing, Berlin mit Istanbul, London mit Berlin oder Istanbul mit London zu vergleichen, dann machte man sich nur unglücklich. Denn der Sprung von Istanbul nach London war ein Kulturschock, und der Sprung von Berlin nach London war ein Preisschock. Das musste erst einmal verdaut werden.

Einmal, während unserer üblichen Cafeteriapause, zündeten wir uns gerade eine Zigarette an, da zeigte Betty auf einen großen Typen mit kurzen, roten Haaren, einem langen Gesicht und Strichmund, der gerade an der Kasse bezahlte.

»Das ist John Lord, weißt du, was der früher gemacht

hat? Der hat mich vor allen anderen Schülern im Unterricht immer Fritz-Blitz-Betty genannt!«

»Der war bestimmt noch nie in Deutschland«, stellte ich fest und dachte: Das kenne ich nur zu gut aus meiner Schulzeit in Westberlin, wo mir der Sportlehrer beim Laufen zurief: »Haaassaan...! Duuu Kameltreiber! Beweg die Beine! Es geht wieder zurück in die Heimat!«, obwohl Berlin meine Geburtsstadt war. Aber das behielt ich für mich.

»Und weißt du, was der gemacht hat, wenn er mich allein gesehen hat?«, fragte Betty erbost und blies wütend Rauch durch die Nase. Ich zuckte mit den Schultern.

»Der hat mir diesen blöden Werbespruch ›Vorsprung durch Technik‹ zugeflüstert und dabei den Arm ausgestreckt, wie zu Heil Hitler!«, erklärte sie entrüstet, und ihre Stirn lief rot an.

»Waaaasss?«

»Ja, ja... das ist der einzige deutsche Satz, den die Leute hier können, die sind so ignorant, können keine Fremdsprachen, sind so eng in ihrer Welt und denken, der Rest der Welt müsste sich IHNEN anpassen... pah! Ich glaube, die Leute hier lieben das Gefühl, dass sie über sich selbst lachen können. Aber im Grunde tun sie es nur, um den anderen die Freude zu nehmen, über SIE zu lachen. ›*Well, we are better! Aren't we? – Yes, you are*‹«, erklärte sie ironisch und blies Rauch an die Decke. »Dieser John Lord ist einer dieser *QueenMomFanBrigadeBingoYorkshirepuddingCreamtea-Engländer,* die zu allem *nice, brill and smashing* sagen und am Ende des Satzes immer fragen: ›*Isn't it? nice? Did she?*‹ *Tag questions,* leere Anhängsel!« Olle Betty war so stinkig drauf wie eine alte *fish and chips* Tüte vom Vortag.

Schweigen. Dann sagte ich: »Diesen John Lord hatte ich mal als Vertretung im Unterricht. Und weißt du, was der uns beigebracht hat?« Betty schüttelte den Kopf, fuhr mit ihren langen Fingern durch ihre blonden Haare und versuchte sie im Nacken zu einem Dutt zu drehen, obwohl ihre Haare viel zu kurz dafür waren.

»Er versuchte uns *›used to‹* zu erklären. *›We used to have an Empire. We used to rule the world.‹*«

»Kolonialist!«, zischte Betty, dabei kam sie besonders intensiv rüber, wenn sie sich ihrem Ärger überließ. Während sie einen kräftigen Zug von ihrer Zigarette nahm, sah ich mir ihre feine Taille, die Rundungen ihrer Hüften und vollen Brüste an, die durchs helle T-Shirt deutlich zu erkennen waren. Sie drückte die Kippe im Aschenbecher aus.

»Die Leute hier haben einen Klassenkomplex«, sagte Betty unverblümt und zündete sich eine zweite Zigarette an, »den kriegen sie mit der Muttermilch. Deshalb drückt sich in diesen verdammten Vokalen a-e-i-o-u Bildung, Herkunft, Schule, Freunde, Frau, Hund und Katz aus. Die haben hier sogar *first* und *second class* Briefmarken und Briefkästen«, stellte sie kopfschüttelnd fest und schlug die Beine übereinander, dabei rutschte ihr Rock ein Stück hoch und gab besondere Partien ihrer Schenkel frei, die wohlgeformt und fest durch die zarten schwarzen Strümpfe schimmerten. »In Berlin hab'm wa so wat nisch.«

Wir grinsten, kicherten und fanden immer neue Namen für die Macken der Leute hier.

Betty hatte recht: Wenn die Leute hier doch nur aufhören wollten, so 'ne Show abzuziehen mit ihrem höflichen *Howdoyoudo*-Geplapper, bevor sie zum Kern der Sache kamen. Ich glaube, die verfehlten das Wesentliche im Leben, denn sie trauten sich nicht, leidenschaftlich zu sein und dieses auch zu zeigen. Es war ihnen immer *»too embarrassing«*. Irgendwie waren sie gehemmt und versteckten ihre Hemmungen gut hinter Augenrollen, Witzen über sich und über andere.

»Hast du viele Engländer kennengelernt?«, fragte ich neugierig, denn bis jetzt hatte ich Engländer nur als Lehrer, Fahrgäste und Kunden erlebt.

»Zuerst habe ich spanische, portugiesische Au-pairs, indische Ladenbesitzer und brasilianische Maler getroffen. Beim Geburtstag von Khans Mutter habe ich dann die ersten Engländer kennengelernt. Da war ihre halbe englische Verwandtschaft und Bekanntschaft da.«

Als die Pause zu Ende ging, drückte Betty mir ein Buch in die Hand. *»Catcher in the Rye,* kannst dein Englisch damit aufpeppen.«

Betty war klar und deutlich in allem, was sie sagte und machte. Das mochte ich an ihr. Man konnte sich auf sie verlassen, und das bedeutete schon viel in einer Stadt wie London, wo die Leute so ein Gesülze machten und man nicht wusste, woran man war. Außerdem war sie nicht so zickig wie die Mädels im Kurs. Aber einige ihrer Arbeitskolleginnen in der Cafeteria verdrehten hinter ihrem Rücken die Augen, rümpften heimlich die Nasen. Denn auf sie wirkte Betty harsch und fordernd. Vielleicht lag dies an ihrer Kinderladenerziehung und dem antiautoritären Ton, der wie die Reste eines Nutellabrotes an ihrem Mund klebte, und dieser Mund war manchmal direkt, offen und ehrlich. Natürlich löste Betty damit Missverständnisse und Unbehagen bei den Londonern aus, ohne sich dessen bewusst zu sein. Denn Londoner stieß man nicht vor den Kopf, das sollten auch Berliner, insbesondere Ostberliner, lernen und »Neee, jeeeht niiischt! Hab'mwanisch!« aus ihrem Wortschatz streichen.

Mir ging dieses eitle Wiesel von John Lord nicht aus dem Kopf. Er führte sich unter den Schülern aus Russland, Bulgarien, Polen, Deutschland, Frankreich wie ein Kolonialherr auf, wahrscheinlich musste er seine *Englishness* unter diesen *foreigners* besonders zur Schau stellen.

Wahrscheinlich war er in der Zeit zwischen Königin Victoria und Churchill stehengeblieben, weil es gegenwärtig im eigenen Land nichts Besonderes gab.

England und Türkei hatten einiges gemeinsam: Beide bildeten einst ein großes Imperium, waren Kolonialherren, und beide hatten niemals in ihrer Geschichte eine Revolution, die vom Volk ausgegangen war, wie in Frankreich oder Polen. Irgendwie klebten sie an ihrer Vergangenheit und kamen davon nicht los.

Das machten auch viele Istanbuler, die einst wohlhabend waren und Dienerschaft hatten. Sie sehnten sich in ein Istanbul zurück, das längst von zugewanderten anatolischen Bauern überrannt worden war. Auch Baba – mein Vater – hatte ja vor ein paar Jahren damit begonnen, sich für das Osmanische Reich zu interessieren, er kaufte seither alte Bücher, historische Karten, und sein Wohnzimmer verwandelte sich langsam in die Bibliothek von Süleyman dem Prächtigen.

Zum Glück gab es in Berlin nicht mehr so viel Nostalgie-Tamtam, denn dieser ganze Mythos um die goldenen Zwanziger war längst Kuchen von gestern, übriggeblieben waren Faschismus, Krieg, Elend etc ... na ja, halt das ganze »Wenn-Opa-vom-Krieg-erzählt«-Geplappere.

Nach dem Kurs sprang ich in die Piccadilly Line, und ab ging es nach Nordlondon zu Green Lanes. Ich achtete nicht mehr auf *»mind the gap, mind the doors, next station is... way out«*, denn langsam entwickelte ich eine Antenne, mit der ich mich in der London Underground, auf Straßen, in Geschäften und Pubs orientieren konnte, und ich begann ein Gefühl für den Rhythmus und das Ticken dieser Stadt und seiner Bewohner zu bekommen. Mein Leben bestand nun vormittags aus Englischkurs, nachmittags Arbeit in Ali's Supermarket, und an den Abenden der Wochenenden war *Keep up a Kebap* angesagt. Die einzige freie Zeit, die mir blieb, war der Sonntagvormittag.

Betty hatte schon recht mit dem, was sie über die verschiedene Aussprache der Vokale a-e-i-o-u gesagt hatte. Ich meine, England war für mich ein Land des Ohrs, und um Ihnen dies zu erklären, würde ich Sie bitten, sich eine Skala der Sinnesorgane vorzustellen. Also mit Nase, Augen, Ohren, Gaumen und Haut drauf. Okay?

Das Ohr würde ganz oben auf dieser Skala stehen, denn anders konnte ich es mir nicht erklären, warum die Leute hier ständig *»fine, nice, smashing, brilliant (brill), sorry, excuse me, ooohhh that's pathetic...!«* sagten und es Monate dauern konnte, bis sie zu dem kamen, was sie nun wirklich meinten. Das Leben in London war schon kompliziert genug, noch komplizierter waren der Umgangston und die Floskeln.

Meine Art, mich wie im Türkischen ausufernd auszudrücken, musste ich bändigen, schon in Berlin war das jedes Mal ein Kampf, ich meine, ein Krampf. Stattdessen preußisch korrekt, zackig und präzise drauflosmotzen und damit gleich in die Sülze treffen. Das kam bei den Londoner Kids gut an. Die Kids horchten auf und bemerkten meinen anderen Stil. Doch ich durfte nicht zu viel auf Berliner Proll machen, sondern musste es gut dosiert rüberbringen. Ein bisschen mit der legeren Istanbuler Art vermischen und gelassener sein, sich abheben und nicht mit der Masse gehen. Bei älteren Londonern musste ich diese Ausdrucksweise dagegen meiden. Da versuchte ich mir einen neuen Ton anzugewöhnen, der samtweich und doch kratzig wie die Stimme von Harry Belafonte war.

Auf dieser Sinnesskala würde das Auge dann den zweiten Platz belegen. Fashion und Style waren hier das A und O, und es schien, als ob halb London davon lebte. Irgendwie waren alle hier im *advertising* tätig. Den mittleren Platz würde die Nase und die letzten beiden Plätze der Gaumen und die Haut belegen, denn anders konnte ich es mir nicht erklären, wie man sonst auf so was wie Pie und Pudding kam. Wahrscheinlich hatte sich der Gaumen hier bescheiden ausgeprägt und nur auf eine breite Palette von *tea and biscuits* spezialisiert.

Als Letztes kam die Haut, der taktile Sinn, das Anfassen, Fühlen. Mein anfangs unbeholfenes Beharren, den Leuten zur Begrüßung die Hand zu reichen, schien hier wie eine exotische Geste aus dem Kaschgar-Gebirge zu wirken. Wie Fischflossen glitten einige Hände durch meine, da vermisste man den zupackenden Berliner Supergriff. Deshalb ging ich mit der Zeit, wie viele Londoner, körperlich auf Distanz und sagte zur Begrüßung: *»Hello, howdoyoudo?« No touching, no handshaking, that's it!*

In Gesprächen neigte ich immer dazu, die Leute kurz an der Schulter, am Arm zu berühren, beim Abschied auf die Schulter oder den Rücken zu klopfen und dabei die Hand zu schütteln.

»You're a physical person«, bemerkte einmal meine Englischlehrerin. Ja, das mochte sein. Wahrscheinlich empfing ich die Frequenzen von Menschen erst dann, wenn ich sie im Gespräch kurz an der Schulter, am Arm anfasste oder an der Hand berührte. Wie ein dickes Küchentuch saugte ich all diese Sachen auf und lernte in London die drei Ts schätzen: *Trend*, *Trash* und *Tea*, und das von der feinsten Sorte. Mit der Zeit wurde ich zum Kenner dieser drei Ts, mehr dazu später.

6

Mullah-Partisanen-Fraktion

Es war unmöglich, Green Lanes entlangzugehen, ohne abgelenkt zu werden. Der Himmel wurde dunkel, irgendwo ein Donnern, Blitz. Dann kamen Herbstwinde auf, und Green Lanes verwandelte sich schlagartig in eine kasachische Steppe, Staub wirbelte auf, dazu Blätter, Papier und Kippen, Müll tanzte Salsa auf dem Bordstein.

Da hing eine Fahne von *Halal Meat** im Wind, *FRESH HALAL LAMBS MUTTON AND BEEF*, daneben ein *Barber Shop* mit Spiegeln, in denen sich die Straße ins Unendliche wiederholte und die rasierten Gäste auch. Dann starker Geruch nach Kebap und Zwiebeln und gebratenem Lammfleisch, dann das ständige Auf und Ab der Fleischeraxt. Mehr Fleisch im nächsten Laden, wo eine dicke Frau nach »Lammleber« fragte. Sie würde gerne »albanische Leber kochen«, erzählte sie dem Fleischer, er antwortete: »Kalt zu Raki schmeckt sie am besten.« – »Aaach ja!«, seufzte die Frau, »wo soll ich denn Raki herkriegen?«

Es begann heftig zu regnen. Ich knöpfte meine Jacke zu, steckte die Hände tief in die Taschen und stellte mich schützend in den Eingang eines Ladens. Auf einem Schild strahlte

* Nach islamischer Vorschrift geschlachtetes Fleisch

in orangeroter Schrift *»Iceland – food you can trust«*. Schön, dass man denen vertrauen konnte. Aber momentan fühlte ich mich innerlich so erfroren wie der Tütenspinat bei Iceland.

In der Ferne sah ich ein leuchtendes Schild blinken: ALI'S SUPERMARKET. Am Laden entlang eine anbrandende Welle von roten Granatäpfeln, Orangen, grünen Äpfeln in leuchtenden Ampelfarben. Es war ein Anblick, der selbst einem depressiven Green-Lanes-Bewohner das Herz aufgehen ließ, ein Trost, ein Protest gegen den grauen, tiefhängenden Himmel.

Die Kundschaft von Ali's Supermarket wartete nicht lange an der Kasse, wurde mit Namen gegrüßt, und wenn das Kleingeld nicht ausreichte, wurde großzügig über die fehlenden Pence-Beträge hinweggeschaut und mit *»Canın sağ olsun«** abgehakt und nicht wie in großen Supermärkten gleich der Chef zur Kasse gerufen. Beim Abwiegen von Schafskäse und eingelegten Artischocken wurde großzügig über einige Gramm hinweggerechnet. Die Kunden hielten sich gerne noch für ein kleines Schwätzchen im Laden auf, denn hier war alles lebendig, lässig, und viele der Kunden kannten diese Atmosphäre aus ihrer alten Heimat, wo im Kiez die Kinder auf der Straße spielten; sobald ein Auto durchfuhr, gingen sie zur Seite, aus zwei Steinen wurde ein Tor gebaut, Mädchen mit geflochtenen Zöpfen sprangen Seil. An kalten Winterabenden hörte man den Bozaverkäufer** laut *»booozzaaa«* rufen, im Sommer füllten die Stim-

* »Wünsche dir Gesundheit«
** Getränk aus gegorener Hirse

men der Melonen- und Tomatenhändler die Straßen, und zum Herbst hin meldeten sich dann die Lumpensammler und Maronenverkäufer, ja, solche Straßen lebten, und von dieser Sehnsucht lebte auch Green Lanes N4, sie war das Rückgrat von Harringay.

Jetzt peitschte Regen gegen die Markise und verpasste den Granatäpfeln und Orangen eine Londoner Dusche. Ali Bey kam aus dem Laden, zog den Kragen seiner Jacke hoch, als würde er sich aufwärmen wollen, schaute in den Regenhimmel, prüfte kurz die Ware und ging wieder hinein.

Ali Bey musste wie viele Immigranten auf diesem Planeten Kompromisse eingehen. Er nannte sich nicht »Eeli«, sondern hängte nur zaghaft ein englisches »s« an seinen Namen: Ali's . Alles weitere Englische, das er über die Jahre hier mitbekam, wie zum Beispiel Floskeln, Manieren, *fish & chips with vinegar, English Breakfast, Tea, Yorkshire Pudding,* klemmte er locker, wie mit einer alten Wäscheklammer, an seine zypriotische Herkunft, die er sich über allem bewahrte. Bewahrte?

Jedenfalls versuchte er es. Denn er hatte einer wunderschönen alten Insel mit 3000 Jahren Geschichte den Rücken gekehrt und war auf dieser Insel GB gelandet, in der Hoffnung, dass die Unruhen vorbeigehen würden, dass sich die Situation auf Zypern verbessern, dass die Konflikte gelöst würden. Ja, dann würde er als Exilant zurückkehren. Ali Bey sah sich niemals als einen Immigranten an. Nein, er war ein Exilant, und seiner Meinung nach hatte das Exil seine eigene Flagge, nämlich die farblose.

In der Geschichte waren viele zypriotische Feldherrn,

Kommandanten, der Schah von Persien, das italienische Königshaus, Nazim Hikmet, Karl Marx, Lenin, die polnische Regierung, ja all diese Leute waren Exilanten; Exilant, das klang nach Volksaufruhr, Demonstrationen, Revolution und politischer Opposition. Als Heimkehrer aus dem Exil wollte er zurückgehen und sich aussöhnen mit der Geschichte und befreunden mit der Insel, dem Teil der Erde, wo er seinen Namen bekommen hatte.

Der Regen ließ nach, ich strich mir durch das nass gewordene Haar und eilte Richtung Cafe Cyprus. Ich wollte ein bisschen in Cafe-Stimmung kommen und meinem Ruf als *Harac Hasan* entgegenwirken, denn solch ein Ruf hielt sich bei der Kundschaft hartnäckig, wie Fettflecken auf einem weißen T-Shirt. Die neuesten Skandale, Begräbnisse, Dramen aus Green Lanes und den umliegenden Seitenstraßen wurden hier per Flüstertelefon in Lichtgeschwindigkeit verbreitet. Hier war Nachbarschaft organisch, roh. Sicher, es war ein Ghetto, ein Inselghetto. Aber gerade deshalb funktionierte es vermutlich so gut.

Mit großen Schritten ging ich auf das Cafe zu. Plötzlich tauchte aus dem Nichts Hikmet der Verrückte auf. Er schlenderte mit einem langen schwarzen Regenschirm einige Schritte, dann sprang und humpelte er auf mich zu, stellte sich schnurstracks vor die Tür des Cafes, spannte den Schirm auf und hielt wie ein Wachposten Stellung. Ich atmete einmal tief durch und sagte zu mir selber: *»Keep cool man.«* Schließlich kannte man eine Gegend erst dann richtig gut, wenn man auch deren Straßenpenner und Verrückte kannte und einschätzen konnte.

Bei Hikmet war ich mir, ehrlich gestanden, noch unsicher, denn er war ein dünner, knochiger Typ mit eingefallenen Wangen und dunklen Augen und einem grauen Büschel Haare auf dem länglichen Kopf. Er lief oft zackig und nervös in der Gegend umher, führte mit der Hand am Ohr Telefongespräche, rastete manchmal aus und brüllte oft den einen Satz: *»Ayşe can go on holiday!«**

Er trug manchmal eine abgewetzte Aktentasche unter dem Arm und kaufte öfter eine Dose Cola und eine Flasche Yeni Raki im Laden. Es hieß, er habe früher eine hohe Position in der Verwaltung von Zypern gehabt, und nachdem seine drei Kinder und seine Frau während der Unruhen auf der Insel ermordet im Bad aufgefunden worden waren, hätte er dann einen Kurzschluss gehabt. Er wurde von seiner Schwester nach London geholt, und nach deren Tod lebte er allein und verwahrlost in dieser Gegend.

Jetzt machte Hikmet den Schirm zu, und sein Gesicht begann zu zucken, unaufhörlich und mit schöner Regelmäßigkeit. Dann streckte er den Arm aus und versperrte mir den Weg. Ich blieb ruhig und mied seine glühenden dunklen Augen. Er brabbelte auf mich ein: *»Keep the old pictures in mind. Think of Magosa as it was«*, und sein Gesicht zuckte immerzu.

Wenn meine Mutter mich jetzt so sehen würde??? Wort für Wort hörte ich ihre Klage in meinem Ohr: »Da hättest du doch gleich in der Oranienstraße bleiben können und dem dicken Salman im Laden an der Ecke aushelfen kön-

* Anspielung auf den Geheimcode zum Einmarsch der türkischen Truppen 1974 auf Zypern

nen, dafür brauchtest du doch nicht extra in dieses Londra zu gehen und einem Zyprioten den Diener zu machen und dich mit solchen Verrückten aufzuhalten, von denen ist halb Kroozbäärg voll ...« Ja, das würde Mama über die endlos lange Green Lanes hinweg schreien, so dass man es sogar am anderen Ende in Palmers Green hören würde.

Bleib ruhig Hasan!, flüsterte mir mein wachsames Ich zu, schließlich hatte ich genügend Erfahrung mit dem verrückten General von der Adalbertstraße in Kreuzberg. Er war ein kräftiger Mann mit grauem Gesicht und dickem Bauch. Er blieb immer steif auf der Straße stehen, streckte den Zeigefinger aus und brüllte die Leute aggressiv in einem Kauderwelsch aus Türkisch und Deutsch an. Jedes dritte Wort von ihm war »Atatürk«, deshalb nannten ihn die Leute auch »General«. Oft stand er vor dem Reisebüro meines Vaters, und ich musste ihn immer beruhigen und von der Ecke Adalbert-/Oranienstraße wegschaffen.

Nur Ali Bey vermochte es, den wahnsinnigen Hikmet zur Vernunft zu bringen, es hieß sogar, sie seien um ein paar Ecken verwandt. Ali Bey redete nie über Hikmet, er behandelte ihn immer mit viel Respekt und Ruhe, was mich am Anfang überrascht hatte. Im Laden war das Thema »Hikmet« tabu, deshalb schwiegen wir und nahmen Hikmets Besuche und »Vorfälle« so hin.

Mit sanfter Stimme sprach ich auf Hikmet ein, nannte ihn »Hikmet Pascha« und mied seinen direkten Blick, denn einige Sekunden lang seinem Blick standzuhalten wäre eine weitere Provokation. Ich blieb stehen, und Hikmet schien auch ruhiger zu werden. Stille, beklemmende Stille. Er ließ seinen wahnsinnigen Blick auf mir ruhen, ich schluckte schwer.

Dann fiel mir meine Ray Ban Brille ein, ich setzte sie lässig auf und salutierte militärisch. Hikmet salutierte zurück, dabei zog er seinen ausgestreckten Arm mit Schirm dicht an seinen Körper. Ich nutzte die Gelegenheit und stürzte mich auf die frei gewordene Tür des Cafes und schlug sie hinter mir zu. Drinnen schüttelte ich mir den Regen von der Jacke, nahm die Ray Ban ab und schaute mich kurz um.

Hikmet stand noch eine Weile in strammer Position vor dem Cafe, dann hörte man, wie er zu brüllen begann. Pause. Plötzlich schlug sein Brüllen in ein lautes Leiern um.

Draußen begann es wieder heftig zu regnen, und Hikmet drehte sich im Kreis, hielt sein Gesicht in den Regen, brabbelte vor sich hin, lachte abgehackt und verrückt.

Plötzlich stand der dürre, zittrige Pakistani Ziya auf, schüttelte ungläubig seinen grauen Kopf. *»It's haram! Haram!** *Look at this fool!«* Und er wies mit seinen dünnen braunen Fingern Richtung Hikmet, der draußen kleine Schlucke aus einer Rakiflasche nahm. *»Haram! Haram!«*, wiederholte Ziya laut und empört, doch seine Empörung war nicht ansteckend. Die Alten blickten nur kurz auf und wendeten sich innerhalb von Sekunden wieder ihrem Tavlaspiel zu.

Ali Bey nannte Ziya »die Moslemfraktion« . Vor einigen Jahren war er von Southall hierhergezogen, nachdem seine jüngste Tochter mit einem »unbeschnittenen Ungläubigen«, einem Engländer, durchgebrannt war. Das Cafe Cyprus

* Verboten nach den Regeln der islamischen Religion

wurde sein zweites Zuhause. Hier tuschelte niemand hinter vorgehaltener Hand über den Skandal, denn seine Verwandten und pakistanischen Bekannten lebten alle in Southall. Er hatte sein altes Haus vermietet, die Kinder waren verheiratet, er führte jetzt ein Rentnerdasein mit seiner Frau. Unter den Alten war Ziya derjenige, der alle über die islamischen Feiertage informierte, die Fastentage einhielt, sich mit dem islamischen Kalender auskannte (das Jahr 622 war das Jahr null für den Islam). Ziya begrüßte die Männer immer mit einem »Saalam Aleikum«, eigentlich ein frommer Wunsch, in Frieden zu leben und den anderen in Frieden zu lassen. Verständlich, wenn man bedachte, was viele dieser Alten an Krieg, Verfolgung, Flucht und Fremde hinter sich hatten.

Ich setzte mich zu Cemil Bond an den Tisch, und das mit einer solchen Selbstverständlichkeit, als wäre ich ein langjähriger Stammgast hier. Cemil Bond grüßte mit *»Neee Haaabeeer?«*. Diese Grußformel hatte verschiedene Bedeutungen: »Grüß dich« oder »Was gibt's?«, »Wie geht es?« Es konnte eine lässige Aufforderung zu einer Unterhaltung sein oder aber eine kurze Andeutung: »Ich habe dich zur Kenntnis genommen.« In Berlin meckerten und motzten die Leute einen an, und es war oft ein verzweifeltes Angebot zu einem Gespräch, denn viele von ihnen waren allein und einsam in ihren Altbauwohnungen. In London sprach man übers Wetter, in einem zivilisierten Ton.

Cemil Bond bot mir eine seiner selbstgedrehten Zigaretten an, bestellte neuen Tee, wir rauchten und schwatzten ein bisschen, und ich wärmte mich auf.

Ich mochte Cemil Bond, der eigentlich Cemil Kemal

Celik hieß. Sein Vater hatte ihm den Namen Kemal im Andenken an Mustafa Kemal Atatürk, Vater aller Türken, gegeben. Dahinter steckte der Glaube an die freie, demokratische Nation, denn Kemals Vater gehörte zu den Idealisten der Republiksgründung, ein überzeugter Kemalist und Befürworter der modernen, fortschrittlichen und laizistischen Türkei.

Die Jahre in London hatten Cemil Bond nicht nur schwer mit Sorgen belastet, sondern ihm auch eine Glatze beschert, und als er dann eine Engländerin geheiratet hatte und wie James Bond *»a dry Martini, shaken not stirred«* trank und immer in gepflegten Anzügen herumlief, bekam er den Namen »Cemil Bond«.

Wir unterhielten uns ein bisschen über meinen Englischkurs, dann erzählte er mir von seinen Methoden, Englisch zu lernen: »Ich wollte Bergbau studieren, und die meiste Fachliteratur war damals in Deutsch, also lernte ich Englisch und Deutsch gleichzeitig. Im Englischkurs freundete ich mich mit Ursula an. Sie kam aus Heidelberg. Später lernte ich Helen kennen, sie kam aus Edinburgh und arbeitete bei sehr *posh* Leuten als Kindermädchen und hatte nur am Wochenende frei. Also war ich von Montag bis Freitag mit Ursula zusammen und am Wochenende mit Helen, und mit beiden konnte ich ja kein Türkisch sprechen, also liebte ich beide Frauen in ihrer Sprache, das war effektiver als jeder Sprachkurs«, erklärte er, und ein verschmitztes Lächeln überzog sein breites Gesicht. »Das Erste, was ich von Helen gelernt habe, waren diese *tag questions. Did you? Isn't it?* – sie hatte es sich von diesen *posh people* abgehört«, erklärte er mit gekünstelter Stimme. Cemil Bond inhalierte

Zigarettenrauch und blies ihn in einer langen blassen Wolke aus, schaute mich kurz prüfend an und sagte dann: »Mein damaliger Englischlehrer sagte oft: ›*Foreign students can speak English but not unspoken English. They don't know the form.*‹ Ich habe Jahre gebraucht, um dieses *unspoken English* zu verstehen.« Er nahm aus seiner Brieftasche ein Foto heraus, als müsse er mir beweisen, was für ein toller Hecht er früher war. Er hielt mir ein Schwarzweißfoto von einer Gruppe junger Männer in weißen Hemden und nach hinten gekämmten schwarzen Haaren hin. »Bei unserer Ankunft in Dover«, sagte er und zeigte auf einen schlanken, jungen Mann links im Bild. »Wie zuversichtlich und glücklich ich damals war«, seufzte er lächelnd und nahm einen kräftigen Zug von der glimmenden Zigarette, als wollte er damit die vergangene Zeit, seine Jugend, seine Ankunft in England zurückholen.

Dann gesellte sich Mr. Walross (Salim) zu uns. Salim sah man nicht, Salim roch man zuerst, und das kilometerweit. Ihn umschwebte eine dicke, unsichtbare Wolke von Knoblauch, denn er aß morgens und abends zu Brot und Käse ein Dutzend rohe Knoblauchzehen.

Salim war fest davon überzeugt, dass ihn der Knoblauch vor Arterienverkalkung, Prostatakrebs und Gicht schützen würde. Er meinte immer: »Ich geb den Löffel doch nicht früh ab, damit die da oben meine Rente einbehalten! Nein, nein, deshalb bringen sie einen in diesen Krankenhäusern ja um, falsche Diagnose, falscher Katheter, später Eingriff, und du bist weg vom Fenster! Solange ich Salim Remzi heiße, werde ich nicht einmal am Einfahrtstor dieser Krankenhäuser vorbeigehen, geschweige denn eintreten. Die da

OBEN zahlen ja auch keinen Penny in die Kasse ein. Das ist nicht *National Health,* sondern *National Death Service*!«, stellte er empört fest, bewegte dabei kaum den Kopf, sondern rollte die Augen, eine Geste, die er von den Engländern übernommen hatte, ohne es selber zu merken.

Salim trug immer einen dunkelgrauen Anzug mit weißem Hemd, dessen obere Knöpfe offen waren. Eine dichte Brustbehaarung wurde dort sichtbar. Krawatte, Fliege, Halstuch oder dergleichen kamen für ihn nicht in Frage, er empfand es als Kleiderdiktat des Westens, und dem wollte er sich nicht beugen.

Salim gehörte zu denen, die gleich eine Niederlage, ja eine Kapitulation darin sahen, wenn ein türkisches Mädchen sich in die Arme eines Nigels oder Neils kuschelte. Für Salim bedeutete das so viel wie »das Mutterland ist verloren, besetzt von blonden, ungläubigen unbeschnittenen Barbaren, Wikingern, Germanen, Sachsen, dem Westen …« Er hatte sich aus Bausteinen wie Familie, Ehre, Stolz, Heimat, Mutter, Schwester etc. … eine Burg, eine Festung gebaut, der sich England, der Westen keinen Zentimeter nähern durfte. Er verbarrikadierte sich darin, es war seine Heimat, sein Zuhause, und dort war alles in Ordnung. Die Leute waren stolz, ehrenhaft und respektierten sich gegenseitig. Es gab keine Scheidungen, keine Emanzen, kein Aids. Dort war ein Mann immer noch ein echter Mann.

Salim hatte etwas Unbändiges in seinem Wesen, das Ali Bey immer mit einem gewissen Abstand behandelte. Er nannte Typen wie Salim heimlich »die Mullah-Partisanen-Fraktion«. Salim kam ursprünglich vom türkischen Festland aus Maraş nach Nordzypern, und er betrachtete die türkischen Zyprioten als *Yunan Bozmasi**. Seiner Meinung nach floss griechisches Blut in deren Adern. »Wegen der Zyprioten hatten wir Krieg, Inflation, lange Benzinschlangen in den siebziger Jahren, weil die zu feige waren, sich vor den Griechen selber zu schützen, wegen denen haben wir junge Soldaten geopfert, eine hohe Staatsverschuldung ertragen, durch deren dämlichen Krieg wurden dem schönen Mutterland Türkiye die Beine gebrochen, Millionen verplempert, und seitdem konnte es sich nie wieder richtig erholen!« All das flüsterte er mir hinter vorgehaltener Hand zu, da ich weder verwandt noch verschwägert mit den Zyprioten war und auch sonst keine tiefgehenden Beziehungen zur Insel hatte. Er steckte mich wahrscheinlich in die Schublade »Festlandtürke« und somit heimlicher Unterstützer, obwohl ich in Berlin geboren war.

»Und das bin ich«, sagte Salim laut und zog aus der Jackentasche ein Foto. Ein schmaler junger Mann mit Brillantine im Haar, der erwartungsvoll in die Kamera blickte. »Schau dir an, was all diese Jahre in London aus mir gemacht haben. Rheuma, Gicht, und dagegen dieses Bild: jung, glücklich und voller Energie! Damals war ich ein anderer, ein kräftiger, junger Mann, der die Welt erobern wollte. Ich hatte viel Energie, viel Freude am Leben, und Träume hatte ich. Aaachh jaaa …«, klagte er seufzend und zog dabei kurz an seinem Schnurrbart. »Lass dich von England nicht unterkriegen, mein Junge«, warnte er mich mit ernster Stimme. Ich nickte verständnisvoll.

* Griechische Bastarde

Das waren sie also, die jungen Zyprioten mit ihren welligen schwarzen Haaren, strahlenden Gesichtern und dunklen Augen. Sie erinnerten mich an den jungen Marcello Mastroianni, Marlon Brando und Paul Newman. Sie waren Söhne der schönen Insel Zypern und des stürmischen Mittelmeers. Und hier in Green Lanes waren sie jetzt nur noch alte, ausländische Männer, mit eingefallenen Wangen, hängenden Mundwinkeln und grauen Schnurrbärten, die nach Tabak rochen.

Für mich kamen sie aus einer alten Welt, in der es noch keinen Fernseher, kein Telefon gab, wo man abends zu den Nachbarn ging, um Radio zu hören, oder am Wochenende mit Kind und Kegel ins Open-Air-Kino, um einen türkischen Liebesfilm in Schwarzweiß zu sehen und sich die Augen rot zu weinen, weil das schöne arme Mädchen mit den angeklebten Wimpern und den toupierten Haaren im Minirock ihren reichen, heimlichen Geliebten verloren hatte, weil sie ein Bauernmädel vom anatolischen Dorf war, das von der Istanbuler Bourgeoisie verpönt wurde und deswegen von einer Brücke sprang …

Nach solchen Filmabenden hinterließ man ganze Berge von Sonnenblumen- und Kürbiskernschalen unter den Stühlen, und auf dem Weg nach Hause unter sternenklarem Nachthimmel seufzte man immer noch über den Film. Ja, von dieser alten Welt war nichts mehr übrig außer einigen Erinnerungsfetzen. Es war eine andere Zeit, eine andere Moral, ein anderer Kosmos gewesen.

Jetzt saßen dieselben Menschen in einem verrauchten Cafe in Nordlondon, hatten eine Insel mit blauem Meer, sonnigen Küsten, warmen Winden, schattigen Terrassen, hatten ihre Geburtshäuser, Dorfcafes und Familien verlassen, um auf einer anderen Insel mit kühlen Sommern, feuchten Wintern und mit ihrem Heimweh zurechtzukommen, und wollten dort alles besser machen als daheim.

7

*Zemzem-Wasser**

Plötzlich betrat Hikmet polternd das Cafe. Er war patschnass, die grauen Haare klebten wie ein alter Lappen an seinem Kopf. Er sah so mitgenommen und hilfsbedürftig aus, dass ich drauf und dran war, ihm einen Tee zum Aufwärmen zu bringen.

Aber die anderen Männer im Cafe schien seine erbärmliche Erscheinung kaum zu stören. Sie schauten kurz von ihrem Kartenspiel auf und setzten dann gelassen ihr Spiel fort. Wahrscheinlich gehörte der verrückte Hikmet für sie längst zum Inventar, wie der versiffte Samowar hinter der Theke und die vergilbten Gardinen.

Ich glaube, ich war der Einzige, der Hikmets nasser Erscheinung und seinem langsamen, eintönigen Sprechen Aufmerksamkeit schenkte.

»THE BRITISH GAINED THE ISLAND OF CYPRUS SECURED ENGLISH NAVAL PRESENCE IN THE MEDITERRANEAN SEA ... KURT WALDHEIM, JAVIER PEREZ DE CUELLAR, BOUTROS BOUTROS-GHALI ...«, zählte Hikmet auf, dabei war er angespannt und sprach alles sehr korrekt aus, verschluckte keine Silbe, und sein Ton hatte etwas Beharrendes, ja Bedrohliches an sich.

* Heiliges Wasser aus Mekka

Die Zypernfrage hatte all diese UNO-Generalsekretäre beschäftigt und ihnen lange Sitzungen und komplizierte Lösungen abverlangt. Sie hatten alle gegrübelt und sich die Köpfe heiß gedacht – die ZYPERNFRAGE hatte sie alle überdauert und hinter sich gelassen.

»CYPRUS 9251 SQ KM. TIME: 30 YEARS, NATO WHITE HOUSE ATHEN ANKARA EUROPEAN UNION BRUSSEL PATHOS PARTY TÜRKIYE MILLYET MECLIS ... KKTC* ...«

Hikmets Stimme wurde lauter, eintöniger, drohender. Ich sah mich um, nur Cemil Bond schien ihm Aufmerksamkeit zu schenken. Er stand im nächsten Moment auf, fasste Hikmet sanft am Arm, begleitete ihn zur Tür hinaus, steckte ihm eine Zehn-Pfund-Note in die Tasche, klopfte ihm väterlich auf die Schulter. Im Regen eilte Hikmet Richtung Ali's Supermarket. Wahrscheinlich kaufte er sich dort eine Yeni Raki Flasche.

Die Zypernfrage hielt nicht nur die Vereinten Nationen, die UNO-Vollversammlung, den Weltsicherheitsrat seit Jahrzehnten auf Trab, sondern auch das Cafe Cyprus mit seinen Diskussionen, Treffen, Verhandlungen und Zusammenkünften und anderen Arten von Pfeife-rauchen-und-Feuertanz-Veranstaltungen.

Es war bemerkenswert, wie ausdauernd und dickköpfig die Regierungen dieser Insel an ihren Standpunkten festhielten.

Ich glaube, Hartnäckigkeit war die einzige Erklärung für diesen zähen Kampf; anders konnte ich mir nicht erklären,

* Abkürzung für Türkische Republik Nordzypern

mit was für einer Vehemenz und Ausdauer die Männer im Cafe Cyprus Zypern zum Tagesthema machten.

Die verwundete Vergangenheit wurde öfter in Zeitungen wie *London Turkish Gazette, Londra Posta, Toplum, London Turkish Radio* thematisiert. Diese Zeitungen waren voll von Anzeigen: *Burger Van, Kebab Van, Licence Mortgage, Kebab shop, dry cleaners, tailors, construction work, restaurants, fruits and vegetable, villas on cyprus, football,* HARINGEY COUNCIL SAFER COMMUNITIES PARTNERSHIP SAFER NEIGHBOURHOOD'S TEAM, *Keep Haringey a safe and welcoming borough*... Das war ein wesentlicher Teil des zypriotischen Universums in London.

Die Zerstrittenheit der türkischen Zyprioten untereinander, die Kluft zwischen den Hardlinern und Liberalen war in einem türkisch-englischen Artikel gut wiedergegeben. Hier ein Zitat aus der Zeitung: »*Half of Gibrizli Türkler gidecekler after one, the other half da gidecek after ebiri. Biri pull edecek to the right, ebiri da pull edecek to the left... gene old düşmanliklar cikacaklar to the face of water.*«*

Ali Beys anfängliche Warnung nahm ich ernst, beim Gespräch mit den Alten kostete es mich immer wieder große Mühe, nicht Partei zu ergreifen oder zu verurteilen. Denn ihre Einsamkeit in London hatte die Alten auf eine seltsame Art hochsensibel gemacht. Sie vergaßen kaum eine Kränkung oder kritische Bemerkung, die über sie geäußert worden war.

* Sinngemäß übersetzt: Die Feindschaft zwischen den Lagern hört nicht auf.

Einige Tage später, als ich wieder in Cafe-Cyprus-Stimmung war und bei Tee und Zigaretten mit Cemil Bond philosophierte, passierte etwas, was vieles im Cafe schlagartig veränderte.

Kurz gesagt: Es war die Schuld von Prince Philip, dem Duke von Edinburgh. So wie er manchmal mit seinen Bemerkungen aus der Hüfte schoss, so verhaspelte ich mich in der Debatte, welcher Grieche der Reichste in England sei. Also, es ging um Aufstieg, Reichtum, Einfluss und Anerkennung – der Traum eines jeden Immigranten.

Es fielen Namen wie Steven Demetre Georgiou alias Cat Stevens, später alias Yusuf Islam, geboren 1948 als Sohn von griechischen Zyprioten, später zum Islam konvertiert, dann Georgios K. Panayiotou, alias George Michael, Sohn von griechischen Einwanderern, es folgten weitere Namen von Geschäftsleuten, Händlern, Politikern, die ich mir alle nicht merken konnte.

»Prince Philip, Duke of Edinburgh. Durch seine Adern fließt auch griechisches Blut, er sollte einen Ehrenplatz bekommen«, ergänzte ich freudig ohne Hintergedanken. Die griechische Ecke lehnte sich stolz zurück und nickte einträchtig.

Einige der türkischen Zyprioten fixierten mich wütend, schüttelten verärgert die Köpfe. Natürlich wollten sie da mithalten, hatten aber keine so schwergewichtigen Namen wie den Duke von Edinburgh oder George Michael, den viele auch gar nicht auf ihrer Liste haben wollten, da es Gerüchte gab, die ihn als »Schwuchtel« abstempelten. Aber Yusuf – der schöne Name bedeutete so viel wie Josef – wurde gleich von der türkischen Ecke in Besitz genommen.

Schließlich war Yusuf Islam Moslem geworden, somit ein Bruder der islamischen Ummah*, einer von ihnen.

Dann kam die Frage auf, ob Yusuf Islam beschnitten sei? Immer noch Alkohol trinke? Ob er auf Griechisch träume?

Natürlich ging von der türkischen Seite ein lautes »NOOOO!« durch den Raum, das gleich von der Aristoteles-Platon-Fraktion plattgemacht wurde: »Er spricht Griechisch und träumt auch in dieser Sprache! Schließlich ist das sein Hintergrund!«

Dann trat der dürre Ziya strahlend ins Cafe und unterbrach diese heikle Debatte, indem er von einem Bekannten erzählte, der ihm eine Flasche Zemzem-Wasser von seiner Pilgerreise nach Mekka mitgebracht hatte. In der hintersten Ecke des Cafes versammelte sich sofort eine Gruppe um Ziya. Er goss aus einer Literflasche Coca-Cola Zemzem-Wasser ein, und die Männer um ihn standen alle gleichzeitig auf, wandten sich Richtung Kaaba** nach Osten und tranken gemeinsam das heilige Zemzem-Wasser, dem heilende Kräfte nachgesagt wurden.

Draußen vor dem Cafe schlenderte der hagere Hikmet hin und her. Er hüpfte und sprang auf der Stelle und drehte sich im Kreis. Eine Gruppe von Kids rempelte ihn an, schubste ihn hin und her. Ein dicker Kid nahm ihm die Rakiflasche aus der Tasche und warf sie einem anderen zu. Hikmet versuchte seine Flasche aufzufangen, dabei fiel er zu Boden. Der dicke Kid gab ihm einen Fußtritt in den Rücken, Hikmet schrie hysterisch. Cemil Bond stürzte

* Islamische Großgemeinde
** Hauptheiligtum des Islams in Mekka

nach draußen, half Hikmet auf und schimpfte auf die Kids ein. Dann schritt er breitbeinig auf sie zu, entriss ihnen die Rakiflasche und kam mit Hikmet ins Cafe. Die Kids rannten davon.

Hikmet blickte verwirrt umher, setzte sich auf einen Stuhl und heulte plötzlich los, er wimmerte wie ein krankes Tier. Für einen Moment wurde es ganz still im Cafe, dann bot einer der Alten ihm ein Glas Zemzem-Wasser an, damit er den Schreck überwinde. Hikmet nahm einige Schlucke und wurde langsam ruhig. Die Männer widmeten sich wieder ihrem Tavla- und Kartenspiel.

Nach einer Weile stand Hikmet auf, holte sich seine Rakiflasche von Cemil Bond und ging wieder nach draußen.

»Haaarrraaaammm!!«, schrie plötzlich Ziya und rannte wie ein wild gewordener Stier auf die Straße. Hikmet goss gerade das Zemzem-Wasser in seine RAKIFLASCHE. Ziya packte ihn, schüttelte ihn wie verrückt, dabei verschüttete Hikmet das heilige Wasser aus Mekka auf dem dreckigen Pflaster von Green Lanes London N4. *»You dam fool, you're a sinner!«*, schrie Ziya, empört über dieses respektlose Verhalten, über diese große Sünde, die er nicht mehr aufhalten konnte. Vor Wut war er den Tränen nah und schlug in seiner Verzweiflung Hikmet voll ins Gesicht. Ein Aufschrei ging durchs Cafe, einige stürzten nach draußen und hielten Ziya zurück, er fluchte und schrie und hatte sogar Schaum vor dem Mund. Hikmet rannte davon. Plötzlich klirrten die Scheiben des Cafes. Glassplitter und Tavlasteine flogen durch den Raum.

Drohungen, Flüche und Fäuste schwirrten durch die Luft. Wir rannten hinaus. Hikmet stand auf der anderen

Straßenseite und betrachtete das ganze Getümmel, dann griff er nach Steinen und warf sie auf die Menge. Geklirr. Schreck. Handgemenge, Geschrei. Chaos.

Ali Bey rannte auf der anderen Straßenseite zu Hikmet. Cemil Bond ging zwischen die Männer, schob sie auseinander, sprach etwas auf Griechisch, versuchte sie zu beruhigen.

Salim verzog sich nach draußen, ging in Schutzposition, er wollte Verletzungen, Schrammen und Brüche vermeiden, da er Londoner Krankenhäuser fürchtete. Cemil Bond und Ali Bey versuchten die Männer zu beruhigen, einige eilten davon, andere empörten sich laut und erzählten immer wieder, was vorgefallen war. Ali Bey schloss das Cafe ab. Jetzt hieß es Nerven behalten!

Am frühen Abend fand man Hikmet blutüberströmt mit schweren Messerstichen unter der Brücke von Harringay Station auf. Er kam auf die Intensivstation. Eine ganze Woche schwieg Ali Bey. Er grübelte, mied das Cafe und veranlasste einige Reparaturen und erneuerte die Scheiben. Die »höhere Staatsgewalt« wurde in diese Angelegenheit nicht mit einbezogen.

Dieser Überfall auf Hikmet hinterließ ein sonderbares Gefühl von Leere bei den Männern, gefolgt von einem dumpfen inneren Groll, den sie manchmal zeigten. Besonders aus der Ecke der Hardliner war viel gallebittere Häme zu hören. Ali Bey wollte keine Einzelheiten hören, und auch viele andere legten keinen Wert mehr auf Erinnerung. Zu peinlich war die Angelegenheit.

Aufgrund der hohen Reparaturkosten ging Ayşe Hanim öfter an die Decke und war kaum noch ansprechbar. Ich hoffte, sie mit der Summe der Rückzahlungen ein bisschen aufzumuntern.

Im Cafe Cyprus wurde einem oft etwas nachgesagt, was man gar nicht geäußert hatte. Die Alten neigten zu solchen Übertreibungen und Unterstellungen, sie waren so tratschig und gehässig wie manches Marktweib in Lefkosa oder Girne. Deshalb verbreiteten sich die Gerüchte über Hikmets Überfall wie ein Lauffeuer. Es hieß, er sei von einer Moslembruderschaft zusammengeschlagen worden, da er schwer gesündigt hatte. Andere wiederum meinten, er habe zu viel getrunken und sei von einem Auto angefahren worden, mit Fahrerflucht. Wieder andere behaupteten, er sei von einer Bande Jugendlicher überfallen worden und man hätte ihm eine Rakiflasche auf dem Schädel zerschmettert. Verschwörungstheorien machten ihre Runden. Das Ganze entwickelte sich zu einer Endlosstory, mit Verdächtigungen und Misstrauen wie einst im Kalten Krieg.

In dieser Zeit lief Ali Bey geknickt herum, er war sehr besorgt um Hikmet, der schwere Verletzungen erlitten hatte und tagelang bewusstlos war. Und wenn er zu sich kam, weigerte er sich, mit den Ärzten und allen anderen zu sprechen.

Die Stimmung im Cafe war geladen, die Aristoteles-Platon-Fraktion machte sich rar, und der Rest der Alten saß grummelig herum.

»Zypern war oft Spielball fremder Mächte. Fremden gegenüber sind wir empfindlich, um nicht zu sagen misstrauisch«, kommentierte einmal Cemil Bond die Veränderungen im Cafe.

8

Circle Line 1.

Nach dem Englischkurs hatte ich jetzt viel Zeit, normalerweise wäre ich ins Cafe Cyprus gegangen und hätte mit den Alten ein bisschen palavert. Aber ich wollte mich von der miesen Stimmung dort nicht anstecken lassen. Deshalb schlenderte ich in der Nähe von Victoria Station herum, betrachtete den Verkehr und die hin und her hetzenden Leute. Es herrschte ein Kommen und Gehen in dieser Gegend, wie am Taksim Square in Istanbul. London und Istanbul hatten eines gemeinsam: Das Getümmel der Massen und die Lässigkeit der Leute auf den Straßen. Hier wie dort schmückten Fetzen von alten Zeitungen, Zigarettenstummel und Kaugummireste das Pflaster postmodern. Der Sound war ähnlich, laut, dreckig, gleichzeitig alt und lässig, cool und gelassen, nicht so fordernd und zackig wie Berlin.

In einem der Bahnhofscafes von Victoria Station zu essen kam aufgrund meiner finanziellen Misere nicht in Betracht. An den vorderen Tischen saßen kleine, dunkle Au-pair-Mädels, und im hinteren Teil hingen junge Männer mit breiten Gesichtern um die Tische. Es waren hagere Typen in Trainingsanzügen. Ich tippte auf Jugoslawen, da ich Bosnier, Serben, Slowenen, Kroaten, Albaner voneinander nicht unterscheiden konnte. Sie waren dem Gemetzel auf dem Balkan entflohen, und wahrscheinlich tauschten sie hier Nachrichten über die Heimat und die Hinterbliebenen aus. Auf dem Kontinent herrschte Krieg. Londoner nahmen wieder Flüchtlinge auf. Irgendwie erinnerten mich diese Männer an die »Bahnhofstürken« aus den siebziger Jahren, die mit ihren Perlenketten und Schnurrbärten, offenen Hemdkragen und goldenen Ringen an den Fingern sich oft an den Hauptbahnhöfen trafen und den Menschen und Zügen nachsahen. Wahrscheinlich haben sie immer an Rückkehr gedacht, aber nur wenige von ihnen haben sie angetreten. Irgendwann haben diese Männer dann Frauen und Kinder nachgeholt, Enkelkinder bekommen, sind alt geworden und verschwanden von den Bahnhöfen in Köln, Berlin, Frankfurt. Jetzt pendelten sie als Rentner zwischen anatolischen Dörfern und deutschen Großstädten hin und her.

Am unteren Bahnsteig donnerten Züge vorbei. *Commuters* strömten die Treppen hoch, andere eilten nach unten und tummelten sich am Bahnsteigrand. Es passierte so vieles auf einmal, und dabei stand keiner dem anderen im Weg, kein Rempeln, kein Berühren. In meiner ersten Woche in London stieß ich in der *tube* ständig gegen Leute, rempelte sie flüchtig beim Treppensteigen an oder trat ihnen aus Versehen auf die Füße, und jedes Mal hörte ich ein *»Sorry«* in verschiedenen Tonlagen. Mittlerweile konnte ich diese verschiedenen *»Sorry«* voneinander unterscheiden und einordnen. Also, in Berlin würden die Fahrgäste beim Anrempeln »Haste keene Augen im Kopp?« motzen. In London war es ein knappes *»Sorry«*.

Ich ging runter zu einem der Bahnsteige, sah mir den Plan an.

Das Londoner Undergroundnetz war im Vergleich zum

Berliner BVG-Netz wie das einer afrikanischen Riesenspinne, die ihre Beute darin fing, und genauso verfing auch ich mich in diesem weitverzweigten Netz. Berliner Bahnhöfe boten Abwechslung an, aber Londoner Bahnhöfe rissen einen mit. Unten am Bahnsteig setzte ich mich auf eine Bank, sog die dicke Luft ein und hörte dem Gespräch zweier Männer in Anzug, Trenchcoat und mit Rollkoffer zu.

Es waren Typen auf Durchreise. *»In London you've to be a bitch, in order to be rich«*, sagte der eine, und der andere nickte ihm lächelnd zu. Hatte ich was Bitchiges an mir? Mir fiel nichts ein. Kein Wunder, dass ich oft knapp bei Kasse war.

Auf dem Nachbarsitz lag eine aufgeschlagene Zeitung. Ich tippte auf *SUN*, eine bevorzugte Lektüre in der Londoner *tube*, so wie *Bild* und *BZ* in der Berliner U-Bahn.

»91 Billionnaires live in the City« – und ich kannte keines von diesen Alphamännchen.

Nachdem so einige Züge durchgefahren waren, rappelte ich mich auf und stieg in einen hinteren Waggon und fuhr von Station zu Station, einfach im Kreis auf der Circle Line. Mir gegenüber hatte sich ein Typ den schwarzen Hut ins Gesicht gezogen, so dass ich kaum was davon zu sehen bekam.

Er hatte die Beine ausgestreckt und die Hände gefaltet, so als würde er ein Nickerchen halten. Der Typ trug eine ausgeblichene Jeans, eine schwarze Lederweste und viele funkelnde Klunker an den langen schwarzen Fingern. Er erinnerte mich an einen Sänger von einer Gruppe – Mist, von beiden fiel mir der Name gerade nicht ein. Na jedenfalls hatte er entweder einen karibischen oder afrikanischen Hintergrund, ich konnte das äußerlich noch nicht so voneinander unterscheiden, wie ich in Berlin einen Ossi von einem Wessi unterscheiden konnte. Na ja, schließlich kannte man eine Gegend erst richtig gut, wenn man die Zeitungshändler, Kellner, Verrückte, Penner und Kassierer sowie herumstreunende Katzen und Hunde sofort wiedererkannte und einordnen konnte.

Der Typ mir gegenüber schlief, und immer wenn die *tube* anhielt, räusperte er sich leicht und bewegte sich sonst gar nicht.

Ich holte das leicht zerfledderte Buch von Betty hervor, *The Catcher in the Rye,* und begann darin zu lesen.

Nun, es war diese Story von Holden Caulfield, den vielleicht einige von Ihnen kennen. Irgendwie war dieser Holden Caulfield an mir vorübergegangen, als ich auf der Deutschen Schule in Istanbul war. Na ja, jedenfalls hatte ich darin zu lesen begonnen und war auch ziemlich schnell vorangekommen. Ich war gerade bei der Szene, wo Holden in so einem billigen Hotel unterkommt und eine Nutte auf sein Zimmer bestellt.

Als ich die Hotelszene zu Ende gelesen hatte und dieser Holden sich von der Nutte und ihrem Zuhälter Maurice ausnehmen ließ, ohne die Braut flachgelegt zu haben, fühlte ich mich noch schlechter als zuvor.

Ich meine, dieser depressive Caulfield hatte eine furchtbar ansteckende Art, einen noch mehr runterzuziehen. Und er hatte so verdammt recht, was die Sache mit den Frauen anging. So verdammt recht. Ich meine, es ist wirklich was ganz Besonderes, wenn man mit dem Mädchen schläft, das man sehr gerne hat. Es war anders als mit den anderen Mädels. Aber trotzdem fand ich, dass Holden ein Waschlappen war.

Zum Glück war ich aus diesem Holden-Caulfield-Alter raus und konnte das Ganze mit gelassener Distanz lesen. Irgendwie fand ich es amüsant, wie der Typ immer so herumjammerte und nichts auf die Reihe kriegte.

In ein paar Jahren würde ich vermutlich ähnlich gelassen und distanziert auf mein heutiges Leben zurückblicken können, und ein ruhiges Lächeln würde dabei über meine Lippen huschen.

Plötzlich hielt der Zug ruckartig an, und ich wurde auf mein Gegenüber geschleudert. Der Typ wachte auf und schob seinen Hut nach hinten. Jetzt sah ich es: Es war der Trommler von Charing Cross! Er schaute mich direkt an, ich mied seinen Blick, murmelte ein kurzes *»Sorry«* und setzte mich sofort auf meinen Platz. Es waren nur noch einige Fahrgäste im Waggon übriggeblieben.

Ich versuchte mich auf Holden Caulfield zu konzentrieren, auf die Szene am Bahnhof, wo er mit zwei Nonnen frühstückte. Dann krächzte es aus den Lautsprechern: *»We apologize for a technical defect…«*

Der Drummer packte etwas aus seiner Tasche aus. Es raschelte, und plötzlich verbreitete sich der Geruch von Essen – Curry! –, und er biss in eine Samosa, kaute hektisch.

»We apologize for the delay and hope to continue in a short while…«, wiederholte die dienstmüde Stimme.

»Technical failure?«, nuschelte der Drummer vor sich hin, ohne mich dabei anzusehen, als würde er mit sich selbst reden. Ich sah kurz zu ihm rüber, keine Reaktion.

»Technical failure?«, schrie er plötzlich laut durch den Waggon. Ich verschanzte mich hinter meinem *Catcher in the Rye* und mied seinen Blick.

»And we should believe this fuckin lie? It's a fucking thing. Always polite, always keep quiet, always fuckin' polite Englishness. Technical problem? A fuckin' English problem!«, motzte der Drummer und biss nochmals kräftig in die Samosa. Vorsichtig schaute ich zu den anderen. Sie hielten eine Zeitung als Schutzschild oder rieben sich die Nase und kauten auf ihren Lippen. Alle versuchten ihn zu ignorieren.

Es gab einen Ruck, wir fuhren wieder los. An der nächsten Station stürzten sich alle auf die Tür, einige von den Fahrgästen stiegen einfach zwei Türen weiter in einen anderen Waggon. Der einzige Protest, den ich wahrnahm, war das Gemurmel von einer älteren schwarzen Dame mit grünem Hut und grüner Handtasche. *»Stupid Englishness!«*, giftete sie zwischen vollen rosa Lippen und hinterließ einen Duft nach lila Flieder.

Ich las weiter in meinem Buch. Dann, nach einer Weile, hörte ich den Drummer wieder irgendwas reden. Ich sah mich um, in der hintersten Ecke waren nur noch zwei Fahrgäste.

Leere Waggons hatten etwas Unheimliches. *»That book is pathetic«*, sagte er und deutete mit dem Kinn auf mein Buch.

»Yeah.«

»It's about this white middle class boy in crisis? Isn' it?«

Ich nickte kurz.

»Fuckin' pathetic these WASP people. I mean who the*

* White Anglo-Saxon Protestant

fuck cares for a boy who lost his leg or his parents in Africa or India? Nobody writes about the pain and torture these kids go through. But this fuckin' Holden Caulfield gets such fuckin' attention, because he is white, he is rich and his brother died. SO WHAT*??? Whimsy, whimsy...«*

Na endlich mal einer, der 'ne deftige Meinung hatte.

»How many people use the London Underground per year?«, fragte er plötzlich aus heiterem Himmel. Ich zuckte mit den Schultern. *»More than 950 million people«*, antwortete er hastig. *»How many stations are on the Circle Line?«*

Ich schüttelte nur den Kopf.

»Twenty seven. – The windiest station on the underground?«

Ich verdrehte die Augen.

»Manor House. Who designed the London Underground logo?«

Diese Fragerei hatte was von einer BBC Radio Show. Ich lächelte nur noch und schüttelte den Kopf.

»Edward Johnston. When did the logo first appear?«

Ich zuckte mit den Schultern.

»In 1913. – You don't know anything! Where do you come from?«

»Berlin.«

»BERLIN? My goodness! BERLIN!?«

»What's wrong with Berlin?«

»Nothing. Berlin is a white cheese city, no coloured people. I went there a few times, and played with my band in a place called QUASIMODO. Do you know that place?«

»Of course. – How many bridges are in Berlin?«, fragte ich als Revanche. Er überlegte, lachte, schüttelte den Kopf.

»979 bridges! More than in Venice!«

»Really?«, fragte er erstaunt. Ich klopfte mir innerlich auf die Schulter, das war das Einzige, was ich über Berlin momentan parat hatte.

»How long was the Berlin Wall?«, fragte er interessiert. Das hatte ich mal gewusst, aber wieder verdrängt, schließlich waren nicht nur die Ossis eingesperrt gewesen, sondern auch wir Westberliner Kinder: Unser Schulausflug ging damals nur bis Schlachtensee, wir waren umzingelt und bewacht, und als die Mauer fiel, waren wir die freisten Menschen in der ganzen Welt.

Wir kamen in ein typisches *Berlin-Wall*-Gespräch, das wahrscheinlich fast jeder Westberliner im Ausland führte, sobald er einem Japaner, Amerikaner oder Kanadier erzählte, dass er *»from Berlin«* war.

Der Trommler hieß Ron und fuhr viel mit der *tube*. Anfang der Achtziger hatte er einige Bandauftritte in Westberlin gehabt. Er erzählte mir von seinen Mauerbesuchen und von Ostberlin. Er fand die Mauer seltsam und widersprüchlich, die Grenzkontrollen am Checkpoint Charlie furchtbar streng und unfreundlich. Die Berliner Cafes und Kneipen gefielen ihm, und das Berliner Frühstück fand er gut und billig.

Während die Circle Line von Station zu Station fuhr, erzählte er von seiner früheren Band und ihren Tourneen in Europa. Er kannte viele abgefahrene Clubs und Gegenden in Amsterdam, Köln und Barcelona. Diese Orte waren mir fremd wie der Planet Mars. Später ging seine Band auseinander, seine Freundin starb bei der Geburt ihres Kindes. Ron musste sich einen festen Job suchen und seinen Sohn allein durchbringen, so landete er bei der British Railways als Ticketverkäufer und machte Musik nur noch nebenbei. Ron kannte die London Underground in- und auswendig, sie wurde sein zweites Zuhause. Aber als die Thatcher & Major Co KG Regierung Personalabbau bei der British Rail durchboxte, verlor er seinen Job. Jetzt lebte er von *»underground concerts«*.

In *Barbican Station* stieg Ron aus, und ich fuhr einfach die ganzen siebenundzwanzig Stationen der Circle Line durch, schloss die Augen und döste vor mich hin.

Pünktlich und ausgeruht betrat ich dann Ali's Supermarket.

Ayşe Hanim zog das Schuldnerheft hervor und begann darin herumzublättern. Sie wiegte den Kopf hin und her: »Es fehlen noch genau 880 Pound. Am Monatsende muss es in der Kasse sein«, ermahnte sie mich, aber ich wusste, dass ich ein großes Plus bei ihr auf der Liste hatte, denn seitdem ich hier war, hatte sie fast zwei Drittel der Cafe-Cyprus-Schulden wieder in der Tüte, und das veranlasste sie, mir die kostbare Delikatessentheke anzuvertrauen.

An der Delitheke knetete Ayşe Hanim Teig, bereitete Humus, rollte Weinblätter, rührte Tahin* an. Dann huschte sie an den Regalen vorbei, blickte energisch die schwatzenden Verkäufer an, meldete hier und da Aufräumarbeiten, sortierte faules Obst aus, führte die Kasse. Bei der Arbeit war sie immer seriös und hochkonzentriert. So wie die Leoparden die heimlichen Herren der Kalahari waren, so war Ayşe Hanim die heimliche Herrin über diesen Laden, die Säule dieses Unternehmens, eine Alphaimmigrantin, die

* Sesampaste

den Sprung von einer kleinen, zypriotischen Hausfrau zu einer Nordlondoner Unternehmerin geschafft hatte. Das wusste auch Ali Bey, der seine ganzen Rechnungen, Einkäufe, Lieferscheine, Kredite, Bestellungen völlig ihr überließ. Er war ein lässiger Mann, der sich immer gemächlich bewegte, manchmal grenzte es schon an Faulheit, so zum Beispiel parkte er sein Auto nie parallel zur Bordsteinkante, die vorderen Reifen waren immer auf dem Bürgersteig. Er ließ die Ware immer hinten im Gepäckraum stehen und von den Angestellten hineintragen.

Ich hatte längst bemerkt, dass Ayşe Hanim Unterstützung brauchte bei all diesen anstrengenden Arbeiten und Kunden, die ohne Hemmungen reklamierten, wenn der Humus zu wenig Knoblauch, die Böreks zu wenig Käse hatten, deshalb versuchte ich ihre Rezepte auswendig im Kopf zu behalten. Dabei achtete ich genau darauf, dass ich immer saubere Hände und Fingernägel hatte. Denn der dicke Osman hatte oft Essensreste am Mund, Petersilie an den Zähnen und Humus unter den Nägeln. Von nun an arbeitete er nur noch am Gemüsestand, da konnte er keine Happen Tarama oder Böreks hastig verschlingen. Osman beneidete mich natürlich, er fand, dass ich zu schnell warm wurde mit Ali Bey, der mich mittlerweile wie einen Sohn behandelte.

Die Delikatessentheke, der Ort, wo es nach Knoblauch, Minze und Thymian roch, wurde mein Reich. Ich probierte, mischte einiges zusammen und hatte bald meine Spezialität entwickelt: *»Humus with eggplants, spicy three pepper scallions, cucumber dill, artichoke and garlic«*, stand auf den kleinen Schildern in der Theke.

In kurzer Zeit hatte ich eine Routine entwickelt: Alles

Feste, Runde wie Bohnen und Erbsen in Wasser einlegen, dann mit der Küchenmaschine zu Brei verarbeiten und würzen. Es gefiel mir, mich vom breiigen, formlosen Humus und Tsatsiki zu festeren, härteren Materialien wie Oliven in Öl, Avocados mit Knoblauch vorzuarbeiten. Dabei kam Aufsteigergeist in mir auf. *»Young urban professional people«*, dieser Geist lauerte in vielen dieser blassen, müden Gesichter auf der Piccadilly Line.

Von dieser Theke aus wollte ich meinen Feldzug in London beginnen. Während mir solche ehrgeizigen Gedanken durch den Kopf gingen, kam plötzlich die Sonne zur Tür herein. Sie strahlte sanft aus einem offenen Gesicht und lächelte freundlich, schaute sich suchend um. Meine Antennen erfassten sofort diese Wellenunterbrechung, die dieses neue Gesicht hier im Laden verursachte, ihre Frequenz unterschied sich von der der üblichen Kundschaft. Wie kam sie hierher? Augen, die kilometerweit strahlten. Ja, sie sollte mich immer anstrahlen, die Schöne.

Sie schlenderte mit einem Einkaufskorb durch die Gänge, an den Heinz Baked Beans Dosen vorbei zu den eingelegten Weinblättern in Salzlake, und ich dachte bei mir, wenn sie eines der Gläser nimmt, dann kennt sie sich mit mediterraner Küche aus. Sie packte es in ihren Korb, ohne auf das Etikett zu schauen, also waren ihr diese Sachen vertraut. Dann kam sie, federleicht wippend in ihren Turnschuhen, zu meiner Delikatessentheke und fragte: »Ist der Tarama von heute?« Dabei klang sie so munter und wach, als würde sie sagen: *»Good morniiing, darliiing!«* Ich muss wie benommen auf sie gewirkt haben, da sie ihre Frage wiederholte: »*Sorry*, ist es frisch?«

Ich stand mit halboffenem Mund da, nickte wie abwesend mit dem Kopf und starrte diese Pracht von langen, hellbraunen Haaren an, die wunderschönen, wachen grünen Augen und diesen verdammt kirschroten Mund!

Ich muss wohl eine ganze Weile so dagestanden haben, denn sie fing an zu kichern.

»Wie viel wollen Sie haben?«, hörte ich mich mit einer trockenen, fremden Stimme fragen.

»Half ounze«, kicherte sie leise und immer noch amüsiert über meine Benommenheit. Ich wog ihr den Tarama ab, klebte das Preisetikett drauf und fragte: *»Anything else?«*

»O ja, eine kleine Schale von den getrockneten Tomaten in Öl, ein kleines Stück von dem Schafskäse…«

Alles, was sie kaufte, gefiel mir, sie schien zu wissen, was gut schmeckte. Alles war im ursprünglichen Geschmack, ohne Soßen und anderen Schnickschnack. Sie packte die Sachen langsam in ihren Korb und ließ mir genügend Zeit, ihren schlanken Hals, die Rundungen ihrer Brüste und Hüften anzusehen. Sie hatte eine Aura, die strahlte, leuchtete und glitzerte, so eine Frau war mir in meinem bisherigen irdischen Leben noch nicht begegnet. Sie schlenderte in den hinteren Teil des Ladens und verschwand hinter den vollgestopften Dosenregalen. Plötzlich fühlte ich, dass meine Knie zitterten. Ich hielt mich kurz an der Theke fest und schaute zur Seite, denn ich spürte den forschenden Blick Ayşe Hanims auf mir ruhen. Sie hatte wahrscheinlich jede Tonlage, jede Bewegung von mir genau beobachtet und amüsierte sich über meine Unbeholfenheit, pah!

Doch ich mied ihren Blick und blieb auf meine Art cool.

Später hörte ich die Sonne mit Ayşe Hanim plaudern. Kannten die sich etwa näher? War sie eine Stammkundin?

»Was macht dein Vater? Lange nichts von ihm gehört!«, fragte Ayşe Hanim.

»Er war in Istanbul, kommt bestimmt demnächst hier vorbei, schon allein wegen der frischen Pidebrote und Simit*.«

»Grüß ihn von uns!«

»Mache ich«, sagte sie lachend und schritt mit ihren vollen Tüten zum Ausgang. Dann drehte sie sich kurz um, warf mir einen Blick über die Schulter zu, lächelte und verschwand im Abend von Green Lanes. Mein Herz raste wie verrückt.

Nach einem frühen Feierabend saß ich in der Piccadilly Line, aufgewühlt und unruhig, versuchte *The Catcher in the Rye* zu lesen, dieser Jammerlappen von Holden Caulfield verdarb mir noch mehr die Laune, also klappte ich das Buch zu, verabschiedete mich von Holden auf Nimmerwiedersehen. Einfach die Rübe frei haben! Direkt in die Bruchbude fahren? Neee, deshalb stieg ich in Leicester Square aus, lief Richtung Charing Cross. Alles in mir war so kribbelig und knisterig, pushte mich hoch – die machte mich total kirre, diese Frau!

In Charing Cross kaufte ich am Bahnhofskiosk Zigaretten, draußen zündete ich mir 'ne Kippe an, lehnte mich an Eleonor's Cross und hörte dem Tumult der Stadt zu. Die Kippe zitterte zwischen meinen Fingern. Eeeyyyhh, was war los mit mir?

* Sesamkringel

Ich las das Schild neben Eleonor's Cross, um mich abzulenken.

Charing Cross Station, Strand, London W2.
The name Charing Cross derives from the last of the 12 commemorative crosses erected by a grieving Edward I in 1290. The crosses marked each stopping place of the funeral cortege of his queen, Eleonor of Castile, as it made its way from Nottinghamshire to Westminster Abbey. Those twelve places were: Lincoln, Grantham, Stamford, Geddington, Northampton Stony, Stratford, Woburn, Dunstable, St Albans, Waltham, Westcheap, Charing (now Charing Cross). This cross is the point from which all UK road distances to London are measured.

Dass es so etwas gab? Ich meine, dass es so eine Frau gab wie diese Eleonor, um die ihr Mann Edward so viel getrauert hatte?

Ja, für solche Frauen war man zu allem bereit. Dieses Mädchen war das Schönste, was mir bis jetzt begegnet war. Sie war bestimmt von einem anderen Stern, einer anderen Galaxie. Oh, ich schwöre, sie war wie ein strahlender, heller Stern an diesem Abendhimmel über der alten Stadt London. Ich meine, dass es so ein Wesen gab wie diese Sonne, haute mich einfach um.

Ich lief die kleine enge Villier Street hinunter zum Embankment – hier gab es einige italienische Restaurants. Irgendwie passten die auch hier hin, denn die steile Gasse, die alten Häuser, unten der Fluss – das hatte etwas von Italien. Links der Park, die Themse und dann die Stufen hoch zur Hungerford Footbridge. Im Hintergrund ratternde Züge auf der Brücke Richtung Southeast.

Ich mochte diese Brücke, sie führte zur South Bank, zum National Theatre. Langsam verwandelte sich die Abenddämmerung in Dunkelheit, die Lichter von Strand gingen an, spiegelten sich in der Themse. Rote, grüne, rosa Lichtstreifen tänzelten im Wasser. Ich stolperte hier und da, weil ich immer wieder zum Himmel aufschaute, in der Hoffnung, einen glitzernden, hellen Stern zu sehen, vielleicht die Venus selbst.

Am nächsten Tag ging ich, nein, ich rannte zu Ali's Supermarket, hoffte, die Sonne würde wieder auftauchen und an meiner Theke stehen. Ich ertappte mich dabei, wie ich mir Sätze zurechtlegte, Tonlagen in meiner Stimme übte, wie ich sie anlächelte, doch an diesem Tag geschah nichts und an den folgenden Tagen auch nicht, genauer gesagt, 144 Stunden vergingen, und ich kam total aus dem Tritt, mich quälten das Warten, die Hoffnung. Alles andere ging seinen routinierten Gang, nur das Mädchen, meine Sonne von Green Lanes, kam nicht.

Dann eines Nachmittags – ca. 206 Stunden nach unserer ersten Begegnung – in Victoria Station auf der Circle Line: Die Waggons fuhren wie beim Daumenkino vor meinen Augen auf den Bahnsteig. Und für eine Sekunde blieb mein Herz stehen, denn mir war so, als hätte ich im mittleren Teil des Zuges das Mädchen gesehen. Ich sprang sofort in den Zug, mein Herz schlug wuchtig bumbumbum. Mein Atem stockte, ich blickte umher, suchte sie zwischen den Fahrgästen, wechselte in den nächsten Waggon, total aufgeregt und aufgedreht. »Biiiittteee, biiittee, lass sie mich treffen!«, flehte der Hoffende in mir. In jedem folgenden Bahnhof stieg ich aus, checkte in Sekunden die aussteigenden Fahrgäste, rempelte mich an ihnen vorbei, und meine Augen suchten wie ein Radar jede Ecke, jeden Winkel, jede Sitzbank ab. Keine Spur von dem Mädchen!

Als der Zug in Paddington Station einfuhr, hatte ich alle Waggons durch, setzte mich mit hängendem Kopf auf eine leere Bank. Enttäuschung und Wut mischten sich zu einem Cocktail in mir, der einen bitteren Geschmack in meinem Mund und meiner Kehle hinterließ. *Shit!*

Die folgende Woche hatte ich Prüfungen, und ich büffelte in der *tube* Vokabellisten, machte meine Kreuzchen bei den Multiple-Choice-Tests und war froh, dass mich diese Sachen von DER SONNE ablenkten.

Im Kurs unterhielt ich mich mit Spanierinnen und Französinnen, und langsam verabschiedete sich mein Berliner Akzent aus dem Englischen. Ich traf auf Französinnen, die die englische Sprache in den Tönen und Sounds versauten, und Engländer, die sich in den »Rs« der Franzosen verhakten und den schönen Klang dieser Sprache in ein Gurgeln verwandelten. Es war ein kultureller Austausch der besten Sorte. Ich hatte so viel Vergnügen, die englischen Vokale in den verschiedensten Mixturen und Tönen zu hören. Bettina traf ich manchmal in der Cafeteria, sie erzählte mir von ihrer Arbeit auf dem Portobello Market – sie suchte gerade jemanden, der aushelfen konnte. Sie wollte für einige Wochen

nach Berlin fahren und Khan nicht mit der Arbeit auf dem Markt allein lassen. Ich sagte zu und gab ihr außerdem die Adresse meiner Cousine Leyla in Berlin. Betty war bereit, ihr ein paar Bücher von Hanif Kureishi mitzubringen, genau die Art von Literatur, die meiner Cousine gefiel.
Leyla und ich waren zusammen aufgewachsen, sie war für mich 'ne Menge: Ratgeber, Freund und Schwester. Mit olle Leyla konnte ich mich wunderbar streiten und stundenlang über Gott und die Welt diskutieren.

Für zwei Wochenenden entschuldigte ich mich bei Ali Bey mit der Ausrede, ich müsse mich auf Sprachprüfungen vorbereiten. Der respektierte Prüfungen und alles Akademische, da er selber nie die Chance gehabt hatte, eine höhere Schule zu besuchen.

9

Portobello Market

Dreißig Prozent für dich«, erklärte Khan und blies den Rauch einer selbstgedrehten Zigarette in den kalten Morgenwind vom Portobello Market, dabei schlug er den Kragen seines langen, schwarzen Ledermantels hoch.

»Okay, abgemacht!«, nickte ich ihm zu und begann die Jacken aus seinem alten vw-Bus auszupacken und an Kleiderständer zu hängen.

»Tee?«, fragte Khan im Gehen.

»Ohne Milch bitte, mit drei Stück Zucker.«

Ich kalkulierte: Bei zehn verkauften Jacken könnte ich auf 33 Pfund kommen! Nicht schlecht.

Khan ging mit weit ausholenden Schritten, dabei wippten seine welligen Haare, und sein Mantel wehte wie ein Fürstengewand im Wind. Sein Gang war wie der eines großen, wilden Kriegers aus einer anderen Zeit.

Ja, Khan hatte was von einem wilden Aristokraten und eine große persische Hakennase dazu – er hat sie wahrscheinlich von seinem Vater geerbt, der ursprünglich aus Isfahan stammte. Seine Mutter kam aus Chelsea, London, und von ihr hatte er die großen blauen Augen. Ich kannte seine Eltern nicht, aber Khan erzählte mir von ihnen, als ich am Donnerstagabend bei ihm vorbeischaute und ihm Tüten voller Kleiderbügel vorbeibrachte, die ich vor einem Laden in Green Lanes gefunden hatte. Er konnte sie gut gebrauchen. In Berlin wäre ich normalerweise an solchem Plastikzeugs schnurstracks vorbeigegangen. Aber in diesem *Rip-off-London,* wo die Gier regierte, war man über alles froh, was man umsonst bekam.

Khan zeigte mir eine Kollage, an der er noch arbeitete. Er wollte sie seinen Eltern zum Hochzeitstag schenken. »Bei meinen Eltern hängt der Haussegen nicht am seidenen Faden, sondern am dicken Bootstau. Nicht mal eine elektrische Säge kann es trennen«, stellte er enttäuscht fest. Und ich dachte bei mir, Junge sei doch froh, dass Elternterror dir erspart geblieben ist. Davon konnte ich nämlich ein Liedchen singen.

Meine Eltern lebten getrennt und waren nicht geschieden. Grund für ihr Zerwürfnis war gewesen, als Mama nach dem Mauerfall herausgefunden hatte, dass Baba viele Jahre lang ein Verhältnis mit einer Frau in Ostberlin, Rosa, und sogar einen Sohn mit ihr hatte. Seitdem herrschte Krieg in unserer Familie.

Dann zeigte mir Khan ein Schwarzweißfoto von einer Demo. Auf dem Bild waren ein dunkelhaariger junger Mann und eine junge Frau Arm in Arm mit anderen Demonstranten zu sehen. »Tarik Ali und Vanessa Redgrave auf der Vietnam-Demo. Die beiden waren der Inbegriff des studentischen Aufstands«, erklärte Khan.

»Ach ja, so was wie Ohnesorg in Berlin.«

»Wer?«

»Na, Benno Ohnesorg. In Berlin gab's auch diese Revoluzzertypen!«

»Und was ist aus ihm geworden?«

»Verletzt durch Polizeikugel, daran gestorben.«

»Wirklich? Na, die beiden hier haben's überlebt.« Und er zeigte auf den Mann mit Schnurrbart und dichtem schwarzen Haar, der mehr wie Omar Sharif in jüngeren Jahren aussah als wie ein Revoluzzertyp, dafür wirkte er einfach zu fotogen.

»Und die studentische Bewegung? Was ist draus geworden?«, fragte Khan.

»Na ja, einige sind Tresengenies, andere Politiker geworden, und viele von denen laufen jetzt depressiv im Trenchcoat herum und sind Revoluzzer am Stammtisch«, erklärte ich nüchtern.

»Schau mal hier!« Khan zeigte auf die zweite Reihe der Demonstranten. »Da haben meine Eltern gestanden, zufällig gerieten die beim Marschieren Arm in Arm und sind seitdem wie die Kletten aneinander klebengeblieben«, und dabei rollte er die Augen. Es war die typische Geste, die in London viele draufhatten. Sie sagten etwas Nettes, Höfliches, meinten aber etwas anderes, und das zeigten sie mit dem Rollen der Augen. In Berlin hätte man direkt ausgesprochen, was einem auf den Keks ging, oder man hätte den Leuten den Vogel gezeigt, jedenfalls nie so um den heißen Brei herumgeredet.

Khan hatte lauter kleine Bilder von Embryos ausgeschnitten, die er vorsichtig auf die Gesichter der jungen Demonstranten klebte.

»Was soll das werden?«

»Wären die Amerikaner in Vietnam nicht einmarschiert, dann hätte es diesen verdammten Krieg nicht gegeben, und diese Demo hätte nicht stattgefunden, dann wären meine Eltern nicht aneinander klebengeblieben, und ich wäre nicht produziert worden…, und ich hätte diese *fuckin', fuckin' fits* nicht, diese *shit* Medikamente, diesen ganzen verdammten *Shit*!«, fluchte Khan wütend. Khan redete oft solch schwer nachvollziehbares Zeug, das kam eben von seiner Krankheit. Dabei war er intensiv und aufgeregt. Manchmal redete er ohne Zusammenhang, und es strengte an, ihm zu folgen. Betty schien sich an diese Art von Khan gewöhnt zu haben, denn sie klinkte sich dann einfach aus und machte ganz pragmatische Sachen wie Aufräumen, sich die Nägel feilen oder Eintragungen in ihr Londonbuch, das sie immer bei sich trug. Es war faszinierend zu beobachten, wie selbstverständlich und ruhig diese kleine Frau mit Khans Ausbrüchen umging.

Ich muss ehrlich gestehen, dass ich am Anfang ziemlich Schiss hatte, mit den Psychoausbrüchen dieses Riesenkerls umzugehen. Ich konnte schlecht einschätzen, ob er gewalttätig wurde oder nicht. Aber nachdem ich jetzt so einige Zeit mit den beiden verbracht hatte, wusste ich, dass Khan im Grunde genommen ein sehr weicher, empfindsamer junger Mann war, der keiner Fliege was antun konnte, bis auf seine *Fits,* die von einer Sekunde auf die andere alles ins absolute Chaos stürzen konnten. Man musste sich ständig auf solche Anfälle einstellen und dabei völlig locker bleiben.

Betty meinte immer, es sei besser, wenn einer sein Chaos, seinen ganzen inneren Mist nach außen trage, dann wisse man wenigstens, dass nichts versteckt, verheimlicht und später bitter verrechnet würde. Da war was Wahres dran, insbesondere in England, wo viele Leute einem alles nur verpackt und indirekt mitteilten. Am Anfang konnte ich all das nicht voneinander unterscheiden, aber mittlerweile habe ich ein trainiertes Ohr.

Als Khan mit zwei dampfenden Pappbechern Tee zurückkam, hatte ich den Stand fast fertig aufgebaut. Überall hingen alte Cord- und Lederjacken an Kleiderstangen, teilweise gut erhaltene Herrenjacken aus den Siebzigern, Mäntel mit Fransen, bunten Knöpfen, langen Kragen aus der Hippiezeit. Sie rochen muffig und mussten dringend gelüftet werden.

Khan setzte sich auf einen der roten Klappstühle am Stand und begann seinen Tee zu schlürfen, dabei strich er sich durchs kräftige Haar, als wollte er seine Gedanken antreiben.

Da sah ich sie! Eine hellbraune Wildlederjacke mit weitem Kragen, Taschen. Das war meine JACKE!

Ich zog sie sofort an.

»Restposten aus den Siebzigern«, meinte Khan.

»Sie hat die Achtziger überstanden, um meine Londoner Jacke zu werden!«

»Dunkelbraunes Hemd, solide Jeans dazu, Doc Martens, dann bist du in London angekommen.«

»Wie! So nicht?«

»Neee, diese Baggy Jeans ist was für Pubertierende«, lachte Khan und nahm einen weiteren Schluck Tee. Ich schwieg, zog beleidigt die Jacke aus, legte sie beiseite, setzte mich auf den anderen roten Stuhl, wärmte mir die Hände am heißen Becher, nahm ebenfalls einen Schluck und plante, heimlich meine Garderobe zu ändern. *Shit*! Die ganze Zeit lief ich mit dieser Kackjeans wie ein Pflaumenaugust herum, deshalb hatte auch das Mädchen im Laden so über mich gekichert! *Shit! Shit! Shit!*

»Zehn Pfund für die Jacke, ziehe ich dir ab«, sagte Khan. Ich nickte, lächelte und versuchte meine Wut auf mich selbst zu deckeln, indem ich mir die Nachbarschaft genau ansah.

Hinter unserem Stand war ein Backsteingebäude, vor dem zwei neue Telefonzellen standen. Plötzlich klingelte eines dieser Telefone. Ein dünnes Männiken in grauem Trenchcoat und mit Hut kam in Windeseile und nahm den Hörer ab. Er hatte ein knochiges, langes Gesicht und tiefliegende Augen, die etwas Unheimliches an sich hatten. Der Mann drehte uns den Rücken zu, flüsterte mit vorgehaltener Hand irgendwas in die Sprechmuschel, dabei schaute er vorsichtig, ja fast misstrauisch über die Schulter, so wie Kermit der Frosch aus der Sesamstraße. Nach einer Weile knallte er den Hörer auf den Apparat, fluchte leise vor sich hin und hüpfte davon. Ich schaute überrascht und fragend zu Khan rüber, der winkte ab: »Das ist Bernie, der treibt sich hier rum und bekommt öfter diese seltsamen Anrufe.«

»Was arbeitet er?«, fragte ich neugierig.

Khan zuckte mit den Schultern.

»Wohnt er hier in der Gegend?«

Khan zog die Brauen hoch und schüttelte den Kopf.

»Und wer ruft ihn immer an?«

Khan zuckte wieder mit den Schultern »Wir nennen ihn Mr. Strange.«

»Okay, das sagt viel über ihn aus«, stellte ich trocken fest.

»Halt dich fern von ihm, der kann ziemlich mies sein. Und vor allem halt dich fern von Miss …« Er deutete mit einer leichten Kinnbewegung Richtung Nachbarstand, wo eine alte karibische Frau mit einem lila Hut und Mantel stand. Sie stellte bunte Plastikblumen auf ihren Standtisch, dabei bewegte sie sich so ruhig und elegant, als würde sie kostbares Porzellan auf eine weiße Damastdecke stellen.

»Das ist Miss Liverpool, leg dich nie mit ihr an«, warnte mich Khan leise, »du ziehst immer den Kürzeren.« Dabei zog er seine dicken Brauen hoch, und seine blauen Augen leuchteten wie blaue Ampullen im Licht. Ich betrachtete Miss Liverpool. Ihre bunten Plastikrosen und -sonnenblumen leuchteten fröhlich vor der rotgrauen Backsteinfassade.

Auf der anderen Seite der Straße stand ein dunkler, junger Mann mit Pferdeschwanz. Er hieß Asif Iman und verkaufte selbstgemachte Lederschuhe in Regenbogenfarben. Eigenproduktion. Die Schuhe hatten es in sich, strahlten gegen den grauen Londoner Himmel an, und Asif Iman strahlte übers ganze Gesicht, er machte diese trübe Straßenecke zu einem angenehmen Aufenthaltsort. Eigentlich sollten das London Inner City Council und London Tourist Board Asif Iman und Miss Liverpool dafür belohnen, dass sie so viel Pep in diese Nullachtfuffz'n-Ecke brachten! Das war eine kostenlose PR-Arbeit für London, das durch Menschen wie diese beiden so viel Schwung und Energie bekam wie keine andere Stadt auf dem alten Kontinent. Auch nicht Berlin!

Am späten Vormittag strömten Kunden durch die Stände und stöberten herum. Miss Liverpool blickte ruhig und würdevoll wie die Queen. Ihr Stand leuchtete in gelben, roten und grünen Farben wie eine Warnblinkanlage. Viele Leute blieben ehrfürchtig davor stehen, als wäre es ein

Buddha-Altar in Taipeh. Als Nachbarstand profitierten wir davon, das Miss Liverpool ein *eye-catcher* war, denn ihre Kundschaft blieb auch an unserem Stand stehen, und im Handumdrehen verkauften wir Jacken für fünf, acht, manchmal zehn Pfund.

Jacken aus den siebziger Jahren waren in, wegen der Retrowelle kauften japanische Kunden gerne alte, karierte Jacken, Trenchcoats mit langen Kragen und dicken Gürteln und Schnallen. Für diese Kundschaft stiegen die Preise bis zu fünfzig Prozent. Das Geschäft lief, wenn man bedachte, dass wir ungefähr dreihundert Prozent Gewinn dabei machten!

Am späten Nachmittag wehte ein eisiger Wind mit Schauern untermischt über den Markt. Khan ging eine Plastikplane aus dem vw-Bus holen, und ich steckte die Hände tief in die Jeanstaschen und versuchte mich durch Bewegung warm zu halten. Nebenan klingelte es wieder in der Telefonzelle, und der seltsame Bernie nahm ab, flüsterte irgendwas in den Hörer. Ich versuchte ihn zu ignorieren. Schließlich kannte ich solche Typen vom Kotti*, die liefen dort in Scharen herum, pöbelten manchmal die Leute an.

Plötzlich fegte ein kräftiger Windstoß die schönen Blumen von Miss Liverpool über den grauen Beton von Portobello. Sie schlug vor Schreck die Hände vors Gesicht und schrie: *»Oooh Looord!«* Ich stürzte mich sofort auf ihre Orchideen und Rosen und sammelte sie im Nu auf. Miss Liverpool, noch immer unter Schock, riss sie mir aus der Hand

* Abkürzung für Kottbusser Tor

und bedankte sich nur mit einem kurzen Kopfnicken. Na ja, lächeln könnte sie wenigstens, kostete ja nichts.

Ich stellte mich wieder hinter die Kleiderständer, die Hände in den Taschen, und versuchte mich vor dem eisigen Wind zu schützen. Miss Liverpool band ihre Blumen mit einem Band fest. Ihr schien der Wind nichts auszumachen, kein Wunder bei dem wärmenden Kuschelfett, das sie wie Rettungsring und Schwimmflügel um Bauch und Arme hatte. Ihre Brüste waren echte Brummer.

Mir tränten die Augen vom eisigen Wind, und ich hatte Hunger. Eine heiße, dampfende Wurst in Erbsensuppe wäre jetzt genau das Richtige gewesen.

Als Khan mit der Plane zurückkam, ging ich los, um von der einzigen deutschen Imbissbude auf dem Markt anständige Wurst mit Senf und Brot für mich und Khan zu holen.

Damit eilte ich zum Stand und verschlang auf dem roten Klappstuhl hastig mein Mittagessen, das unterwegs leider kalt geworden war und jetzt fade schmeckte. Khan aß im Stehen und breitete die Plane über Lederjacken und Mäntel aus.

»*It would be good ter eat some real Trinidad food instead a chicken and chips or burgers an beans*«, hörte ich plötzlich Miss Liverpool vor sich hin reden, dabei mied sie den Blickkontakt mit mir. Sie war schon eigenartig.

»*I remember eating good food, tings I grow up on, like cocoo an saltfish, an ochro, an yam …*«, zählte Miss Liverpool mit tiefer samtiger Stimme vor sich hin und blickte dabei zu den vorbeigehenden Marktbesuchern.

»*I never tasted these things*«, sagte ich kauend und packte die leere Verpackung unter den Standtisch.

»Never? I grow up on old Trinidad food dey is wat give we de brains ter become wat we become, so why stopp eating dem... Mangos, mangos, yes I eat every day. I buy ten pounds mango...«

»You spend ten quid on mangos?«, fragte ich überrascht, schließlich waren das ca. 30 Mark!

»Very sweet mangos«, lächelte Miss Liverpool, und eine Zahnlücke von der Größe Jamaikas erschien zwischen ihren Vorderzähnen. Sie blickte mich mit erhobenem Haupt an, dabei kam sie mir vor wie eine *Flowerqueen*.

Von der Madame konnte ich noch was lernen. Denn sie hatte einen exquisiten Geschmack, was Essen anging, und die Ruhe und Gelassenheit einer weisen Herrscherin. Eigentlich hatte sie nichts von einer englischen Miss. Nein, sie war eine Grande Dame aus Trinidad. Deshalb beschloss ich, sie nach unserem ersten Gespräch (es folgten noch so einige) nicht mehr Miss, sondern Madame Liverpool zu nennen.

Am Abend ging ich mit dreißig Pound in der Tasche, erschöpft vom Stehen und dem kalten Wind, zu Kazims Mc'Kebap und konnte mich kaum noch auf den Beinen halten. Wie immer fing ich mit dem Zwiebelschneiden an, dabei setzte ich mich auf einen Hocker und rechnete mir meinen Lohn fürs Monatsende aus. Spät in der Nacht stürzte ich mich auf mein altes Bett und schlief bis in den späten Sonntagmittag hinein.

Am Nachmittag begann ich meine Garderobe zu sortieren. Die Baggy Jeans, Cowboystiefel und anderer Firlefanz kamen in eine Tüte und landeten einige Tage später im *Oxfam charity shop*. Von diesen Läden lebte halb London.

Dort kaufte ich mir einen guterhaltenen braunen Cordanzug, einige Hemden und eine solide klassische Jeans. Schließlich wollte man ja mit seinen Klamotten den Leuten mitteilen, wie man wahrgenommen werden mochte.

Am folgenden Donnerstag schwänzte ich den Englischkurs und ging mit Khan in die Tate Gallery. Ich zog meine Wildlederjacke und Doc Martens Schuhe an. In der *tube* staunte Khan über meine äußere Wandlung. »Jetzt hast du was vom London Style«, meinte er. Meine Reaktion: *no comment!*

Unterwegs blieb die *tube* im Tunnel stecken, wir starrten uns an, die anderen Fahrgäste schauten gelangweilt umher, sie schienen solche Zwischenfälle gewohnt zu sein. Plötzlich packte Khan einen kleinen Block aus der Tasche, kritzelte eine zackige Krone drauf, dann begann er die Stationen der Circle Line einzuzeichnen. »Eine Fahrt mit der Circle Line ist wie eine Tour durch die englische Geschichte«, erklärte er leise. »Wie eine Kette reihen sich die Ereignisse und Orte aneinander. Westminster Cathedral. …, Houses of Parliament …, Buckingham Palace – Sitz der Royal Family, Victoria Station – sie heiratete Albert, setzte viele Kinder in die Welt, prägte fast ein ganzes Jahrhundert, kolonialisierte und nahm viele Völker in Gefangenschaft, Knechtschaft. Und diese Circle Line bringt alle *in one line.*«

»Inwiefern?«

»Na, die *tube* macht alle gleich. Hier findet der tagtägliche Austausch der Klassen statt, unter der Erde von London treffen sich *working class, middle class, upper middle class* auf engstem Raum. Ohne dieses Netz wäre die Stadt noch stärker zerfallen. Verstehst du? Weder die Queen noch die Regierung hält Londons Schichten zusammen, sondern die *tube*.«

Diesen Aspekt hatte ich so noch nie bedacht, nach dem, was Betty mir von Klassenpsychose erzählt hatte. Na ja, es mochte was dran sein. Khan war fit in solchen Sachen.

In der Tate Gallery entdeckte er immer wieder etwas Neues. Khan hatte etwas, was mich vereinnahmte und ihn heimlich bewundern ließ. Er gehörte zu den Leuten, die alles um sich aufmerksam beobachteten und bis ins kleinste Detail durchleuchteten, auch wenn sie zum tausendsten Mal durch die gleiche Straße gingen oder zum x-tenmal in der gleichen Galerie waren.

Es war echt was Besonderes, einen Kumpel wie Khan zu haben. Ich schätzte seine wache, chaotische Art und stellte mich langsam auf seine wirren Gedanken und Ausbrüche ein.

Gegen Mittag schlenderten wir durch Soho, und ich sah mir das rege Treiben in den kleinen asiatischen Läden an.

Der Geruch von Zwiebeln, Knoblauch und Ingwer in heißem Fett drang aus den Restaurantküchen und Belüftungsschächten nach draußen und lud die Passanten zum Mittagessen ein.

In einigen Restaurantfenstern hingen geräucherte Enten, die am Hals aufgehängt waren, wie bei Max und Moritz.

Soho war eine einzige große Küche, hier waren sogar die Straßennamen in chinesischen Schriftzeichen geschrieben. Wahrscheinlich wegen der Touristen, damit es authentisch wirkte. Wie würde denn die Oranienstraße in Kreuzberg auf Türkisch heißen? Die Manteufelstraße? Vielleicht *Şey-*

tan Adam Caddesi? Keine Ahnung. Jedenfalls wäre dies eine Angelegenheit für das Berlin Tourist Board. Eigentlich konnte das Bezirksamt Kreuzberg einiges von Soho lernen, wie man zum Beispiel Ethnizität profitabel vermarktet, touristisch aufwertet, aber das Bezirksamt war im Integrationsgelaber versackt und kam da nicht mehr heraus.

Wir schlenderten an chinesischen Läden vorbei, wo gerade einige tüchtige, kleine Männer ganze Paletten von Überseefracht auspackten. Sie warfen lässig die leeren Kartons und Plastikfolien zur Seite, einige schleppten schwere Reissäcke mit dem Aufdruck *Bhasmati Rice golden quality* in den hinteren Teil des Ladens. Kundschaft kam und ging, es wimmelte nur so von Menschen und erinnerte mich an das bunte Treiben auf dem Ägyptischen Bazaar in Istanbul.

Ali Bey hatte eine Theorie über den Erfolg der Chinesen hierzulande. Er sagte einmal: »Die Chinesen essen jeden Tag Chinakohl, Tofu und Sojabohnen, deshalb sind sie flink, tüchtig und gesund. Sie haben keinen Kolonialkomplex und interessieren sich nur für die Queen auf den Fünfzig-Pfund-Scheinen, der Rest von England ist ihnen egal. Und wir? Wir stopfen Schafskäse, fettige Böreks, fettige Kebabs, Raki, starken Mokka in uns hinein. Im Magen gärt das zu einer unverdaulichen Masse. Deshalb hängen wir alle schlapp herum und sind nicht so fit wie die Chinesen!«

Wir gingen ins Restaurant Wang Kee, das über mehrere Stockwerke verteilt war. Es hatte unfreundliche Kellner und preisgünstiges Essen.

Am Nachmittag führte mich Khan in ein kleines verstecktes Cafe in einer ruhigen Ecke in West End. Es schaute auf einen gepflegten Hof mit Brunnen und Blumen. Es erinnerte ein bisschen an Salzburg, und entsprechend war auch das Kuchensortiment. Wir hingen auf den Stühlen, erschöpft vom vielen Gehen, und bestellten Kaffee und Kuchen. »Jeder will im Leben ein Stück von der Torte«, sagte Khan, legte seine Hände in den Nacken und streckte seine langen Beine aus. »Manche haben ganze Vitrinen voller Torten so wie diese hier«, und er zeigte auf das Schaufenster, wo große Zuckergusstorten standen und bunt leuchteten. »Ihr Dasein besteht darin, viele Torten herzustellen, viel arbeiten, ausgebrannt sein, hastig einige Torten verschlingen, und dann klagen sie über Sodbrennen. Diese Typen sind aggressive Produzenten, und sie verbrauchen sich beim Produzieren«, erklärte er abgebrüht und schlug die Beine übereinander. Eine junge flotte Kellnerin servierte uns Schwarzwälderkirschtorte und Cappuccino. Ich haute rein.

»Weißt du, die Schnellraser bekommen wenig von der Schönheit ihrer Umgebung mit. Nicht viel, sondern klug arbeiten, das mache ich. Ich lasse mich inspirieren, vertiefe meine Arbeit, deshalb meide ich auch diese Weißbrotgegenden wie Hampstead, Kew Gardens. Viele aggressive Produzenten dort, wenig ethnische Mischung.«

»Ja, kenne ich aus Berlin, wie Zehlendorf und Hellersdorf«, lachte ich und stopfte ein weiteres Stück Torte in mich hinein.

Zum frühen Abend hin gammelten wir an der Themse entlang und gingen dann in die schicken Straßen von Chelsea. Das Schöne, Lässige an London zeigte sich nach Feierabend. Wenn das Tageslicht verschwand, legte sich ein besänftigender milchiger Dunst über die Stadt und pushte mich hoch. Manchmal sah man ganz in der Ferne über Häusern und Pubs ein Stück rosa Himmel. Im Vergleich zu Berlin konnte man in London viel Himmel sehen. Die Häuser hatten nicht so viele Stockwerke wie die Berliner Altbauten mit ihren fünf Stockwerken und alten Bäumen, die ganze Straßen in Schatten hüllten, gegenüberliegende Wohnungen verdunkelten und die Sicht auf den Himmel verengten. Vielleicht hatte ich deshalb oft das Gefühl, in Berlin eingeengt zu sein?

Vor den Pubs standen blonde Frauen in marineblauen Kostümen auf hohen Absätzen und mit nackten Beinen, daneben Männer in Anzügen und Aktentaschen. Die Leute hielten sich an ihrem Pintglas fest, schwatzten und rauchten gelassen. Einige der Männer lockerten ihre Krawattenknoten, legten ihre Aktentaschen beiseite. Ein paar Frauen zogen ihre hohen Schuhe aus, und alle standen in Gruppen beieinander.

Mein altes heimliches Spiel, Ostberliner von Westberlinern zu unterscheiden, führte ich in London weiter, indem ich versuchte, den ethnischen Hintergrund der Leute zu erraten und herauszufinden, wie durchmischt die Gruppen waren.

Es war Feierabend, und die Leute konnten sich aussuchen, mit wem sie ein Bier trinken wollten. Bei der Arbeit mussten sie vielleicht mit Pakistanis, Afrikanern und Indern arbeiten. Aber am Abend hatten sie die Wahl. Ich checkte: Hier und da ein braunes Gesicht, sonst war alles käseweiß und großstädtisch.

10

Portobello Style

Freitagnachmittags war im Supermarket viel Schlepparbeit, die Ware für den Wochenendverkauf musste ausgepackt und eingeordnet werden. Ich war danach immer fix und fertig. Deshalb hatte ich mir angewöhnt, viel zu trinken, damit ich noch einigermaßen fit für den Keep-up-a-Kebap-Job war. Kurz vor Feierabend machte ich eine Pause, rauchte hinten eine Zigarette, zog meine neue Wildlederjacke an und wollte mich gerade von Ayşe Hanim verabschieden, da kam die Sonne von Green Lanes in den Laden gehastet, griff sich einen Einkaufskorb und verschwand hinter den Regalen. Ich blieb am Ausgang stehen und zündete mir eine neue Zigarette an. Jetzt stand sie an der Kasse, ihr hellbraunes Haar glänzte, ihr Gesicht strahlte. Magenflirren.

Sie schritt hinaus, ihr Blick tackerte mich auf dem grauen Pflaster fest.

»Spät dran?«, fragte ich mit trockener Kehle.

Sie nickte kurz, wechselte die schwere Einkaufstüte in die andere Hand. »Ooohhh, fetzige Jacke«, stellte sie begeistert fest. Ich blickte sie kurz verunsichert an.

»Aaachhh, davon haben wir eine ganze Menge«, sagte ich locker und zog kurz an der Kippe.

»Wo denn?«

»Auf dem Portobello Markt, bei den Telefonzellen. Komm doch vorbei?«

»Okay. Wir suchen nämlich Jacken aus den Siebzigern, Sechzigern für unsere Show.« Ich nickte kurz, warf lässig die Kippe auf den Boden und sagte hastig: »Ich muss los«, als wäre sie nur eine flüchtige Bekanntschaft, schließlich wollte ich cool rüberkommen. Ich drehte mich um und eilte davon. An der nächsten Ecke blieb ich stehen, atmete tief durch und drehte mich im Kreis. Ich hätte mir in den A ... beißen können! Warum habe ich sie nicht ein Stück begleitet? Ihr die schwere Tüte getragen? Ein kurzes Schwätzchen mit ihr gehabt? Ich Vollidiot!

Samstag. Magenflirren den ganzen Vormittag. Und wenn sie nicht kam? Wenn sie den Stand nicht fand? Vielleicht hatte sie es sich anders überlegt? War verhindert? All diese Fragen prasselten auf mich ein. Ablenken, ablenken, ablenken – nur wie? Rauchen, gehen, rauchen, grübeln, rauchen, hoffen ...

Am Nachmittag nahm mich Madame Liverpool mit auf den Gemüsemarkt, der am anderen Ende der Portobello Road war.

Sie hatte ihre Connections auf dem Markt. Einige Händler waren sichtlich überrascht, als sie mich Madames schwere Tüten tragen sahen. *»My neighbour from next stall, dis young man«*, erklärte sie kurz. Ich war so eine Art Anhängsel, das hinter ihr her trottete und froh darüber war, abgelenkt zu sein.

Sie suchte mit geübtem Auge die süßesten Mangos, die besten Honigmelonen heraus und hielt sie kurz unter die

Nase. *»Smell good, taste good«*, bemerkte sie fachmännisch. Von Madame konnte ich noch so einiges lernen, daran bestand überhaupt kein Zweifel.

Auf dem Maybachufer in Kreuzberg hatte ich unter den Händlern einige Bekannte, die mir nur das Beste an Tomaten, Basilikum und Auberginen verkauften, schließlich war ich dort Stammkunde gewesen. Aber hier, in dieser Megastadt London, war ich schon froh, wenn ich den richtigen Exit aus der Underground fand, geschweige denn den richtigen Gemüsehändler, um Stammkunde zu werden. Dafür hatte ich weder die Zeit noch den Überblick.

Als wir mit schweren Tüten wieder an Madame Liverpools Stand erschienen, blieb mein Herz für einige Sekunden stehen, und ich konnte keinen weiteren Schritt machen. Denn vor unseren alten Jacken und Mänteln stand das Mädchen und neben ihr ein großer, rothaariger Typ. Sie probierte einen grünen langen Mantel mit großen Knöpfen, und Khan zeigte ihr den Spiegel. Sie warf ihre langen Haare über den Mantel und betrachtete sich. Plötzlich drehte sie sich mir zu und lächelte. Ich wollte zu ihr gehen und hallo sagen, aber ich konnte mich nicht bewegen. Als ich gerade dabei war, den Gedanken zu verwerfen, hörte ich von weitem Madame Liverpools Stimme an mein Ohr dringen.

»Put dem under de table!« In Zeitlupentempo drehte ich mich zu ihr und sah, wie Madame mit ihren runden Armen und Händen wild gestikulierend auf ihren Abstelltisch zeigte. Ich stellte die Gemüsetüten dort ab, und Madame schüttelte nur den Kopf. Erst jetzt bemerkte ich, wie mir die Hände und Arme schmerzten vom schweren Tragen. Ich

strich mir mit den Händen über die Jeans, durch die Haare, atmete tief ein und aus und versuchte locker zu sein.

Khan rief mich zu sich und dem Mädchen rüber. Ich sah in ihre Richtung und hörte auf zu atmen. Ich ging langsam zu ihnen und sah nur Khan an, als hätte ich sie nicht bemerkt. Als ich mich mit Khan unterhielt und sie ignorierte, nahm sie den Mantel und betrachtete sich nochmals im Spiegel.

»Grün... flotte Farbe«, hörte ich mich sagen.

»Wirklich?«, fragte sie überrascht.

»Was meinst du, Fizzy?« Sie drehte sich zu dem langen Rothaarigen, der sich gerade wie ein schlaffer Sack auf unseren Klappstuhl gesetzt hatte. Er nickte zustimmend und streckte die dünnen Beine aus. »Grün ist angesagt, der letzte Schrei in Berlin«, erklärte Khan fachmännisch.

»In Berlin?«, fragte sie, immer noch überrascht.

»Ja, mein Kompagnon Hasan kommt aus Berlin, der neueste Trend dort.« Khan deutete mit dem Kinn auf mich.

»Berlin? Da wollte ich schon immer hin...«

»Wirklich?«

»Ja, ja, schon allein wegen der Mauer und der tollen Cafes dort.«

»Ich kenne jede Ecke, jeden heißen Laden dort.«

Sie sah mich zum ersten Mal lange an. Sehr lange. »In Ali's Supermarket, stimmt's?«, fragte sie lachend. Ich nickte, lachte mit und fühlte mich plötzlich erleichtert und ruhig.

»Ihr kennt euch?«, fragte Khan.

»Hhmm, er arbeitet im besten Delikatessenladen von ganz Nordlondon«, sagte sie lächelnd.

»Na, dann gelten unsere speziellen Discountpreise«, meinte Khan und zwinkerte in meine Richtung.

»Fizzy und ich haben den halben Markt nach solchen Sechziger-Jahre-Jacken abgeklappert... Und wir bräuchten welche mit großen Blumen, Mustern, fransiger, hippiger. Könntet ihr welche besorgen?«

»Wozu?«

»Fizzy und ich studieren Design im St Martin's College. Für unser Projekt Hippie-Retro-Techno-Mix – das ist im Kommen, das wird unsere Show«, erklärte sie und zog einen Mantel mit orangegelbem Blumenmuster heraus. »So in diesem Stil, blumiger, greller und poppiger, versteht ihr?«

»Wie viele? Welche Größe? Wann?«, fragte Khan und zündete sich und Fizzy eine Zigarette an.

»Nächste Woche, wir können alle Größen umarbeiten, nicht Fizzy?« Der strich sich die Haare aus dem Gesicht, und erst jetzt kam ein wildes Muster von Sommersprossen zum Vorschein.

»Ihr könnt euch in meinem Lager umschauen – Mittwochnachmittag?«, schlug Khan vor, kritzelte seine Nummer auf einen Zettel und übergab ihn Fizzy.

»Wir melden uns«, erklärte sie kurz.

Sie bekam den Mantel, der locker für acht Pound über den Ladentisch gegangen wäre, für drei Pound. Dann suchten sie eine schwarze Lederjacke mit Knöpfen für den schlaffen Fizzy aus und verschwanden in der Menge von Portobello Market. Shit! Mittwoch hatte ich Prüfung im Kurs.

»Warum hast du nicht gesagt, dass sie nächste Woche hierherkommen soll?«, schnauzte ich Khan wütend an. »Was ist, wenn sie nicht auftaucht?«

»Echtes Interesse wird sich schon melden«, meinte Khan ruhig und drückte seinen Zigarettenstummel auf dem Boden aus.

»Merk dir eins«, Khan drehte sich zu mir, strich sich müde durchs Haar, »Portobello Market bedeutet Style, deswegen rennen all diese einfallslosen Designer aus Paris oder Mailand auf diesen Markt oder nach Camden und kopieren uns! Das Mädchen kommt, da bin ich mir sicher.«

Khan hatte recht, was Trend und Style betraf, wurden in Portobello und Camden Market neue Maßstäbe gesetzt. Vor allem waren es diese dunklen, schlanken, peppigen *London girlies,* mit ihren tanzenden Hüften und engen Jeans und Miniröcken. Sie kombinierten alte Anzüge mit Stiefeln, zogen kurze Jeansröcke mit Schottenmuster an, verwandelten alte Filzhüte in bunte Eye-catcher. Dann gab es diese Brixton Kids. Samstagabends schmissen die sich in Schale, in ihren Baggy Jeans und einem Tuch lässig aus der Hosentasche hängend, machten sie sich mit der *tube* auf Richtung Soho und Umgebung, wo die Reichen in den Ronnie Scott Jazzclub gingen. Diese Kids brachten der Stadt London bei, eine Lobeshymne auf sie zu singen. Eigentlich müsste man diese neue Spezies von Londoner Boys und Girls als Weltkulturerbe schützen.

Der Abend brach über Portobello an. Es wurde kalt. In den umliegenden Cafes und Geschäften gingen die Lichter an. Hektik und Getümmel verbreitete sich. Wir begannen die Kleiderständer abzubauen und freuten uns auf einen warmen Feierabend.

Beim Verstauen der Sachen lächelte mich Khan belustigt an, was mich noch mehr verärgerte – wie konnte er nur alles auf Mittwoch verschieben? Schon wollte ich losschreien, doch ich bremste mich.

Später kam Khan auf mich zu, klopfte mir locker auf die Schultern und meinte: »Die hat dich ganz schön im Bann, *ey, man*!«

»Stimmt nicht«, trotzte es aus mir heraus.

»Vorhin hat deine Birne geglüht wie ’ne rote Ampel!«

»Das kommt dir nur so vor«, verteidigte ich mich.

»Hey, *old chap,* mich kannst du anlügen, dich kannst du anlügen, aber deinen Schwanz nicht!«

»Piss off!«, zischte ich und schubste ihn weg.

Khan lachte und ging den Wagen holen.

Minuten, Stunden, Tage, genauer gesagt 95 Stunden, vergingen, bis es dann endlich Mittwoch war. Ich schwänzte den Multiple-Choice-Test und machte mich stattdessen schnurstracks auf den Weg zu Khans Wohnung.

Er hatte die gesamte untere Etage in einem Reihenhaus plus Garten für sich. Diese Eigentumswohnung war ein Geschenk seiner Eltern.

Als er die Tür aufmachte, schaute er mich überrascht an, da ich schwer nach Luft schnappend, hechelnd und schweißgebadet vor ihm stand. Er schüttelte nur ungläubig den Kopf, führte mich in seine hellblaue Küche, in der alles Mögliche von Gewürzen bis hin zu Farben, getrocknetem Fisch und Pflanzen untergebracht war. Dieser Raum war Atelier, Depot, Vorratskammer, Kochnische in einem. Khan gab mir ein Glas Saft, ich setzte mich an seinen Küchentisch und atmete tief durch.

»Die sind schon wieder weg«, sagte er beiläufig und füllte den *kettle* mit Wasser.

»Wie bitte?«

»Ja, die kamen früher und sind vor zehn Minuten mit den Sachen weggefahren«, erklärte er ruhig und setzte den *kettle* auf.

Ich fühlte, wie mir das Herz fast stehenblieb, und ich sackte zusammen und mit mir alle schlaflosen Nächte, nervösen Morgen und unruhigen Mittagsstunden, in denen ich die Sätze für diese Begegnung vorbereitet hatte. Diese Situation hatte ich dabei gar nicht in Betracht gezogen. Ich stand da wie mit kaltem Wasser übergossen.

»So ein Mist! *Shit!*«, zischte ich und stampfte mit dem Fuß auf den Küchenboden. Gläser schepperten auf dem Tisch.

»Nun bleib mal locker auf 'm Hocker«, wies mich Khan mit ruhiger Stimme zur Vernunft und bereitete zwei Tassen Tee mit Milch und Keksen vor. Er stellte sie auf den Tisch, ich schwieg, schlürfte heißen Tee und fühlte mich total enttäuscht und wütend auf mich selbst. Dann nach einer Weile sagte Khan: »Hilfst du mir, das Depot auszumisten? Einige Jacken müssen raus.«

»Haben DIE nicht alles mitgenommen?«

»Wer?«

»Na, das Mädchen von neulich?«

»Ach die? Die kommen noch.«

»Wie bitte??? Aber du hast doch gesagt…«

»Aaaach …, gar nix hab ich gesagt«, wehrte Khan ab, sah mich direkt an, grinste breit übers ganze Gesicht und lachte kurz auf: »Mann, vorhin warst du platt wie 'n Pfannkuchen.«

»Fuckin' hell!«, hörte ich mich schreien und warf mit

Keksen nach ihm. Er ging in Deckung und prustete vor sich hin. Na, da hatte er mich voll erwischt! Was soll's, sie kommt noch. Alle Fanfaren und Trompeten in mir bliesen zum Aufmarsch!!!

Khan hielt einen sicheren Abstand zu mir, als wir anfingen das Depot auszumisten. Es lag im Hinterhof der Küche. Alte, muffige Ledermäntel, Jacken holten wir raus und hängten sie an Kleiderstangen.

Dann endlich klingelte es an der Tür, und ich raste hin und öffnete. Da standen sie zu dritt vor mir. Die Sonne hatte ihre langen Haare zum Dutt gedreht. In Jeans und Turnschuhen stand sie da und blickte mich erwartungsvoll an. Neben ihr der Fizzy Boy und noch so ein Typ, der fast wie 'ne Kopie von Fizzy Boy war. Beide hatten lange rote Haarfransen im Gesicht, ähnliche braune Samtjacken mit langen Kragen aus den Siebzigern an und eine Schrumpelhaltung. Ich führte sie zum Hinterhof, wo Khan eifrig sortierte.

Die drei suchten aus, begeisterten sich für schlampige, fuzzelige Hippiemäntel, packten alles in dunkle Müllsäcke, zahlten Khan eine anständige Summe, und ich half ihnen, die Säcke in den alten grünen Mercedes von Fizzy Boy zu packen. Na, dieser Fizzy musste Kohle haben, sonst könnte der sich nicht so 'ne Karre leisten. Denn auf dieser Insel Britannia gehörten Mercedes und BMW schon zur Luxusklasse, während sie in Berlin jeder Proll fuhr. Wahrscheinlich war es die Karre von seinem Alten.

Beim Einpacken der Kleidersäcke merkte ich, wie Fizzy darauf lauerte, eine Bemerkung von mir zu seinem Mercedes zu erhaschen. Ich ging elegant darüber hinweg, indem ich keinen Mucks von mir gab. Schließlich kam ich ja aus dem Autoland Deutschland, *nothing special for us.*

Nichts, aber auch gar nichts von den vorbereiteten Sätzen und Themen für diese Begegnung brachte ich über die Lippen, und diese beiden Typen neben ihr machten alles noch komplizierter, denn wenn ich was sagte, dann sahen sich die beiden Fizzy Typen heimlich an, grinsten leise in sich hinein, als würden sie sich über meine Aussprache lustig machen.

Ich hatte das Gefühl, dass sie jede Bewegung, jedes Wort von mir still registrierten und sich wahrscheinlich über meine deutsche Aussprache der dämlichen Vokale und des verdammten »Th« im Englischen wunderten, obwohl ich nicht blond und blauäugig war. Egal, jedenfalls hatte ich das saudoofe Gefühl, sie versuchten mich einzuordnen. Offensichtlich war ich kein *boy from Eaton,* aus Surrey oder Kent, nein, ich war *a strange foreigner from Germany* für sie. Kackegal, wurscht, na und. Ach, mit diesem Berliner »NA UND!«, das schon öfter mein Rettungsring gewesen war, versuchte ich mir Mut zu machen.

Das waren also die ersten Engländer, mit denen ich näher zu tun hatte, waschechte Engländer, die Englisch ohne erkennbaren Akzent sprachen, und vielleicht kamen sie ja auch aus Hampstead, Kew Gardens oder Teddington. Ich versuchte abzuchecken, ob dieser Fizzy Typ was mit ihr hatte, irgendwie konnte ich es mir nicht vorstellen, da er sich so softig bewegte und so lange, weiße Finger hatte, mit großen Ringen dran.

Der hatte wohl mehr was mit dem anderen Fizzy Typen

zu tun als mit dem Mädchen. Bei diesen Modefritzen war man sich nie sicher, die ließen sich alle Optionen mit Männern und Frauen offen, was eigentlich eine unverschämte Freiheit war, die ich nie in Betracht gezogen hatte. Jedenfalls beobachtete ich jeden Handgriff, jeden Blickkontakt, den er mit ihr hatte, vielleicht lief doch was zwischen den beiden? Oder hatte sie einen Freund? Verlobten? Geliebten? Verheiratet? Allein der Gedanke daran entmutigte mich und ließ mich jedes Wort, jeden Satz, jede Frage, die ich mir vorher zurechtgelegt hatte, vergessen. Ich schwieg, da konnte ich nichts falsch machen, und half ihnen weiter beim Einpacken.

»Fahrt ihr irgendwo an der Piccadilly Line vorbei?«, hörte ich mich fragen, als sie ins Auto stiegen.

»Wohin musst du?«, fragte das Mädchen.

»Wood Green, eigentlich Green Lanes?«

»Steig ein, ist bei mir in der Nähe.«

Ich konnte mein Glück kaum fassen, nun saß ich neben ihr auf dem Hintersitz eines alten Mercedes und düste durch London. Fizzy Boy drehte Musik auf, Simply Red dröhnte *»… something got me started …«*.

Sie erzählte mir von der bevorstehenden Modeshow anlässlich Halloween, den Vorbereitungen, es war ihre erste Show im College. Die Zeit war knapp, da sie am übernächsten Freitag stattfinden sollte. Das Thema war Orange und Schwarz. Alle mussten sich in diesen Farben kleiden, so wie die Halloween Pumpkins und Monster. Ich hörte ihr aufmerksam zu, schwieg die meiste Zeit und versuchte die beiden Fizzy Typen vorne im Auto zu ignorieren. Ich war so eingenommen von ihrem Enthusiasmus, ihren eleganten

Handbewegungen und ihrer ausholenden Art zu erzählen, dass ich überrascht um mich blickte, als das Auto an der Wood Green Station anhielt.

Beim Abschied sagte ich: »Falls ihr einen Partyservice für euer Halloween braucht, wir haben alles im Angebot. Kommt vorbei!«

»Gute Idee, melden uns«, sagte sie lächelnd, und dieses umwerfende Lächeln ermutigte mich dazu, dass ich ihr die Hand reichte und ihre fest ergriff, schüttelte und zum Abschied »Hasan« sagte. Sie blickte mich verwirrt über diese ungewöhnliche, unenglische Geste an, lächelte verlegen. »HANNAH«, sagte sie, immer noch sichtbar überrascht über meinen entschlossenen Händedruck. Ich ließ ihre langen Finger langsam aus meiner Hand gleiten, schlug die Autotür zu, und sie fuhren die windige Straße hinab. Ich sah ihnen nach, machte innerlich drei Saltosprünge, klopfte mir selber auf die Schulter und war froh über meine Entschlossenheit. Ich sprang in den Bus und eilte zu Ali's Supermarket. Die ganze Fahrt über summte ich den Namen HANNAH vor mich hin.

Eines Abends, kurz bevor wir die Lichter des Ladens hinter uns ausschalteten, zeigte Ali Bey mir im Kofferraum seines alten Fordbusses einen großen Karton mit Sony Aufschrift. Er hatte einen neuen Fernseher und eine Satellitenschüssel gekauft, das sollte wahrscheinlich seine Eintrittskarte ins Cafe Cyprus werden, das er seit geraumer Zeit wegen Schuldeneintreiben und dem großen Streit mied.

»Die Männer brauchen eine neue Beschäftigung«, meinte er.

Am nächsten Tag, nach der Warenlieferung und vor dem Ansturm der Feierabendkundschaft, ging Ali Bey mit dem riesigen Sony Karton und der Satellitenschüssel in Begleitung eines Monteurs und mir ins Cafe Cyprus.

Ali Bey schritt unter unserem Schutz wie ein Gladiator durch die Rauchschwaden des Cafes, dabei sah er erhobenen Hauptes über die Köpfe der alten Männer hinweg, stellte den alten Philips Fernseher auf den Boden und packte mit energischen Bewegungen den neuen Sony mit *made in China* Etikett auf den Fernsehtisch. Der Monteur und ich hatten Schwierigkeiten, die Satellitenschüssel draußen im Hof anzubringen, denn um uns herum scharten sich die Alten wie in den Istanbuler Straßen und gaben Anweisungen für die Installation, dabei strichen sich einige der Männer über den gedrungenen Nacken, auf dem die Sonne Zyperns ganze Landkartenstriche eingebrannt hatte.

Wenn in den Straßen von Istanbul ein Bagger mit Bauarbeitern auftauchte und zu buddeln anfing, dann gesellte sich garantiert innerhalb von Minuten eine ganze Schar von Männern mit Perlenketten in der Hand und zwischen die Lippen gekniffenen Zigarettenstummeln dazu und beobachtete stundenlang die Schnelligkeit und Geschicklichkeit der Baumaschinen. Manche von ihnen beteiligten sich an den Bauarbeiten und riefen den Fahrern zu: »Mehr nach links, mehr nach vorne, umdrehen, hochheben, runterlassen, haaalt-stooop!« Und hier im Cafe Cyprus verwandelten sich innerhalb von Minuten die Alten in Fernsehtechniker, manche sogar in Ingenieure für Kommunikationstechnologie, und es wurde laut und fachmännisch über den Platz der Satellitenschüssel palavert. Da hieß es »Empfangswinkel,

Strahlen, Ausrichtungspunkt ...«, und in diesen sachbezogenen Gesprächen redeten plötzlich alle durcheinander. Ali Bey hörte zu und diskutierte mit und schien sichtlich erleichtert zu sein, denn damit war das Eis zwischen Ali Bey und den Alten gebrochen. Ein neues Kapitel im Cafe Cyprus wurde aufgeschlagen.

Alle Nachrichtensendungen, die via Satellit das warme Cafe erreichten, verdrängten die Sportschau, ließen Kinder und Ehefrauen am Esstisch warten und endeten mit Diskussionen. Was auch immer Neues in der Welt geschah: Da konnte die Queen abgedankt haben, die Europäische Union in der Krise sein – die wichtigsten Nachrichten blieben die aus Zypern, dem sonnigen Inselchen. Schließlich wollten alle auf dem neusten Stand der Dinge sein, um bei der »Ideallösung« für Zypern mitsprechen zu können.

Morgens, abends, nachts: Meine gesamte Aufnahmekapazität war von einem einzigen Namen blockiert: HANNAH. Diese Blockade führte fast zur Lähmung, ich konnte nichts richtig anpacken oder fertigbringen. Ich wartete auf ein Zeichen, auf ein Vorbeischauen. Nichts dergleichen geschah in den folgenden Tagen, dann kam der Halloween Freitag, an dem zwei Partys abgingen. In der Cafeteria vom Englischkurs und im St. Martin's College.

An diesem Freitag nahm ich mir frei bei Ali Bey und Kazim, stöberte in meinen Sachen herum, fand ein oranges T-Shirt und eine schwarze Levi's. Auf dem Weg zum St. Martin's College checkte ich nochmals meine Klamotten im Schaufenster.

Dort mischte ich mich unter einige Hexen und Teufel, die

gerade Getränkekästen trugen, ich folgte ihnen einfach zur Halloween Party. Drinnen dröhnte 'ne Techno Mucke, alle liefen in Schwarz und Orange herum, einige hatten Masken auf. Innerhalb von Sekunden suchten meine Augen jede Ecke, jeden Winkel nach Hannah ab. An der Tür sah ich Fizzy, also konnte Hannah nicht weit sein. Die Musik dröhnte, hämmerte im Monorhythmus, dann sah ich Hannah, sie war in Schwarz gekleidet wie Batman, und ihr Gesicht und ihre Haare leuchteten orange. Sie schrie Fizzy was ins Ohr, begrüßte einige Hexen mit orangefarbenen Perücken. Hatte sie einen Begleiter mit auf diese Party gebracht? Ich stellte mich hinter eine Säule und beobachtete sie aus einer dunklen Ecke. Hannah lachte, umarmte, begrüßte irgendwelche Kreaturen in Orange, dann hörte die Musik plötzlich auf, und eine tiefe Männerstimme kündigte die Fashion Show an, Hannah verschwand mit Fizzy und einigen anderen in einen Hinterraum. Die Techno Mucke hämmerte wieder monoton. Ich stand in meiner Ecke und kam mir so fehl am Platz vor. Ich meine, was sollte ich machen – zu ihr hingehen und sagen: »Hallo, da bin ich«? Neee, das war popelig und naiv. Ich kannte hier niemanden, und in meiner Aufmachung war ich wahrscheinlich für diese Party zu banal gekleidet. Ich ging schnurstracks zum Ausgang und machte mich auf den Weg nach Green Park. Zum Glück hatte ich keinen Affen aus mir gemacht in Gegenwart von Hannah, neee, diese Modepopelfritzen waren mir einfach fremd mit ihrem Getue und Gehabe!

Die Cafeteria vom Englischkurs war voll von Mädels. Sie tranken, rauchten und quatschten. Im Hintergrund spielte mal wieder Simply Red *»... something got me started ...«.*

Die Mädels aus meinem Kurs hatten sich um die Bosnier-Brüder Ismet und Ismail und Marianne versammelt. Sie gackerten und kicherten unaufhörlich. Dann bemerkte ich den Grund ihrer Heiterkeit: Marianne goss heimlich unter dem Tisch Vodka in die Becher. Vodka Cola, Vodka Lemon kostenlos. Ich stieg mit ein, betrank mich, umarmte die Mädels, kuschelte mich an eine Vollbusige. Dann stieß ich mit den Bosnier-Brüdern an, kippte einen Becher nach dem anderen. Ismet und Ismail saßen aufrecht, grinsten übers ganze rote Gesicht, sonst wirkten sie gelassen. Hartgesottene Jungs, was man von mir nicht sagen konnte. Mir zitterten die Knie, ich schwankte hin und her und stützte mich auf die Vollbusige, sie umarmte mich fest, und wir sangen mit Simply Red bis spät in die Nacht.

Draußen torkelte ich mit einigen Mädels, den bosnischen Brüdern und der Vollbusigen durch die kühle Nacht Richtung Green Park Station. Im U-Bahnhof fuhr die *tube* ein, und wir trampelten wie eine Horde wilder Pferde in den leeren Waggon, lachten, gackerten, schrien im Tunnel und waren so laut und chaotisch wie Erstklässler beim Ausflug. Ich setzte mich in eine Ecke, mir wurde hundeelend, schwarz vor den Augen, ich kotzte. An den Rest kann ich mich nicht mehr erinnern. FILMRISS.

Am nächsten Morgen wachte ich mit dröhnendem Schädel zwischen der Vollbusigen und einer Schwarzhaarigen auf. War's eines der Ostblockmädels? Eine der Französinnen? Keine Ahnung, wie ich hier gelandet war. Ich wusste nur – die letzte Nacht war wild. Die Schwarzhaarige räkelte sich im Bett und drehte den Kopf zu mir. O Gott! Die dunkle Marianne! Fluchtinstinkt meldete sich bei mir. Ich schlüpfte in meine Hose, nahm meine Schuhe, Jacke, schloss leise die Tür hinter mir zu. Nichts wie weg!

Draußen fragte ich nach der nächsten U-Bahn-Station, damit ich ungefähr wusste, wo ich in London gelandet war. Am Bahnhofskiosk schlürfte ich einen Becher heißen Schwarztee und kam langsam zu mir. Szenen von letzter Nacht schwirrten mir vor den Augen. Olle Marianne konnte sich nicht gehenlassen, sie piepste wie ein schwangerer Wellensittich, ihre Energie war gedeckelt, ohne Zacken und Zeichen. Ich musste sie meiden, wo es nur ging, denn Marianne war weder eine Countesse noch eine Maitresse, sondern purer Stress.

Aber die Vollbusige war sanft, und ich schmiegte mich an ihre Brüste und weichen Kurven. Sie war wie ein heißes Bad am Morgen, ja, so ein Hochgefühl gab sie mir und half mir über den nassen Herbsttag hinweg.

An einem gewöhnlichen Mittwochabend erschien HANNAH im grünen Mantel vor der Delikatessentheke und schaute mich freundlich an. Ich dankte allen Dschinn, Feen und Geistern, die sie zu mir gebracht hatten. Natürlich legte ich einen Service besonderer Art hin, machte witzige Bemerkungen, ließ Hannah dies und jenes probieren und versuchte sie so lange es ging, an der Theke zu halten. Sie lachte und kicherte über diese ungewöhnliche Bedienung. Das Thema Halloween Party ließ ich aus. Wir schwatzten ein bisschen, und dann fragte ich sie ganz spontan, ob wir uns nach Feierabend im Pub um die Ecke treffen könnten, da sie doch hier in der Nachbarschaft wohnte. Sie zögerte, überlegte, und dann sagte sie: »Weiß nicht, mal sehen …« Als würde sie ein großes Lachen unterdrücken müssen. Lachte sie über mich? Fand sie mich vielleicht albern? Lächerlich hinter der Delikatessentheke?

»Also ich gehe jedenfalls hin«, sagte ich trotzig, als wäre es nichts Besonderes, nach Feierabend in den Pub zu gehen. Schließlich ging halb London mit Arbeitskollegen, Bekannten, Freunden, Chefs, Kunden in den Pub. Na ja, war ja auch nichts Besonderes, na ja, ein bisschen schon, ein wenig meine ich, nur eine gewöhnliche Sache. Verdammt! Diese Einladung war das Epizentrum meines inneren Bebens.

Im alten Westberliner Idyll, wo unten in einem Altbau noch 'ne Spelunke war, die meistens von den Hausbewohnern besucht wurde und wo man sich wegen des Alkoholpegels keine Sorgen machen musste, da keine Heimfahrten bevorstanden – ja, in solchen Ecken war das alte Westberlin noch in Ordnung, und es gab auch solche Ecken in Green Lanes. Der Pub um die Ecke war so ein Ort, wo viele Leute aus den zahlreichen Seitenstraßen zu Fuß hinkamen, denn die Green Lanes war das Rückgrat von Harringay. Die Gäste waren eine Mischung aus jungen Studenten, die wegen der billigen Mieten hier wohnten, und Zyprioten, die hier alt geworden waren, und dann waren da die neuangekommenen *asylum seekers* vom Balkan, von Osteuropa und Ostanatolien, die noch fremd im Pub um sich blickten und ungeschickt ihr Pintglas hielten, dessen Größe und Gewicht für sie ungewohnt war.

Das Gerede der Gäste verschmolz in der verrauchten Luft zu einem Brummen, und ich dachte, es würde eine ernsthafte Unterhaltung mit Hannah übertönen, und ich könnte ihr tief in die Augen schauen, doch von Hannah war keine Spur zu sehen.

Von weitem winkte mir einer der Alten von der Aristoteles-Platon-Fraktion zu. Ich ging an seinen Ecktisch, setzte mich mit dem Rücken zur Wand und hatte von hier aus den Überblick über den gesamten Pub und vor allem die Eingangstür im Visier.

Abend für Abend saßen die alten Männer hier in dieser Ecke, abseits von den anderen jungen Engländern, die mit ihrem Pintglas im Stehen plauderten, scherzten und rauchten. Manchmal hörte ich die Alten auf Türkisch über Mandeln, Kürbiskerne, geröstete Kichererbsen reden. Diese Diskussionen wurden mit reichlich Prahlerei aufgefüllt.

»Ihr habt süße Feigen, süße Aprikosen und reife Mandeln. Aber wir haben den Hafen, die Fische und die Brise…«, erklärte einer der Alten mit erhobenem Zeigefinger. Sie redeten hauptsächlich vom Essen und versuchten ihr einsames Dasein in der Fremde mit solchen banalen Sachen zu überdecken.

Im Hintergrund drang die rauchige Stimme Rod Stewards aus den Boxen, *»We're saaaiiiiliing…«*, und ich ging zum dritten Mal auf die Herrentoilette und wusch mir den Geruch von Knoblauch und Zwiebeln von den Fingern. Ich strich mir durchs Haar, und ein blasses Gesicht mit dunklen Augenringen sah mich im Spiegel an. Ich kaute einige Wrigley's Mint Kaugummis, denn ich brauchte dieses Gefühl von Frischsein.

Hannah, die Sonne von Green Lanes, kam spät, aber sie kam, und ich vergaß alles, was ich mir vorgenommen hatte.

Sie stand mit einigen fetzigen Typen an der Theke, sie unterhielten sich im Stehen, tranken Bier.

Ich packte die Gelegenheit beim Schopf. »Die nächste Runde übernehme ich«, rief ich, und die Alten blickten aus rotunterlaufenen müden Augen auf. Ich schritt, nein, raste mit riesigen Schritten Richtung Bar und gab die Bestellung laut durch, natürlich blickte ich nicht sofort zu Hannah, wäre zu offensichtlich gewesen. Nachdem ich einige Gläser in den Händen hatte, drehte ich mich ganz kurz zu ihr, sie fing sofort meinen Blick auf, lächelte und hob ihr Glas hoch. Gut so! Ich blieb natürlich lässig cool, ging schnurstracks zu meinen Alten.

Den ganzen Abend über sahen wir uns quer durch den Pub hinweg an, redeten mit Leuten, und als dann zum *»last order«* die Glocke läutete, ging Hannah mit den Typen nach draußen. Sie verabschiedete sich von ihnen und ging allein die nasse Green Lanes entlang. Der Abendregen hatte große Pfützen hinterlassen, in denen Reklamelichter glänzten. Alles schien sauberer und weiter als sonst.

Ich ging ihr hinterher, holte sie beim erleuchteten Schaufenster vom Optikerladen ein, zündete mir eine Zigarette an und sagte: »Hi, so allein?«

Hannah schaute erschreckt auf. »Ach, du bist es.«

»Enttäuscht?«

»Nein, erschrocken.«

»Tut mir leid, keine Absicht.«

»Wohnst du hier in der Gegend?«, fragte sie, ohne mich dabei anzusehen.

»Nein.«

»Also doch …«

»Was?«

»Aufgelauert!«, stellte sie trocken fest.

»Ich würde sagen, beobachtet. – Darf ich?«, fragte ich höflich und bot ihr meinen Arm zum Einhaken an.

»Bitte.«

Sie hakte sich bei mir ein. Es war schön, Hannah am Arm zu haben, sie neben mir zu spüren und einfach so zu gehen. Ich dachte an Khans Ausführungen über *English gentlemen*, die früher immer links von der Dame liefen, um sie vor dem Dreck und den Spritzern der vorbeifahrenden Kutschen zu bewahren.

Eines musste ich zugeben, die Londoner Typen hatten uns Berliner Männern einiges voraus. Sie hielten häufiger den Frauen die Tür auf, ließen Frauen zuerst eintreten, halfen ihnen, schwere Taschen die Underground-Treppen hochzutragen, und waren nicht so muffelig und wortkarg den Frauen gegenüber wie die in Berlin. Am Anfang fand ich das alles ein bisschen übertrieben, doch mit der Zeit merkte ich, die Typen hier meinten es wirklich so. Also übte ich mich langsam in den Londoner Takt ein. Nach der Devise: *When you are in Rome, do like the Romans.*

Unterwegs plauderten und scherzten wir. Dann blieb Hannah vor einem hell erleuchteten Schaufenster stehen. *»Damascus Patisserie«* blinkte es matt in die dunkle Straße. Eine zuckerweiße Hochzeitskutsche mit Schimmeln und rosa Zuckerdekoration stand mitten im Schaufenster. Daneben eine Hochzeitstorte wie ein mehrstufiger Brunnen mit rosa Rosen drum herum. Alles erstrahlte unter dem Spotlicht so weiß und unschuldig kitschig und füllte das gesamte

Fenster aus. Dann sah ich eine kleine rundliche Frau im Laden aufräumen. Ich klopfte an die Tür. Hannah schüttelte den Kopf: »Die hält dich für einen Ladenräuber.«

Die Frau kam an die Tür gewatschelt, öffnete mit fragenden Augen. Ich flüsterte ihr höflich etwas zu, und sie ließ mich rein. Hannah schaute überrascht und schüttelte immer noch ungläubig den Kopf. Nach ein paar Minuten kam ich mit einem kleinen Päckchen Marzipankonfekt raus und steckte es wortlos in Hannahs Tasche. Sie lachte erstaunt und fragte immer wieder: »Wie hast du das hingekriegt? Was hast du ihr gesagt?« Ich schwieg.

Vor einem Haus mit kleinem Vorgarten blieb Hannah stehen. »Da oben wohne ich.« Sie zeigte auf ein weißes Haus, Nummer 98. Diese Hausnummer werde ich mein ganzes Leben lang nicht vergessen!

Wir verabredeten uns für den nächsten Abend im Pub.

Yeeeaaaahhhhhh!

»Gimme hope Joanna, gimme hope Jo Hannah…, before the morning comes…«, sang ich vor mich hin und ging leichtfüßig durch die Nacht.

Zu Hause im Bett taumelte ich im Dämmerzustand zwischen Wachen und Schlafen hin und her. Ich hatte ein Kribbeln in mir, vielleicht spürte Hannah das gleiche warme wohlige Kribbeln wie ich? Ganz sicher spürte sie es. *Inshallah…*

Im Morgengrauen wurde unsere frischgebackene Begegnung wie ein Satz Karten durcheinandergemischt, und vor meinen Augen rasten bruchstückhaft Bilder, Szenen. Ich dachte mir Momente mit HANNAH aus, langsam entstand der erste Kurzfilm unter meiner Regie:

Columbia Pictures presents a Hasan Kazan Production: »Foll Ferliebt«

Auf einer grünen Wiese laufen Hannah und ich Hand in Hand. Schnitt. Unter einem blühenden Kirschbaum umarmen wir uns langsam. Schnitt. An einer Wasserfontäne bespritzen wir uns mit Wasser, lachen, kichern und plantschen im Brunnen. Schnitt…

Langsam begannen diese einzelnen Bilder ineinanderzugehen, sich zu bewegen, und ich versuchte Schnitte anzubringen und die Abfolgen umzuwandeln…

Am Donnerstagabend lief ich jauchzend zum Pub. Dort war es mit dem Jauchzen vorbei. Die Alten hatten sich wieder mal in der Wolle: »Warum soll ein Engländer in Nordzypern ein altes Haus kaufen können, aber ein Südzypriote nicht…« Ich hielt mich fern.

Dann endlich kam Hannah. Verspätet.

Ihr Blick wanderte von meiner Brust bis zu meinen Füßen. Ich war aufgedreht wie ein alter Wecker, der jederzeit Alarm schlagen konnte, und es gab keinen Stoppknopf für mein Modell. Ich war bereit für jedes Glück, jeden Schmerz, jedes Leid, das sie mir bringen würde.

Ich holte die Drinks, und wir standen in einer Ecke weit weg von den Musikboxen. Nun stand ich der Sonne gegenüber, hielt mich verkrampft am Pintglas fest und brachte kein Wort heraus. »Hasan, du Niete!«, hörte ich mein besseres Ich mir zuflüstern. Ich nahm einen Schluck, sonst wusste ich mit mir nichts anzufangen, und dann hörte ich mich über Berliner Kindel reden, über deutsches Reinheitsgebot, über alte Berliner Spelunken, über Berlin…

Endlich hatte ich ein Thema, und Hannah hörte interessiert zu, fragte dies und jenes über die Mauer, über den Osten. Sie schien echt interessiert zu sein, und ich redete und redete, Hannah hörte mir zu, intensiv, und ihre Intensität steckte mich an, zündete in mir sämtliche Zündkerzen auf Hochtouren.

Ich holte neue Drinks, wir setzten uns an einen leer gewordenen Tisch. Das zweite Pintglas stellte ich auf den Tisch, ich wollte mich nicht mehr dran festklammern, lehnte mich zurück und genoss Hannahs Anwesenheit unter der Wandbeleuchtung. In diesem Licht sah Hannah besonders schön aus, es brachte ihre Wangenknochen zur Geltung und verschleierte etwas Tiefes, Geheimnisvolles in ihrem Gesicht, das mich im Innersten berührte und erregte. Ich wollte es entdecken. Würde sie es mir jemals preisgeben?

Dann erzählte ich von Istanbul, von den Abendlichtern am Bosporus, von der Deutschen Schule, von meinen Eltern, von Ediz, Leyla, vom zugefrorenen Schlachtensee, Wannsee, von der Russenmode, den Mauerresten... Ich versuchte ihr Kreuzberg zu beschreiben, das so anders war als Green Lanes. Ich meine, es gab dort kein Meer, keine Berge, keinen Wald, nur Hundekacke am Wegrand, verrauchte Cafes, Türken, Arbeitslose, grauhaarige Ökos, alte Punks, na ja, all das konnte man teilweise auch in Green Lanes sehen, aber Kreuzberg war so ’ne gefühlte Beauty, viele werden das natürlich nicht verstehen. Und plötzlich fiel mir auch nichts mehr ein zu SO 36. Momentan hatte mich dieses London der hippen Mädels mit dem scharfen Hüftschwung eingenommen, und SO 36 verblasste langsam in meiner Erinnerung.

»Last order, last order«, die Glocke läutete, der Wirt riss die Eingangstür auf, damit der kalte Abendwind uns aus diesem verrauchten Pub trieb. Draußen torkelten ein paar krächzende Betrunkene. Ich begleitete Hannah bis vor die Haustür.

Auf dem Rückweg blies ein eisiger Wind durch die Straße, ich zündete mir eine Kippe an, versuchte mich daran zu wärmen. An einer roten Ampel hielt ein Wagen mit quietschenden Reifen, drinnen vollbesoffene, glatzköpfige stiernackige Prolls. Aus der Karre dröhnte voll aggressiver Faschometal Sound, vom Hintersitz brüllte ein Glatzkopf *»fuckiiinn wooog«*, zuerst antwortete mein Mittelfinger, dann mein ganzer Arm. Dann schrien alle *»piss off!!!«*, ich schreckte drei Schritte zurück und blieb noch einige Sekunden wie angegossen stehen. Auf so eine Faschokacke war ich überhaupt nicht eingestellt, ich meine, ich war nicht in Berlin Marzahn oder Hellersdorf, oder in einer anderen national befreiten Zone, nein, das hier war Harringay. Ich trat heftig gegen einen Abfalleimer! Flaschen, Dosen klirrten. Ich ging weiter.

Ich wollte zu Hannah.

Jetzt!

Woher kam sie? Wie lange wohnte sie hier? Wer waren ihre Eltern? Ihre Kindheit? Hatte sie ein fettes Meerschweinchen gehabt? Nichts, nichts habe ich über sie erfahren. »Plappermaul, Plappermaul, ätsch, ätsch!«, höhnte der Kritiker in mir.

Auf der Piccadilly Line waren die Waggons fast leer, ich döste vor mich hin. Vor meinen Augen reihten sich Bilder und Szenen, in denen Hannah und ich Hand in Hand gingen. Dann kolorierte ich die Schwarzweißbilder mit den Gedanken, die mir die Liebe eingab. Es entstand der zweite Kurzfilm wie in Zeitlupe:

Columbia Pictures presents a Hasan Kazan production: »London Affairs«

Hannah stand mit dem Rücken zu mir, ich stand dicht hinter ihr, pustete ihr die Haare aus dem Nacken und küsste sie langsam am Nacken, am Ohr, am Hals. Sie drehte sich langsam zu mir, küsste mich sachte auf den Mund, die Nase. Ich umarmte sie fest… Schnitt…

11

Sofakosmopolit

Ende Oktober brachte Betty nicht nur Schwarzbrot, Pumpernickel, guten Filterkaffee, Schinken und Wurst mit aus Berlin, sondern auch meine Cousine Leyla. Die beiden wollten mich überraschen, was ihnen auch gelang.

An Khans Küchentisch stürzten wir uns auf die Köstlichkeiten. Endlich kein Wheetabix*, Porridge und Tee mit Milch. Khan schüttelte nur den Kopf darüber und lächelte in sich hinein, dass solche Dinge uns so glücklich machen konnten. O ja, das konnten sie, schließlich waren es die kleinen Dinge im Leben, die man sich bewahren sollte.

Jetzt saß Leyla in dunkelgrünem Pullover und Jeans am Frühstückstisch. Ich konnte es noch immer nicht fassen, dass olle Lala in London war. Sie hatte sich ihre langen, welligen Haare radikal kurz schneiden lassen und wirkte jetzt wie ein schöner Jüngling. Wie immer trug sie große selbstgemachte Ohrringe und lächelte übers ganze Gesicht, Lachfältchen zeigten sich um ihre großen, braunen Augen. Sie kam mir plötzlich reifer, älter vor. Ich hatte Lala noch nie mit so kurzen Haaren gesehen. Ehrlich gesagt, fand ich ihre frühere Mähne besser, aber das behielt ich für mich, schließlich war sie nur für ein kurzes Wochenende hier, und das wollte ich ihr nicht verderben.

* Englisches Frühstük aus Zerealien

Leyla übernachtete bei Khan und Betty. Sie und Betty schienen sich auf Anhieb gut zu verstehen, was mir die ganze Angelegenheit erleichterte, da ich Leyla nicht in meiner Bruchbude unterbringen wollte, sonst wäre der Kazan Clan innerhalb von Minuten über jedes Detail meiner Schrottwohnung genauestens informiert worden, und ich hätte den Stempel des Versagers auf ewig aufgedrückt bekommen. Der Kazan Clan schmückte sich gerne mit Einrichtungen, Autos, Kleidern, alles, was andere sehen konnten, wurde mit großen Gesten zur Schau gestellt. Nach den Kazan Erfolgskriterien hätten sie mich mit großer Häme als Versager bezeichnet, da ich es in Europa zu nichts gebracht hatte.

Für die Kazan Familie war man erfolgreich, wenn man es im eigenen Land zu Haus, Hof, Wohnung, Auto und Einfluss gebracht hatte, aber wenn man Erfolg im fernen fremden Westeuropa hatte, dann war man ein Held!

Die meisten gingen ins Ausland, um eines Tages zurückkommen zu können, triumphierend, erfolgreich im Beruf, weltgewandt …, pah!

Da nichts davon auf mich zutraf, versuchte ich meine momentane Lage zu kaschieren, schließlich war ich noch nicht mal ein Jahr in dieser Stadt. Also hoffte ich, so unbeschadet wie möglich die Zeit mit Leyla rumzubringen. Zum Glück gab es noch Kazim, den Leyla aus Berlin kannte und den sie gerne wiedersehen wollte.

Während des Frühstücks erzählte Betty das Neueste aus Berlin: »Hast nichts verpasst. Viel Bauschrott. Neuberliner mit Provinzmanieren, die sie für großstädtisch und provokant halten, dabei gehen sich diese Heinis gegenseitig total auf den Wecker. Das Tamtam um die Mauer ist eingeschlafen. Fette Titelseiten zu diesem Thema sind verschwunden, als ob es die Mauer nie gegeben hätte. Auf den mittleren Seiten der Zeitung oder unter Sonstiges findest du Überfälle auf Ausländer in der S-Bahn. Brandstiftung in Potsdam…«

»Tja, das Übliche«, meinte Leyla.

Nach dem Frühstück machten wir eine kleine Londontour. Unterwegs erzählte Leyla mir von ihrem neuen Job in Ostberlin, wo sie Jugendliche in einem Wohnheim betreute, dann von Berlin, von Baba und Onkel Breschnew, die das Reisebüro in der Adalbertstraße, das sie fast zwanzig Jahre lang geleitet hatten, verkaufen wollten. Beide wollten für den Ruhestand ans Mittelmeer ziehen. Sie erzählte von ihrem neuen Freund Luke, ihrer neuen Katze… All das erzählte Leyla in ruhigem, bedächtigem Ton, und dabei beobachtete sie meine Augen, mein Gesicht und schien sich wahrscheinlich über meinen Dreitagebart und meine ungesunde Blässe zu wundern.

Als wir am Trafalgar Square, in der National Gallery und an den Houses of Parliament immer wieder auf die gleiche Touristengruppe aus Bamberg stießen, meinte Leyla: »Verschwinden wir aus dieser Touristenprovinz!« Denn an einem Samstagvormittag im Citycenter einem Londoner zu begegnen war fast so unmöglich, wie in Prenzelberg einen waschechten Berliner zu finden.

Dann machten wir uns auf den Weg zu Kazim. Sein neues Haus lag in einer ruhigen Wohnstraße, es war ein *semi-detached house* mit Vor- und Hintergarten. Kazim hatte Küche und Schlafzimmer allein renoviert, und der

Rest war noch eine halbe Baustelle. Er war mittlerweile zum Hausexperten geworden, *Victorian, Edwardian, detached, semi-detached, village, cottage…*, all das gehörte zu seinem täglichen Vokabular.

Ich muss ehrlich gestehen, die Berliner Altbauten waren im Vergleich zu diesen *Edwardian, Victorian houses* mit dünnen Pappwänden, schlechter Dämmung und offen herumhängenden Stromkabeln solider und verlässlicher.

Berliner Altbauten waren groß, klotzig, hatten Hausnummern, Namensschilder, Briefkästen, dunkle Hinterhöfe, Kellermief.

Manchmal konnte man sogar die Einschusslöcher an Wänden und Hauseingängen sehen, alte Kriegsnarben und -verletzungen, aber trotzdem hatten viele Häuser Bomben, Erschütterungen, Kugeln standgehalten, weil sie stabil gebaut und über hundert Jahre alt waren. Aber sie waren nicht mit Efeu und wilden Rosen bewachsen wie viele Londoner Häuser, und es gab auch keine Straßen mit so klangvollen Namen wie *Rose Lane, Jasmin Crescent, Mews, Rises, Hills.*

In London zahlte man nicht nur für das Haus, sondern auch für das »Dorf«, in dem man wohnte. Und London bestand aus etlichen Dörfern, die alle vom Zentrum mit der Bahn zu erreichen waren. Von Eleonor's Cross aus wurden nicht nur alle Entfernungen nach London gemessen, sondern auch die Preise für Immobilien bestimmt, so jedenfalls kam es mir vor.

An der Tür stand Kazim in einem weiten blauen Overall, mit dunklen Augenringen und weißer Farbe an den Händen und im Haar. Leyla und er fielen sich in die Arme, beide hatten sich lange nicht gesehen. In der hellgelb renovierten Küche saß Sukjeet mit langgestreckten Beinen am Küchentisch. Auch sie trug ihre kräftigen, schwarzen Haare neuerdings kurz. Mit ihrem dicken Bauch, den strammen Brüsten und Beinen wirkte sie wie eine aufgeblasene Kugel.

Das Büro des *Time Out* Magazins, ihre täglichen Telefonate, ihren Computer, ihre Teetasse, kurz ihren gesamten Journalistenjob, hatte Sukjeet an den Nagel gehängt und begab sich jetzt auf ein neues Terrain: das von Kind und Küche.

Als Mittagessen hatte sie Dal und Chapati vorbereitet. Wir saßen am Tisch, Kazim servierte, und ich stippte mit einem Stück Fladen im Dal, als Leyla anfing, in ihrer berühmt-berüchtigten Kritikmanier loszulegen. Ich kannte jede Nuance dieses Tons aus Berliner Zeiten.

Leyla und Sukjeet unterhielten sich gerade über den Namen des ungeborenen Kindes und in welcher Sprache es aufwachsen würde. Türkisch? Englisch? Punjabi? Deutsch? Welche Kultur? Welche Bildung? Welche Werte?

Sukjeet meinte, es müsse ein Name sein, den man im Westen leicht aussprechen könne, aber kein gewöhnlicher Name wie Tracy, Kerry oder John und Mary.

»Wie wär's mit Mürüvet? Oder Hüseyin für einen Jungen?«, schlug Leyla vor. Sukjeet schüttelte den Kopf. »Namen mit Üs würden die Leute verhunzen. Mich haben sie immer SUKI genannt, obwohl ich SUKJEET heiße.«

»Und mich Hansi, manchen fällt es einfach schwer …«

»Quatsch!«, konterte Sukjeet laut und aufgeregt und unterbrach meine Erklärung. »Die Leute sind ignorant, sie leben auf einer Insel mit 242 910 km² Furzfläche und sehen sich als Sprachmittelpunkt der Welt. Wie sonst willst du mir erklären, dass aus dem Namen Vidiadhar Surajprasad Naipaul kurz v. s. Naipaul wurde? Vita Sackville-West wird ja auch nicht v. s. West genannt? Oder wird Wolfgang Amadeus Mozart ständig w. a. Mozart genannt?«

Schweigen.

»Also, es sollte ein kosmopolitischer Name sein«, meinte Leyla und schaute Kazim und Sukjeet erwartungsvoll an.

»Hauptsache, es ist ein gesundes Kind. Der Rest ist mir egal«, meinte Kazim. Wahrscheinlich dachte er an alltäglichere Dinge wie frühzeitig Tanken, Lieferscheine ordnen usw.

»Aber den Namen wird es ein ganzes Leben tragen, wie kann es dir egal sein?«, konterte Leyla.

»KOSMOPOLITISCH???«, fragte Sukjeet gereizt, offenbar hatte die Schwangerschaft sie empfindlich gestimmt. »Kosmopolit-Typen, die eine goldene Kreditkarte und verschiedene Wohnsitze in London, Madrid und New York und Eheprobleme haben. Das sind dann die hippen, weißen Westler-Kosmopoliten. Und wenn diese Typen in die Politik gehen und was für ihre ausländischen Mitbürger machen, wie zum Beispiel Straßenfeste mit karibischer oder arabischer Küche in Brixton und Notting Hill, ja, dann feiern sie gleich die Mulikulturalität. Aber sobald ein Araber oder Schwarzer bei denen auf der Matte steht oder gar ihr Vorgesetzter wird, ja dann besinnt man sich sofort wieder auf kontrollierte Immigration, pocht auf Anpassung etc. Nichts Neues, nur Wiederholung«, stellte Sukjeet müde fest und dehnte langsam ihre Füße, zog die Wutbremse und machte die oberen Knöpfe ihres Kleides auf.

»Na, ich meine einfach ...«, versuchte Leyla zu erklären

und wurde wieder von Sukjeet unterbrochen, die bei diesem Thema langsam in Fahrt geriet. »Wenn du durstig durch die Sahara gegangen bist, Wochen auf einem griechischen Kutter im Mittelmeer ausgeharrt hast, es dann über italienische und spanische Auffanglager nach England geschafft hast – die ganze internationale Erfahrung eines *underdog* gesammelt hast, giltst du nicht als KOSMOPOLIT, sondern als *asylum seeker, wog, nigger*!«, empörte sie sich. Wir schwiegen, da Sukjeet rot im Gesicht anlief und weitere Aufregung ihr und dem Baby geschadet hätte.

»Was mich abturnt, sind diese Typen, die ihr Wissen aus BBC-Programmen beziehen, enzyklopädische Bildung über fremde Kulturen haben. Diese Sofakosmopoliten sollte man FEST in den FETTEN ARSCH treten!« Pause. Sukjeet holte tief Luft, strich sich über die Bauchkugel, als würde sie das Kind beruhigen wollen. »In den Nachrichten immer wieder die gleichen Töne, fremd klingende Namen, Begriffe, Drama, Halbwissen… *our reporter in Nairobi…*«, machte sie die BBC-Stimme nach, »dann hört man ein leichtes Knacken, eine Stimme am Telefon, auf der Autofahrt ins Krisengebiet aufgenommen. Als O-Ton aus dem Volk wird oft der Fahrer interviewt, dann heißt es: ›*Our driver, who has six children to look after, describes the situation of the rebels as…*‹ Dann berichtet eine Männerstimme im besten RP-English* von Elend, Krieg, Gewalt…!« Pause. Sukjeets Wut erfüllte die ganze Küche, wir blieben ruhig. Im Korridor klingelte plötzlich das Telefon. Kazim sprach mit einem Lieferanten. Ich begann den Mittagstisch abzuräumen, und

* Hochsprachliches Englisch

Sukjeet ging langsam hinauf ins Schlafzimmer, sie wollte sich kurz hinlegen. Kazim begann seinen Werkzeugkasten zu ordnen. Von oben hörte man Sukjeet klagen: »Das Bad ist voll mit Farbeimern, wie soll ich mich darin bewegen?«

»Well, we've to get on with it«, antwortete Kazim. Es war ein typischer London-Satz, den ich immer öfter zu hören bekam. Wie viele Londoner hatte sich auch Kazim mit vielem hier arrangiert, was mir und Betty schwerfiel. Er meckerte nicht über die miese Qualität von Essen und Unterkunft, nein, er war in diesem *Rip-off-London* angekommen. Kürzlich erzählte ich ihm von John Lord und Betty, da lachte er nur, winkte lässig mit der Hand ab und meinte: »Sag dieser Betty, sie soll einfach über die Naziwitze lachen! In Cool Britannia ist der Humor heilig. Vielen Deutschen fehlt der Singsang in der Sprache, im Ton, die Konsonanten explodieren und zischen, wenn sie den Mund aufmachen, dann haben sie schon die Sympathie verloren. Ihr Englisch klingt hektisch und geladen. Das mögen die Engländer nicht.«

NA UND?! Dann mochten sie es eben nicht! Ich konnte jedenfalls nicht wie Kazim so vieles in London gleichgültig tolerant hinnehmen.

Kazim zog sich um und ging zum Lieferanten. Also blieben Leyla und ich in der Küche zurück. Ich durchsuchte den Kühlschrank, wollte den Frauen einen Nachtisch zubereiten, sie überraschen. Ich fand fertig ausgerollte Teigblätter in Folie, also kam ohne viel Firlefanz Börek mit Schafskäsefüllung in Frage. Ich schlug ein Ei auf, trennte das Eidotter und rührte es in eine kleine Schale mit Joghurt. Leyla beobachtete meine schnellen Handbewegungen.

»Und dein Studium?«, fragte sie. Ich zuckte mit den Schultern.

»Dein Abschluss?« Schweigen.

»Deine Zukunft!?«, fragte sie gereizt, strich sich genervt durch die Haare. »Mir ist aufgefallen, dass du mehr Londoner bist als die Londoner. Wat soll'n das? Und in Berlin bist du der Berliner Obermacker, der jeden Westdeutschen auf hundert Meter riechen kann, jeden Ossi am Ton erkennt, und jetzt das hier?«

»Du musst dir unbedingt noch Portobello Market ansehen«, sagte ich euphorisch und hoffte, sie auf ein anderes Thema zu lenken. Ich verteilte die Joghurt-Mischung auf die Teigblätter.

»Du bist immer das, was die Leute in dir sehen wollen. Du nimmst die Farbe deiner Umgebung an, ein Chamäleon. Wirklich, ich meine es ja nur gut mit dir…«

»Weißt du, Lala, ich bin wie dieses Ei«, erklärte ich mit fester Stimme und zeigte auf eines. »Ein Multitalent, das vieles kann. Zum Kochen, Braten, Pochieren, Überbacken, Untermischen, Einlegen – flexibel einsetzbar, und damit kommen viele nicht zurecht. Sie suchen Erklärungen, die frei von Widersprüchen sind. Damit können sie Regeln aufstellen, Entfernungen berechnen, Wolkenkratzer hochziehen, aber keine Menschen verstehen. Ich bin nicht logisch, nicht eindimensional, kapiert?«

»Ach was!«

»Vergiss es, lass uns über was anderes reden, okay?«, schlug ich müde vor und deckte die Böreks mit Folie ab.

»Aber was?« Uns fiel nichts ein. Wir schwiegen.

Dann verabschiedeten wir uns schnell von Sukjeet und

machten uns auf den Weg zum Portobello Markt, bevor der Abend anbrach.

Leyla war ganz hingerissen von dem dortigen Angebot. Ich ließ sie allein auf dem Markt herumspazieren und machte mich auf den Weg zu Khans Stand.

Leyla und der Rest der Leute hatten ein bestimmtes Bild von mir. Jedes war natürlich ein anderes, und wenn sie erst mal ein bestimmtes Bild von einem hatten, korrigierten sie es meistens nicht. Darum dachte ich, bleibe ich besser für die Leute nur ein bestimmter Typ, dann verwirrte ich sie weniger, denn mit »multiplen Identitäten« konnten viele nicht umgehen! Wie sollten sie auch? Die meisten konnten nur eine Sprache sprechen, verbrachten ihr Leben nur in einem Land, in einer Stadt oder einem Dorf. Sie kannten nur eine Kultur, eine Sprache, eine Gegend, eine Art, wie man miteinander umging. Alles war nur einseitig und nicht wie bei mir mehrseitig. Ich meine, ich war zu Hause in der deutschen, türkischen und mittlerweile auch englischen Sprache. Ich konnte alles miteinander vergleichen, die Vor- und Nachteile von allen Seiten sehen, sie kritisieren, mich über die Unfähigkeiten der einen ärgern und über die Fähigkeiten der anderen staunen. Es war ein ständiges Lernen und Vergleichen. Das Gute an dem Ganzen war, dass ich mir das Beste von allem rauspicken, vielleicht es mir auch aneignen und mit mir herumtragen konnte.

Spät am Abend gingen wir mit Betty und Khan nach Soho ins Wang Kee zum Essen. Leyla war begeistert von London, aber sie konnte es einfach nicht verstehen, warum die Engländer sich von ihren Maßeinheiten wie *yards, stones, oun-*

ces ... nicht trennen konnten. Warum Linksverkehr? Warum keine Revolution wie in Paris oder Berlin stattgefunden hatte.

Warum die Engländer an der Royal Family festhielten. Warum sich alle gegen Reformen sträubten. Ich wusste auch nicht, warum das alles so war, hingegen wusste ich, dass das St Martin's College nur einen Katzensprung von hier entfernt war – vielleicht würde Hannah mir direkt in die Arme laufen? Ich vermisste sie.

Sonntagvormittag. Leyla begann am Morgen wie ein Wasserfall und blockierte meine gesamte Aufnahmekapazität.

Ich meine, am frühen Morgen eine lange Analyse über multiple Identitäten und neue europäische Identitäten aufzugreifen erforderte mindestens drei Päckchen Zigaretten und zwei Kannen schwarzen heißen *English Breakfast Tea.*

Am späten Sonntagnachmittag war Leylas Abflug; das war gut so, denn ich wollte momentan nichts mit Berlin zu tun haben, London füllte meine ganze Speicherkapazität.

Ich begleitete Leyla nach Heathrow. Die Piccadilly Line war für einen Sonntagnachmittag sehr leer, was Leyla veranlasste, wieder an mir herumzurupfen: »Du bist so verdammt flatterhaft!«, behauptete sie plötzlich aus heiterem Himmel. Ich ging natürlich sofort in die Defensive.

»Was willst du damit sagen? Dass ich keine Familie habe? Keine Karriere mache? Nicht weiß, was ich als Nächstes tun soll? Denkst du, dass ich fest entschlossen war, allem zu entkommen, was beständig ist? – Ich lasse ganz einfach alles auf mich zukommen.«

»Wer seine Zukunft plant, hat auch eine Zukunft«, bemerkte sie kühl, schlug die Beine übereinander, hob das Kinn und schaute weg.

»Klingst wie ein Bank- oder Fondsberater.«

»Hansi, ich mein's nur gut mit dir ...«

Ich schwieg und dachte, was bringt es mir, mich mit ihr weiter zu streiten, schließlich war sie nur zur Besuch da, und sie sollte mit guten Gefühlen nach Berlin zurückfliegen. Aber es wäre besser gewesen, wenn sie ihre Fragen und Ratschläge zu mir und meiner Zukunft in kleiner Dosis verabreicht hätte, so war es einfach eine Überdosis! So was Ähnliches kannte ich von Baba und Mama, als die beiden früher zwischen Istanbul und Berlin pendelten und sich längere Zeit nicht gesehen hatten, dann endete ihr Zusammentreffen jedes Mal in einer Explosion.

Aaaach, eigentlich wollte ich mich mit solchem Mist und Frust nicht aufhalten. Das alles gehörte in eine andere Zeit, an einen anderen Ort meines Lebens, und ich musste das nicht noch mal hier in London heraufbeschwören. Aus! Schluss! Vorbei!

Auf der Rückfahrt sah ich mir die Fahrgäste an: Da saß eine junge Japanerin in pinkfarbener Bluse mit einem Playmobil Männchen als Brosche, dazu trug sie einen bunten Rock und grellgelbe Strümpfe, die wie Bonbonpapier leuchteten. Zwei Sitze weiter saß ein alter Mann mit brauner Haut, weißem Bart und einer Wollmütze, wie es die afghanischen Mudschahedin trugen, vielleicht war er aus Bangladesch? In der Ecke saß ein älteres, englisches Ehepaar mit Rollkoffern, sie unterhielten sich über die Unterbringung ihres Hundes, wahrscheinlich traten sie gerade eine Reise an.

Mir gegenüber saßen zwei flotte schwarze Mädels mit zwei Jungs. Das eine Mädel trug eine rote Hornbrille. Sie redeten über einen Fachbereichsleiter in einem College, wo sie unterrichtete: »*... David Smith, somebody with such a common name tells* ME, *you're bit too ghetto.* GHETTO! GHETTO!«, wiederholte sie rhythmisch und verdrehte dabei die Augen. »*I'll show you* GHETTO, *and than I'll end up in prison!*« Sie alle lachten. Cool.

In London war das Andersaussehen, Anderssein schon längst so selbstverständlich wie eine Tasse Tee mit Milch.

Die legere Art und Weise, wie diese Menschen mit ihrer Herkunft und ihrem jetzigen Londoner Leben umgingen, hatte mir am Anfang fast die Augäpfel rausgerissen, weil ich das von Berlin nicht gewohnt war.

Wenn früher in Berlin im Supermarkt Hippies mit langen Haaren, Clogs und Stirnband an der Kasse standen oder türkische Frauen mit Kopftüchern, Röcken und langen Mänteln einkaufen gingen, dann haben die Berliner oft verärgert gekuckt, genervt die Augen verdreht und hinter vorgehaltener Hand darüber gelästert.

Mein Onkel Breschnew – Leylas Vater – sagte oft: »Die Hippies und die türkischen Mamas haben den Berliner Blick fürs Andersaussehen still und beharrlich umgepolt. Das waren noch echte Partisanen gegen die Fashion Faschisten! Modediktatur!« Onkel Breschnew hatte recht, denn als sich die Punks mit Piercing, Ketten und Irokesenfrisur breitmachten und »Hastnemark?« fragten, wurden sie von den Berlinern mit Gleichmut hingenommen.

Mittlerweile wunderte ich mich nicht mehr, wenn ich einen Schaffner mit Schirmmütze und Rastalocken, einen

Bobby mit Turban statt Helm oder eine Polizistin mit Kopftuch sah. SO WHAT!

Aaaaach, war ich froh, von dieser Provinz Berlin weg zu sein, hier in der Londoner Anonymität war es freier, ruhiger und einfacher. Und dann gab es ja auch noch Hannah! Ja genau, Haaanaaahhh. All die Funken, die ich spürte, wenn wir uns begegneten, konnten doch keine Einbildung sein. Ich wollte Hannah sehen.

Jetzt!

12

Joli Lolly

Als die *tube* in King's Cross einfuhr, schaute ich auf die Bahnhofsuhr: Es war kurz vor sieben. Umsteigen auf Camden Bus? Weiterfahren? Ich blieb einfach sitzen und fuhr mit der Piccadilly Line bis nach Wood Green. Die Arbeit bei Keep-up-a-Kebap fiel heute aus.

Ich lief Green Lanes entlang, kam verschwitzt vor der Nummer 98 an. Mein Herz sprang wie ein Pingpongball in meiner Brust. Ich atmete tief durch und zählte bis zehn. Dann wiederholte ich das Ganze auf Türkisch und Englisch. Praktisch, wenn man polyglott ist. Beim auf Französisch Zählen vertat ich mich bei der Achtzehn und begann auf Kurdisch von vorn, dank unserem Istanbuler Hauswart hatte ich die kurdischen Zahlen bis zwanzig parat. Ich zündete mir eine Zigarette an, merkte, dass ich zitterte. Vielleicht noch mal auf Griechisch? Auf Deutsch huschten mir die Zahlen über die Zunge, so dass ich auf diese Variante verzichtete. Ich hatte Sätze für diesen Anlass eingeübt, sie waren das Ergebnis vieler schlafloser Nächte und überquellender Aschenbecher.

Ich hatte keine Telefonnummer, nichts von Hannah. Also stieg ich langsam die Stufen hoch, sah mir die Namen über den drei Klingelknöpfen an: Smith, McFerrin, Tuzcu. Ich atmete tief durch und zählte bis zehn. Dann wiederholte ich das Ganze auf Berlinerisch und drückte spontan auf Tuzcu. Nichts geschah, ich drückte nochmals, dann hörte ich jemanden die Treppe runterpoltern. Die Tür ging auf, und Hannah stand da, im Bademantel. Es war mir plötzlich peinlich, sie in ihrer häuslichen Privatsphäre gestört zu haben. Sie schaute mich überrascht an.

Ich mied für einen Moment ihren Blick, schaute in den Vorgarten und war ausgebremst, aber mein Herz beschleunigt.

»Schöne Büsche habt ihr«, hörte ich mich locker sagen.

Hannah lächelte, und ihre Augen fragten mich: SO WHAT?

»Ich war hier in der Gegend und dachte, ich schau einfach mal kurz vorbei, eeehhhhmm…, ich meine, das habe ich oft gemacht in Berlin, eemmmhh, einfach mal vorbeigeschaut bei Bekannten von mir, weißt du? Eeehhm…, na ja, dann noch einen schönen Abend und sorry für die Störung.«

Ich flitzte die Stufen hinunter, und die ganze Peinlichkeit flitzte mit mir, ich schloss die Gartentür hinter mir, da hörte ich Hannah was sagen, ich wendete mich mit rotem Kopf zur Tür.

»Komm rein«, sagte sie und schloss dann leise die Tür. In mir schlugen sämtliche Trommeln und Pauken, und ich schritt jubilierend unter diesem Getöse in ihre Wohnung.

Ich fühlte, wie ein Zittern meine Haut entlangkroch, wie ein Beben und Pulsieren meinen Rücken hinaufwanderte, die Schultern hinunter bis in die Hände, Finger. Ich war unter Strom. Der Körper weiß eben manches, bevor der Geist es erfassen kann…

Ein großes Zimmer, es roch nach Räucherkerzen und

Seife. Mitten im Raum ein rundes lila Sofa, Bilder, Parkett, eine große Glasvase mit Strandmuscheln. Die Wände waren in sanftem Lila und Pink gestrichen.

»Ich brauche zehn Minuten«, sagte Hannah, drückte mir eine Dose Coca Cola in die Hand und verschwand im Bad. Ich schaute mir die Bilder an der Wand an, dann checkten meine Augen innerhalb von Sekunden: Spuren eines Mannes? Freundes? Geliebten? Hemden? Krawatten? Lederjacke? Schuhe im Flur? Trainingstasche? Ich war angespannt wie *Jack-in-the-box* und jederzeit sprungbereit. Nichts zu sehen. Ich atmete tief durch, gut so, setzte mich aufs lila Sofa, lehnte mich zurück und nahm einen Schluck von der Cola. Eine Frau wie Hannah hatte bestimmt irgendwelche Affären, Geliebte, Freunde oder noch warme Ex-Beziehungen am Laufen. Bestimmt.

Ich spielte mit meinem Zippo Feuerzeug in der Hosentasche, schaute tausendmal auf meine alte Uhr und überlegte mir Fragen, Sätze, Komplimente, mit denen ich Hannah überraschen konnte.

Irgendwo hatte ich gelesen, dass im Durchschnitt die Frauen neunzig Minuten damit verbringen, sich herzurichten, bevor sie das Haus verlassen. Auf die Lebenszeit verteilt waren das ungefähr ... na ja ungefähr zwei Jahre, das heißt, wir Männer verbrachten zwei Jahre unseres Lebens mit Warten auf diese Frauen.

Nicht schlecht, aber momentan konnte ich ein ganzes Leben auf Hannah warten, wenn ich nur wüsste, dass sie Ähnliches für mich empfand wie ich für sie.

Hannah kam spät, genau gesagt nach 28 Minuten und 9 Sekunden. Sie hatte enge Jeans und ein enges rotes Top an. Nervös glitt mein Blick über ihre Lippen, Busen, Bauch. Topfit! Die Haare hochgesteckt wie eine Königin, und sie sollte auch meine Queen werden an diesem Abend.

Im Pub holte ich Drinks, wir setzten uns ans Fenster, und ich schaute nur Hannah an, ihren schönen schlanken Hals, die roten Ohrringe, sie war der Magnet im ganzen Raum, heimliche Männerblicke huschten zu ihr hin, ich genoss es, sie an meinem Tisch zu haben. Ich blieb diesmal cool, nickte viel und ließ sie reden. Sie erzählte von ihrem Fashion Studium und den »Fashionista Girls«, von Kew Gardens, von der Grey Coat Mädchenschule, vom Klavierspielen und von ihrem Vater, der vor Jahren aus Istanbul nach London gekommen war, um hier Architektur zu studieren. Er lernte ihre Mutter kennen und blieb hier. Hannah hatte viele Sommer in Istanbul und am Marmarameer verbracht. Sie konnte ein paar Sätze Türkisch wie *»ben türkçe bilmiyorum«, »çay içiyorum«**, aber das war's. Sie schwärmte von ihrem Großvater, der eine Textilfabrik in Istanbul hatte, und später wollte sie als Designerin mit ins Geschäft einsteigen und das Unternehmen ihres Großvaters international bekanntmachen, vielleicht ein eigenes Label rausbringen, ja all das wollte Hannah.

Während sie so entschlossen und voller Tatendrang redete, schwirrten mir Fragen durch den Kopf. Da hörte ich mich leise fragen: »Ist dein Freund auch im Modegeschäft tätig?« Hannah schaute mich lange an, dann winkte sie lässig ab: »Mein Ex ist in New York, der hat wahrscheinlich jetzt ein pflegeleichtes, unkompliziertes Dummchen an der

* »Ich kann Türkisch«, »ich trinke Tee«

Seite«, lachte sie bitter, lehnte sich zurück und schlug ihre Beine übereinander. Pech für ihren Ex, dachte ich, dass er eine so umwerfende Frau nicht zu schätzen weiß, trank mein Bier aus und zündete mir eine Gitanes an.

Ich leerte ein Pintglas nach dem anderen, flitzte zwischendurch zum Pissoir, strich mir durch die Haare und hörte Hannah zu, gab ihr die Aufmerksamkeit, die sie als schönste Frau in diesem Pub verdiente, und hoffte, dieser Abend würde nie zu Ende gehen; aber er ging zu Ende.

Draußen war alles wie ausgestorben, und die Luft war leicht und sauber. Hannah atmete tief durch, wir schlenderten an erleuchteten Fenstern und Vorgärten vorbei, irgendwo spielte jemand Saxophon. Çifte Telli* Musik drang aus einem offenen Wohnzimmerfenster auf die dunkle Straße, wahrscheinlich feierte irgendein Zypriote 'ne Party. Die Vibration der Musik verströmte eine wahnsinnige Energie. Plötzlich hatte ich Lust zu tanzen, auf den flotten Çifte Telli. Ich schnippte mit den Fingern, tanzte, steppte und drehte mich im Kreis. Hannah lachte über meine spontane Tanzeinlage. Sie hatte ein wunderschönes Lachen, erdig, rauchig, sexy. Sie schüttelte den Kopf und verdrehte die Augen, wie schön sie dabei aussah, wie süß sie lächelte, wie eine Londoner Nachtfee.

»Bist wie ein kleiner Junge«, stellte sie kichernd fest.

»Oh, das Kind in mir ist immer lebendig!« Dabei klopfte ich mit voller Wucht auf meine Brust, die ganze Geste war wahrscheinlich sehr theatralisch, denn Hannah drehte den Kopf zur Seite und prustete los, und ich dachte, wenn sie

* Tanzmusik

sich jetzt umdreht, werde ich ihr einen Kuss auf die Wange geben. Einen kleinen, ruhigen Kuss! Meine Herzfrequenz stieg über 100 Schläge pro Minute. Atemfrequenz, Blutdruck hoch. Eins, zwei, drei, uuunnnd! Stooopp!!! Der kleine Hasan und alles andere in mir rutschten einige Etagen tiefer. Ich erstarrte in meinen Bewegungen, wurde ernst, weil ich merkte, wie fremd mir Hannah noch war, wie sie auch physisch immer noch Distanz zu mir hielt. Wir wurden still. Ich begleitete sie bis zur ihrer Haustür. Sie begann in ihrer Tasche zu kramen. Sie tauchte, buddelte, wühlte zwischen Notizheft, Stiften, Bonbons, Lippenstiften, Schlüsseln, Tüchern und Kaugummis herum, dann knipste sie die Tasche zu. Also doch! Sie gehörte zur Gruppe der Sammlerinnen, die ihren halben Haushalt in ihrer Tasche herumschleppten. Die Sammlerin, die Ernährerin, die Familienmama, nicht schlecht. Auf der konnte man ein Haus bauen.

Hannah stieg schnell die Stufen hinauf, zog den Schlüssel aus der Tasche, warf mir eine Kusshand zu, dann verschwand sie hinter der großen weißen Haustür. Ich wartete, bis oben im Zimmer Licht anging, dann machte ich mich auf den Weg.

Unterwegs stieg in mir Freude auf, Mega XXL Freude, ich fühlte mich wie auf Wolke Sieben und lief wie berauscht durch Nordlondon.

In dieser Nacht träumte ich heftig, wachte verschwitzt in den Morgenstunden auf und bekam kein Auge mehr zu. Hannah beherrschte das gesamte Synapsennetz meines Körpers, sie war dauerpräsent und umgarnte mich. Hannah mein Cafe Melange, meine swinging Emma, mein joli Lolly. Immer süß, immer freundlich, immer gutgelaunt.

Columbia Pictures presents a Hasan Kazan Production III:

Hannah hat eine Zigarette zwischen ihren Lippen. Unsere Blicke beginnen ein heftiges Gefecht. Ich nehme langsam die Zigarette von ihren Lippen. Flirten, Blinzeln, Lust. Jetzt beginnt, jetzt passiert es! Wunderkerzen brennen, sprühen tausend helle Funken, unsere Lippen berühren sich, Sterne leuchten, ja, das muss in einem Kuss enden. Küssen … Hannah, Hannosch … Leidenschaftliche Umarmung. Totale. ENDE.

Ali Beys Sony-Fernseher-Investition erwies sich als erfolgreich, denn er fand Anklang bei den Männern und brachte Ali Bey viel Lob ein, deshalb strahlte er in den letzten Tagen übers ganze Gesicht. Endlich hatte er seine alte Stammkundschaft fast wieder beisammen, bis auf Salim (Mr. Walross), den man in dieser Gegend weder roch noch sah. Auch Ziya, den Pakistani, hatte man seit dem großen Streit nicht mehr im Cafe gesichtet.

Eines Samstagabends, kurz bevor wir die Lichter des Ladens hinter uns ausschalteten, holte Ali Bey eine Rakiflasche und sagte: »Komm, trinken wir einen!« Ich zuckte nur mit den Schultern, denn ich war total erschöpft und ausgelaugt vom vielen Stehen. Er klopfte mir auf den Rücken und zeigte auf einen kleinen Tisch, auf dem er einige Teller mit Spezialitäten aus der Delitheke hingestellt hatte.

Ich dachte, er wolle auf seinen neuen Erfolg im Cafe

Cyprus anstoßen und habe extra damit gewartet, bis auch Ayşe Hanim den Laden verlassen hatte. Es sah ganz so aus, als wollte Ali Bey heute Abend nicht in sein Haus in Palmers Green gehen, wo Ayşe Hanim wahrscheinlich jetzt ein Bad nahm, um den Knoblauchgeruch und die Erschöpfung des Wochenendgeschäftes wegzuschrubben.

Ali Bey stellte zwei Stühle an den Tisch, zündete eine Kerze an und eine Zigarette, dann lehnte er sich zurück, sah mich an. »Bedien dich!«, forderte er einladend und lächelte. Im Kerzenlicht wirkte er plötzlich so ruhig, gelassen und fast heiter.

Ich aß einiges von den Meze* Tellern. Er goss Löwenmilch** in zwei Gläser, stellte eines vor mich auf den Tisch, klopfte mir auf die Schulter. »Şerefe!«,*** sagte er freudig, und wir stießen an. Der Geschmack von Anis breitete sich in meinem Mund und Gaumen aus.

»Raki wird in einem langen zylinderförmigen Glas in kleinen Schlucken getrunken, dabei wird der Gaumen jedes Mal gekitzelt, danach ein Schluck Wasser, dann ein Stück Melone und Schafskäse, im Hintergrund leise Musik und lange Unterhaltung. Man isst mit dem Auge. Tapas, Hors-d'œuvre, Antipasta, Meze, Mukabalat – nenne es, wie du willst. Ohne diese Köstlichkeiten geht die Seele des Raki verloren«, erklärte er sichtlich angeregt vom ersten Glas. »Es gibt nichts, was ich gegen einen Çillingir Sofra**** tauschen würde.« Ali Bey schien fest entschlossen, mich in die

* Vorspeisenteller
** Raki
*** »Prost!«
**** Zechtisch mit diversen Vorspeisen

genussreiche Zeremonie des Rakitrinkens einzuführen, und er begann zu erzählen, ich streckte meine Beine aus und versuchte auszuruhen. Die Gesprächsthemen erstreckten sich von Cafe Cyprus über Hikmet bis hin zu einem neuen Laden in Palmers Green, Zukunftspläne. Ich atmete tief aus, hörte ihm zu, nickte dabei und entspannte mich langsam. Dann sagte Ali Bey onkelhaft: »Du hast türkisches Temperament und Grips, mach was daraus, und denk nicht so viel wie diese englischen Toastbrote, zu weich, zu blass und zu kahl. Die machen einen schwach, diese ständig brütenden Kahlköppe. Mit ihrem faden pappigen Weißbrot, ihrem *Howdoyoudo*-Gequatsche ziehen sie die Immigranten auf ihre Seite. Mich nicht!« Er strich sich hastig die Haare nach hinten. »Ich bin und bleibe ein Zypriot! Ich lass mich nicht unterkriegen!«, sagte er sehr entschieden. Ich nickte und bewunderte seine Entschiedenheit. »Sieh dir mal die Italiener an, he? Über die beschwert sich keiner, da schreibt keiner was von wegen Immigranten. Nix! Die Italiener haben ihre eigenen Läden, arbeiten füreinander, unterstützen sich gegenseitig, bewahren ihre Identität und ihren Stolz. Deshalb funktioniert ja auch die Mafia, weil die sich alle untereinander gut kennen. Und die Inder? Tragen immer noch ihre Saris und Turbane und lassen sich von so 'nem rotköpfigen Engländer keine Kleiderordnung diktieren. Sie halten an ihren Traditionen fest.« Ali Bey schluckte, wischte sich kurz über Mund und Nase und zog die dicken Augenbrauen hoch. »Zwischen die bekommt keiner eine Handbreit, noch nicht mal einen dünnen Nagel.« Und dabei deutete er in großer Geste auf seine Fingernägel, die vom Arbeiten schwarz waren.

»Hast du vielleicht einen Italiener mehr Englisch sprechen hören als *Spaghetti Bolognese, Pizza Margarita, pay cash, arrividerci*? Alle schwärmen von *Italian pasta, wine – yummy, yummy*! Die vermarkten Teig!« Schweigen. »Die haben Stolz …! Und wir? Sieh dir doch die BBC-Zyprioten* an. Essen *bacon,* trinken Bier, reißen englische Witze. Damals, als wir neu hier ankamen, gab es keine Geschäfte für uns Zyprioten. Keinen Raki, keinen Hellemi Käse, nix. Sonntags haben wir uns in *Güvercinlik*** getroffen, weißt du, wo das ist?«

Ich zuckte mit den Schultern. »Na da, wo Nelson auf einer Säule steht und von Tauben zugeschissen wird, na da bei den Wasserfontänen.« Ich merkte, er hatte Schwierigkeiten, den Namen auszusprechen. Seine Nase war rot, die Augen ebenfalls, er glühte vom Raki.

»Trafalgar Square.«

»Ja, genau! Wir konnten nur wenig Englisch, deshalb nannten wir diesen Platz *Güvercinlik,* und alle wussten Bescheid. Dort tauschten wir uns über die neuesten Nachrichten aus der Heimat aus … Ach ja, damals! Weißt du, was ich als Erstes von den Engländern gelernt habe?« Ich zuckte mit den Schultern.

»Drei Sachen«, erklärte Ali Bey und zählte an den Fingern ab. »1. *detached, semi-detached, Victorian, Edwardian houses* voneinander zu unterscheiden. 2. *Mortgage system.* 3. Wo es die besten *fish 'n' chips* gibt. Auf diese drei Sachen ist das ganze System und Leben hier gebaut, sonst nichts.

* Abkürzung für British Born Cypriots
** Ort, an dem es viele Tauben gibt

Wir haben unser Leben danach ausgerichtet und dabei so vieles verloren. Sie nehmen euch mehr weg, als sie euch geben. Hier gibt's nur *pound, pound, pound, money, money, money,* weiter nix! Keine Wärme, keine Großzügigkeit, keine Gastfreundschaft, keine Freunde. Hier planen und kalkulieren die Leute ständig ihre zwischenmenschliche Kosten-Nutzen-Rechnung. Schau dir doch mal diese Banken, Windsor Castle, Paläste, Häuser voll mit Mahagoni, Marmor und Gold an. Woher kommt das indische Mahagoni? Der grüne asiatische Marmor? Bestimmt nicht aus Yorkshire oder Lancashire! Parasiten! Kolonien, raffen, raffen, raffen, pfui!«

Ali Bey hielt kurz inne, als würde er seine Empörung bremsen wollen. Stille.

»Schau dir die Griechen an! Im Westen hatten sie einen besseren Start als die Türken. Für sie erschien Alexis Sorbas* auf der internationalen Bühne und machte Reklame. Insel, Meer, Romantik, Freundschaft, PR-Arbeit. Und die Türken? Mit diesem verdammten Film *Midnight Express*** hatten sie schlechte Karten im Westen. Wie willst du die Bilder von Folter und Gefängnissen aus den Köpfen von Millionen Zuschauern wegkriegen? Hä? Einbetonierte Bilder!«, beklagte sich Ali Bey und leerte sein Rakiglas in einem Zug, als würde er seinen Ärger über diese ungerechte Situation damit runterspülen wollen. Ich nickte und verschwieg ihm, dass der Film *Alexis Sorbas* mich total mitgerissen hatte. Dieser Sorbas war ein Orkan an Leidenschaft,

* Film- und Romanfigur
** US-Film über Drogendealer in türkischer Haft

ein Urgestein vom Mittelmeer. Ich sollte das Leben angehen, es an den Wurzeln packen und leben – einfach leben wie dieser Sorbas; ja das sollte ich.

Ali Bey füllte Raki nach, strich sich müde übers rote Gesicht.

»Der Westen hat sich bei uns eingeschlichen und ist bis in unsere Brühwürfel, bügelfreien Hemden und Toffees vorgedrungen. Schweineknochenmark haben sie in Form von Gelatine in die Marmelade, Kapseln, Joghurts, ja sogar in die Bonbons unserer Kinder getan. Wir haben noch dafür bezahlt, für Schweinegelatine bezahlt!«, brach es aus ihm heraus. Ich blieb ruhig. »Und die Westler haben sich ins Fäustchen gelacht, dass sie den dummen Moslems Gelatine aus Schweineknochen verkauft haben. Die haben keinen Respekt vor uns! Aber wir werden dem Ganzen ein Ende machen. Ja ja vertreiben werden wir sie aus unserem Essen und aus unseren Seelen herauszerren und unsere Spuren hinterlassen!«

Mir war schwindelig geworden, deshalb nickte ich ihm nur zu, hielt mich an einer Kippe fest. Nach dem dritten Glas Raki und einigen Happen Humus und Fetakäse fragte Ali Bey voller Sehnsucht: »Weißt du, was für mich Frieden ist?« Und ohne meine Antwort oder Reaktion abzuwarten, fuhr er fort: »Auf dem Dorfplatz von Bellapais im Schatten des ›Faulenzerbaums‹ sitzen, mit dem alten Pedro plaudern, *Keyif* machen«, erklärte Ali Bey, nahm genießerisch einen langen Schluck vom Raki, dann einen Schluck Wasser, einen Happen Salat, einen Happen Feta Käse, lehnte sich zurück, und sein Blick schweifte in die Ferne.

Es war spät geworden, als wir beide torkelnd hinter uns

die Ladentür abschlossen. Nach dieser Zeche fühlte ich mich wie ein in Raki und Nikotin getauchter Alexis Sorbas.

Mit schwerem Kopf schleppte ich mich zur Underground und dachte an Ali Beys Ausführungen über den Westen, über England. Eigentlich hatte er recht, ich meine, obwohl er englische Manieren, englische Kunden und einen britischen Pass hatte, sah er sich als »Exilant« an. Er schimpfte wie die Engländer über die »*immigrants, asylum seekers,* diese Schmarotzer, die das *social welfare system* aussaugten«, so hörte man ihn öfter über die Albaner, Kurden und Bosnier schimpfen, von ihnen distanzierte er sich.

Doch im wahren Leben, im London der Engländer, war er nach dreißig Jahren immer noch Immigrant geblieben. Wenige weiße Engländer kamen in seinen Laden. Nur die Zyprioten gaben ihm ein Gemeinschaftsgefühl. Manchmal hatte ich den Eindruck, dass Ali Bey wie ein Hafenhändler auf sein Schiff wartete, das ihn zurück auf seine Heimatinsel bringen würde.

13

Nachtfee

Anfang Dezember verbreitete sich die Nachricht von Hikmets Tod wie ein Lauffeuer im Cafe Cyprus und in den umliegenden Seitenstraßen von Green Lanes. Es hieß, er hätte nach diesem Überfall kein einziges Wort mehr gesprochen und sei allein und einsam im Krankenbett entschlafen. In dieser Zeit lief Ali Bey mit gesenktem Kopf und hängenden Schultern herum, schwieg meistens, rauchte heftig und zog sich von allen zurück. Er sah mitgenommen aus, schließlich war Hikmet einer seiner wenigen Verwandten hier in London gewesen. Ayşe Hanim schwieg auch die meiste Zeit und ging ihrer täglichen Arbeit nach.

Ali Bey veranlasste die Überführung des Leichnams nach Zypern und begleitete Hikmet auf seiner letzten Reise. Das Geschäft überließ er daher während der Vorweihnachtszeit mir und den anderen Mitarbeitern.

An den Wochenenden arbeitete ich wieder bis spätabends bei Kazim. Manchmal dachte ich an meine Zukunft, blieb dabei in einer Sackgasse stecken, dann dachte ich an Hannah, und meine Phantasie und Gedanken flitzten wie eine Rakete ins All, meine Gefühle dagegen rissen einen tiefen, aufregenden Krater, in den ich eintauchen musste.

Endlich nahm ich meinen ganzen Mut zusammen und

lud Hannah ins Sofra Restaurant ein. Sie versprach, sie würde mir Bescheid geben. Ich war aufgedreht, versuchte mich mit verschiedensten Sachen zu beschäftigen. Jedes Mal, wenn das Telefon klingelte, zuckte ich zusammen und betete, dass es DER ANRUF war, auf den ich mein ganzes Leben lang gewartet hatte.

Wahrscheinlich dachte Hannah, Männer auf *stand-by position* zu halten sei das Beste, damit sich ihre Erwartung und Energie steigerten. »Das Sofra ist okay«, sagte Hannah. In mir rauschte ein Strom, alles floss. Magie!

Vorfreude verlieh der Phantasie Flügel. Für meine Geduld sollte ich endlich belohnt werden.

Mein neues Deodorant hatte den *easy going, guy-next-door* Effekt. Ein Sprühstoß unter die Arme, ein kurzer Puff quer über die Brust. Einen kleinen Spritzer *down town.* Angeblich halten sich Gerüche in der Erinnerung länger als jedes Wort, jedes Bild und jede Musik. In einer dieser Frauenzeitschriften hatte ich mal gelesen, dass man ein neues Reizzentrum im Gehirn gefunden hatte. Der Geruch drang in die Schädellappen und betäubte dort auf besonders intensive Weise.

Szenen, Bildsplitter vom ersten Mal stürzten auf mich ein, mein Herz klopfte, meine Knie zitterten, und mich überkam Verlangen nach Hannah. Schließlich war Sex KOMMUNIKATION, Flirten auch. Eigentlich war es doch was ganz Reines und Naives. Ich meine, Flirten musste ja nicht gleich im Bett enden. Oder?

Ich drehte das Radio laut, denn gerade sang der Typ, dessen Name mir jetzt nicht einfällt, diesen bekannten Song: *»I'm too sexy for my shirt, too seeexyy, that it hurts…, I'm* *on a catwalk, on a catwalk…«* Ja, genau, *»too sexy«* wollte ich heute Abend für Hannah sein. Eine gewisse Eleganz, eine Leichtigkeit haben, mittendrin sein und doch darüber stehen. Deshalb entschied ich mich für ein weißes Hemd, meine neue Levi's und ein schwarzes Jackett, dazu schwarze Socken, schwarze elegante Schuhe. Meine Doc Martens wirkten zu klobig und grob unter der Jeans. Meine Aufmachung sollte weder zu festlich und abendlich, aber auch nicht zu *casual* sein – nein, das Richtige für diesen Abend war mein dunkelbrauner Cordanzug und ein weißes Hemd.

Wie ein unerfahrener Depp dastehen, mit einer roten Rose in der Hand und Krawatte um den Hals, neee, das war echt flach. Schließlich checkten die Augen innerhalb von Sekunden, ob eine Paarung möglich war oder nicht.

Ich hasste die Frage »danach«: »Hat es dir Spaß gemacht?« Sorry! Fußball spielen macht Spaß, aber Sex? Das war magisch. Manchmal war es erschreckend, wie wenig Schmerz viele vertragen konnten. Es gab Typen, die entschieden sich gegen die Liebe. Sie waren einsam und unglücklich und kontrollierbar. Viele von denen lenkten sich mit allem möglichen Käse ab, viele Möglichkeiten gab es ja dafür.

Menschen, die liebten, waren gefährlich, unberechenbar und verrückt. Und das wollte man in dieser Welt nicht, weil hier alles geregelt und geordnet stattfinden sollte. Keine Liebe ohne Schmerz, kein Glück ohne Leid. Das war zwar anstrengend, aber ein verdammt schönes Gefühl. Sonst konnte man sich ja gleich einfrieren lassen oder sich auf Schatzi-Mausi-Romantik einstellen. Oder?

Auf dem Weg zum Sofra sagte ich zu mir selbst: »Hasan,

wenn du dich wie ein offenes Buch präsentierst, verliert sie das Interesse!«

Hannah trug ein schwarzes Kleid und ihre langen Haare offen. Sie fielen ihr bis auf die Taille, und ich stand im dunkelbraunen Cordanzug und weißen Hemd neben ihr. Wir sahen aus wie Ken und Barbie.

Am weiß gedeckten Tisch reflektierte das Licht hell und ließ Hannahs langes Haar blond erscheinen. Sie wickelte eine lange Strähne um die Finger und studierte die Karte. Ich überlegte: Wann hatte ich zuletzt einer Frau in einem feinen Restaurant gegenübergesessen, die nicht meine Verwandte oder Bekannte war? Mir fiel nichts ein.

Das Sofra wurde von einem Typen gemanagt, der es wirklich vom Tellerwäscher zum Millionär gebracht hatte. Es hieß, der Besitzer wäre aus einem kleinen anatolischen Dorf nach London gekommen, hätte sich hier durchgeschlagen, besäße nun einige Restaurants und wäre zum Geschäftsmann des Jahres gewählt worden. Wie konnten es diese Typen mit ihren geringen Kenntnissen nur schaffen, so weit zu kommen? Vielleicht sollte man sich mit diesem ganzen Palaver von Sprachkenntnissen, Bildungsblabla nicht lange aufhalten, sondern sofort auf die Moneten schielen und sich ganz konkrete Summen vorstellen, die man jeden Monat auf dem Konto haben wollte! Alles unter dieser Summe kam einfach nicht in Frage. Dieses intellektuelle Auseinandersetzen mit kulturellen Eigenheiten blabla… hielt einen nur auf, wirklich. Ich meine, was brachte es mir nun, dass ich mir das englische Parlamentsgebäude angesehen, die Tate Gallery besucht und *The Catcher in the Rye* gelesen hatte? Ich gab nur Geld aus, bekam aber gar keins in die Kasse. Für solche Typen wie den *King of Turkish Restaurants* war das rausgeschmissenes Geld. Diese Typen merkten sich gleich von Anfang an, was Immobilien in Kensington kosteten, was ein Durchschnittsengländer am Wochenende fürs Essen ausgab, wo es die billigsten Unterkünfte gab und so weiter …

Wir bestellten eine große Platte mit Mezes, und ich mied das Thema *keep up a kebap,* dies hätte eine Vegetarierin wie Hannah in die Flucht geschlagen.

Die Kellner servierten zum Essen lange warme Lavashbrote, wir tauschten uns kurz auf Türkisch aus, und ich erfuhr, dass sie ein neues Restaurant in Planung hatten. Die Geschäfte hier schienen zu boomen. In letzter Zeit waren gute Nachrichten ja selten geworden, vor allem die aus Istanbul waren niederschmetternd. Wirtschaftskrise, Regierungskrise, und das mit einer Premierministerin an der Spitze – Frau Ciller übernahm sich. Weiber konnten oft übertreiben.

Im Kerzenlicht stippten wir warmes Brot in würzige Mezes, und ich erklärte Hannah, wie man diese Delikatessen herstellte.

»Scheinst ja ein Kochprofi zu sein«, meinte Hannah, damit nahm sie mir ein wenig die Aufgeregtheit. Ich pushte meinen Puls einige Stufen runter, wischte mir unter dem Tisch die feuchten Hände an der Hose ab, lehnte mich zurück und versuchte cool zu bleiben, was an sich schon eine Kunst war. Hannah blickte lange auf meine Lippen, und ich fühlte mich plötzlich erleichtert, weil ich in einem dieser Frauenmagazine gelesen hatte, je länger und intensiver eine Frau auf den Mund eines Mannes schaut, desto anziehender findet sie ihn. Diese Tatsache ermutigte mich sehr, und ich setzte meine Ausführungen über Vorspeisen fort und trank genüsslich einen Raki, der mich noch mehr berauschte und mich noch mehr und breiter lächeln machte. Dabei spekulierte ich auf die Wunderkraft meiner Grübchen, die dazu beitrugen, dass Frauen mir schnell Sachen verziehen oder ich sie für mich gewann. In brenzligen Situationen mit Frauen legte ich einen offenen naiven Blick, ein charmantes kleines Lächeln an den Tag, und schon war alles halb so wild, halb so ärgerlich für die Frauen. Und tatsächlich beobachtete Hannah weiter fasziniert meinen Mund.

Als Nachtisch wurde ein Obstteller und Baklava* serviert. Hannah zündete sich eine Zigarette an und hielt sich an ihr fest. Ich verzehrte mich nach ihr und erkundete sie mit meinen Blicken, zitterte innerlich, griff nach einer Mandarine, die Säure spritzte aus der Schale und hinterließ einen frischen fruchtigen Duft an meinen Fingern. Ich verschlang die Mandarine und tupfte vorsichtig meine Finger an der Papierserviette ab. Ich wollte den Duft nicht verlieren, so wie ich den Anblick von Hannah nicht verlieren wollte. Beim türkischen Mokka unterhielten wir uns über Hannahs Sommerferien im Haus ihres jüdischen Großvaters, der auf den Prinzeninseln eine riesige Villa mit Bediensteten hatte. Er gehörte noch zu dem alten Schlag von Istanbuler Geschäftsmännern, die mit kleinen Geschäften in Eminönü oder Karaköy anfingen und später auf Großproduktion in Merter umstiegen. Hannah kannte sich gut auf der Insel aus, was mich überraschte, denn auch ich hatte

* Blätterteiggebäck

viele Sommer mit meinen Eltern auf der Insel verbracht, war Hannah aber nie begegnet.

Hannah liebte die Möwen und Kutschfahrten auf der Insel, die herumstreunenden Katzen und Hunde. Sie mochte die Kroketten, die man in dem kleinen Laden gleich am Hafen bekam. Alles Sachen, die auch mir gefielen. Wir entdeckten immer mehr Gemeinsamkeiten, wie Tee trinken auf dem Schiff, Sesamkringel essen, Open-Air-Kinos, wir lachten, kicherten, machten ein High five, wenn immer wir neue Gemeinsamkeiten feststellten, es war herrlich. Ich wurde lockerer und gelassener neben ihr.

Es wunderte mich, dass Hannah kaum Türkisch sprach, obwohl sie oft in Istanbul war. Wie so viele Londoner konnte sie nur Englisch, eine andere Sprache kam gar nicht in Frage. Auch viele dieser zweiten und dritten Generation von Indern und Chinesen, Pakistani, Bangladeshi sprachen meistens nur englisch. In Berlin konnte man hier und da doch wenigstens Türkisch, Arabisch, Serbisch, neuerdings auch Polnisch und Russisch hören.

Dann kam die Frage der Fragen, die ich in Berlin verabscheut hatte, aber hier in London locker hinnahm. »Und was möchtest du später machen?« Ich dachte, meine Antwort sei entscheidend, was die Zukunft mit ihr betraf – kam ich wohl in die Kategorie »junger Mann mit Zukunftschancen«, das hieß in London 80 000 Pound per anno, ein *semi-detached house in green suburbs…*

»Ohhh, ja«, hörte ich mich in einem fremden, fröhlich klingenden Ton sagen, »wo immer das Leben mich auch hinträgt, es ist okay für mich…« Ich musste flexibel und zuversichtlich rüberkommen.

Frauen mochten das, es gab ihnen das Gefühl: Auf den kann man sich verlassen, und man kann ihn aber auch lenken. Also nicht die Sorte *hard as Ayers Rock,* an der sich die Frauen abarbeiteten. Solche Typen waren für manche starke Frauen ja eine Herausforderung, damit konnten sie ihr Selbstbewusstsein aufmöbeln. »Diesen Felsen von Kerl habe ich hinbekommen, ihm einen Schliff gegeben.« Aber oft bissen sie sich an so einem Typen auch fest und bissen sich dabei die Zähne aus. Nein, zu dieser Sorte von Kerl wollte ich nicht gehören, die zogen immer dominante Frauen an, an denen sie sich messen wollten, und auf die Dauer war das einfach anstrengend und aufreibend.

»Eeyyh man«, sagte ich mir, »Charakter bedeutet auch Persönlichkeit. Präsentier dich gefälligst! Sei mal intensiv, und dann wieder verspielt, sonst checkt sie dich in ein paar Sekunden und schiebt dich in die Schublade ›voraussagbar, kontrollierbar und damit langweilig‹.« Deshalb lenkte ich schnell von Zukunftsfragen ab und erzählte etwas von geheimen Bunkern und SO 36. Es gefiel mir, Hannah von Kreuzberg zu erzählen, von Prenzelberg, von der Suche der westdeutschen Kiddies nach dem ursprünglichen Osten, einer Art Eldorado *made in Germany* mit Ostsandmann, Hinterhöfen, Dachwohnungen, Ampelmännchen, Rotkäppchen Sekt. Dabei suchten diese Kids, die aus der Enge und dem gepflegten Reihenhaus ihrer Eltern geflüchtet waren, eigentlich nach etwas, was nicht registriert und in keiner Ordnungskartei festgehalten und geregelt war.

Der Abend ging dem Ende zu. Ich ging kurz auf die Toilette, danach wusch ich mir die Hände und lächelte mir kurz im Spiegel zu. Oh, nein!!! WAS WAR DENN DAS??? Ich krallte meine Finger ins Papiertuch, nie werde ich Hannah dies verzeihen, nie, nie, nie! Warum hat sie nichts gesagt? Warum hat sie mich stundenlang mit dieser lächerlichen Petersilie am Eckzahn sprechen lassen? Machte sie sich heimlich lustig über mich? Ein Gag? Der Kellner hätte mir doch wenigstens aus Gründen guter Manieren, die man von halbwegs zivilisierten Menschen erwarten durfte, ein Zeichen geben, mir etwas auf Türkisch zuflüstern können. *Shit!*

Ich ging zum Kellner, versuchte ihn mit einem scharfen Blick zu töten, bezahlte die fette Rechnung von 62 Pfund! Schluckte schwer.

Am Tisch war ich Hannah behilflich, hielt ihr den Mantel, die Tür auf, draußen stiegen wir in eines dieser schwarz glänzenden Taxis und fuhren am Green Park, am Ritz vorbei.

London by night glitzerte in Tausenden von Lichtern, neben mir eine London Fee. Sie lehnte sich sacht an meinen Arm, und ich atmete ihren Duft ein. Sie roch nach Vanille, Kakaobutter – alles, was auch in Schokolade enthalten war, und damit alles, was gut war auf dieser Welt, ja, danach roch Hannah.

Sie summte und lallte wie ein kleines Mädchen vor sich hin und klang heiter verspielt, was sie noch reizender und anziehender machte. Alles schien einfach und klar, und vor allem, es fühlte sich leicht an. Eigentlich wussten wir beide, warum wir hier beieinander waren: Ich suchte eine Frau, sie einen Mann; so einfach war das.

»Dieser Abend war erfrischend wie ein doppelter Espresso«, sagte Hannah, gab mir einen flüchtigen Kuss auf die Wange und verschwand hinter der weißen Tür Nummer 98.

Ich schlenderte mit ’ner Kippe zwischen den Lippen, die Hände in den Taschen zur nächsten Station. Dieser Abend war für mich wie durch Schnee rollen, erfrischend wunderbar.

In meinem Zimmer blickte ich lange an die dunkle Decke, dachte an die vielen Windungen und Wendungen und Stimmen von Hannah. Ich hätte platzen können vor Energie und Freude – und dann griff ich zum Telefon.

Hannah klang leise, verletzlich und voller Gefühl, dann lachte sie hell, so einladend und sexy. Mit ihrem magischen Sound, irgendwas zwischen Reden und Flüstern, betörte sie mich.

Ich konnte durch den Hörer fühlen, wie intensiv sie war, wie sie meinen Namen »Haasaan« in die Länge zog, gefiel mir, dabei hatte ihre Stimme etwas Tiefes, das meine inneren Tonspuren zum Ausschlagen brachte wie einen Seismographen bei einem Erdbeben.

Dann kam das plötzlich Übersprudelnde, ihre Stimme hob sich um einige Nuancen, verspielt lachend, denn ich flüsterte ihr »*my joli Lolly,* meine Fee, meine Hannosh« zu. Ich ging in die Offensive, schließlich ging das Erobern einer Frau durch ihr Ohr.

Wir redeten bis nach Mitternacht. Dann seufzte sie tief, deutete an, mich sehen zu wollen. Ich zog mich an, rannte die Straße entlang zum nächsten Taxistand und fuhr total berauscht zu Hannah. Ich wäre auch zu ihr gerannt, *no kidding,* denn ich spürte so viel Power in mir.

Im Dunkeln öffnete Hannah vorsichtig die Haustür, sie stand in einem hellen Nachthemd vor mir. Ihre langen Haare hingen über ihre Schultern, sie blickte zu mir hoch.

Ich zitterte. Für einen Moment leuchtete sie wie eine Nachtfee im Licht der Straßenlaterne, bezaubernd, einfach magisch. Ich fasste sie vorsichtig um die Taille, spürte ihren warmen Rücken, ihre Haut. Hannah schmiegte sich sachte an mich, ich verfing mich in ihren langen Haaren und dann in ihren Bettlaken. Meine Hände erkundeten jeden Zentimeter ihrer erregenden weichen, warmen Haut. Ich entdeckte das große Muttermal an ihrem Nabel, die kleinen Dellen an ihrem Rücken, den wunderbaren Geruch ihres Nackens…

Spät am Nachmittag ging Hannah in die Küche, setzte den *kettle* auf. Ich lag in ihrem Bett und sah mich um. Ihr Kleiderschrank stand offen, und ein ganzes Waffenarsenal an Dessous war zu erkennen: Korsagen, Bodys, Strings…, den Namen der anderen fetzigen Fummel kannte ich nicht. Echt scharf.

Hannah nahm ein großes Handtuch, ging ins Bad – die Tür ließ sie halboffen. Im Schrankspiegel mir gegenüber sah ich, wie sie sich im Badezimmerspiegel betrachtete, die langen Haare elegant hochsteckte und sich dann langsam das Gesicht wusch, als würde sie etwas Kostbares berühren. Sie wählte neue Wäsche, zog einen Slip auseinander, befühlte die Körbchen eines BHs und stellte sich wahrscheinlich ihre vollen Brüste darin vor. Dann spannte sie hauchdünne Nylons über ihre Handrücken, wie anmutig sie das in Szene setzte, haute mich einfach um.

Dann zog sie zierliche Hausschuhe mit hohem Absatz an, und ich staunte. Der anatomische Schwerpunkt hatte sich verlagert. Sie streckte den Po heraus, ihre Beine erschienen länger. Die Brust hob sich stolz. Ich stand auf, näherte mich ihr leise, umarmte sie von hinten, zog sie sanft ins Bett. Wir liebten uns immer wieder aufs Neue, als würden wir voneinander nicht genug bekommen, wir atmeten heftig, schwitzten, lachten, liebten uns bis in den frühen Abend, wir waren so hungrig und wollten das Bett doch nicht verlassen. Wir riefen einen Pizzaservice an und blieben bis zum nächsten Morgen unter der Bettdecke.

Hannah feierte das Chanukkafest mit ihren Eltern, die einige Tage später über Weihnachten nach Istanbul fuhren.

Ich feierte kein Weihnachten, Hannah auch nicht, deshalb blieben wir über die Feiertage meistens im Bett. Draußen pfiff der Wind durch die leeren Straßen, wir tranken süßen schweren Tee, zündeten Räucherkerzen an und wärmten uns aneinander.

Am Abend kochte ich für Hannah, denn sie war mein Geschmacksverstärker, ja so was wie MSG (Monosodium Glutamat) – die Essenz jedes chinesischen Gerichts, das mir die Feiertage schmackhaft machte. Es überraschte sie, wie schnell ich in der Küche hantierte, wie sicher ich mit Augenmaß würzte, wie einfallsreich und geschickt ich war.

Olivenöl, Tomatenmark, schwarzer Pfeffer, milder Paprika, ein bisschen getrocknete Minze und Thymian, und schon konnte man das Einfachste verfeinern, wie Gemüse, Suppen, Reis.

Im Unterschied zu irgendwelchen komplizierten Büchern oder abstrakten modernen Bildern brauchte man keine Vorbildung, um sich dem Genuss hinzugeben. Hannah sollte meine Minzsuppe riechen, die Weinblätter schmecken und das Sorbet an ihren Geschmacksknospen fühlen. Ich wollte sie mit meinen Speisen erobern, sie süchtig, mir ergeben machen. Ich würzte mit scharfem Chili, dämpfte das Ganze mit einem Schuss Zitrone ab. Ich musste die türkische Küche dem westlichen Gaumen anpassen. Beim Essen fand man heraus, ob und wie man miteinander harmonierte.

Der Nachtisch war süß und immer türkisch: gewundener Turban, Frauennabel, Zeigefinger des Wesirs, Helva und natürlich *Turkish delight,* die weich wie Samt waren und nach Rosen und Nüssen dufteten. All diese Köstlichkeiten hatte ich aus Ali's Supermarket besorgt. Schließlich sagte der Volksmund: Wer süß isst, spricht süß. Und ich redete mit ihr süß, bis in die frühen Morgenstunden.

14

Papa Schlumpf

Nach Neujahr war mir, als würde ich einer Zauberwelt entsteigen. Es fiel mir verdammt schwer, wieder in die Routine Englischkurs, Ali's Supermarket und *keep-up-a-kebap* zurückzufinden.

In der Green Lanes begann das neue Jahr voller Spannungen. Ali Bey kam aus Zypern zurück. Er hatte sich einen grauen Stoppelbart wachsen lassen und war noch angeschlagener als zuvor, er war kaum ansprechbar. War etwas auf dem Begräbnis von Hikmet vorgefallen?

Von den alten Männern hielt er sich fern, mit Ayşe Hanim redete er wenig. Sie schien sich von seiner Kellerlaune anstecken zu lassen, denn sie arbeitete nicht mehr wie früher, ihre Turbodynamik nahm ab.

Nach dem orthodoxen Weihnachtsfest brachte Cemil Bond mit Hilfe einiger Männer ein großes Schild über der Eingangstür des Cafe Cyprus an. Auf dem Schild stand in großen Buchstaben Folgendes:

Große Menschen reden über Ideen
Normale Menschen reden über Ereignisse
Kleine Menschen reden über andere.

Daraufhin stürzte sich die Aristoteles-Platon-Fraktion gleich in neue Debatten. Ali Bey beachtete das Schild kaum, da er sich selten im Cafe blicken ließ.

Nach längerer Abwesenheit stand eines Nachmittags Salim (Mr. Walross) in der Ladentür. Er trug einen langen Bart und einen schwarzen Anzug, in dem er aussah wie Papa Schlumpf. Er verbog sich die Fingergelenke so lange, bis sie auf einmal laut und befreiend knackten, bestellte einige Schalen mit Humus, Oliven und Tarama und ging eilig rüber ins Cafe Cyprus.

Ich überquerte gerade die Green Lanes mit einem vollen Tablett, da begegnete mir Ali Bey. Er kam vom Großeinkauf. Wir gingen gemeinsam ins Cafe. Drinnen hoben einige der Alten überrascht die Köpfe, als Ali Bey eintrat.

Salim nahm das Tablett, stellte die Schalen fein ordentlich auf seinen Tisch, lud einige der Alten ein und bot ihnen die verschiedenen Mezes an. Ich glaube, er wollte seine Rückkehr ins Cafe feiern und wieder den Anschluss finden.

Die Alten hauten rein, schmatzten, leckten sich Lippen und Finger ab und redeten alle durcheinander.

Ali Bey setzte sich in die ruhige Aristoteles-und-Platon-Ecke und blickte abwesend ins Leere. Wenn er einen Kunden mochte, dann unterhielt er sich länger mit ihm, sonst konnte er ziemlich reserviert wirken, wahrscheinlich hatte er es sich von den Engländern abgeschaut.

Plötzlich rief Salim durch den Raum: »Setz dich zu uns!« Dabei zeigte er mit großer Geste auf einen leeren Stuhl am Tisch. Ali Bey nickte mit einem kurzen Lächeln auf den Lippen und winkte höflich ab. Doch Salim blieb hartnäckig, er fing laut an zu reden, zu scherzen, winkte Ali Bey nochmals an den Tisch und bestellte einen Mokka für ihn. Der setzte sich schließlich widerwillig zu ihnen, verschränkte die Arme vor der Brust und schaute gelangweilt in die Runde.

Ich weiß nicht mehr genau, wie es kam, jedenfalls begann Salim Ali Bey Fragen zu stellen. Seine erste Frage war noch im Bereich des Üblichen: Wann Ali Bey nach England gekommen sei? Wo er früher gearbeitet habe? Aus welcher Gegend von Zypern? Dann wurden die Fragen direkter und klangen bald wie ein Verhör. Ob er noch Grundbesitz auf Zypern hatte? Was aus seinem Hof geworden war? Armeedienst wo abgeleistet?

Ali Bey stöhnte und versuchte ruhig zu bleiben. Salim fragte weiter, mehr hämisch als höflich, nach den Steuern, die Ali Bey zahlte, und den Fernsehgebühren. Ali Bey lief rot an, stand auf, streckte den Hals steil in die Höhe. »Ich habe einen britischen Pass, arbeite in der britischen Hauptstadt, zahle meine Steuern an den britischen Staat!!!«, brüllte er, dabei sträubten sich seine Nackenhaare. Normalerweise hatte Ali Bey ein eher ruhiges Temperament, und wütend wurde er nur, wenn man seine Ehre, seine Integrität, seinen Ruf oder seinen Verstand anzweifelte, was Salim gerade tat.

Ali Bey wurde blass, dann weiß wie Hellim Käse. Er hielt inne, murmelte etwas vor sich hin. Ehe ich begriff, was da geschah, sprang er wie eine gespannte Feder auf Salim, packte ihn am Kragen, zog ihn Richtung Ausgang. *»Defol**!«, röchelte er, *»Siiiktiir Lan«***. Ich verzog das Gesicht

* »Hau ab!«
** »Zisch ab!«

bei dem Gedanken an den Faustschlag, an das knackende Geräusch, das man hören würde, wenn Ali Beys Faust und das Gesicht von Salim aufeinanderprallten. Mich verblüffte das Fehlen der Resonanz, die sonst immer in Filmen zu hören war. Ali Bey warf ihn auf die Straße. Ein Aufschrei ging durch das Cafe. Draußen schrie und fluchte Ali Bey: *»Anani sikeceğim!«** In diesem Geschimpfe war alles drin: Mutter, Familie, Ehre und Sex. Hurerei und Ehrenkodex waren immer ein großes Thema beim türkischen Fluchen.

Ali Bey schritt breitbeinig ins Cafe zurück und schrie den alten Männern ins Gesicht: »Für euch ist das Leben so langweiiiliiig und leeeer! Ihr tut alles, um euch selbst ein kleines Drama zu schaffen, damit ihr euch in eurem erbärmlichen kleinen Leben ein wenig besser fühlt! Selbst wenn ihr dafür auf dem Leben von anderen herumtrampeln müsst!!!« Dann schlug er die Tür des Cafes hinter sich zu, es schepperte. Totenstille im Raum. Einige der Alten schüttelten ungläubig den Kopf über diesen plötzlichen Ausbruch, andere machten leise Vorwürfe, wieder andere nickten verständnisvoll und meinten, dass viele von ihnen Hikmet gegenüber sehr gemein gewesen wären, und deshalb wäre Ali Bey jetzt so nachtragend.

Draußen hörte man Salim brüllen und drohen: »Du griechischer Bastard, du Vaterlandsverräter, dich werde ich noch ausliefern, so wahr ich Salim Öztürk heiße!«

Ich eilte rüber zum Laden, im hinteren Teil waren Ali Bey und Ayşe Hanim in einem heftigen Gespräch. Ich versuchte ihm zu folgen, was nicht so einfach war. Die beiden

* »Ich ficke deine Mutter!«

zischten, redeten auf Griechisch aufeinander ein, und sie kamen mir plötzlich so fremd vor. In diesem Moment begriff ich, dass sie im Grunde genommen zuerst einmal Insulaner, ja Zyprioten waren und dann erst Türken.

Mit Kazim switchte ich auch oft vom Deutschen ins Türkische und umgekehrt, es kam immer auf die Situation an. Wir switchten im Code, wenn es brenzlig wurde oder wenn wir einfach unter uns sein wollten, das empfanden die Anwesenden natürlich als ausgrenzend, so wie jetzt Ali Bey und Ayşe Hanim unter sich sein wollten, damit ich nichts von ihrem Streit mitbekam. Als Ayşe Hanim mich sah, wurde ihre Stimme leiser und eindringlicher. Redeten sie über mich?

»Ayşe, please stop it!«, knurrte Ali Bey und kreuzte dabei die Hände, und dieser Wechsel ins Englische bedeutete, dass jetzt Schluss war.

Im Nachhinein war für mich dieser Streit der Punkt, wo ich mich entschied, so wenig wie möglich mit dem Cafe Cyprus zu tun zu haben, denn viele der alten Stammkunden waren einfach noch zu sehr Betroffene der Zypernteilung. Sie schleppten die Geschichten von früher mit sich herum wie eine Kugel am Bein. Ich wollte endlich mit Menschen zu tun haben, die nicht bis zum Hals im Sumpf der Vergangenheit steckten und immer tiefer einsanken.

Nach diesem Streit folgten Tage der Stille, nichts Wesentliches geschah oder veränderte sich, nur die Auslage vor Ali's Supermarket wurde bunter, Eimer mit gelben Narzissen standen draußen und strahlten in die graue Green Lanes und weckten die Hoffnung auf wärmere Tage.

Der englische Frühling begann schon im Februar, es war ein langsamer schöner Frühling, was mich als Berliner überraschte, denn bei uns war der Frühling immer bereits nach zwei Wochen vorbei.

In dieser Zeit schien es, als würde alles auf alles abfärben, so färbte auch der Streit in Green Lanes auf mich und Hannah ab, und es kam zu einer niederschmetternden Szene zwischen uns.

Seit Tagen hielt mich Hannah plötzlich auf Distanz, was mich zuerst ein bisschen stutzig machte, aber dann schob ich es auf ihr Abschlussprojekt. Doch eines Abends, als ich todmüde von Ali's Supermarket Richtung Bus trottete, sah ich sie von weitem im Arm eines Typen in eines dieser glitzernden, neuen Cafes huschen. Ich blieb wie erstarrt stehen. Ich war zu Stein geworden.

Hannah in Kuschelposition mit 'nem Typen?

Ich ging auf die andere Straßenseite, stellte mich hinter einen parkenden Kleintransporter und beobachtete sie unauffällig. Sie saßen am Fenster, Hannah schlug die Beine übereinander, der Typ zündete sich eine Zigarette an. Sie unterhielten sich. Ein Kellner servierte Getränke. Sie prosteten sich zu, Hannah lächelte den Typ an, ihre Hände schienen etwas Aufregendes zu erzählen. Bei mir war sie selten so temperamentvoll. Ich brannte vor Wut und zündete mir eine Kippe an. »In die Luft jagen, zerfetzen, in Stücke reißen«, knirschte die Eifersucht in mir. »Fertigmachen! Zu Brei zerquetschen!«, befahl leise die Rache. Noch 'ne Kippe. Und noch eine.

Nach genau 46 Minuten verließen sie das Cafe. Vielleicht

gingen sie zu dem Typ nach Hause? Zu Hannah in die Wohnung?

Draußen stiegen sie in ein blaues Auto und fuhren davon. Ich raste zu Hannahs Wohnung. In der Küche brannte Licht. Also doch bei ihr! In Kuschelposition? Ich drückte lange auf die Klingel. Hannah öffnete und schaute mich verwirrt an. Ohne ein Wort zu sagen, schob ich sie beiseite, lief die Treppen hoch in die Wohnung und stürzte ins Schlafzimmer. Kein Typ! Im Wohnzimmer? Keine Spuren! In der Küche? Nichts!

»Wo ist er!?«, schrie ich wutentbrannt.

»Wer?«

»Der Typ von vorhin!«

»Hast du spioniert?«

»Hast du was mit ihm?«

»Spinnst du? Mit John arbeite ich an meinem Abschlussprojekt.«

»Das kannst du deinem Hamster erzählen! Wooo iiist eeer?«, brüllte ich Hannah an, schüttelte sie an den Armen, dabei zitterte ich am ganzen Körper. Sie schwieg, sah mich verachtungsvoll an.

»Du tust mir weh!«, wehrte sie ab.

»WO IST ER??«

»Raaauuus!«, schrie Hannah und fing an zu heulen. Ich blieb einige Sekunden wie erstarrt stehen. *Shit!*

»Raaauuus! *Fuck off!*«, brüllte sie und schob mich aus ihrer Wohnung, schlug die Tür zu, verriegelte, fluchte und heulte.

Draußen stand ich eine ganze Weile vor ihrer Haustür. Plötzlich war alles in mir verpufft. Asche. Nichts, aber auch gar nichts war mehr am Dampfen, nur noch Leere. *Shit!* Was hatte ich da gerade veranstaltet? Es hatte mir einfach die Sicherungen rausgehauen, ich hatte keine innere Notbremse gehabt und war voll gegen die Wand geprallt. Über mir verzog sich allmählich die Eifersucht, hinterließ kleine Rauchwolken, der Zyniker lachte sich eins ins Fäustchen, der Skeptiker verdrehte nur die Augen, und ich kam mir wie ein dummer Ochse vor, der volle Pulle gegen einen elektrischen Zaun gerast war. Ich Vollidiot!

Stille Tage folgten. Kein Anruf, keine Nachricht, keine Spur von Hannah. Ich rief sie an, in der Hoffnung, sie würde mich für jemand anderen halten und abnehmen. Stunden und Minuten vergingen, in denen ich mich wie ein Sack trockener Bulgur* fühlte, der, vorgegart, getrocknet und zu grobem Granulat gerieben, jetzt leblos und trocken dalag.

Der einzige Trost in dieser Zeit war die Circle Line. Ein paar Touren mit ihr brachten mich wieder ins Lot. Während die Bahn im Kreis herumfuhr, kreiste auch mir einiges durch den Kopf und blieb immer an dem gleichen Namen hängen: HANNAH! Warum bin ich nicht einfach in das Cafe gegangen? Habe Hannah einfach umarmt, als wäre es die normalste Sache der Welt, dass sie mit dem Typen zusammensaß. Warum mich nicht einfach locker zu den beiden gesetzt und einen Joke gerissen? Warum war ich gleich auf hundertachtzig? Manche Typen bekamen das locker hin,

* Weizengrütze

warum ich nicht? Um mich auf andere Gedanken zu bringen, begann ich in einer aufgeschlagenen Zeitung auf dem Nachbarsitz zu lesen.

»Million dollar for sexual harrasment at office…«

»Raped by priest« – »MP in sex scandal«.

Jemand hatte mit einem dicken Stift auf den Sitz gekrakelt: *Fuck is a game, Love is a name. Forget the name and play the game.* Stimmt… ehrlich gesagt, lief doch eigentlich alles nach dem gleichen Muster. Ich meine, so unter uns gesagt, sollte man Frauen erobern, erproben, unterwerfen und schließlich entsorgen.

Klar doch, und diesen ganzen Eiertanz, der Männern jahrtausendelang zu schaffen gemacht hat, konnte man auf Folgendes reduzieren: Kontaktaufnahme, Blickwechsel, Flirten inklusive Betatschen, Akt, etappenweises Herangehen, in mehreren Spielarten gespielt! Der normale Geschlechtsakt (netto), also ohne Vor- und Nachspiel, dauert zirka drei Minuten. Demnach kam ein Quickie hochgerechnet auf zwei Minuten. Tja, *speed kills*!

In Embankment Station sah ich Ron mit einem anderen Typen auf dem Bahnsteig. Ich stieg aus und sah gerade noch, wie er in den hinteren Waggon einstieg. Ich sprang schnell wieder hinein. In Victoria Station ging ich mit gesenktem Kopf zu Rons Waggon, setzte mich zu ihnen. Er grüßte mit einem lockeren High five. Wir hatten uns lange nicht gesehen.

Ron stellte mir den Typ neben sich vor. Er hatte ein Saxophon dabei und hieß Ray, er war viel älter als Ron. Ray war ein Mann mit großen Händen und einem breiten Gesicht. Er war unrasiert und hatte große Glubschaugen, wie die von Spike Lee. Er strich sich mit der Hand öfter übers Gesicht, als würde er Müdigkeit und Waggonmief wegstreichen wollen. Die beiden machten jetzt zusammen Musik und schienen gut eingespielt zu sein.

Ray murmelte und summte einen Text über die *tube* vor sich hin, und Ron begann einige Strophen zu singen: »... *you roast to death in the boiling heat with tourists treading on your feet and chewing gum on every seat, so don't tell me mind the gap... what you smell is what you get. Burger King and piss and sweat...*«

Die beiden lachten, dann packte Ron Bierdosen aus seiner Tasche, wir stießen an. Ich weiß nicht mehr, ob es meine Schweigsamkeit war oder am Bier lag, dass sein Kumpel Ray gesprächig wurde: »*Mondays ter fridays soft saxophone sounds, dat brings dem in de move, yer know man, in motion de five-to-nine-people, or dey get heart attack on grey monday morning, yer know man? Saturday evening is my drum day, I beat de shit oud of dem, yer know, de nine-to-five-people? I charge dem with positive vibes, yer know man? Dey should pay me an extra for dat I give em positive vibes on de way to work, I push dem up de stairs wid my sound and dey feel good to go ter work!*«, lachte er.

Ich nickte ihm zu, na ja, die Leute wollten verwöhnt, verhätschelt und emotional eingestimmt werden. Die Gefühle kamen zu kurz, deshalb waren ja so viele wie ausgehungert; ich auch. Olle Hannah war schweigsam wie ein Stein. Sie ließ mich abblitzen, behandelte mich wie einen dahergelaufenen Hund, einen Wackeldackel. Sollte ich zu allem mit dem Kopf nicken? Zicke!

Die Tage kamen und gingen, ohne was Bemerkenswertes

zu hinterlassen. Dafür schlugen die Ereignisse auf dem Portobello Markt ein und rüttelten mich in meinem Fundament durch.

Betty hatte sich seit Tagen nicht in der Cafeteria blicken lassen. Ich rief sie an, und eine erkältete Stimme meldete sich am anderen Ende der Leitung. Betty lag mit Fieber im Bett und bat mich, Khan am Wochenende auf dem Portobello Markt zu helfen.

Ein verregneter Samstag auf dem Markt bedeutete wenig Kundschaft, Regenschirme, heißer Tee im Plastikbecher, auf der Stelle hüpfen, um sich warm zu halten, und hoffen, dass der Nieselregen aufhörte, damit man am Feierabend die Ware trocken wieder einpacken konnte.

Kurz vor Feierabend ging Khan Plastiksäcke besorgen, und ich begann aufzuräumen und die Reste meines Mittagessens samt Serviette und Verpackung in den Mülleimer neben den Telefonzellen zu werfen. Da hörte ich plötzlich ein Klingeln – rrrrrt, rrrrt, rrrrt … –, hier klingelten sogar die Telefone anders als auf dem Kontinent. Wie aus dem Nichts tauchte Bernie auf und sprang wie ein Panther an den Hörer. Er nuschelte etwas in die Muschel, dann begann er wild mit den Händen zu fuchteln und schien in ein intensives Gespräch verwickelt zu sein. Plötzlich schrie er überrascht: *»An affair with Cat???«* Ich blieb wie angewurzelt stehen und beobachtete dieses seltsame Wesen.

»Only with preservatives …, no I didn't touch Cat. In love? Shit!« Dann wurde er leiser, nuschelte, brummelte vor sich hin. Plötzlich begann Bernie komische Töne von sich zu geben, ich hörte, wie er in den Hörer hechelte, als würde er sich unter dem Mantel einen runterholen. Ehrlich gesagt,

war mir das Ganze *too psychy.* Ich wollte mich gerade davonmachen, als er sich zu mir umdrehte und mir direkt in die Augen blickte. Ich konnte mir ein Kichern nicht verkneifen, und im nächsten Moment schrie das Männiken: *»You fuck'n' bastard, you damn wog! Spying on me!«* Er knallte den Hörer auf den Apparat, und ehe ich begriff, worum es überhaupt ging, stürzte er sich mit voller Wucht auf mich, ich torkelte einige Schritte nach hinten, fiel zu Boden und schürfte mir die Hände wund.

»Piss off!«, zischte ich und wollte gerade auf ihn los, als mich eine kräftige Hand von hinten am Arm zog. Ich drehte mich um und sah in Madame Liverpools weit aufgerissene Augen, die wie Alarmsignale blinkten. *»Stop it! Dey fool, real fool«,* warnte sie mich mit aufgeregter Stimme. Ich befreite mich ruckartig aus ihrem Griff, ging auf das Männiken los, das im nächsten Moment die Flucht ergriff und davonlief. *»You damn fucker, arsehole ...«*, fluchte ich wütend und lief ihm hinterher. Leute drehten sich nach uns um. Das Männiken rannte wie ein Hase zickzackschlagend durch die Menschenmenge auf dem Markt und Khan direkt in die Arme, der uns gerade mit blauen Plastiksäcken im Arm entgegenkam. *»Stooop that fucker Bernie!«,* schrie ich Khan zu und deutete mit beiden Armen auf die miese Ratte. Im nächsten Moment warf Khan die Plastiksäcke auf Bernies Kopf. Der begann wie wild um sich zu schlagen, ich stürzte mich auf ihn, schlug ihm mit voller Kraft in die Magengrube, dann zack einen in den Nacken und einen in die Eier, er schrie, torkelte zu Boden und lag zusammengekrümmt in der Pfütze, winselnd wie ein verletzter Hund. Als ich nochmals zutreten wollte, sprang plötzlich Khan dazwischen,

breitete die Arme wie ein Schutzengel aus, und Bernie nutzte die Gelegentheit und machte sich davon.

Er verschwand unter der Brücke von Ladbroke Grove in einer dunklen Ecke.

Ich holte tief Luft und dachte: Warte nur, dir drehe ich noch den Hals um, du perverse Sau!

Ich atmete heftig, mein Puls raste, meine Wut auch. Ich wischte mir kurz übers Gesicht und sah, wie hundert neugierige Augen mich beobachteten. Ein dürrer Rasta-Typ kam aus der Menge auf uns zu: *»What's up? Relax Man, reeelaaaax«*, wiederholte er ruhig und sanft, was meine Wut runterpushte und mich langsam zur Besinnung brachte. Khan packte die Plastiksäcke und mich am Arm, marschierte mit großen, wütenden Schritten zum Stand.

»What the fuck is going on here?«, knurrte er leise, und seine Augen blitzten vor Ärger, als ich ihm alles zu erklären versuchte. »Keine Polizei!«, zischte er leise. Khan schien das Ganze oberpeinlich zu sein. *»Piss off!«*, schrie er. »Wenn Bernie mit den Bullen kommt, kenne ich dich nicht, okay?«

»Der Macker hat mich zuerst angegriffen«, verteidigte ich mich. Doch Khan hörte mir nicht mehr zu, er schritt wie ein Bulldozer Richtung Stand, ich lief ihm verwirrt hinterher und war auf hundertachtzig.

Am Stand warf Khan schnaufend die Plastiksäcke auf den nassen Boden, fluchte vor sich hin und sprach aufgeregt mit dem Schuhverkäufer Asif Iman. *»I told Hasan hundred times… but…«*, hörte ich ihn meckern. Ich blieb auf Entfernung und wollte nichts von seinem Palaver hören.

Asif Iman kam auf mich zu und sagte: *»Don't go near*

Bernie, when he's on the phone. Never! Bernie's a damn lunatic!« Er klopfte mir auf den Rücken, als wollte er sagen, so 'ne Attacke habe ich auch schon hinter mir. Madame Liverpool schnalzte missbilligend mit der Zunge und fing an, vor sich hin zu schnattern, wobei sie ungläubig den Kopf schüttelte. Sie packte ihre nass gewordenen Blumen ein, und ich begann unseren Stand abzubauen.

Ich stopfte Jacken in die blauen Säcke, strich mir durchs nasse Haar und versuchte ruhig zu werden, als ich plötzlich ein lautes Kliiiirrrrren hinter mir hörte. Ich drehte mich um, und im nächsten Moment sah ich Bernie! Er war zurückgekehrt! SHIT! Aus dem Müllbehälter holte er leere Flaschen und Dosen und warf sie nach mir. Ich sprang hin und her und ging in Deckung. Da hörte ich einen lauten, schmerzvollen Schrei hinter mir. Ich drehte mich um und sah, dass Khan an der Stirn blutete. Eine Flasche hatte ihn erwischt! *Shshshiiiiit!*

Blut floss über sein ganzes Gesicht. Ich erstarrte und konnte kaum atmen. Khan hielt sich mit der Hand das Auge zu, das Gesicht schmerzverzerrt und wie unter Schock. Er versuchte sich auf den Klappstuhl zu setzen, Blut lief über seine Hand und seinen schwarzen Ledermantel.

»Ambulance, Police!«, schrie ich verzweifelt und drehte mich im Kreis. Madame Liverpool kam aufgeregt mit einer ganzen Packung Taschentücher herübergeeilt. Sie drückte ihm einen dicken Packen auf die Wunde und hielt ihn fest. Asif Iman rief von der Telefonzelle aus einen Krankenwagen an. In der Ferne sah ich Bernie rennen, zwischen Marktständen Richtung Ladbroke Grove. Diese feige Sau reiße ich in Stücke! Warte nur!

Eine Menschentraube hatte sich inzwischen um unseren Stand gebildet, eine junge Frau leistete Khan Erste Hilfe, sie war Krankenschwester. Der Notwagen kam spät, da der Feierabendverkehr überall die Straßen verstopfte.

Die junge Frau drückte Khan Verbandsmaterial auf die Platzwunde, tastete seinen Puls und redete sanft auf ihn ein. Ich hoffte und betete, dass Khan nicht ausrasten würde. Nicht jetzt! Später fuhr sie mit ihm und den Sanitätern ins Krankenhaus.

Ich benachrichtigte Betty. Sie schrie entsetzt in den Hörer, gab mir Anweisungen für den Stand, den Wagen, ich sollte danach ins Krankenhaus kommen. Sie fuhr direkt zur Notaufnahme.

Ich packte mit Hilfe von Asif Iman alles ein und fuhr dann erschöpft und zittrig los.

Warum musste gerade mir das passieren??? Eigentlich hatte ich genug Erfahrung mit Typen wie Bernie; schließlich war die Gegend um den Kotti in Kreuzberg voll mit schweren Fällen von Neurotikern, Kiffern, Junkies. Ey, ich musste echt zugeben, dieses London war schon einige Zacken härter als Berlin. *Nooo kiddiiing!*

Betty kam erschöpft in den Wartesaal und setzte sich neben mich. Plötzlich brach sie in Tränen aus und erzählte von Khans Behandlung. Er wäre in der Notaufnahme ausgerastet, hätte nicht zugelassen, dass man ihm die Wunde nähte, und nur mit Hilfe von mehreren Pflegern hätte man ihm Beruhigungsmittel spritzen können.

Spät in der Nacht, nachdem wir das Krankenhaus verlassen hatten, saßen Betty und ich müde in Khans Küche. Bei Bier und Zigaretten erzählte mir Betty, dass Madame Liverpool dies vorausgesagt hätte: Sie kannte Bernie und seine Ausraster schon seit Jahren.

Betty saß mir mit verquollenen Augen gegenüber. Einen kurzen Moment dachte ich daran, wegzugehen und sie erst mal mit ihrem Kummer allein zu lassen. Aber als ich gerade an der Tür war, hörte ich sie leise weinen. Sie schniefte und wimmerte leise vor sich hin. Ich brachte es nicht übers Herz, die Wohnung zu verlassen, und drehte mich langsam zu ihr um. Da saß sie auf dem Stuhl, zusammengekrümmt, und bedeckte mit ihrem Arm die Augen. So wie sie dasaß, hatte sie was von einem hilflosen Kind, das beschützt werden musste.

Ich setzte mich an den Tisch, blickte auf die Obstschale und schwieg eine Weile. Alles in mir wollte sie anfassen, umarmen und streicheln und ihr den Schmerz nehmen.

Ich nahm mir die Kaffemaschine vor, und bald erfüllte Kaffeeduft langsam die Küche.

Ich stellte ihr eine Tasse hin. Betty schloss die Augen, und plötzlich schossen ihr Tränen aus den Augen, übers Gesicht, strömten über ihre Wangen und fielen zu Boden. Ich umklammerte sie, ihr Körper bebte, und ich drückte sie ruhig an mich. Aber die Tränen wollten nicht aufhören zu fließen. Sie vergrub ihr Gesicht in meine alte tröstliche Lederjacke. Ich hüllte sie ein und schloss die Augen. So standen wir eine ganze Weile, und Betty wurde schläfrig.

Ich weiß nur noch, dass ich ihre weichen Lippen an meinem Nacken spürte, ihre warmen Hände an meinem Rücken fühlte und ich sie im nächsten Moment an mich zog und wir uns wild küssten, uns dabei die Lippen wund bissen, uns von einer Energie vereinnahmen ließen, die Vulkane in uns zum Explodieren brachte und uns bis in die frühen Morgenstunden wach hielt.

Am Mittag danach waren wir schweigsam.

Betty ging in die Küche, ich zog mich an, total berauscht von ihr.

Sie drückte mir eine Tasse Kaffee in die Hand und sah mich ernst an. Ich beugte mich zu ihr und wollte sie auf den Hals küssen, doch sie drehte abrupt den Kopf zur Seite, verdrehte genervt die Augen.

»Was ist?«

»Nix ist! Nix war, nix wird sein!«

Ich nahm einen Schluck vom Kaffee, er sollte mich wach machen. Dieser schroffe Ton ging mir ziemlich auf den Keks. Betty verzog sich ins Bad. Ich schlüpfte in meine Schuhe, trank den Kaffee aus, nahm meine Jacke und schlug die Haustür hinter mir zu.

SHIT!

Bloß weit weg von Betty, der Wohnung, dieser Gegend! In meinem Kopf herrschte Chaos, und ich fühlte einen furchtbaren Druck in der Magengrube. »Hasan, du bist ein Scheißkerl«, warf mir der Moralist vor. »Khan liegt im Krankenhaus und du…« Ich stopfte mir die Ohren zu. Das mit Betty war so plötzlich, so mitreißend und so schmerzlich schön zugleich. Ich flüchtete nach Nordlondon zu meinen Zyprioten. Hier war noch alles wie zuvor, hier war die Welt noch in Ordnung. Ich wollte Betty nie wiedersehen. NIE WIEDER!

Am Abend zog ich mich in meine Bruchbude zurück und fühlte mich allein und auf eine seltsame Art auch einsam. Ich zappte mich durch die Kanäle, aber die Clips waren überfrachtet mit Titten und Hintern, die Musik Techno-lastig. Ich zappte weiter, der einzige Trost war EastEnders. In dieser Serie gab es die lässigen Bekanntschaften im Pub, in der Nachbarschaft, hier fand man einen Bekanntenkreis, Intimität auf der Mattscheibe, daran wärmten sich alle einsamen Seelen, auch ich.

In Ali's Supermarket war seit Tagen Hochbetrieb. Ich stürzte mich in die Arbeit bis spätabends und war dann todmüde, aber froh, dass ich so viel zu tun hatte.

Ich mied die Cafeteria, ging in den Pausen im Green Park spazieren und achtete darauf, dass ich Betty nicht mehr begegnete.

Das Gute an London war: Man konnte verschiedene Existenzen führen, ohne dass es die anderen mitbekamen. Anonymität zahlte sich aus. London und Istanbul waren die Mekkas der Paralleluniversen.

15

Mamas Besuch

Hasan!«, rief eine euphorische Stimme in den Hörer und fegte meinen letzten Widerstand aus Kopf und Ohr.

»Ja?«

»Wach auf, Hansi!«, forderte Leyla mich auf. »Was gibt's Neues?«, schrie sie in den Hörer, als würde sie am Ufer des alten Kontinents stehen und über den Ärmelkanal rufen.

»Viel Arbeit, wenig Geld und …« Ich hustete und räusperte mich, um Zeit für eine Denkpause zu gewinnen.

»Hör zu!«, unterbrach sie mich. »Deine Mutter ist auf dem Weg zu dir.«

»Was?!«

»Ja, sie wollte dir eine Überraschung bereiten … und ist jetzt hier am Flughafen Tegel und fliegt mit British Airways. Holst du sie von Heathrow ab?«

Ich hätte weinen können vor Wut und lachen vor Überraschung. Mama war schon immer gut für unerwartete und spontane Aktionen. Aber das toppte alles.

Ich ging zur Underground, nein, ich raste zur Station und betete, dass es unterwegs zu keinem *»technical problem«* kam. Kazim rief ich vom Bahnhof aus an und hinterließ auf seinem Anrufbeantworter: »Sevda Hanim auf dem Einmarsch in Britannia! Treffen bei mir!«

Mama und Baba lebten getrennt, aber sie waren noch immer nicht geschieden. Manchmal dachte ich, sie würden sich auch nie scheiden lassen. Ich meine, sie wirkten noch nicht wie ein geschiedenes Paar, das alles Kaputtgegangene wie einen alten Karton mit einem dicken, durchsichtigen Tesafilm zusammengeklebt hatte, nein, so waren sie nicht, aber die Risse zwischen beiden waren unübersehbar.

Mama hatte ich seit meinem letzten Besuch in Istanbul nicht mehr gesehen. Ich muss zugeben, ich vermisste sie, meine butterweiche und knuddelige Mama. Aber gleichzeitig machte ich mir Sorgen um ihre geistige Verfassung, wenn sie mein Zimmer zu Gesicht bekommen würde. Bestimmt würde sie das Chaos in meinen vier Wänden umhauen, sie würde solch einen Schrei von sich geben, dass sofort Polizei und Nachbarn bei mir auf der Türmatte stehen würden.

In Heathrow kam Mama durch die Terminalkontrolle gestürzt und umarmte mich wie einen süßen Kuschelpudel. Mir war das so peiiinliiich, insbesondere vor einem Londoner Publikum, das solch emotionale Ausbrüche nicht gewohnt war, jedenfalls nicht in der Öffentlichkeit.

Mama hatte sich die Haare kurzgeschnitten und hellbraun gefärbt. Sie trug ein rotes Kostüm mit passenden roten Schuhen und Handtasche. Ihre Wangen waren eingefallen, und ihr Gesicht war kleiner geworden. Nichts war mehr übrig von ihren pummelweichen Armen, Brüsten und ihrem butterweichen Bauch. Sie hatte abgenommen.

Mama schaute sich erstaunt um. »Sag mal, bin ich hier in Delhi oder Dubai gelandet?«, fragte sie mit großen Murmelaugen und sah sich die vielen dunkelhäutigen Flughafenangestellten an. »Ich wusste gar nicht, dass es so viele braune Engländer gibt? Woher kommen all diese Leute?«

»Das hier ist Heathrow, London, Looondraaa!«, erklärte ich laut, da gerade eine lange Ansage durchgerufen wurde. *»Mr. Mooohaaameed Raahmaan,. . . ., please come to the information desk . . .«*, krächzte eine junge Frauenstimme durch die Flughafenhallen und verhunzte den schönen Namen des Propheten.

»Heißen die hier alle Mohammed? Wie der Prophet? Friede sei mit ihm!«

»Wahrscheinlich ein Fluggast aus Karachi, der sich verlaufen hat . . .«, erklärte ich ruhig und schob ihren Gepäckwagen Richtung Underground.

»Karachi? Wo liegt das?«, fragte Mama immer noch erstaunt.

»In Pakistan.«

»Paakiiistaaan??? Das ist doch sooo weit! Was machen Pakistanis im Land von Charles und Diana?«

»Besuchen«, erklärte ich knapp.

»Den Prinzen und die Prinzessin von Wales???«

»Nein, Mama, ihre Verwandten, Kinder, Enkelkinder . . .«, erklärte ich hastig, was Mama für einen Moment zum Schweigen brachte.

Mama sprach nur ein paar englische Brocken wie *»Hallo, bye bye, pay cash, veeeriii ikspeensiiv«*, damit konnte sie shoppen gehen, sonst wusste sie nicht viel über England. Aber sie kannte sich mit dem Königshaus aus. Sie überblickte die Hierarchie des englischen Adels und verfolgte mit großem Interesse die Dramen und Skandale am Hof. Mama wusste bestens Bescheid, welcher Lord, Earl oder

Baron mit welcher Prinzessin, Baroness oder Lady verheiratet war, verkuppelt, verlobt wurde oder in Trennung und Scheidung lebte. Aber sie wusste nichts über Inner London, nichts über die neuen Londoner, die Sanjit, Carlo, Miriam, Isaahk und Ali hießen, und nichts über Brixton, Brick Lane und Southall. Brauchte sie auch nicht, denn Mama blieb nur drei Wochen, entdeckte London und erschütterte fast das British Museum, aber dazu später.

Wir stiegen die Treppen zum Bahnsteig hinunter, ich trug ihren Koffer. In der *tube* war zum Glück der Berufsverkehr schon vorbei, somit blieb Mama der erste »London Schock« erspart. Im Wagen saßen einige braungebrannte Londoner mit großen Rollkoffern, sie kamen aus dem Urlaub, schauten müde und zerknittert aus. Sie schienen nur körperlich in London angekommen zu sein, aber geistig waren sie noch woanders. Mama hingegen war geistig wach und sehr präsent. Sie sah sich genau um und beobachtete die Fahrgäste. »Sprechen all diese Ausländer auch englisch?« Ich nickte. Sie blickte überrascht auf eine junge Chinesin, die eine große Kitty Tasche trug, neben ihr ruhte sich eine junge Frau mit Rastalocken aus. Einige Sitze weiter saßen zwei Männer in Anzügen, dann zwei junge Inderinnen in grünem und gelbem Sari und mit großen Koffern ... Und wir alle fuhren nach London hinein.

In meiner kleinen Wohnung stellte ich Mamas Koffer hinter der Tür ab, sie ging ins Bad und wusch sich die Hände.

Ich war auf alles gefasst, hatte schon vorsichtshalber die Fenster fest geschlossen, für den Fall eines trommelfellbetäubenden Aufstandes.

Mama setzte sich ruhig an den Küchentisch, ich bereitete

Tee und servierte ihn in kleinen Gläsern. Sie schlürfte ruhig von ihrem Glas und stellte keine Fragen, bekam keine Schreikrise und meckerte auch nicht über das Chaos im Zimmer. Sie hüstelte noch nicht einmal, denn Mama hatte sich über die Jahre komische Geräusche angeeignet. Sie knurrte, schnurrte, krächzte, wenn ihr etwas an den Äußerungen meines Vaters nicht passte oder wenn ihr etwas zu viel wurde. Nichts geschah!

Innerlich hatte ich mich auf Gelassenheit gepolt und wartete auf eine Putzattacke oder Gemeckere von ihr. Doch nichts von dem trat ein, was mich tief besorgte. Einen Moment lang dachte ich, dass sie ernsthaft krank und deshalb so abgemagert und still war. Hatte sie etwa Krebs? Ein Magengeschwür? Ein Trauma? Mama, meine weiche Kuschelmama, was war mit ihr geschehen? In der letzten Zeit hatte ich sie selten angerufen, und ich fühlte mich jetzt so mies und schuldig ihr gegenüber und wünschte mir heimlich, dass sie wie immer eine Schürze umbinden, die Wohnung putzen und mir genaue Anweisungen geben würde, wie ich die Möbel hinzustellen, den Esstisch zu decken und den Kühlschrank zu reinigen hatte. Denn sie hatte ein ausgeprägtes Auge für solche Dinge. Keine Tipps, keine Kritik, keine Direktiven. Nichts. Ich schwieg, sie auch. Ich resümierte: Ihre Verfassung musste ernst, todernst sein. Denn seit der Trennung von meinem Vater brach bei Mama ein zwanghafter Ordnungsfimmel aus, der latent schon in den Berliner Tagen vorhanden war, aber in Istanbul mittlerweile monströse Ausmaße angenommen hatte. Jeder Brotkrümel, jedes halbleere Teeglas, jede geknickte Teppichecke bedrohte ihre innere Ruhe, ihr Gemüt.

Wie eine Expertin vom Morddezernat Abteilung Spurensuche durchkämmte Mama unsere Istanbuler Wohnung, ordnete Schuhe, lüftete Kleider, Betten, putzte Fenster, wusch Vorhänge, klopfte Teppiche aus.

Sie hatte Babas Kleiderschrank, Schubladen, Regale, sogar den Nachttisch ausgeräumt. Hemden, Anzüge, Krawatten, Socken, Bücher aus seiner Studentenzeit wutentbrannt in Müllsäcke gestopft und dem Lumpensammler gegeben. Sie ließ keine Spur von Baba übrig in unserer gemeinsamen Istanbuler Wohnung.

Nach einer Weile sagte Mama einladend: »Komm, setz dich zu mir!« Ich setzte mich zu ihr auf den zweiten roten Plastikstuhl, den ich von einem versoffenen Portugiesen für drei Pfund auf dem Brick Lane Market ergattert hatte. Mama kuschelte sich an meine Schulter, was nichts Gutes bedeutete.

»Und...?« Sie schaute mich mit fragenden Augen an. Ich konnte ihre Gedanken lesen, als würden sie in Neonschrift an der Waterloobrücke über ein Reklameboard laufen: Hasan hat sich verändert; mehr Barthaare bekommen; er wirkt voller, runder; er sieht seinem Vater ähnlich. Vielleicht raucht er irgendwelches Zeugs, man liest ja so viel darüber. Ingiltere* hat doch Drogenprobleme. Vielleicht sollte er Sport treiben. Aber er sieht jetzt reifer, männlicher aus, das auf jeden Fall. Seit wann sind denn lange Koteletten wieder in Mode? Und was hat er für Lederbänder um das Handgelenk? Ist er schwul? Seine Haare trägt er länger. Ist er unter die Hippies gegangen? Und wo ist das Amulett, das ich

* England

ihm mitgegeben habe? Es sollte ihn vor dem bösen Blick, vor Syphilis, Aids und anderem Unglück schützen. Mein Hasan sieht so anders aus, noch ein Jahr in diesem Londra*, und ich erkenne ihn nicht wieder. Vielleicht sehe ich ihn nie wieder, vielleicht? Ooohhhh, Allah, bitte lass ihn sich mit der Tochter meiner Cousine verloben. Ein wohlerzogenes Mädchen aus gutem Hause, wohlhabende Familie. – Aber Mama hielt sich zurück, um all das in Worte zu fassen. Sie sagte nur: »So, was gibt's Neues?« Ich wartete.

Sie war gerade mal 38 Minuten und 10 Sekunden in meiner Wohnung. Ich zählte: ...7, 8, 9..., und dann kam es. »So, keine Uni? Heirat? Rückkehr?«, fauchte sie mit einer großen Falte zwischen den Brauen. Ich versuchte gelassen zu lächeln und schaute auf das Bild, das mir Baba geschickt hatte.

»Nein, Mama, keine Uni, keine Verlobung, keine Heirat, keine Rückkehr...«

»Aber Hasan«, knurrte Mama verärgert, und die Falte wurde tiefer. »Was hast du die ganze Zeit gemacht? Was? Du bist zur Schule gegangen...?«

Es war natürlich unvermeidlich, dass diese Fragen irgendwann auf mich niederprasselten, aber mit solch einer Heftigkeit hatte ich nicht gerechnet.

»Ich habe mehrere Jobs in London, bin Schüler einer Sprachschule, verdiene mein eigenes Geld, bezahle meinen Englischunterricht, meine Miete, mein Essen und verlange nichts von dir und Baba. Also, was willst du noch mehr? Zwischen dir und Baba hin und her geschubst werden, Par-

* London

tei ergreifen müssen? Das tut mir weeeh, bis auf die Knooochen!«, schrie ich mit voller Kraft.

All das hatte ich die ganze Zeit mit mir herumgetragen, und jetzt brach es aus mir heraus wie ein Wasserfall. Mein Ärger prasselte auf sie nieder, prallte von den Wänden zurück und erschütterte meine Mutter. Sie holte tief Luft und setzte zur Gegenattacke an. »Die Kazan Familie, dieser verdammte Clan – Allah möge mir verzeihen, wenn ich deren Untergang wünsche –, hat einen Zweig von Männern, die zu Glatze und Bauch neigen, der andere Zweig ist hitzköpfig, hektisch und unruhig. Und zu diesem Zweig gehörst du!«, fauchte sie mich an.

»Halt dich raus. LASS MICH IN RUHE!«, schrie ich.

Plötzlich klingelte es an der Tür. Kazim stand mit breitem Lächeln und Schiebermütze auf der Matte. Er ging mit großen Schritten in die Küche, klopfte Mama auf den Rücken und brachte frischen Wind in meine vier Wände, er dämpfte also unseren Streit gleich am ersten Tag.

Langsam glätteten sich die Falten auf Mamas Stirn, sie holte nochmals tief Luft und kam ins Erzählen. Sie berichtete Kazim alles über seine Eltern in Istanbul und lieferte ihm die letzten Updates von Verlobungen, Hochzeit, Tod, Trennung und Affären seiner Verwandten. Kazim hörte zu, rauchte, trank Tee und genoss Mamas Anwesenheit. Seit langem hatte ich Kazim nicht mehr so entspannt gesehen wie jetzt. Er hatte sich einfach zu viel auf die Schultern geladen und schleppte diese Ideen vom eigenen Unternehmen, von Krediten mit sich herum. Deswegen lief er oft leicht gebückt mit gesenktem Blick durch die Gegend und hatte nichts mehr von dem genießenden Kültür Kazim aus Berlin. London prägte, das sah ich an ihm, und ich nahm mir heimlich vor, mir nie von dieser Stadt den Rücken krümmen zu lassen. Nie! Schließlich hatte ich nur ein Rückgrat und ein Leben.

Mit Tee und Essen im Magen und langen Istanbuler Stories im Kopf, erzählte Kazim von seinem fertigen Haus, von der baldigen Geburt seines Kindes und seinen neuen geschäftlichen Expansionsplänen. Mama schaute ihn beeindruckt an und meinte zu mir: »Siehst du, er packt alles von allein an, kommt voran. Seine Mutter wird bald Oma. Wunderbar!« Ich schwieg, denn das waren nicht meine Ziele. Nein, ich wollte alles auf mich zukommen lassen und vor allem Hannah wiedersehen.

Gegen Abend verabschiedete sich Kazim mit einem Zwinkern in den Augen.

An ihrem ersten Morgen in London stand Mama am Fenster und schaute Richtung Osten. »Schau dir dieses schöne dunkle, schmuddelige Blau an«, rief sie mir in die Küche zu. »Fast so ein lebendiges Blau wie am Bosporus«, stellte sie entzückt fest. Ich brachte es nicht übers Herz, ihr zu sagen, dass das Smog war, der sich langsam über der Stadt ausbreitete. Ich servierte ihr einen frischgebrühten *English Breakfast Tea.* Sie nahm einen Schluck, und ihr Blick verlor sich wieder im Himmel über London.

Ich schlürfte schnell ein Glas Tee, gab Mama die Hausschlüssel, erklärte ihr, wo der nächste Waschsalon war, und hastete aus der Wohnung, so umging ich detaillierte Fragen zu meinen Jobs in London.

Auf dem Weg zum Kurs überlegte ich mir, wie ich Mama am besten aus meinem Londoner Leben raushalten konnte, damit ich ihren Aufenthalt unbeschadet hinter mich brachte.

Das Wochenende stand vor der Tür, und die Theke in Ali's Supermarket wartete auf meinen Einsatz. Am besten wäre es, wenn ich ihr erzählte, dass ich in einem großen Marketingunternehmen arbeitete. Schließlich passte ja auch alles von Marktpräsentation, Kundenbetreuung bis zur Warenauslage. In Ali's Supermarket bewegte ich mich schließlich in allen Bereichen, ich präsentierte die Ware, betreute die Kundschaft, erweiterte die Auslage, wie zum Beispiel um die eingelegten Kohlrabi – ja, Marketing passte wie der Deckel auf den Topf.

Am Abend bereitete ich alles für die Delitheke vor und bat Ali Bey, mir dieses Wochenende unbezahlten Urlaub zu geben, da ich für Prüfungen lernen müsse. Ali Bey klopfte mir väterlich auf die Schulter und meinte: »Ein junger Mann wie du bringt es noch sehr weit im Leben.«

Nach Feierabend schleppte ich mich müde Richtung Underground, dann änderte ich unterwegs meinen Kurs, machte einen Schlenker zu Hannahs Wohnung, denn mich überkam ein seltsames Gefühl. Mir war auf einmal, als wäre ich ein toter Briefkasten, der niemandem gehörte, in dem der ganze Reklamemüll landete und der überquoll – genauso quoll auch ich über vor Zweifel, Wut und Ärger über mich selber.

Eine ganze Weile stand ich auf der gegenüberliegenden Straßenseite und wartete. In ihrer Küche brannte Licht. Ich überlegte, kämpfte, zweifelte, kaute auf meinen Lippen und war drauf und dran, mich auf ihre Tür zu stürzen, Hannah zu umarmen und sie um Verzeihung zu bitten; schließlich hatte ich das nicht so gemeint, es war ein Fehler, ein Missverständnis gewesen. *Shit!* Aber was machte ich, wenn der Typ plötzlich in der Tür stand? Abhauen? Ihm die Fresse polieren?

Dann fiel mir Mama ein, und ich machte kehrt.

An der Tür empfing mich Mama mit Küchenschürze. Es roch nach warmem Essen. Im Korridor waren alle Schuhe aufgeräumt. Braune Hausschuhe standen ordentlich neben der Eingangstür. In türkischen Fluren waren Hausschuhe stille Wächter, die die Gäste davon abhielten, Wohnungen mit Schuhen zu betreten, deshalb begann jeder Besuch mit Sichbücken, Hinternstrecken, Hausschuhe-Anziehen.

Im Wohnzimmer waren alle Bücher vom Tisch geräumt, gelbe Narzissen standen in einer Vase, alte Zeitungen und Magazine waren vom Boden verschwunden. Regale und die versiffte Spüle blitzten jetzt im Licht. Die Wohnung hatte jetzt mehr Raum, mehr Helligkeit.

In der Küche standen gefüllte Weinblätter auf dem Herd. Beim Essen erzählte mir Mama von meinem Nachbarn, der aus Newcastle kam, hier in einem Musikladen arbeitete und acht Geschwister und irische Vorfahren hatte. Ich dagegen kannte ihn nur flüchtig. Mama hatte ihm frischgebackenen Börek gebracht und ein langes Schwätzchen an der Tür mit ihm auf Turco-English gehalten. Noch ein paar Tage, dachte ich, dann könnte mir Mama bestimmt den Mädchennamen seiner katholischen Großmutter mitteilen.

Nach Mitternacht klingelte das Telefon und riss Mama und mich aus tiefem Schlaf. »Ich bin Baaabaaa geworden...!«, schrie Kazim freudig in den Hörer. »Ich habe eine Tochter bekommen...«

»Wer ist gekommen?«, fragte ich schlaftrunken.

»Niiicht gekommen, ich bin Babaaa geworden... Wach auf!«

Ich gab den Hörer Mama, die im Nachthemd im Zimmer stand. Sie war ganz aufgeregt über die Nachricht und lag bis in den Morgen wach. Wahrscheinlich hat sie sich mich und Ediz als zukünftige Väter und sich selber als Großmutter in den verschiedensten Varianten vorgestellt.

Zwei Tage später besuchten wir Sukjeet und die neue Erdenbewohnerin im Krankenhaus. Kazim strahlte schon auf hundert Meter Entfernung, Sukjeet blickte müde auf ihr Baby. Da lag nun ein kleines, schwarzhaariges Wesen, die Augen zu und das Gesicht zerknautscht wie nach einem Boxkampf. Echt tough fürs Baby!

Mama war ganz außer sich, nur ich war ruhig und normal. Nach diesem kurzen Besuch kündigte Mama ein großes Essen an, das sie zu Ehren der kleinen Rana Dilara – Kazim und Sukjeet hatten sich auf einen Doppelnamen geeinigt – vorbereiten wollte.

Das Thema Baba war ein Minenfeld. Keiner von uns wollte es betreten. Dafür betrat Mama ein anderes Schlachtfeld: die Märkte von London. Für Mama eine Entdeckung! Am Samstag schleppte ich sie auf den Portobello Markt. Ich mied den nördlichen Teil, wo Khan, Asif Iman und Madame Liverpool ihren Stand hatten. Keinen Bock, jetzt mit Mama an der Seite vor denen zu erscheinen.

Betty war bestimmt am Stand und... Neee, das war oberpeinlich! Womöglich dachten sie noch, dass ich vielleicht ein Mamasöhnchen wäre, was ich nun wirklich nicht war. No, no, no!

Der südliche Teil des Marktes war weniger riskant. Außerdem war Mamas Temperament wenig kontrollierbar, sie hätte lange mit Betty geplaudert, womöglich noch Blumen von Madame Liverpool gekauft und vielleicht mit ihr gefeilscht und einen Streit wegen der Preise vom Zaun gebrochen, denn beide Damen waren unberechenbare Dynamitpakete in Bezug auf Gemütsveränderungen.

Nach ein paar Tagen hatte sich Mama in London akklimatisiert, denn an der Ecke zur Notting Hill Gate Station blieb sie stehen und schlug mit ihren spitzen Lackschuhen den Takt zu den Gesängen einer Hare-Krishna-Gruppe. Später hörte ich sie vor sich hin summen: »... Haari – Haari-Krishnaa...« Vor einem CD-Laden lächelte sie einer Gruppe von islamischen Brüdern zu, die Handzettel austeilten, auf denen sie den *»Original True Islam«* forderten. Später, als wir in der Nähe von Ladebroke Grove waren, begann sie dort mit Rasta-Typen zu flirten und den stillen Plattenverkäufer unter der Brücke anzumachen.

Während Mama an den Ständen entlangging und unbekümmert die Verkäufer anlächelte, laut lachte und höflich nickte, vieles mit Händen und Füßen zu erklären versuchte, sah ich, wie gelassen und locker sie die Hüften hin und her schwang. Wo hatte sie das nun wieder her? Früher hatte sie immer einen Watschelgang draufgehabt.

Am Ende der Shoppingtour gingen wir auf den Gemüsemarkt.

Mama füllte Tüten mit Tomaten, Zwiebeln, Rucola, Petersilie. In der türkischen Küche durfte Petersilie *(Maydonoz)* nicht fehlen, ohne sie war man aufgeschmissen. Petersilie mischte man in Salate, Suppen, Köfte, Börek, und genau wie die Petersilie mischten sich auch die meisten Türken in Ehestreits, Liebesaffären, Hochzeiten, Verlobungen, in Schule, Wohnungskauf, Schulden, Betrug ein. Ja, sogar die Schlafzimmereinrichtung blieb davon nicht verschont. Privatsphäre war für viele ein Fremdwort, deshalb schätzte ich manchmal die distanzierte, ja fast ignorierende Haltung der Leute im Westen. Wenn man einfach seine Ruhe haben und allein auf seinem Kummer herumkauen wollte, auf Empörungen, Kommentare und Ratschläge gut verzichten konnte, dann war man hier bestens aufgehoben.

Am Ende der Markttour meinte Mama: »Es gibt hier doch alles. Verstehe nicht, warum die Leute nichts in die Töpfe kriegen!«

16

Coffee Shop

Die kleine Rana Dilara brachte Kazim schlaflose Nächte und eine Versöhnung mit Sukjeets Familie. Nach langer Funkstille hatten sich Sukjeets fünf Schwestern und ihre Mutter aus Southall bei ihr gemeldet und waren ganz angetan von dem Baby. Sukjeets Vater, ein gläubiger Sikh mit grauem Bart und Turban, konnte sich noch immer nicht damit abfinden, dass seine Tochter Sukjeet einen Moslem geheiratet und nun ein gemeinsames Kind mit ihm hatte. Er hielt Distanz, was aber nicht hieß, dass er nicht alle Details über sein zehntes Enkelkind und Tochter Nummer drei erfahren wollte. Er erhielt genauen Bericht von Tochter Nummer zwei über den neuen Schwiegersohn Kazim, seine Arbeit und seine Zukunftspläne.

Am Sonntag stand Mama in der Früh auf, putzte, schrubbte, kochte, backte und zauberte ein Fünf-Sterne-Menü auf den Tisch.

Am späten Mittag kamen Kazim und Sukjeet. Mama begrüßte beide mit drei Küssen auf die Wange, wie es die Franzosen taten. Sie klopfte Kazim herzlich auf die Schulter, strich Sukjeet freudig über den Rücken, machte »Cicici« (Buzibuzi) mit Rana Dilara, die von all dem nichts mitbekam, da sie schlief.

Mama ging hektisch zwischen Küche und Zimmer hin

und her, trug die Speisen auf, wischte immer wieder ihre Hände an der Schürze ab, dann bat sie uns zu Tisch.

Sie hatte Lamm mit Gemüse, gefüllte Teigtaschen, Salat und zum Nachtisch Baklava vorbereitet.

Vorsichtshalber hatte ich Sukjeet und Kazim in Sachen »Marketingjob« vorbereitet. Sie hatten versprochen, zu diesem Thema zu schweigen.

Beim Essen fiel ein Stück Brot vom Tisch, Mama hob es sofort auf, hielt es sich an Lippen und Stirn und räumte es beiseite. Später würde sie es für anderes verwenden. Wegwerfen war respektlos. Diese türkische Geste hatte ich total vergessen. Sukjeet nickte wissend und meinte: »Wird auch in meiner Familie gemacht.« Kazim haute rein und erzählte mit vollem Mund von seinem neuen Vorhaben, einen Coffee Shop zu eröffnen, denn seine anfängliche Begeisterung für den Berliner Döner Kebap Mix und dessen hohe Anforderungen musste er herunterschrauben, da die Zutaten für einen guten Kebap hier einfach zu teuer waren.

Die Coffee-Shop-Idee begeisterte Mama. Beide redeten bis zum Nachtisch, wie man so einen Laden einrichtete, managte und organisierte. Schließlich war das britische Pfund härter als der Dollar, die Deutsche Mark oder türkische Lira. Mama war entzückt und kam langsam auf den Geschmack der königlichen Währung. Nachdem die süßen Baklava von den Tellern weggeputzt waren und frischgebrühter Mokka das Gespräch weiter anregte, stellte Mama fest: »Wir haben das Schweizer Zivilrecht und das französische Verwaltungsrecht übernommen und immer nur kopiert. Jetzt wird es höchste Zeit, dass wir hier im Westen Spuren hinterlassen. Döner ist nur der Anfang!« Und sie schlug mit der flachen Hand auf den Tisch, als wolle sie ihren Vorschlag nochmals unterstreichen. »Werdet eine Trojka!«, forderte sie uns auf und sah uns drei erwartungsvoll an. »Der Schimmel in der Mitte zieht das ganze Gespann. Oder vielleicht eine Quadriga? So entschlossen und stark wie auf dem Brandenburger Tor!«

Am späten Nachmittag sprangen wir in Kazims Auto, setzten Sukjeet und Baby zu Hause ab und fuhren in die Nähe von Green Park, nicht weit vom Ritz.

Kazim zeigte auf ein Cafe, das lila angestrichen war. Wir schritten in einen großen Raum mit hoher Decke. Er war rappelvoll und roch nach frischgeröstetem Kaffee. Weiß und lila gekleidete Kellner wanderten mit Tabletts zwischen den Tischen umher. Im Hintergrund sanfte Musik, die Wände in dunklem Blau, tiefem Grün und hellem Lila. In Vitrinen modernes Geschirr und Schnickschnack. Farben, Formen, Design spielten hier eine Rolle, nicht der Kaffee.

Hier war nichts dem Zufall überlassen, sondern alles durchgestylt. Im Vergleich dazu kamen mir die Berliner Cafes wie Schmuddelkammern vor.

»So stelle ich mir mein neues Unternehmen vor«, strahlte Kazim hoffnungsfroh. »*Coffee house the third place,* eine Oase zwischen Wohnung und Arbeitsplatz. Kaffee ist absolut hip, auch kalter. London mit Kaffee erobern und den Tee zum Teufel jagen«, meinte er entschlossen.

Dann fuhren wir nach Nordlondon Richtung Enfield. Chinesische, indische, türkische Läden reihten sich aneinander. Hier bekam man jedes Essen, das man sich wünschte. Wan Tan Suppe, Chicken Curry, frische Okra, Halva, Tahin, Çörek, Börek, aber keine Currywurst. Noch nicht. Hier prallte Kantonesisch auf Hindi, Türkisch und Urdu. Dieser Ort war nicht besonders reich, vornehm oder arm, aber er war reell. Kazim parkte vor einem alten türkischen Restaurant. *»Bol Kepce«* leuchtete ein vergilbtes Schild in die Straße. Ein großes *»No Loitering«*-Schild begrüßte uns am Eingang. Es roch nach kaltem Rauch, rohen Zwiebeln und Suppe. Die braunen Tische, Stühle und Lampen waren Restposten aus den siebziger Jahren.

Wir setzten uns an einen Fensterplatz. Kazim hielt es nicht für nötig, einen Blick auf die Speisekarte zu werfen. Er rief einfach seine Bestellung durch den Raum. Der Küchenchef Mehmet Usta kam und klopfte Kazim auf die Schulter, als wäre der hier zu Hause. Mehmet Usta war ein gedrungener Mann mit Glubschaugen und aufgequollenem Gesicht. Er ging auf die Rente zu und wollte deshalb diesen Laden verkaufen. Er servierte uns Tee, und Kazim bekam eine Erbsensuppe, die war so groß, dass man darin hätte baden können. Er löffelte hastig. Mama lehnte sich zurück, trank Tee, unterhielt sich mit Mehmet Usta.

Kazim zog eine Kaffeeliste aus der Jackentasche, legte sie mir vor. Sie klang wie eine Weltreise. Ich las vor: *»Americano, Columbian supremo, Irish Coffee, Turkish Coffee, Arabica, French Vanilla, Costa Rica, Ethiopian Highland, Kenya…«*

»Es gibt nichts Schöneres als einen süßen Mokka am Bosporus zu trinken«, sagte Mehmet Usta sehnsüchtig und unterbrach meine Lektüre.

»Kommen Sie aus Istanbul?«, fragte Mama und rührte im Teeglas.

»Nein, aus Girne, aber ich war letzten September in Istanbul. Da wurden an jeder Ecke frische Walnüsse angeboten, innen weiß wie Milch … Aaach ja, ich bin an dieses verdammte London gebunden. Wissen Sie, ich habe noch einen Laden in Hackney und einen in Turnpike Lane.«

»Ach wirklich?«, fragte Mama mit großen überraschten Augen. »Sie haben es sehr weit gebracht in der Fremde. Alle Achtung«, stellte sie anerkennend fest und warf mir und Kazim einen vorwurfsvollen Blick zu.

»Die Zyprioten hatten bessere Startbedingungen als die Gastarbeiter«, verteidigte sich Kazim. »Die hatten alle gleich den britischen Pass, den Gewerbeschein, sie waren von Anfang an mit den Engländern gleichgestellt, per Gesetz jedenfalls. Sie wurden nicht wie die Gastarbeiter über Jahrzehnte hinweg auf ein Transitdasein getrimmt. Stimmt's, Mehmet Usta?«

Mehmet Usta nickte zustimmend. »Als wir hier ankamen, waren wir vorübergehend in einem B&B untergebracht, später hatten wir alle ein eigenes Dach über dem Kopf.«

»Siehst du«, sagte Kazim aufgeregt, »keine Wohnheime, keine Doppelbetten, keine Aufenthaltsgenehmigung, keine Arbeitserlaubnis, kein bürokratischer Shit! Nach erledigter Akkordarbeit wollte man die Gastarbeiter wieder in die Heimat schicken. Von der ersten Generation der Straßenfeger und Fabrikarbeiter wurden auch nie Deutschkenntnisse verlangt«, erklärte Kazim wütend. »Kein Wunder, dass die Immigranten hier besser Englisch sprechen als die erste Generation von Gastarbeitern in Deutschland deutsch, weil die Leute von Anfang an britische Bürger waren und sich selbständig machen konnten.«

Kazim hatte recht, nicht viele Sprachen eigneten sich so gut zum Falschsprechen wie die deutsche Sprache. Wie sollte man einem Anatolier erklären, dass die Fabrik weiblich und das Brot Neutrum war? Deshalb wurde auch beim Falschsprechen nichts ausgelassen, bis heute nennt die Mehrheit der ersten Generation und siebzig Millionen Bürger der türkischen Republik die Stadt am Rhein »Kööleen« und die Steinstraße »Schitein-scheterasse« und Stuttgart »Schututtgart«.

Auf alten Schwarzweißfotos, die die Gesundheitskontrolle von der ersten Gastarbeitergeneration gemacht hatte, sah man nackte oder halbnackte junge Männer, die von einem Ärzteteam von den Zähnen bis zum Hintern untersucht wurden, wie Ochsen und Schafe auf einem Viehmarkt. Kazim meinte: »Untersuchungen, Abtransporte, überfüllte Waggons, provisorische Wohnheime, Wohncontainer neben einer Fabrik. Na, an was erinnert dich das? Braune Politik? Die haben ihr braunes Denken in den fünfziger, sechziger Jahren nicht wirklich überwunden. Warum sind Ausländerbeauftragte immer Frauen? Barbara John, Lieselotte Funke. Wahrscheinlich so ein Klischee, für die armen Ausländer braucht man eine Frau mit Gefühl, Fürsorge blablabla. Warum kein Mann? Einer, der die Sache anpackt, Ergebnisse erzielt, die Integration vorantreibt.«

Nachdem der Tee ausgetrunken war, stand Mehmet Usta auf und zeigte Mama den hinteren Teil des Restaurants, die Küche, alles war alt, versifft und schrie nach Renovierung. Mama inspizierte genau.

Beim Abschied sahen wir uns nochmals im Restaurant um.

»Das hier wird mein Coffee Shop. Es hat die richtigen Dimensionen«, erklärte Kazim mit großen Gesten. »Es braucht noch Design und Wärme, wie die vorgetäuschte Wohnzimmeratmo in den amerikanischen Coffee Shops.« Dann erklärte er uns detailliert den Umbau und Ausbau, was nach viel Arbeit und Investition klang.

Mama hatte einiges von London gesehen, aber noch nicht viel von *»good old England, buttered toast, cream tea and scones«* geschmeckt, deshalb schlug ich ihr vor, zu Harrods zu gehen, da konnte sie noch Einkäufe für die Damen aus ihrer Bridgerunde machen. Mama kaufte Tassen – *mugs* – und ein ganzes Kaffeeset mit Bildern der Royal Family drauf, das adelte ihre Kaffeetafel. Ein Tassengruß von Ihrer Majestät Elizabeth II. würde ihre Freundinnen am Bosporus zum Staunen und Tratschen bringen. Die Motive und Bilder auf den Tassen, die man in jedem Londoner Souvenirladen bekam, waren wie eine offene *Encyclopedia,* die englische Geschichte, Traditionen, Politik und Musik präsentierte.

Sie waren wie eine Art kollektives Fotoalbum, kollektives Marketing. Mit der Zeit entwickelte ich ein heimliches Spiel, wonach ich die Leute nach ihren Tassenmotiven einordnete. Da gab es die Royalisten, die Elizabeth II. mit Prunk und Krone auf ihrer Tasse hatten, dann die Imperialisten mit Königin Victoria, die Phantasten mit Lancelot, die heimlichen Kommunisten mit Robin Hood, dann die Nationalisten mit Union Jack, die Möchtegern-Provokateure mit Sprüchen wie »Fuck«, Sexmaniacs mit Dolly Buster Brüsten, die ewigen 68er mit den Beatles und schließlich die Anarchisten mit Guy Fawkes auf der Teetasse.

Was hinter den Türen der Windsors geschah, interessierte nicht nur das Vereinigte Königreich, sondern auch Mama. Seit der Hochzeit von Charles und Diana zeigte sie ein großes Interesse für Liebe und Leid der beiden. Mama weinte mit Diana, verfluchte Charles und beschimpfte Camilla Parker Bowles als Pudel Parker.

Nachdem Mama einige Tassen Earl Grey getrunken und Shortbread und Scones mit Marmelade verschlungen hatte, lehnte sie sich gemütlich zurück, legte die Hände auf ihren Bauch, als wollte sie damit die Verdauung fördern.

»Und?«, fragte Mama.

»Was?«

»Zukunft?«

Ich zuckte mit den Schultern, zog eine Schnute und senkte den Blick.

»Ediz…«, sagte Mama und machte eine Pause.

»Was ist mit ihm?«

Sie hielt inne, blickte sich um, als würde sie ein Geheimnis verraten.

»Dein kleiner Bruder Ediz heiratet!«

»Was???«

»Hmhm, eine Inderin.«

»Wiiieee biiitteee???«

»Er rief kürzlich an… Wenigstens ist sie Moslem, aus dem Punjab kommt die Familie. Moderne Leute, hoffe ich. Du verstehst…?«

Das war echt der Hammer! Ich war völlig benommen und schwieg einen Moment. Dann zündete ich mir eine Gitanes an und ließ mir von Mama die Details erzählen. Ediz ging voll in der Rolle Schwiegersohn, Bräutigam und diesem ganzen Tamtam auf. Wie konnte er sich denn so sicher sein?

»Hat die Auserwählte auch einen karierten Burberry Schal wie er?«, fragte ich hämisch.

»Aaaach, hör auf. Es ist eine gute Familie, feine Leute«, wendete Mama ein.

»Woher weißt du das?«

»Habe gehört. Ein Onkel von Ayscha hat ein Juweliergeschäft hier in London ...«

»Ayscha ...?«

»Hmmh, schöner Name, nicht?«

»Das klingt ja wie *Aüischeee Teeeyzeee** «, sagte ich belustigt.

»Aaaach, nun hör auf!« Mama winkte abfällig mit der Hand. »Schöner Name, schönes Mädchen, werde den Juwelierladen aufsuchen, hier die Adresse.« Sie nahm einen Zettel aus ihrer Handtasche und legte ihn auf den Tisch.

TAJ MAHAL JEWELS ... High Street ...

Freitagabend kam der Anruf, der Mama endgültig über Nacht zur künftigen Schwiegermutter machte. Aus Boston meldete sich Ediz und teilte Mama mit, dass er Ende Juli heiraten würde, das passte in seine Planung. Ediz war sich sicher, dass Mama gar keinen Einwand bringen könnte, geschweige denn Vorschläge für zukünftige Schwiegertöchter.

Nachdem Mama aufgelegt hatte, blieb sie eine Weile stumm, seufzte tief und sagte: »Tja, Kader, Kismet**.« Sie

* Tante Ayşe (*Teyze* = Tante)
** Schicksal

versuchte sich mit diesen K-Wörtern zu trösten, was ihr schwerfiel, denn ihr jüngerer Sohn hatte schon alles entschieden. Sogar die Hochzeitsdaten standen fest.

Mama war der Meinung, dass die Männer in der Familie meines Vaters keine Ahnung von Frauen hatten. »Da braucht man nur einem Maulesel Lippenstift und Puder aufzutragen und einen Rock anzuziehen, und schon nehmen die Kazan Männer sie zur Frau!« Damit meinte sie, dass Ediz sich zu sehr nach seiner Zukünftigen richtete, dass ihre Wünsche im Vordergrund standen und nicht die unserer Familie. Sie fühlte sich wahrscheinlich übergangen.

An ihrem letzten Wochende in London fuhr ich mit Mama am Samstag nach Willesden Green und am Sonntag zum British Museum. Der Samstag war ein Erfolg, Mama verhielt sich wie ein flotter Teenager. Der Sonntag dagegen wurde eine Katastrophe, Mama verwandelte sich in eine schreiende Anarchistin.

TANJA SHOP, *»Specialists in Ladies, Gents & Children's wear, Fancy goods & gifts«,* stand in großen blauen Buchstaben auf einem gelben Ladenschild.

In der Vitrine standen drei Schaufensterpuppen. Eine hatte ein engsitzendes langes Kleid in Gold, die nächste ein Shalwar Kamiz, und die dritte trug westliche Kleidung, Jeans und Jacke. Vor den Puppen standen Türme von Kochtöpfen, golden glänzende Thermosflaschen. In durchsichtige Plastikfolien waren rote und weiße Büstenhalter oder Slips eingepackt und direkt an der Fensterscheibe aufgehängt.

»Aha, alles, was eine perfekte Hausfrau braucht«, stellte

Mama überrascht fest, »schau dir das mal an. Eine Frau muss wandlungsfähig sein, mal die dekorative, schöne Ehefrau im engen, goldenen Abendkleid an der Seite ihres Mannes.

Dann, zu Hause am Herd, die traditionelle Mama im Shalwar Kamiz. Und für den englischen Alltag in Jeans und Jacke einkaufen gehen und den Kinderwagen vor den Supermarkt schieben …« Mama klang bitter, ja fast zynisch, ein Ton, den sie in der letzten Zeit öfter draufhatte. »Das hat auch dein Vater über all die Jahre aus mir gemacht.« Ich schwieg, dieses Thema war wie glühende Kohlen, an denen ich mich sehr schnell verbrennen konnte. Null Bock.

Mama trat in Tanja's Shop ein. Eine junge, hübsche Inderin empfing uns mit sanftem Lächeln und zeigte Mama eine ganze Serie von langen, glitzernden Saris. Ich setzte mich abseits und schaltete ab. Mama stöberte lange in indischen Stoffen und deckte sich mit Meterware aus Samt, Seide und Chiffon ein. Schließlich nähte sie ihre Kleider jetzt selbst. Sie fand das Angebot XL von der Stange zu »omahaft«.

Ich glaube, sie orientierte sich da auch an den älteren indischen Damen, die selbstverständlich in leuchtend pinkfarbenen Saris herumliefen und ihre Speckfalten dabei zur Schau stellten, ohne zu erröten oder sich gar unters Messer zu legen. Das haute Mama um.

In Istanbul liefen die meisten älteren Damen in Dunkelbraun und Schwarz herum, um ihre Pfunde zu kaschieren. Aber hier in London lernte Mama sich davon zu befreien. Überhaupt befreite Mama sich von so einigen Macken und Ticks, die sie früher gehabt hatte. London tat ihr gut, sie blühte auf.

Wir schlenderten durch die High Street, und Mama sah sich verwundert die indischen Juweliergeschäfte an, blieb vor deren Vitrinen wie angeklebt stehen. Was da alles an Ringen, Ketten, Armringen und Kopfschmuck blitzte und blinkte, und das alles in 22 oder 24 Karat Gold pur! Schließlich kam sie aus einer Juweliersfamilie vom Grand Bazaar Istanbul und hatte ein geübtes Auge für Schmuckverarbeitung und Details.

Beim »Taj Mahal«-Juwelier an der Ecke drückte sie ihre Nase an der Scheibe platt, bis schließlich der Besitzer rauskam und sie mit einem höflichen *»Please come in«* hereinbat. Mama wurde rot und konnte diesem charmanten indischen Herrn Mitte fünfzig nicht widerstehen. Schon stand sie im Laden vor den goldenen Armringen und probierte an. Auch der grauhaarige Mr. Fawzi – das stand auf einem goldenen Schild auf seinem Tisch – schien nicht immun gegen Mamas sprühenden Charme. Ich stand wie eine vergessene Einkaufstüte neben der Eingangstür und hörte den beiden zu.

»We have 14, 18 Karat, white gold for western ladies«, lächelte Mr. Fawzi und machte eine kurze Pause, schaute Mama respektvoll an. *»22, 24 Karat real gold, only for oriental ladies.«*

Mama nickte, lächelte und sah sich blitzende Goldringe und -armreifen an. Dann nahm Mr. Fawzi ihre Hand ganz behutsam und versuchte ihr einen Armreif überzustreifen. Für einen Moment musste sie sich wie in Tausendundeiner Nacht vorgekommen sein, als ob sie in Aladins Schatzkammer wäre und vor ihr stünde der Prinz ihres weiteren Lebens. Jedenfalls glühte Mama vor Scham und Aufregung wie ein junges Mädel aus der Mittelstufe, und ihr sonst so autoritärer Ton schwand dahin, plötzlich klang sie leise, ja fast schüchtern.

Sie drehte sich öfter zu mir um, wenn sie in einem Satz steckenblieb, fragte auf Türkisch, was dies und jenes heiße. Mr. Fawzi, ein ergrauter Omar Sharif in den besten Jahren, schien von Mamas quirligem Temperament ganz angetan zu sein. Ich glaube, er fand Mama anregend wie ein prickelndes Glas Schweppes. Er schaute sich ihre Hände, ihre Ringe, ihre runden Brüste sehr genau an und versuchte wohl abzuschätzen, was Mama ausgeben konnte.

Ich glaube, insgeheim wünschte sich Mama so einen Mann, der auf seinen eigenen Beinen stand und was von Gold, Brillanten und Rubinen verstand. Ein Mann mit blitzenden Augen, brauner Haut und dichtem Haar. Ein Bey, ein Efendi, ein echter orientalischer Gentleman wie aus alten Istanbuler Zeiten.

Ich fasste es nicht. Sie verhandelte jetzt mit ihm über den Preis eines Armreifs. Mr. Omar Sharif antwortete mit Kopfschütteln, Nicken, Gesten, die Inder hier in England bewahrt hatten.

Mama schaute diesem Kopfwackelspektakel mit großen, erstaunten Kulleraugen zu und konnte es nicht einordnen. Ich muss zugeben, dass auch mir das indische Ja-Nein-Kopfwackeln fremd war. Ich kopfwackelte einfach zurück, schließlich war ich ja flexibel.

Dann beim Bezahlen holte Mama ihre letzte Verhandlungskarte heraus. Sie erzählte ihm in ihrem Turco-English-Kauderwelsch etwas von Ayscha Shahin in Boston, von Verlobung …

Mr. Fawzi schien ganz entzückt über diese überraschende Neuigkeit.

»Why didn't you tell me this earlier? Please take a seat.« Er bot uns auf zwei kleinen Stühlen in der Ecke einen Platz an. *»Oh, you must meet my family!, Sakiiineee ...«*, rief er in den hinteren Raum. *»Please bring us tea, we've important guests!«*

»Please ... Don't go in any trouble for us«, wendete ich höflich ein.

»Oh no, young man, we'll be one big family«, meinte Mr. Fawzi.

Wir nahmen Platz, und ich begann für Mama zu übersetzen. Sie holte weit aus und erzählte von ihrer Juweliersfamilie im Grand Bazaar, von Babas Fischersfamilie in Mersin, von Berlin, von Ediz und seinem Studium ... Mama lobte den Streber Ediz in den Himmel, damit er als zukünftiger Schwiegersohn ein hohes Ansehen in dieser Familie bekam. Mr. Fawzi war ganz angetan, er erzählte uns von seiner Reise nach Istanbul, von den Moscheen, vom Grand Bazaar ... Und ihn hatten besonders die schönen jungen Frauen in Jeans und Miniröcken beeindruckt, und das in einem moslemischen Land – dass dort so was selbstverständlich war wie die Freitagsgebete in der Blauen Moschee ... Die Tatsache, dass meine Eltern getrennt lebten, ließen wir aus Gründen des ersten Eindrucks – *you never get a second chance to make a first impression* – weg.

Mr. Fawzi war Ayschas Onkel mütterlicherseits. Er war das jüngste von fünf Kindern. Ursprünglich kam die Familie aus dem Punjab. Er war als junger Mann nach London gekommen und lebte seit über zwanzig Jahren in dieser Gegend. Er hatte drei Kinder, und seit zehn Jahren betrieb er diesen Laden.

Nach einigen Tassen Tee und ausführlichen Familienberichten kam Mama nochmals beiläufig auf die Bezahlung des Armreifs zu sprechen, auf den ihr Mr. Fawzi nun einen Familienrabatt gab.

Wir verabschiedeten uns mit einer Einladung zur Hochzeit nach Istanbul. Mr. Fawzi nahm höflich an und begleitete uns bis vor die Ladentür.

An der nächsten Ecke blieb Mama stehen, holte ihren kleinen Spiegel und Lippenstift raus, warf einen prüfenden Blick hinein und malte sich die Lippen rot an. »Ich glaube, er mag mich«, sagte sie und lächelte triumphierend.

Also war es doch ganz aus zwischen ihr und Baba? Für immer? Warum dieser ganze Eiertanz mit diesem Mr. Fawzi? Mama kam mir plötzlich so kindisch vor, ich meine, eine Frau in ihren Jahren sollte nun wirklich mehr Zurückhaltung und Reife zeigen. Oder?

17

British Museum

Der Besuch im British Museum kostete Mama drei Tage Migräne. Ich verzeihe es mir bis heute nicht, dass ich sie dorthingeschleppt habe. Allein der Weg dahin war eine Strapaze, denn es wehte ein rauher, kalter Wind, und Regen kündigte sich an. Aber es sollte noch schlimmer kommen …

Die Eingangshalle des British Museum war grandios. Mama blickte sich um wie ein kleines Mädchen, das sich in einem zu großen Palast verlaufen hatte. Eine andere Welt öffnete hier ihre Tore. Mama gab ihren Pelzmantel an der Garderobe ab.

Wir gingen an Glasvitrinen mit Knochen, Grabbeigaben, Goldschmuck und Mumien vorbei. Mama betrachtete interessiert die Schätze der Mesopotamier, Babylonier, Hethiter, Ägypter.

Als wir im Bereich Kleinasien ankamen und uns Teppiche aus Konya, Kacheln aus Iznik, Schwerter und Dolche aus Maraş ansahen, blickte Mama mit großen verschreckten Augen in eine unbegreifliche Welt. Eine Falte zwischen ihren Brauen wurde tiefer und tiefer. In einer Eckvitrine lag ein Buch mit wunderbarer Goldverzierung und grünen Arabesken, arabische Schrift, schwungvoll geschrieben.

Mama stand sehr lange davor, sah sich jedes Detail der Arabesken und Miniaturen an, die Szenen am osmanischen Hof darstellten. Muster auf Zelten und Gewändern, geschwungene Tulpen ... Ja, all das sah sich Mama neugierig an, und ich dachte, sie würde über die prophetische Geduld dieser persischen und osmanischen Künstler staunen, die sich jedem einzelnen Detail so mühevoll gewidmet hatten.

Mama hatte Respekt vor Talent, Disziplin und vor allem vor Geduld – ein Manko in unserer Familie.

Doch plötzlich blieb sie wie erstarrt vor einem Schild stehen. Sie las mindestens fünfzehnmal die kleine Schrift, als wollte sie sich vergewissern, dass sie richtig gelesen hatte.

»The Coran, 15th century, Iznik, Anatolia«, las sie leise vor sich hin, biss sich auf die Unterlippe und schaute erschrocken zu mir auf, als wäre sie zur Kerkerhaft von Old Bailey verdammt. Plötzlich schnaubte Mama, brummte irgendetwas vor sich hin. Sie umkreiste die Vitrine wie eine Tigerin ihre Beute, dann schrie sie: »Diiiiiiiiiebeeeeeeeeeeeeeeeeee!!!«

Ich erstarrte zur Mumie! »Räuuubeeeeeeeeer!«, hallte ihre Stimme durch die hohen Hallen des ehrenwerten British Museum, das Schmuckstück des britischen Imperiums, das Mama jetzt ohne mit der Wimper zu zucken samt Buckingham Palace in die Luft gejagt oder in Schutt und Asche gelegt hätte. Sie verwandelte sich in einen Istanbuler Molotowcocktail, und ich musste der Feuerlöscher sein!

Japanische Touristen blieben stehen, schauten überrascht, dann blitzten die ersten Kameras. Das war das Signal für mich, ich packte sie am Arm, steuerte in Richtung »Exit«. »Ruhiiig, bleib ruuuhiiiiig… schschhhhh, schschhhh…«

Ich behielt Mama scharf im Auge, damit sie keine Vitrine einschlug, holte schnell ihren Pelzmantel und stürzte mit ihr auf die Straße. Draußen regnete es, doch Mama merkte nichts davon, sie wirbelte empört mit den Armen und schimpfte weiter vor sich hin. Meine ruhigen Worte prallten an ihr ab wie die Regentropfen an meiner Jacke. »Den heiligen Koran im Glaskasten, vor dem dicke Wärter ihre Runde drehen und dabei auf Sandwiches mit Schweineschinken und Schweinefett herumkauen! Kein Reeespeeekt…!«, knurrte sie. »Was glauben die, wer sie sind??? Die Herren der Welt???«

»Bitte bleib gaaanz ruhiiig«, sagte ich sanft, doch Lautstärke und Klang meiner Stimme wirkten wie ein Transistor mit *low battery* auf sie.

»Was hat ein Koran in goldener Schrift in einer englischen, christlichen Stadt inmitten so vieler Ungläubiger zu suchen? Passt nicht! Gehört nicht hierher!«

Ich hatte gar nicht gewusst, dass Mama so sensibel auf solche Sachen reagieren würde, deshalb verschwieg ich ihr auch die Tatsache, dass das British Museum zwanzig Millionen Kunstgegenstände aus aller Welt zusammengerafft hatte oder dass der Pergamon-Altar von deutschen Archäologen in Stücke zersägt wurde, um sich besser aus der Türkei nach Deutschland transportieren zu lassen. Im Zweiten Weltkrieg wurde der Fries des Pergamon-Altars von russischen Besatzern als Beute nach Russland abtransportiert und erst 1958 wieder an Ostberlin zurückgegeben.

Ich glaube, nach diesem Besuch im British Museum

spielte Mama ernsthaft mit dem Gedanken, Kulturministerin der türkischen Republik zu werden und alle entschwundenen Kulturschätze an ihren ursprünglichen Ort zurückzubringen. Wenn es sein musste durch eine Klage, so wie die griechische Ministerin Melina Mercouri* den Tempel nach Athen zurückgeholt hatte. Ja, das würde Mama bestimmt machen.

Nach diesem Besuch wollte Mama weder was vom *Prince of Wales,* von der *Royal Family* noch was von England hören oder wissen.

Die folgenden Abende brachten auch keine Ruhe. Kazim musste sich mehrfach am Tisch die ganze Tragödie anhören: »Da haben sie persische Kacheln an ihren Kaminen, legen türkische Teppiche in ihre Wohnzimmer und hängen indische Seide als Gardinen auf. Und lassen keinen Ali oder Ranjit an ihre Tür! Materialien aus diesen Ländern sind ihnen gut genug, die Menschen nicht«, empörte sie sich, zupfte ihre Haare zurecht und drehte nervös an ihrem Omar-Sharif-Armreif.

»Kein Wunder, Gier entsteht, wo kein sättigender Genuss ist. Wer nicht zu genießen weiß, ist ungenießbar.« Kazim nickte zustimmend und schlürfte Tee.

Kurz bevor Kazim sich verabschiedete, kam Mama zur Schlussfolgerung: »Der gesamte Besitz des Britischen Museums sollte allen Völkern gehören. Die Westler sollten in Zukunft sehr hohe Visagebühren an ehemalige Kolonien zahlen, die sie bereisen wollen.«

* Ehemalige griechische Kulturministerin und Schauspielerin

Nach drei Tagen ließ Mamas Migräne endlich nach, und sie bereitete sich auf ihre Rückreise vor.

Emine Hanim, unsere alte Nachbarin aus der Adalbertstraße, hatte sich zu Besuch in Istanbul angekündigt. Wahrscheinlich hoffte Mama insgeheim auf Emines übernatürliche Kräfte. Vielleicht konnte sie damit den heiligen Koran aus der Glasvitrine des Britischen Museums an seinen ursprünglichen Ort zurückholen?

Im Nachhinein glaube ich, dass einer der Gründe, warum Mama aufschrie, ihr erschütterter Glaube und ihre Enttäuschung über den Westen war. Denn sie wuchs im Istanbul nach der Republikgründung auf, wo sie auf eine französische Schule geschickt wurde. Viele aus der Istanbuler Mittelschicht blickten damals nach »Avrupa«*, denn dort war alles besser, zivilisierter, demokratischer. Sie wollten sich von den bäuerlichen Anatoliern abheben und gaben sich in ihren kleinen Kreisen europäisch. Sie fingen an Geburtstage zu feiern (was in der Türkei früher fremd war), sangen »Happy Birthday« mit türkischem Text, zu Neujahr stellten sie sich einen grünen Tannenbaum in die Wohnung, tranken Instant Coffee *(neskahve)*, anstatt türkischen Mokka, schnitten Hochzeitstorten an, heirateten in Weiß (früher in Rot), nannten ihre Kinder Melisa, Lisa, Nina und übernahmen viele Wörter aus dem Französischen und Englischen wie zum Beispiel: *manto, grev, super, maniak.*

Die Männer ließen sich die Haare lang wachsen, die Frauen zogen Miniröcke an, und als L'Oréal und Avon auf dem Vormarsch in die Kosmetik- und Friseursalons waren,

* Europa

sah man kaum noch eine schwarzhaarige Istanbulerin in den vornehmen Einkaufsstraßen von Nişantaş oder Bağdat Caddesi. Viele liefen blondiert im Pelzmantel herum. Natürlich gehörte eine große dunkle Sonnenbrille zur Grundausstattung jeder feinen Dame. Die meisten dieser Frauen sahen aus wie Sophia Loren in ihren späten Sechzigern, mit großer goldumrandeter Sonnenbrille.

Damals war es etwas Besonderes, ja fast Exotisches, wenn ein türkischer Student eine junge Frau aus Europa mitbrachte, was heutzutage fast jeder Kellner an der türkischen Riviera tut.

Für mich zog der Westen ein, als die Toiletten à la turca langsam verschwanden und die à la franga ihren Siegeszug in den modernen Neubauten von Istanbul antraten.

Mama hatte ihren ersten »Kulturschock« im Westberlin der siebziger Jahre bekommen, wo sie als Nachbarin mit einsamen Witwen, ehemaligen Flüchtlings- und Trümmerfrauen, die allein in Hinterhofwohnungen ihr Dasein fristeten, lebte. Wo sie jeden Tag die Einschusslöcher vom Krieg in den Häuserfassaden sah. Und es musste wie ein Schlag ins Gesicht gewesen sein, als man sie wegen ihres Aussehens in Kaufhäusern genauer beobachtete, hinter ihrem Rücken flüsterte, ihr die Tür vor der Nase zuknallte und sie bei der Wohnungssuche ablehnte, sie als »Kümmeltürkin« beschimpfte, ja, all das hat Mama dem Westen gegenüber die Augen geöffnet.

Kurz bevor Mama London verließ, würde sie mir noch einmal ihren Stempel aufdrücken. Ich ahnte, dass eine Gardinenpredigt auf mich zukam und dass sie zum ersten Mal vollkommen unberechtigt war.

Am Frühstückstisch hüstelte Mama vor sich hin, als wollte sie ihre Kehle von einem Kloß befreien, und das verhieß nichts Gutes.

»Hasan, du bist noch jung, kannst ein hübsches, nettes Mädchen finden. Wenn du zu lange wartest, bist du irgendwann zu alt, die ganzen lieben Mädels sind dann verheiratet, und für dich ist keine mehr übrig«, erklärte Mama in völlig ruhigem Ton, ohne ihre Stimme zu erheben, was für sie ungewöhnlich war. »Allah der Allmächtige weiß, wie ich gelitten habe, als du auf die Welt kamst. Zwölf Stunden haben mich die Wehen gequält, bin ich die kalten Korridore des Urban-Krankenhauses auf und ab gegangen. Die Hebamme verstand kein Türkisch, und ich habe mich gewunden vor Schmerz«, klagte Mama und hob dabei beschwörend ihre Hände. »Und wie ich mich gefreut habe, als du dann endlich auf der Welt warst. Ich habe dir die schönsten Babykleider von C&A gekauft, deine Tanten haben nächtelang für dich Söckchen und Jäckchen gestrickt. Und wozu? Damit du es einmal besser hast, damit du nicht unter Militärdiktatur und Ausgangssperre aufwächst, damit aus dir was wird, einer, auf den seine Onkel, Tanten, Eltern stolz sein können. Und was ist aus dir geworden? Gemüseverkäufer!«, warf sie mir in einem schneidend scharfen Ton an den Kopf. »Delikatessenhersteller«, korrigierte ich sie leise.

»Und Baba?«, fragte ich, um endlich auf ein Thema zu kommen, das wir beide die ganze Zeit vermieden hatten, aber auch um von meinem Thema abzulenken.

»Weißt du, ich habe mich all die Jahre für ihn verbogen. Er hat mich krank gemacht. Das ist jetzt vorbei«, klagte sie leise, und ihre Stimme klang weinerlich.

Als Mama das sagte, sah ich, wie zerbrechlich sie eigentlich war, wie das kleine Mädchen in ihr jahrzehntelang versucht hatte, sich hinter dem angefutterten Fettpolster zu verstecken, sich vor den harten Hieben des Lebens zu schützen. Ich glaube, sie hatte sich all das angegessen, um das kleine Mädchen in sich am Leben zu erhalten und sich nicht unterkriegen zu lassen von diesem zerrissenen Leben, das sie all die Jahre mit meinem Vater geführt hatte. Ich sah, wie tief die Falten um ihre Augen waren, wie die grauen Haare an ihren Schläfen zugenommen hatten, und ich war ihr nie eine große Stütze, nie ein verlässlicher Pol gewesen. Ein Blitz durchzuckte meinen Schädel, ich fühlte mich wie gelähmt, und ich war nicht in der Lage, mich zu verteidigen. Jahre hatte ich in ihren Augen verschlafen, wie konnte sie da noch auf mich stolz sein? Eigentlich war es nun an der Zeit, dass ich sie zu tragen hatte, obwohl sie es nie von mir verlangt hatte. Ich musste einiges schneller lernen, um rascher im Leben voranzukommen. Es ging jetzt nicht mehr um mich, sondern auch um Mama, die mutterseelenallein in Istanbul lebte und nichts von mir und Ediz, geschweige denn von Baba mitbekam.

Es war damals schon sehr fies von Baba, hinter Mamas Rücken so lange mit seiner Geliebten Rosa zu leben und sich nichts anmerken zu lassen. Er hätte mit einem sauberen Schnitt dem Ganzen ein Ende machen können. Wahrscheinlich hatte er Angst, sich dabei selber weh zu tun. Baba dachte immer zuerst an sich und nicht daran, wie andere darunter zu leiden hatten. Wirklich, Baba war schon ein feiger Hund!

Ich trug Mamas schwere Einkäufe in zwei Koffern zum

Flughafen, wir umarmten uns kurz, und Mama verschwand hinter der Passkontrolle und aus meinem Londoner Leben.

18

Khan, Katastrophen und Kalle

Die Tage nach Mamas Abflug waren leer und so breiig wie Tarama, Tsatsiki und Humus vor mir auf der Theke. Ich fühlte mich müde und ausgelaugt. Mama hatte recht, es gab keine Aufstiegsmöglichkeiten in diesem Laden. Meine Mutter weg; meine Laune pampig; ich allein; mutterseelenallein.

Und die Sache mit Hannah nagte an mir. Ich gebe zu, es war mies von mir, sie so fertigzumachen, aber ich war eben explodiert, und jetzt wünschte ich mir nichts sehnlicher, als mich mit Hannah wieder zu vertragen. Ohne ihre Stimme zu hören, ihre Nähe zu spüren, kam mir London trist und öde vor.

Ich ging auf die Toilette, spülte den Frust mit kaltem Wasser aus meinem Gesicht, und im Spiegel schauten mich zwei müde Augen an. Mit feuchten Fingern fuhr ich mir durchs Haar und zog die dünnen Strähnen an meinem Scheitel auseinander. »Ich werde schon kahl«, sagte ich leise zu mir selber.

In der weitverzweigten Familie meines Vaters wurden hartnäckig diese Gene weitergereicht: Spätestens ab Mitte Vierzig bekamen die meisten Männer eine Platte, sie waren von Geburt an ungeduldig und leicht aufbrausend und ganz furchtbare Hektiker. Ich hoffte, dass ich dieses Genpaket nicht in mir trug. Schließlich war Baba mit seiner verschwiegenen Art und dem noch dichten, grauen Haar eine Ausnahme in diesem Bund.

An meinen Schläfen hatten sich Pickel mit weißen Köpfen eingenistet, so fettig war es hier. Meine Adidas drückten, und mir schmerzten die Beine auf dem kalten Kachelboden. Noch ein paar Monate, dachte ich, dann werde ich aussehen wie viele der alten Männer mit Wampe und Glatze. Was für Aussichten!

Plötzlich sprach eine Stimme zu mir, die mein Ohr vollständig erfüllte: »Hasan, das hier ist nichts für dich! Du bist jemand, der seine Tage selber gestalten will. Es ist Zeit zu gehen!« Nur – wohin?

Was brauchte man für den Erfolg? Die Einzige, die mich beeindruckte, war Madonna, denn wie sie wollte ich keine kleine Schraube in einer großen Maschine sein, das war echt nicht mein Ding. Ich meine, mit ihren achtzehn Jahren sah Madonna gar nicht mal besonders hübsch aus. Sie hatte dicke schwarze Augenbrauen und kurze, stramme Beine, besonderes Talent hatte sie auch nicht. Aber sie sagte sich: »So, jetzt werde ich berühmt, egal womit!«

Das Rezept von Madonna war wahrscheinlich: kalkulierte Grenzüberschreitung, Hartnäckigkeit, Originalität. All das war auf ihrer Festplatte gespeichert; meine dagegen schien momentan gelöscht zu sein. Kein Drang, kein Trieb, keine Power, keine Energie, kein Ehrgeiz. *»Stop it!«*, sagte mein anderes Ich zu mir.

Pioniergeist und Selbstsicherheit verflogen, sobald ich die Delikatessentheke verließ. Draußen bot London ein anderes Gesicht: Hektik, Gier, Teilnahmslosigkeit, Kälte. London konnte einen wie Istanbul im Nu verschlingen!

Mit hängenden Schultern ging ich zurück an die Theke, stand in meinem weißen Kittel betrübt hinter den Schüsseln und löffelte etwas Humus. Momentan war es das einzig Schmackhafte in meinem Leben. Ich konnte alles rausschmecken: Knoblauch, Pfeffer, Öl, Zitrone. Dann sah ich gelangweilt und müde hinaus auf die Straße.

Im Leben waren es manchmal gerade die langweiligen Momente, die einiges neu aufmischten und einen verwirrten. Denn plötzlich stand Khan vor meiner Theke mit wirrer Mähne und filzigen Haaren. Er redete, brabbelte und lachte vor sich hin, sah mitgenommen aus und trug eine Narbe an der Stirn. Khan war wieder mal am Ausrasten. Ich entschuldigte mich kurz bei Ali Bey, rief Betty an. Sie meldete sich mit einem sehr leisen »Hallo«.

»Hier Hasan«, sagte ich schnell, »Khan ist bei mir im Laden, total durcheinander…«

»Bring ihn her!«, sagte Betty und legte auf. Sie klang weinerlich.

Khan war gerade dabei, ein Chaos im Laden anzurichten, ich packte ihn sofort am Arm, stürzte mit ihm auf die Straße, nahm ein Taxi und fuhr mit ihm direkt zu seiner Wohnung. Zuerst wollte er nicht rein, ich schob ihn vor mir her und klingelte an der Wohnungstür. Betty öffnete die Tür, schaute mich aus roten verheulten Augen an und zog Khan in die Wohnung.

In der Küche begann Khan wie wild geworden auf und ab zu gehen, schrie, brüllte und schmiss Sachen vom Tisch, warf Gläser an die Wand. Betty ging in Deckung, versuchte den Splittern auszuweichen. Sie redete sanft auf Khan ein, versuchte ihn zur Ruhe zu bringen. Ich stand erschrocken in der Küchentür, und es war echter Horror zu sehen, wie Khan sich von Moment zu Moment veränderte.

Dann schleuderte er ein Tablett mit Tassen ins große Zimmer und knallte wutentbrannt die Zimmertür zu, der Türknauf bebte, und der Schlüssel wurde auf den Teppich geschleudert. »Hasan!«, brüllte Khan und hämmerte entnervt gegen die Tür. Ich blieb wie festgenagelt stehen. Dann setzte er sich plötzlich an den Küchentisch und versuchte sich eine Zigarette anzuzünden, seine Hände und Lippen zitterten. Betty stürzte ans Telefon, sprach hektisch in den Hörer und legte sofort wieder auf.

Ich sah sie erschrocken an, sie nickte kurz und sagte zu Khan: »Dein Dad ist bald hier.« Alle Achtung, Betty schien weniger erschrocken zu sein als ich. Wahrscheinlich hatte sie schon etliche solcher Ausbrüche erlebt und war darin geübt. Khan verbarrikadierte sich in der Küche und gab keinen Mucks von sich.

Im großen Zimmer erzählte mir Betty, dass Khan, seit Bernie ihn am Kopf verletzt hatte, kaum zur Ruhe gekommen war. Nach dem Krankenhaus war er tagelang einfach verschwunden. Seine Eltern hatten bei der Polizei eine Vermisstenanzeige aufgegeben. Eines Nachts sei er total besoffen aufgetaucht, man hatte ihn irgendwo zusammengeschlagen, und es hatte Tage gedauert, bis er wieder richtig zu sich kam. Danach hatte er sich geweigert, seine Medikamente zu nehmen. Er war dann wieder für einige Tage im Krankenhaus, war von dort getürmt und hatte immer wieder diese *fits*.

Betty bat mich, bei ihnen zu bleiben, bis Khans Vater kam.

Wir saßen stumm im Zimmer und schauten immer wieder aus dem Fenster, Betty hatte die Arme fest verschränkt, kauerte auf dem Sofa und wirkte wie ein kleines, verängstigtes Mädchen.

Dann, nach einer Weile, drehte Khan das Radio laut auf, und klassische Musik, Geigengejaule dröhnte aus der Küche.

Ich wollte zu ihm gehen, doch Betty hielt mich zurück. Khan wechselte ständig die Sender und drehte alles volle Pulle auf.

Ich verspürte einen furchtbaren Drang, auf die Toilette zu gehen und dort alles aus mir rauszuschreien.

Am frühen Abend kam Khans Vater. Er war ein kleiner Mann mit dichten grauen Haaren und einer ruhigen sanften Stimme. Er redete kurz mit Betty, dann ging er zur Küchentür und sprach auf seinen Sohn ein. Nichts geschah. Stille.

Endlich hörten wir ein leises Klicken an der Küchentür und Khans Stimme. Stille. Gott sei Dank! Betty begann einige Sachen für ihn zu packen. Eine halbe Stunde später kam Khan mit seinem Vater aus der Küche. Er wirkte total abwesend. Betty gab ihm die Tasche. Die beiden gingen zum Auto und fuhren davon.

Plötzlich war es furchtbar still und eng in dieser Wohnung. Betty packte auch einiges zusammen. »Ich muss raus aus London, sonst bringt mich diese Stadt um«, sagte sie und gab mir den Schlüssel für das Depot, den Marktwagen und bat mich, diesen Samstag den Stand auf Portobello

Market zu übernehmen. Sie wollte nach Edinburgh zu alten Freunden ihrer Mutter fahren.

»Frauen muss man zappeln lassen, ein ganzes Leben lang«, meinte Kazim. Momentan ließ Hannah mich wie einen Zappelphilipp zappeln, und ich spürte ein verzehrendes Verlangen, eine noch nie dagewesene Sehnsucht nach ihr, ihrer Stimme, ihrem Lachen. In meinem Gehirn gewitterte es, ich bekam keinen Gedanken zu Ende, nur Fragen ohne Antworten. Vielleicht gehörte Hannah zu den Frauen, die nicht schnell entflammten, aber dafür umso länger brannten?

Ich lief mit hängenden Schultern und Kopf umher, meine Batterien und Frequenzen waren auf *low energy.*

Dann eines Abends auf dem Weg nach Hause stand ich eine ganze Weile vor einem Fotoautomaten am Exit der Underground Station, und plötzlich wusste ich, was zu tun war.

Am nächsten Morgen duschte und rasierte ich mich, zog ein weißes Hemd an, schwarze Jacke und verließ das Haus mit zwei Schildern unterm Arm. Ich ging zum Fotoautomaten, stellte den Drehstuhl ein, setzte mich vor den Apparat, zog die Gardine zu und warf ein paar Münzen hinein. Lächeln, *flash*! Lächeln, *flash*! Minuten später hatte ich den Fotostreifen in der Hand. Auf den Bildern blickte ich leicht verdutzt und unsicher über meine Botschaft auf den Schildern: *I AM SORRY! I MISS YOU!*

Gesprochenes verfliegt, Geschriebenes bleibt – ich hatte die umwälzende Einsicht meines Lebens gehabt, ein Brief könnte Wunder bewirken.

Mit dem Ergebnis war ich noch nicht ganz zufrieden.

Vielleicht noch eine Karte dazu schreiben? Einen Brief hinzufügen? *I LOVE YOU* auf das Plakat schreiben? Neee, das war zu dick aufgetragen, obwohl es zutreffend war.

Am nächsten WHSmith* blieb ich stehen und dachte: Wenn ich jetzt nicht in den nächsten fünf Minuten diese Bilder abschicke, werde ich es niemals schaffen, sondern die Fotos in Fetzen reißen und in den nächsten Mülleimer werfen.

Ich besorgte einen Umschlag plus *first class* Briefmarke mit Queen Elizabeth II. in ihren besten Jahren mit Krone drauf. Im Stillen wünschte ich mir, dass die erhaben blickende Königin auf der grünen Briefmarke mir Glück bringen würde! Ihre Majestät schmunzelte mir kurz zu, zwinkerte mit dem Auge und erstarrte wieder auf der Briefmarke der *Royal Mail.* Für einen Moment blieb ich wie festgenagelt stehen, holte tief Luft und war sprachlos. War das jetzt ein gutes Omen? Mögen doch alle guten Geister, Dschinn und Feen diesen Brief begleiten und Hannah gnädig stimmen.

An der Ecke warf ich den Brief in eine rote *Royal Mail Box,* in den Schlitz *First class mail,* und hoffte innigst, dass Hannah sich sehr bald melden würde.

Ich ging wieder Richtung Underground und stellte mir vor, wie Hannah müde nach Hause kam, den Brief auf ihrer Matte vorfand und überrascht die Brauen hochzog. Dann würde sie neugierig den Umschlag öffnen, und ein sanftes Lächeln würde über ihr Gesicht huschen, wenn sie die Bilder erblickte. Aber im nächsten Moment würde sie

* Kioskkette

sich wieder sammeln, und eine Sorgenfalte würde sich zwischen ihren Brauen zeigen. Sie würde die Bilder beiseitelegen und so tun, als würden sie sie nicht interessieren, ja, das würde sie tun, und dann spät in der Nacht, kurz bevor sie zu Bett ging, würde sie sich nochmals die Bilder von mir ansehen und lächeln und zum Telefon greifen, meine Nummer eingeben, und bei der letzten Ziffer würde sie ruckartig den Hörer auflegen. Ja, das würde Hannah bestimmt machen, sich über mich und sich ärgern, den Kopf ins Kissen hauen und das Licht an ihrem Bett ausknipsen. Würde sie sofort einschlafen?

Dann schliefen wir ein, Wange an Wange und fest aneinandergekuschelt, getrennt lediglich durch einige Bezirke, Straßen, Blocks, Mauern, Türen, verbunden auf ewig. Oder würde sie wie ich im Dunkeln stundenlang vor sich hin starren? All diese Szenen liefen in meinem Kopf ab, während in meinem Leben momentan gar nichts ablief. Einfach nichts.

In den folgenden Tagen hörte ich fast jede Stunde meinen Anrufbeantworter ab, lag bis spät in der Nacht wach und wartete auf das Klingeln des Telefons. Hannah gab kein Signal, dafür meldete sich Khan. Er klang heiter, machte Witze, wollte sich mit mir treffen. Er schien wieder auf dem Dampfer zu sein. Gott sei Dank!

Nach etlichen Zigaretten, dem sechsten Glas Bier, 18 geschriebenen Briefanfängen kam dann die Erleuchtung: Sie liebte mich so, dass sie sich nicht traute, mich anzurufen. Mein besseres Ich flüsterte mir zu: Leidenszeit verkürzen, Gewissheit schaffen. Sonntag in der Frühe machte ich mich auf den Weg zu Hannah. Ich überprüfte meine Klamotten, steckte mir ein paar Minzbonbons in den Mund, denn mein Atem war schwer, und meine Erwartung war groß.

Ich ging Richtung Hausnummer 98, flüsterte mir selber die Worte »direkte Konfrontation, Klarheit schaffen, Leidenszeit verkürzen« zu, damit ich an der nächsten Ecke keinen U-Turn machte. An der Haustür fühlte ich mein Herz rasen.

Hannah öffnete, sie stand in Jeans und T-Shirt und mit nassen Haaren vor mir, blickte überrascht zu mir auf. Die Haare hingen wild um ihr Gesicht, sie sah reizend aus. Dann drehte sie sich um, ging, ohne ein Wort zu sagen, die Treppe hinauf. Ich folgte ihr stumm, mein Herz schlug Purzelbäume.

In der Küche duftete es wunderbar nach Kaffee, es war warm und einladend. Hannah hatte sich jetzt ein Handtuch um den Kopf gewickelt und begann zu rauchen. Sie hatte dunkle Ringe unter den Augen und blickte mich ernst an. Ich fuhr mir durch die Haare, ging dicht an ihr vorbei ins Bad, wusch mir die Hände und die Aufregung aus dem Gesicht, sah mich ratlos im Spiegel an und wusste nicht, wie ich das Ganze anpacken sollte. Ich ging zurück in die Küche. Hannah goss sich Kaffee ein, schaute aus dem Fenster und mied meinen Blick. Ich zog meine Jacke aus, hängte sie über die Stuhllehne und setzte mich, schlug die Beine übereinander und beobachtete sie. Sie bot mir keine Tasse an, kein Augenkontakt, keine Reaktion. Hannah war weit von mir gerückt, als hätten wir nichts Gemeinsames erlebt, uns geliebt, als empfinde sie meine Anwesenheit als aufdringlich, als hätte ich ihr ein Stück Privatheit genommen. Ich kam mir plötzlich fremd hier vor.

Sie hatte mich ja nicht gebeten, hierherzukommen, deshalb nahm ich meine Jacke und sagte nur knapp: *»See you!«* Ich lief die Treppen hinunter, schlug die Haustür hinter mir zu, in mir schlug mein Herz einen heftigen Rhythmus, bummbumm, bummbumm. Auf der Straße blickte ich nochmals hoch zum Küchenfenster. Hannah stand nur da und schaute reglos zu mir hinunter, ich dachte, wenn sie jetzt das Fenster öffnet, laufe ich hoch, nehme sie in die Arme und lasse sie nie wieder los. Nix geschah.

Ich ging, nein, raste die Straße entlang, lief ziellos umher, und irgendwann stieg ich in den Bus ein und fuhr davon. Was wollte sie eigentlich von mir? Was hatte sie von mir erwartet?

Als ich dann in Finsbury Park ankam, war die Wut verraucht, und zurück blieb nur trockene Asche. Ich schlenderte durch den Park, sah, wie einige türkische Teeniemädels mit ihren Lovern hinter Büschen heimlich turtelten, Mütter mit ihren kleinen Kindern spielten, alle brauchten jemanden, alle Menschen kümmerten sich um jemanden, nur ich hatte niemanden.

Mittag. Ich drehte um und lief Richtung Green Lanes.

Als ich wieder vor der Haustür 98 stand, schnappte ich heftig nach Luft, trat mit dem Fuß gegen eine alte Dose, wartete einen Moment, sammelte meinen ganzen Mut, raste auf die Tür zu und klingelte.

Hannah stand in einem langen grünen Kleid da, blickte mich unsicher an. Ich atmete tief aus und sagte mit lauter Stimme: »Weißt du ... Das ist nicht ...«

Da warf sich Hannah schweigend in meine Arme, und in mir explodierte ein Feuerwerk aus Sehnsucht, Wut, Ärger,

Überraschung. Alles ging ineinander über, und mir wurde weich in den Knien. Ich umarmte sie fest, drückte sie an mich, und sie schmiegte sich weich und warm an meinen Körper. Ich verfing mich wieder in ihren Haaren, roch an ihrem Nacken, alles zitterte und bebte in mir. Ich wollte sie nie, nie, nie mehr loslassen!

Der Sonntag gehörte uns!

Die folgenden Tage schleuderten mich in einen neuen Orbit. Ich meine wirklich einen Orbit, eine Galaxie, denn Hannahs schöne Stimme brachte mich zum Beben, ihre Rundungen zum Beten. Ich wollte sie nie wieder verlieren, nie.

An den folgenden Wochenenden fuhren wir nach Brighton ans Meer, saßen am Strand, schleuderten Steine in die Wellen, aßen hungrig Fisch und Chips, beobachteten Sonnenuntergänge, und ich brachte ihr *Beş Taş,* das Fünf-Steine-Spiel bei, das Kinder in Anatolien spielen. Hannah war sehr geschickt, begeisterte sich für das Spiel und lachte laut, wenn sie einen Stein beim Auffangen verpasste. Sie bekam rote Wangen und helle Strähnen in den Haaren. Sie trug einen großen, grünen Hut, darin sah sie aus wie eine Lady aus viktorianischer Zeit. Manchmal verhielt sie sich auch so, trank *cream tea* mit gespreiztem kleinen Finger und erhobenem Kinn.

Was war es wirklich, was mich an Hannah band und aus der Bahn schleuderte? Mir Himmel und Hölle auf Erden zeigte? Ich wünschte mir, dass sich unsere Seelen berührten und nicht nur unsere Fußsohlen im Bett, ja das wünschte ich mir und noch so viel mehr.

Hannah war nie gelangweilt oder abgebrüht. Sie packte das Leben am richtigen Zipfel und schüttelte es stundenlang. Sie war keine umwerfende Schönheit, aber sie war etwas Besonderes, das hatte ich von dem Moment an gespürt, als sie damals den Laden betrat. Mir gefiel ihr federnder Gang und ihr geschmeidiger Körper, ihr offenes Gesicht, das ständig in Bewegung war. Vor allem gefielen mir ihre rasche Auffassungsgabe und ihre Leidenschaft, das Feuer in ihren Augen und die absolute Unbefangenheit und Offenheit, mit der sie über ihre Gefühle und Sehnsüchte, ihre Gedanken und Ängste sprach.

Neuerdings hatte ich mit Hannah einen super Ort entdeckt: Parliament Hill in der Nähe der U-Bahn-Station Hampstead Heath. Von diesem Hügel aus konnte man an klaren Tagen über die ganze Stadt blicken. Das gab mir das Gefühl, frei zu sein – und zwar kostenlos! Ich entdeckte, dass Heimat nicht ein Land oder eine Leidenschaft war, sondern der Ort, an dem man sich am lebendigsten fühlte, und mit Hannah fühlte ich mich wach, lebendig, ganz im Jetzt. London mit Hannah pulsierte und kickte mich hoch.

An Sonntagen machten wir lange Spaziergänge auf dem Highgate Cemetery, hielten das Gesicht in die Frühlingssonne und atmeten tief durch. Diese Jahreszeit hob meine Stimmung. Botenstoffe schossen durch meinen Körper und gaben mir eine Energie, die meine Batterien auflud.

Auf den Spaziergängen erzählte mir Hannah von ihren Projekten am College und den neuen Modetrends. »Wattierte Schultern, Baggy Jacken und Mäntel – das ist Schrott aus den Achtzigern und längst vorbei. Jetzt sind klare Linien und Konturen, einfache elegante Schnitte angesagt. Jetzt ist Techno und Piercing, neuer Mix. Keine Suppen, sondern mehr Häppchen, mehr wie Nouvelle Cuisine, wenig, aber dafür intensiv. Verstehst du? Die Leute haben doch schon alles probiert, die kann man nicht mehr überraschen, aber mit raffiniertem Mix, das funktioniert noch.« Hannah wollte Altes mit Modernem kombinieren, deshalb hatte sie sich für das Projekt *»the rose«* entschieden.

Auf dem Highgate Cemetery suchte sie nach seltenen alten Rosenarten, die voll und rund und einmalig waren und noch aus dem 19. Jahrhundert stammten. Gezüchtete Chemierosen kamen für sie nicht in Frage.

Chinarosen, Bourbonrosen wollte sie fotografieren, aus den Bildern Kollagen machen und später daraus Muster für Shirts entwickeln.

Wie Sherlock Holmes machte sie sich auf die Suche nach versteckten Rosenbüschen an verschwiegenen Wegen. Viele Rosen waren aber noch in Knospen.

Ich dagegen entdeckte im wilden Dschungel von Efeu und anderem Grünzeug eine ganze Kolonie von toten Künstlern, Dichtern und Denkern wie George Eliot, Henry Moore und Michael Faraday. Mit den Sprüchen auf manchen Grabsteinen hätte man einen Lebenshilferatgeber à la Carnegie füllen können.

An einer versteckten Stelle entdeckte ich etwas, was mich fast umhaute! Da stand auf einem Sockel umrandet von wildem Efeu ein Kopf mit Wuschelbart, darunter stand: Karl Marx, born 1818, † 1883. »WORKERS OF ALL LANDS, UNITE ...*« So still und einsam stand er zwischen diesem grünen Efeu auf diesem Sockel, der Kalle.

* »Proletarier aller Länder, vereinigt euch!«

Schade, dass er nichts von der Berliner Mauer, den Weltkriegen, von Revolutionen und Rezessionen mitbekommen hatte; oder doch nicht? Olle Kalle hatte nichts verpasst, fand ich jedenfalls.

Eigentlich passte Kalle Marx nicht zu dem ganzen Adel, den Poeten, Philosophen, Malern und Romantikern, die in ganzen Kolonien hier unter der Erde lagen. Ich meine, die meisten von denen waren eher mit dem Beschreiben der Welt beschäftigt als damit, die Welt zu verändern. Und das war ja schließlich Kalles Anliegen. Oder?

19

Hannahs Eltern

Ich stelle dich meinen Eltern vor«, sagte Hannah, und nicht etwa: Ich stelle dir meine Eltern vor.

In der *tube* Richtung Kew Gardens sahen wir uns in den Waggonscheiben an. Hannah reichte mir bis zu den Achseln, das hatte den Vorteil, dass ich meinen Arm um ihre Schultern legen und sie sich bei mir einkuscheln konnte. Als Paar waren wir ein guter Mix. Hannah mit ihren langen, hellen Haaren und ihrem runden, offenen Gesicht bildete einen Kontrast zu mir. Ich hatte kurze, schwarze Haare, ein längliches Gesicht, breites Kinn, buschige Brauen. Wir sahen chic aus, fand ich jedenfalls.

»Warum hast du nicht das blaue Hemd angezogen?«, fragte Hannah mit einer Stirnfalte. Ich zuckte mit den Schultern. »Das passt besser zu deinen ausgewaschenen Jeans.«

Ich lächelte und dachte, jetzt fängt das Paarleben an. Es geht um kleine Dinge, hinter denen sich die heimtückischen Machtspiele verstecken. Sie checkte mich, korrigierte meinen Hemdkragen.

Hannahs Eltern wohnten in der Nähe von Kew Gardens Station. Dieser Teil von London war eine andere Welt, mit Gärten, weißen Häusern und marineblau gekleideten Herrschaften.

Ihre Eltern wohnten in einem dieser Häuser, die von außen durch einen hohen grünen Zaun mit Efeu versteckt waren, damit man die Größe und Pracht nicht einschätzen konnte. Das Haus befand sich unter hohen, alten Tannen, wo der Wind sanft und leise wehte. Es war ein Garten, in dem man sich wohl fühlte.

»*Hoooşgeeeldiiin** … Haben schon viel von dir gehört«, sagte ihre Mutter an der Tür und ließ uns in einen hellen Korridor eintreten. Aus der Küche duftete es nach Zimt und gebackenen Äpfeln. Hannahs Mutter war eine gepflegte Frau mit einem ähnlich runden, offenen Gesicht wie Hannah. Auch sie hatte lange, hellbraune Haare und trug eine Jeans mit dazu passender Jeansweste. Sie gehörte zu den Frauen, die sich auf ihre Figur verlassen und solche engen Jeans mit Selbstvertrauen tragen konnten. Sie erinnerte mich an die Hippies von früher, die Altachtundsechziger, die jetzt so 'ne legere Art an den Tag legten in der beruhigten Gewissheit, über ein dickes Konto zu verfügen.

»Möchtest du etwas trinken? Izzet kommt gleich nach unten.« Wir einigten uns auf Tee. Hannah ging zu ihrer Mutter in die Küche, und ich schaute mich im Zimmer um.

Hannah hatte einmal gesagt: »Meine Eltern leben sehr gesundheitsbewusst und einfach.« Es stimmte. Das Haus war groß, hell und schlicht. Aber es war aus besten Materialien, das sah man auf den zweiten Blick. Edler Holzboden, hochwertiger Glastisch, teure Bilder an den Wänden. Ich scannte die Preise ihrer Einrichtungsgegenstände inklusive Teppiche vom Grand Bazaar: exklusiv!

* Willkommen!

Neben dem Fenster bedeckten viele Fotos eine ganze Wand. Ein Foto im Messingrahmen, darauf klein Hannah auf den Schultern ihres Vaters am Meer. Beide lachten in die Kamera. Daneben hing ein Bild von Hannahs Vater auf einem alten Istanbuler Dampfer. Er trug eine dunkle Sonnenbrille und hatte lange, wellige Haare. Er hielt ihre Mutter im Arm. Daneben ein anderes Bild, der Vater im schwarzen Anzug, er schüttelte dem türkischen Staatspräsidenten Süleyman Demirel die Hand. Dann hing da noch das Diplom ihres Vaters von der Universität Istanbul und eines vom Goldsmith College.

Am großen Fenster ein Arbeitstisch mit einem Modell – ein großes Gebäude unter einem weißen Stoff, nur die Konturen waren zu erkennen.

Von der Treppe hörte ich schnelle Schritte die Stufen hinunterkommen. Ich setzte mich auf eines der beiden weißen Sofas. Ein großer, hagerer Mann mit langen grauen Haaren trat ein. Er trug eine braune Strickjacke und war zackig in seinen Bewegungen. »Izzet«, sagte er mit tiefer Stimme und reichte mir die Hand. Er hatte einen festen Griff, und mir war sofort klar, dieser Mann hatte seine Manieren aus Istanbul.

Hannah kam mit einem Tablett ins Zimmer. Sie stellte vorsichtig türkische Teegläser auf den Tisch, und ich hatte das unbehagliche Gefühl, dass ihr Vater Izzet Bey mich dreidimensional begutachtete. Ich schwieg.

Beim Tee sprachen wir über Istanbul, meine Eltern, Berlin, mein Studium … Und es stellte sich heraus, dass Izzet Bey ein Haus auf den Prinzeninseln hatte, nicht weit vom Haus meines Großvaters.

Hannah saß neben ihrem Vater, und jeder zweite Satz von ihr begann mit: »Mein Dad …« Huuuh, dachte ich, vergleicht sie mich jetzt vielleicht insgeheim mit ihrem Dad, der sogar dem Politiker Demirel die Hand geschüttelt hatte?

Hoffentlich verlangte sie nicht … Ich wollte diesen Satz gar nicht weiterdenken. Ich meine, erfolgreich wie er konnte ich nicht sein. Er war ein Mann aus einer anderen Zeit, wo noch alle Möglichkeiten offenstanden. Aber so charmant wie er konnte ich durchaus sein, ihn sogar übertreffen. Warum dieser Vergleich? Konkurrierte ich schon heimlich mit ihm? Das tust du dir nicht an, Hasan! Ich meine, als Fälschung des Daddy-Originals hatte ich doch überhaupt keine Chancen. Neee, da blieb ich mir lieber treu: Ich bin Hasan Selim Khan und nicht ihr super duper Daddy. Während mir diese Gedanken wie am Fließband durch den Kopf gingen, lächelte ich Vater und Tochter an, die jetzt Schulter an Schulter auf dem Sofa saßen und über ein altes Foto von Hannah plauderten. Eines war für mich klar: Hannah würde immer auf ältere Daddy-Typen stehen.

Als wir dann beim *Sunday lunch* saßen, zerschnitt Izzet Bey das Brathähnchen mit geübter Hand und verteilte die Stücke geschickt auf die Teller. Ich dachte, nur ein bestimmter Typ von Mann kann das Fleisch so schneiden. Für so was benötigte man Grundkenntnisse. Fleischertechniken. Dieser Akt des Schlachtens bei Kerzenlicht und im Zentrum des gedeckten Tisches schüchterte mich ein. Die zivilisierte Art verdeckte den barbarischen Ursprung.

»Du bist in Berlin geboren?«, fragte Frau Tuzcu. Ich nickte und kaute genüsslich an einem Stück Keule.

»Izzet hat mit vielen Bauten dort zu tun.«

»Ach ja?«

»Ja, ja, Projekte am Potsdamer Platz. Ach, Izzet erzähl ihm doch davon?«

Izzet Tuzcu wackelte unschlüssig mit dem Kopf. Dann sagte er kauend: »Sony Center, Reichstag, was halten Sie davon?«

Ich zuckte mit den Schultern. »Interessant«, hörte ich mich sagen.

»Zeig ihm doch die Pläne!«, forderte Frau Tuzcu ihren Mann auf. Er sah mich an, kaute ruhig auf seinem Essen, dann nickte er kurz.

Nach dem Essen ging er an seinen Arbeitstisch; da stand ein Modell vom Reichstag, ganz in Weiß.

»So habe ich den Reichstag noch nie gesehen!«

»Ich auch nicht«, sagte er trocken.

»Waren Sie schon mal drin?«

Er schüttelte den Kopf.

»Ich war vor Jahren mal drin, aber den Rasen davor kenne ich gut. Wir haben früher immer Fußball drauf gespielt. Na ja, zur Eröffnung werden Sie bestimmt hingehen?«

Er schüttelte den Kopf. Ich sah ihn einen Moment verblüfft an. Stille.

»Warum nicht?«

»Warum? Was für eine Frage! Mit deutscher Geschichte haben Sie sich nicht beschäftigt?«

»Doch, aber das ist Vergangenheit«, unterbrach ich ihn.

»Nicht für mich! Sie können ein Gebäude aus Beton, Stahl und Steinen in Weiß einhüllen, aber nicht die Vergangenheit.« Stille. Mit einer Flasche Wein und Gläsern ging er mit mir wieder zu den weißen Sofas, goss Rotwein ein und bot mir Pistazien an. Wir stießen an.

»Eigentlich wollte ich mit diesem Reichstagprojekt von Anfang an nichts zu tun haben, da aber mein Kollege erkrankte und die Firma dieses Projekt dringend brauchte, wurde ich als Ersatz eingesetzt. Verstehen Sie?« Ich nickte verständnisvoll.

Ach du meine Güte, jetzt kam das ganze politische Gelaber. Für mich war der Reichstag ein altes Gebäude. Sonntags trafen wir uns mit den Jungs aus der Adalbertstraße und spielten vor dem Reichstag stundenlang Fußball, um uns herum der Berliner Verkehr, ein Stückchen weiter, hinter dem Reichstag, die Mauer, dann noch ein Stück weiter das Brandenburger Tor auf der Ostseite, dann so ein Kriegsdenkmal. Bei der Schwangeren Auster unter den Bäumen des Tiergartens saßen die türkischen Picknickmacher, die Grill-Papas und Wasserpfeifenfritzen. SO WHAT! Das war halt so, damals in Westberlin. Meine Güte, musste dieses Berlin immer politisch belastet sein? Manchmal wünschte ich mir, dass die Leute sagen würden, was für eine tolle Stadt, was für nette Leute, was für schöne Häuser, heiße Clubs, chice Cafes, aber Berlin war immer mit historischem Shit beladen. Ich muss sagen, als Westberliner Baujahr 1970 war ich es einfach leid, immer im Ausland die Vergangenheit vorgesetzt zu bekommen. Ich meine, als Westberliner hatte man so einiges an Transitstrecken, Grenzkontrollen, Maueralltag, Ostermärschen, Friedensdemos, Erster-Mai-Krawallen, Hausbesetzerdemos, Polizei mit Wasserwerfern hinter sich. Natürlich konnte man als Westberliner diese

Bongokiffer-Pseudoautonomen aus Kleindingsda schon auf hundert Meter riechen, die in ihren schwarzen Baumwollkapuzenjacken nach Kreuzberg kamen und Randale machen wollten. Da, wo wir lebten, schmissen diese Hosenkackerdörfler einfach alles ein. Man muss sich mal vorstellen, da würden einige Kiddies aus der Oranienstraße Kreuzberg nach Wolfenbüttel oder Schwäbisch Gmünd fahren und bei den Dorfautonomen die Gartenzwerge in deren Wohnzimmerscheibe schmeißen. Das muss man sich mal vorstellen, wie die in die Hosen kacken würden!

Und unsereiner in Kreuzberg musste diesen ganzen Provinzfrust vor der eigenen Haustür ertragen. Dafür müssten die Wessi-Bundesländer, aus denen viele dieser gefrusteten Provinzler kamen, uns Kreuzberger eigentlich entschädigen. Irgendwas musste doch in der Westprovinz hinter den Fassaden schiefgelaufen sein, dass diese Kiddies so geladen und gefrustet nach Berlin flüchteten.

Später, als wir in der Küche die Gläser und Teller in die Spüle stellten, sagte Izzet Bey zu mir: »Jeder Mann sollte zwei Messer in der Küchenschublade haben. Ein Messer mit einer scharfen Klinge, um die Flügel und Keulen der Enten und Hähnchen durchzutrennen, und ein langes, spitzes Messer mit flexibler Klinge, um ganz dünne Stücke zu schneiden.« Ich nickte nur und dachte: Bereitet er mich etwa auf ein häusliches Dasein mit Hannah vor? Ich merkte, wie mir die Gedanken davonflitzten: Hasan-Hannah-Anna! Ja, so sollte unsere Tochter heißen, es klang gut. Im Türkischen sagte man: »Schau dir die Mutter an, bevor du die Tochter heiratest.« Frau Tuzcu war flott drauf, hatte Pep und wirkte von hinten wie die große Schwester von Hannah. Bestimmt würde Hannah auch so drauf sein, wenn sie im mittleren Alter war. Nicht schlecht.

Am Abend verabschiedeten wir uns von ihren Eltern und Kew Gardens und fuhren wieder nach Harringay.

In der *tube* kuschelte sich Hannah an mich und flüsterte mir zu: »Ich mag es nicht, wenn du mich jedes Mal fragst, ob du bei mir übernachten kannst. Weißt du, was ich gern möchte? Nach Hause kommen, und du bist da, Radio im Hintergrund – wär doch schön?«

War das eine Aufforderung? Umzug?

Mir gefiel der Gedanke, gemeinsam unter einem Dach zu leben, ein Paar zu sein, und deshalb entschied ich mich, nicht mehr darüber nachzudenken, sondern es kommen zu lassen, wie es kam.

In London ein Zimmer zu vermieten war wesentlich leichter, als eines zu mieten. Im Kurs zeigten die Bosnier-Brüder Ismail und Ismet sofort Interesse an meiner Wohnung, da sie nicht weit von ihrem Arbeitsplatz in Charing Cross war. Die beiden zogen von Hackney nach Lewisham, und ich zog zu Hannah. Da sie zu zweit waren, erhöhte ich die Miete um dreißig Pound und hatte somit ein bisschen Taschengeld übrig.

Die erste Zeit mit Hannah unter einem Dach war eine Zeit, in der alles rot war. Ich hatte einen *flash,* einen Rotflash, ein Gefühl in Rot. Ich war alarmiert, aufgedreht, gleichzeitig fühlte ich so viel Sexyness und Power und war doch vorsichtig, denn ich war total geflasht von ihr. Ich rief sie aus roten, alten Telefonzellen an, kaufte mir eine rote Jeansjacke und trug rote Sportschuhe, kaufte rote Rosen für sie und raste die Treppen der Underground im schnellen Tempo rauf und runter.

Manchmal, wenn die Mittagssonne auf den Asphalt prallte, ihn glatt und dunkel glänzend machte wie dunkle Eisbahnen auf einem eingefrorenen See, ja, dann spürte ich ein Kribbeln in den Beinen und wollte darauf schlittern.

Es war lange her, dass ich Schlittschuhe oder Skateboard gefahren war. Vielleicht sollte ich mit dem Skaten anfangen, damit diese Energie, die mir aus allen Poren drang, endlich zu etwas nutze war.

Auf Zypern war längst die Mandelblüte vorbei, im Finsbury Park kämpften sich Blumen durch die dunkle Erde, und beim ersten Sonnenstrahl saßen die alten Männer vor dem Cafe Cyprus und betrachteten die Waden der vorbeigehenden Mädchen. Engländerinnen gingen zu jeder Jahreszeit ohne Strümpfe. Mittlerweile waren die alten Männer zu Experten von Frauenbeinen geworden.

Im Maghreb konnten viele Männer anhand des Gangs einer Frau unter der Dschellaba* ihre Rundungen und Figur einschätzen, und hier im Cafe konnten die Männer Charakter, Temperament und sogar den Beruf der vorbeigehenden Engländerinnen anhand ihrer nackten Beine einschätzen.

Seitdem das Schild mit dem Spruch: *»Große Menschen reden über Ideen, normale Menschen reden über Ereignisse, kleine Menschen reden über andere«* über der Tür des Cafes hing, unterhielten sich die Alten nicht mehr über den letz-

* Schleier, langer Umhang

ten Klatsch und Tratsch aus Green Lanes. Sie schwiegen auch eisern zum Thema Salim, Streit und Hikmets Tod.

Der Balkan brach ins Cafe ein, und die Alten entpuppten sich als Experten in der Bosnienfrage. Der Name Karacic erschien täglich auf den Titelseiten der Zeitungen. Menschen flüchteten in Trecks wie im Zweiten Weltkrieg. Der Balkan brodelte und das Cafe Cyprus auch. Die Massaker in Bosnien weckten düstere Erinnerungen an die Massaker und Aufstände von 1967 und 1974 auf Zypern. Es wurde ernsthaft diskutiert. Aus der konservativen türkischen Ecke war zu hören: »Die ficken die Moslemfrauen, und kein Europäer rührt auch nur einen Finger!«

»Kein Wunder, Christen halten zusammen.«

»Sage ich doch immer: Europa ist ein Christenclub, ein rassistischer Christenclub!«

»Recht hat er! Wo bleiben die vielzitierten Menschenrechte Europas? Hä? Für wen gelten die? Für christliche Serben? Kroaten? Und Bosnier? Warum schützt keiner die bosnischen Kinder und Frauen?« Während diese Diskussion heftig und laut wurde, trat Ali Bey ins Cafe, gab mir ein kurzes Zeichen, zu ihm rauszukommen. Wir gingen zu seinem Fordbus, um Ware ins Lager zu tragen.

Als ich anfing auszuladen, flüsterte er mir leise zu: »Warte mal, steig ein, ich will dir erst was zeigen.« Er tat sehr geheimnisvoll. Ich war gespannt. Wir fuhren die Green Lanes entlang Richtung Norden. Dann bog Ali Bey ab, er wollte etwas bei einem alten Bekannten abgeben. Wir fuhren durch Straßen, wo Nordlondon rauh und trostlos war. Nach und nach änderten sich das Licht und die Farbe der Läden. Schmierige Lebensmittelläden, billige Märkte, Restaurants mit Neonröhren, schmuddelige Waschsalons, flache *council houses, pakistani butchers,* Fleischkonsum am Wochenende. Schließlich hielt er vor einem flachen *council house* an, nahm ein kleines Paket und verschwand hinter einer braunen Tür. Ich wartete im Auto. Die Gegend und ihr feuchtfauliger Geruch erinnerten mich an Seitenstraßen der Karl-Marx-Straße in Berlin Neukölln, wo viele Schichtarbeit machten, bei Burger King und McDonald's arbeiteten oder von der Stütze lebten und aus den verrauchten Kneipen und Spieltheken nicht rauskamen. Die Bezirke der ewig zweiten Klasse.

Ali Bey kam mit einem alten Schlüsselbund und einigen Kartons zurück und winkte mich aus dem Auto zu sich, er schloss die Tür eines dieser *council houses* auf, es war dunkel, roch muffig und abgestanden. Ali Bey zog alte vergilbte Gardinen zur Seite, öffnete die Fenster, und erst jetzt sah ich, wo wir waren. Auf einem verstaubten Regal standen alte Fotos von Hikmet mit seinen drei Kindern und seiner Frau, alle blickten ernst in die Kamera des Fotografen, es war ein altes Studiofoto von früher, und Hikmet war darauf sehr gepflegt angezogen. Daneben ein Foto von Hikmet in einer Uniform, dann ein Hochzeitsfoto in Schwarzweiß, einige eingerahmte Urkunden, verstaubte Bücher, Magazine, vertrocknete Pflanzen. Es war ein enges Zimmer mit Bett, Stuhl, Tisch, Schrank und altem Teppich.

Ali Bey begann hektisch Bücher und Bilder in die Kartons einzupacken, ich half ihm dabei, dann leerten wir den Schrank aus, packten Hikmets graue Jacke, Hosen und Hemden in Müllsäcke.

Für Ali Bey, der sonst eine eher ruhige Art hatte, war diese Hektik ungewöhnlich.

Eine Frage, die mir schon lange auf der Zunge gelegen hatte, die ich mich jedoch wegen der angespannten Situation nach Hikmets Tod nicht recht zu stellen traute – jetzt, wo Ali Bey in Aufbruchstimmung und voller Tatendrang war, wagte ich zu fragen. »Wo genau ist Hikmet begraben worden?«

Er sah mich von der Seite an, seufzte tief. Pause.

»Weißt du ... wir haben ihn umgebracht, ja wir, *London kills you.* Von der Polizei aufgegriffen, wie der letzte Dreck behandelt zu werden, als ›*wog*‹ beschimpft zu werden. Jedes Mal musste ich zur Polizei, zu den Ämtern, um Hikmet rauszuholen, alles zu erklären, er war wie ein Verwahrloster in dieser Gegend. Hikmet kam mit einer tiefen Wunde hierher. Er war lange in einer geschlossenen Anstalt gewesen. Er war allein, als er die Leichen an diesem heißen Julitag 1974 entdeckt hat, damals, als der Krieg im vollen Gang war. Ja, Leichengeruch, Verwüstung, Blutspritzer im Bad, an den Kacheln, erschossene Kinder und die Frau in der Badewanne. Tote mit offenen Augen, Horror, einfach Horror. Wie sollte ein Vater mit diesem Anblick leben? Hikmet hat nicht gelebt, nein, er hat mit dieser tiefen Wunde nur noch vegetiert. Weißt du, die meisten Immigranten tragen eine Wunde mit sich, bei manchen bleibt eine große Narbe übrig, bei anderen blutet sie weiter. Hikmet trug seine Wunde offen, für alle sichtbar, deshalb mieden die Männer ihn auch, weil er sie immer wieder an ihre Vergangenheit erinnerte, wie tief verletzt und gestört alles war ... Ja, die meisten wollten vergessen, die Massaker von 67, den Krieg von 74,

Angst, Flucht, das Verlassen der Heimat, und Hikmet hat es uns immer wieder vor die Augen geführt. Wir haben ihn umgebracht, weißt du? Wir! Hinter seinem Rücken getuschelt, ihn veralbert, ihn abschätzig behandelt, heimlich verachtet, offen beschimpft... Ich konnte all das nicht mehr hören, nicht mehr aushalten, ich war immer unter Hochspannung...

Irgendwann habe ich es dann aufgegeben, bis zum besagten Tag, ja da ging alles mit mir durch... und bei vielen der Männer auch, ich glaube ... ich glaube, einer der Männer hat seine Wut an ihm ausgelassen, ihn mit dem Messer erstochen.«

»Wirklich?«, fragte ich verblüfft.

Ali Bey sah mich nachdenklich an, strich sich übers Gesicht, zuckte nervös mit den Schultern und schwieg. Dann packte er an, und wir schleppten die Kartons zum Wagen. Während der Fahrt schwiegen wir beide, es war seltsam zu wissen, dass wir das ganze Leben von Hikmet in einigen Kartons hinten im Wagen mit uns durch London fuhren. War das alles? Ali Beys tiefes Schweigen entmutigte mich zu fragen, zu reden. Er fuhr an Londoner Geschäften und Häusern vorbei, war aber in Gedanken ganz weit weg, vielleicht in einer Zeit, wo er in meinem Alter war, wo er mit Hikmet am Hafen, am Strand oder beim Fischen war. Vielleicht...

Palmers Green mit seinen putzigen Reihenhäusern war wohlhabender als die Gegend um Green Lanes. Es war ein Dorf im Norden, wo die *British Born Cypriots* wohnten, denen man nur noch an Nachnamen wie Berberoğlu, Kazanoğlu oder Portekalis ihre zypriotische Herkunft anmerkte; das waren die Angepassten, die sich das zypriotische rollende »R« mit Scotchbrit weggeschrubbt hatten.

Palmers Green war das Viertel der zypriotischen Rentner, deren Töchter und Söhne mittlerweile in Banken, Versicherungen und Anwaltskanzleien arbeiteten. Sie hatten sich von den fettigen Kebaptheken und Takeaways ihrer Immigranteneltern weit entfernt und waren Londoner, besser gesagt, Nordlondoner geworden und wollten eigentlich gerne in Hampstead leben, konnten es sich aber nicht leisten.

Im Grunde genommen war London eine Ansammlung von kleinen Dörfern, wo jeder seine Nische hatte und nicht mehr rauskam. Und auch Istanbul war das größte Dorf der Türkei, denn die anatolischen Bauern hatten es überschwemmt und die echten Istanbuler an den Rand gedrängt. Auch ich hatte mein kleines persönliches Dorf in Berlin, den Kiez in SO 36 und um den Nollendorfplatz herum.

An einer Kreuzung hielt Ali Bey den Wagen an und zeigte auf einen Flachbau mit Parkplatz.

»Wie findest du es?«

Ich zuckte mit den Schultern und wusste nicht, was er von mir hören wollte.

»Na, sag schon! Das soll meine neue Filiale werden, größer, breiter, mit Parkmöglichkeiten für die Kunden... ALI'S SUPERMARKET II«, erklärte er und strahlte übers ganze Gesicht. Ich nickte zustimmend, strahlte mit ihm und sah ihn erwartungsvoll an.

»Mein Junge, das hier ist Palmers Green. Hierher sind viele meiner alten Kunden gezogen, und ich ziehe auch hierher. Weißt du, ich lasse mir von diesen neuangekommenen

Asylanten, Kurden, Albanern nicht mein Geschäft kaputtmachen. Die eröffnen einen Gemüsestand nach dem anderen, verstehen aber nichts von der Kundschaft. Schließlich lebt meine KUNDSCHAFT hier in London wie in den guten alten Tagen auf Zypern. Weißt du, obwohl noch immer Meinungsverschiedenheiten bestehen, haben wir trotzdem gelernt, als griechische und türkische Zyprioten zusammenzuleben. Ich werde in mein Dorf zurückgehen, wenn diese Hardliner auf beiden Seiten ausgestorben sind. Die Insel braucht Politiker unter vierzig Jahren, junge dynamische Männer, die europäische Perspektiven haben und Zypern als Ganzes ins 21. Jahrhundert führen können, verstehst du? Männer mit Visionen, wahre Helden des neuen Jahrhunderts!« Er machte eine Pause, dann sah er mich an: »Wie wär's, wenn du bei der Renovierung mit anpackst?«

Ich schaute ihn überrascht an, zuckte mit den Schultern und konnte noch gar nicht glauben, was ich gerade da gehört hatte.

»Ja, du und Kazim und einige andere Jungs, ihr packt den Laden hier an und macht daraus ein Topgeschäft. Wenn ich dann in Rente gehe, könnt ihr mir den Laden ja abkaufen. Was meinst du?« Ohne meine Antwort abzuwarten, klopfte er mir auf die Schulter, als würde er meine Zustimmung herausklopfen wollen.

»Klar, machen wir«, hörte ich mich spontan sagen und strahlte ihn an. Wir gingen zum Flachbau, Ali Bey schloss auf, ein großer leerer Raum, der staubig roch. Drinnen war es kalt und dunkel.

»Das werden die Kühlräume«, sagte er und zeigte auf zwei dunkle Hinterräume. »Hier vorne kommen die Kassen, da hinten die Theke, hier die Gemüsekörbe hin«, erklärte er aufgeregt und lief herum, seine Schritte hallten laut und wirbelten Staub auf.

Der Flachbau brauchte viel Umbau, Ausbau, Renovierung, kurz: malochen war angesagt.

Auf dem Rückweg erzählte ich Ali Bey von Kazims Coffee-Shop-Projekt. Er war begeistert und meinte: »Stellt ein Bauteam zusammen, und fangt mit der Renovierung von beiden Geschäften an!« Dabei strahlte er übers ganze runde Gesicht.

Ali Bey hatte trotz seines Alters seinen Immigrantenelan und Pioniergeist immer noch nicht aufgegeben, was man von mir und Kazim nicht mehr sagen konnte. Kazim hatte noch gar nicht mit seinem Coffee-Shop-Projekt angefangen, wie sollte er da diesen Flachbau in Angriff nehmen? Andererseits war dieses Jobangebot eine weitere Gelegenheit, um aus dem engen Fastfoodsektor auszusteigen. Denn Kazim hatte nach seiner anfänglichen Begeisterung für den Berliner Döner Kebap seine Ansprüche sehr herunterschrauben müssen, da es nicht profitabel war, dem Döner Tomaten, Salat und Soßen beizufügen. Also passten wir unser Angebot immer mehr dem englischen Standard an: Kebap mit Kohl und Zwiebeln und Hamburger, kein origineller Einfall, aber kostengünstig. »Ein Hamburger muss Farbe, Form und Frische haben, zum Anbeißen sein. Ein Hamburger ist für jeden Weltbürger so was wie ein Stück Heimat.«

Man müsste den radikal neuen Hamburger oder Kebap erfinden – aber wie? Wahrscheinlich müsste man es machen wie diese Musik- und Modefuzzis, die Akkorde und Rhythmen von Westafrikanern übernahmen, die Muster und Farben von afrikanischen Gewändern, indischen Stoffen klauten, ohne dafür zu zahlen. Keine Tantiemen. Sollten wir vielleicht einen Indian Burger einführen? Oder eine asiatische Currywurst?

Ladenmieten in London waren astronomisch, der Markt rücksichtslos und hart, Zukunftsaussichten waren nicht blendend, auch nicht bunt, sondern tough. London war ein riesiger Ozean, in dem ich nie ein großer Fisch werden würde. In einem kleineren See, Teich oder Bach hätte ich wohl bessere Chancen, ein großer Süßwasserfisch wie Forelle oder Lachs zu werden.

In Green Lanes herrschte Leerlauf. Im Cafe Cyprus schlugen die Männer ihre Zeit tot, ohne produktiv zu sein, wie in den zigtausend Männercafes in Istanbul, die eine Art Arbeitsamt, Nachbarschaftsladen, Sozialstelle, Arbeitslosen- und Rentnertreff waren. Ohne diese Cafes wäre es längst zu bedrohlichen Unruhen und Ausschreitungen in Istanbul gekommen. Eigentlich müsste der türkische Staat diesen Männercafes Steuerminderung geben.

Ich wollte nicht wie diese Alten mit den zerknitterten Gesichtern und tiefhängenden Mundwinkeln enden, nein ich wollte London erobern. Allerdings: Wo blieben die Ergebnisse? Greifbare, konkrete Ergebnisse, die man sehen, mit denen man etwas in Gang bringen konnte.

Momentan war Larifaritheoriegelabermöchtegernabernichtindietatumsetzenblablabla…

Vor Ostern einigten sich Ali Bey und Kazim wegen der Renovierungsarbeiten und des Ausbaus des neuen Ladens. Die Bosnier-Brüder Ismail und Ismet gaben mir und Kazim gute

Tipps, und wir bekamen schnell Kontakt zu billig arbeitenden Albanern und Bulgaren, die gute Handwerker waren und sich auf legalem und illegalem Terrain bewegten. Den Kebap-Van verpachtete Kazim an die Bosnier-Brüder, die aus ihrem schlechtbezahlten Pizzajob ausstiegen. Sie waren gut bewandert im Fastfoodsektor, und die Kebapbude war ihr erstes eigenes Unternehmen. Ich war mir sicher, dass sie weitere Buden eröffnen würden, denn die beiden waren tüchtig, ehrgeizig und ließen sich von keinem Schubidubi-Mist ablenken, heimlich beneidete ich sie. Diese Jungs wussten, wo es langging. Sie hatten ihre Familien in Bosnien zurückgelassen, und dort tobte der Krieg, es ging um Leben und Tod. Ismail und Ismet kannten nicht den Luxus und die Freiheit wie diese Nutella-Typen an der Uni in Berlin, die sich immer selbstverwirklichen, sich selbst finden wollten. Wenn diese Typen sich dann selbst gefunden hatten, merkten sie, dass da gar nichts war. Nur Bullshit! Diesen Weicheiern fehlte die Stärke der Slumbewohner von Kasimpaşa oder Kalkutta. Sie hatten Kindergärten, Schulausbildung, Trinkwasser, Arbeitslosenversicherung, und trotzdem waren sie so mies drauf, dass es einen schier erstickte. Sie nörgelten, quengelten, schrien um Hilfe, dieser wehleidige Egoismus war eigentlich ein Luxuselend. Ihnen fehlte der Kick, die Überraschung. Sie waren schwachnervig, zu wenig abgebrüht und trugen zu viel Mist mit sich herum, den man nicht verstand. Davon wollte ich mich nicht anstecken lassen, deshalb war ich ja so froh, in London zu sein.

20

Hannah à la M.M.

Die Ostertage näherten sich dem Ende, und ganz London war zurück von den Feiertagen, die Arbeitsroutine bestimmte wieder den Rhythmus. Straßen, Busse und Bahnen waren wieder voll von Kindern in Schuluniformen. Auf den Bahnhöfen flogen Röcke, Krawatten und Zöpfe in die Luft beim Einfahren der *tube* ... Ja, in dieser Zeit war der Himmel über London hell und klar. Zum Abend hin hüllte ein warmes, sanftes Licht die Stadt ein, das langsam den nahenden Mai ankündigte.

Ich weiß nicht mehr, ob ich's schon erwähnt habe: Den Job in Green Lanes hatte ich im Einvernehmen mit Ali Bey gekündigt. Meine neue Routine lautete: morgens zum Kurs, nachmittags nach Palmers Green, wo Ali Beys Supermarket II langsam Gestalt annahm.

An zwei Wochenenden half ich Khan wieder auf dem Portobello Markt aus, hielt Distanz zu Betty, die Besuch aus Hamburg hatte und somit beschäftigt war.

Nach der Arbeit lud mich Khan zum Essen nach Brick Lane ein, er meinte, das Essen wäre gut und billig. Wir gingen an vielen bengalischen Läden vorbei, wo zwergenhafte Bengalis Lebensmittel verkauften und ihre dünnen Frauen mit goldenen Armringen an der Kasse die Pfundscheine mit der Queen drauf kassierten. Weiber hatten immer so viel teure Klunker um, dafür mussten die Männer dann tage-, ja wochenlang unter der Erde schuften, schaufeln und schwitzen.

Weiber konnten ganz schön teuer sein; ich war so knapp bei Kasse, dass ein teures Geschenk für Hannah einfach nicht in die Tüte kam. Sie hatte Ende April Geburtstag, und ich hatte immer noch kein Geschenk. Ich spielte einige Szenarien durch. Parfüm, Unterwäsche und CDs fand sie wahrscheinlich – nein, sogar bestimmt – einfallslos konsumig, ja abgedroschen. Einige der Mädels im Englischkurs würden auf solche Geschenke total abfahren, und für eine echte Prada Tasche würden sie noch ganz andere Dienste anbieten!

Nein, Hannah war anders drauf, sie war eine Miss London, die gegen solchen Harrods-Firlefanz völlig immun war. Es musste etwas Einmaliges sein, etwas, was sie noch nie gehabt hatte.

Nach dem Essen trottete ich Khan hinterher. Er suchte in den Seitenstraßen von Brick Lane ein bestimmtes Geschäft für Bengali-Wollmützen. Im Schaufenster eines Import-Export-Ladens mit dem letzten Plastikkitsch sah ich ein Porträt, eine Imitation, und wie der Blitz schlug es bei mir ein. DAS GESCHENK!

Zwei Tage später fand ich endlich ein wunderbares Foto von Hannah, das ich heimlich einsteckte, und nach dem Kurs suchte ich Khan auf, er war noch in seinem Wochentagstrott: lange schlafen und aufs Wochenende warten.

In seiner Dschungelküche tranken wir gemeinsam Filterkaffee, und ich erklärte ihm meine Idee fürs Porträt.

»Fetzig, chic!«, meinte Khan und machte sich ans Werk.

Am Freitag vor der Geburtstagsfeier war Khan mit dem »Kunstwerk« fertig, und ich holte es ab. Es war ein Porträt im Andy-Warhol-Style, so wie er Elizabeth Taylor und Marilyn Monroe porträtiert hatte – genauso war jetzt meine Hannah auf diesem grandiosen Bild dargestellt!

Letzter Samstag im April. Ich trug Getränkekästen in die Küche, Bier, Wein und das Juwel: drei Flaschen Raki. Dann besorgte ich von der Delikatessentheke ganze Partyplatten mit Humus-Dip, Tsatsiki, Börek, und dazu gab es Berliner Kartoffelsalat ohne Majo.

Im Zimmer klebte ich leuchtende phosphorgrüne Sterne an die Wände, stellte Boxen auf und bereitete CDs für den Abend vor. Ich machte all das, obwohl Hannah mich nicht darum gebeten hatte, dabei hatte ich das Gefühl, als wären wir ein eingespieltes Paar, das jahrelang zusammengelebt hat. Hannah brauchte gar nichts zu sagen, ich las es ihr von den Augen ab, und das schmeichelte ihr natürlich.

Ich versteckte das Geschenk im Schlafzimmerschrank und wollte es ihr im richtigen Moment geben, schließlich war es nicht wichtig, *was*, sondern *wie* man es schenkte.

Hinter der Haustür 98 begann der Abend mit Umziehen und Sichzurechtmachen. Hannah stand im BH vor dem Badezimmerspiegel. Ich erhaschte einen Blick auf ihre heimlichen Posen. Es machte mir großes Vergnügen, Frauen beim An- und Ausziehen zuzusehen. Das Beste war, so beiläufig zu kucken, als würde man nicht glotzen, aber trotzdem nichts zu verpassen. Manchmal erhaschte ich einen Blick auf die Bewegungen, mit denen sie sich Strümpfe überzog, ihre anmutige Stellung, wenn sie sich betrachtete. Ich glaube, Frauen denken, dass sie ihr Inneres äußerlich tragen. Der Clou war doch, jetzt mal ehrlich, das Andeuten hinter geschlossenen Türen, dass etwas Geheimnisvolles vor sich ging, etwas Einzigartiges, Magisches und Verführerisches, es war doch viel spannender und anregender für einen Mann, es zu entdecken und zu erkunden, das hielt einen wenigstens auf Trab.

Was ziehe ich an? Wie sehe ich aus? Hohe Schuhe, Po raus, Brust heben, Make-up, Lockenwickler, Schaumfestiger, Korsett, shoppen gehen! Meine Güte, was für ein Aufwand! Wir Männer hatten diesen ganzen Firlefanz nicht nötig, um mithalten zu können. Wasser ins Gesicht, raus auf die Straße, fertig!

Für den Abend hatte sich Hannah die Haare hochgesteckt, trug dazu lange Ohrringe, an den Hüften tiefsitzende Hosen, darin bewegte sie sich sexy wie olle Madonna auf der Bühne. Wir waren in bester Laune. Hannah im paillettenbesetzten Top, sie war schön und schlicht, meine Göttin der Nacht. Ich in schwarzer Jacke, Hemd – der Beau. Wir waren wie aus einer Telenovela: eine junge Liebe am Puls Londons, glamourös, lässig, sexy.

Die ersten Gäste begannen einzutrudeln. Hannah hatte ein paar Dutzend Leute eingeladen. Viele waren aus ihrem College, das sah man an ihren Klamotten: knallige Farben, schreiende Muster, Schlaghosen, Hippielook mit spitzen Schuhen, Piercinglandschaften im Gesicht, bauchfreie Tops.

Einige der Mädels waren supersexy, ultraglamourös und trugen Kleider, die an M. M. erinnerten, wie sie mit fliegendem Rock über dem U-Bahn-Schacht stand.

Die Fenster standen offen, eine warme, laue Nacht nahm den Zigarettenqualm und die Gespräche der Gäste mit nach draußen in den Vorgarten.

Mit einem Glas Bier ging ich durch die Menge, führte Gespräche mit Unbekannten, dabei beobachtete ich Hannah und ließ sie keine Sekunde aus den Augen. Ich glaube, sie genoss es, dass ich sie so beobachtete, dass sie meine Aufmerksamkeit hatte.

Hannah schien überall zu sein, sie schwang sich von einem *»hello«* zum anderen, sprach mit allen, bekam Geschenke und war kaum noch zu halten. Sie lachte so schön, es klang erdig und rauchig, dabei sah sie so verdammt umwerfend aus; ja, ich war stolz, und gleichzeitig hätte ich explodieren können, so viel Unabhängigkeit erschütterte mich. Ich wollte sticheln, mosern und schmollte vor mich hin, machte einen auf mies. Aber von all dem bekam sie natürlich nichts mit.

Sie hatte eine Menge Verehrer eingeladen, jedenfalls war sie ständig von einer wechselnden Gruppe junger Männer umgeben. Ich gesellte mich zu ihr. Hannah lächelte, kicherte und alberte mit mir herum, brachte ein Lächeln auf meine Lippen und vertrieb meine trüben Gedanken. Ich wollte richtig abfeiern, tanzen, flirten und kam doch nicht richtig in Stimmung.

Später redeten wir mit irgendjemand und schauten uns dabei durch den Raum hinweg an. Ich glaube, Hannah fand es schön, dass ich da war, und ich kümmerte mich um die Getränke, die Musik und genoss es, mich zwischen ihren Gästen zu bewegen und mir dabei von Hannah zuschauen zu lassen.

Die ganze Zeit überlegte ich, wann ich ihr das Geschenk übergeben könnte, und zwar so, dass es sie überraschte und umhaute. Aber Hannah war ständig in Bewegung, sie sammelte jetzt ihre Geschenke auf einem Ecktisch, verteilte Küsschen, lachte und war die Queen der Nacht.

Auf Vorschlag von Hannah hatte ich auch Khan und Betty eingeladen. Hannah fand Khan sehr interessant, sie meinte, er würde gut zu den Fashion-Leuten auf der Party passen, was auch immer das zu bedeuten hatte. Jedenfalls war ich sehr froh, als Betty und Khan spät auf der Party auftauchten. Denn zwischen all diesen Fashion-Freaks kam ich mir allein vor. Diese Typen waren nicht meine Frequenz, zu sehr auf Firlefanz-Dressing-Style ausgerichtet. Nichts für mich.

In seinem dunkelblauen Anzug wirkte Khan lässig, und Betty hatte sich wie eine Nymphe hergerichtet, mit grünem flatterndem Kleid und Efeu um die Taille, zauberhaft. Beide waren Eye-catcher, besonders weil sie nicht zu dieser Fashionista-Truppe gehörten, aber trotzdem originell gekleidet waren. Ich mischte ihnen Drinks, und wir lästerten ein bisschen über die Typen im Raum. Ich merkte, wie Betty heimlich Hannah ins Visier nahm. Wahrscheinlich fand sie Hannah in ihrem glitzernden Paillettentop zu sehr auf *Pearly Queen,* keine Ahnung.

Jedenfalls schien sie nicht sehr angetan von ihr zu sein, denn als Hannah auf uns zukam, Khan lässig mit einem Küsschen begrüßte und Betty die Hand reichte, merkte ich, wie Bettys Birne rot anlief. Dann entführte Hannah Khan und stellte ihn einer rothaarigen Lockenfrau vor, die in einer Ecke posierte. Hannah erzählte ihr von den originellen

Jacken, die Khan auf Lager hatte. Die drei unterhielten sich angeregt, und Betty verdrehte gelangweilt die Augen. Ich setzte mich mit ihr auf das runde lila Sofa, Betty schlug die Beine übereinander, verschränkte die Arme vor der Brust, als würde sie sich verschließen. Ich bot ihr eine Zigarette an und erkundigte mich nach Khans Zustand. Betty meinte, er wäre seit einer Woche wieder auf dem Damm. Aber sie traue dem Frieden nicht, er sei noch labil und sie wäre auf alles gefasst. Ich muss zugeben, dass Betty wahnsinnig Mut und Kraft hatte, all das mit Khan durchzustehen, da brauchte man wirklich eine Portion Extra von allem, damit man dabei nicht zugrunde ging. Dafür bewunderte ich Betty. Ich mixte ihr einen Drink, was sie ein bisschen auflockerte, denn innerlich war Betty immer noch auf Distanz zu Hannah und der ganzen Party. Dann hakte sie sich plötzlich bei mir unter und kuschelte sich an mich. Langsam brodelte und knisterte es zwischen uns, und ich versuchte mich von dieser Energie abzukapseln. Aber Betty ließ nicht locker, ich dachte, wenn wir jetzt noch Händchen halten oder sie mich auf die Wange küsst, dann ist die Party gelaufen. Ich blickte kurz zu Hannah und Khan, zum Glück standen sie mit dem Rücken zu uns. Eeeyyy, Frauen konnten sehr komplizierte Verwicklungen einfädeln: Eifersucht, Drama, Tod.

Als Betty und ich gerade unsere zweite Zigarette anzünden wollten, kam die rote Lockenfrau auf mich zu: *»Where did you get these stars?«*, fragte sie mich und deutete auf die leuchtenden Sterne an der Wand.

»From a shop in Green Lanes«, erklärte ich, erfreut, dass meine originelle Idee anscheinend Interesse fand.

Madame Rouge wippte auf ihren hohen Hacken, wühlte lässig in ihren roten Locken, dabei blinkten ihre grünen Augen »Vorfahrt!«. Diese verdammte rote Zora wandte sich schnippisch an Hannah: *»Funny accent! Where does he come from?«* Hannah verdrehte die Augen, zuckte kurz mit den Schultern und ging mit Khan Richtung Küche. Sie ließ mich allein mit dieser roten Trulla.

Ich stand auf, sah sie erhobenen Hauptes an und sagte selbstbewusst: *»I'm a Berliner!«* Heimlich hoffte ich auf die historische, mediale Wirkung dieses Satzes. Doch nichts rührte sich.

»I am a Turkish Berliner«, fügte ich zaghaft hinzu. Betty kicherte im Hintergrund, dann flüsterte sie mir zu: »Sag ihr, du bist ein runder, süßer BERLINER mit Pflaumenfüllung und Puderzucker, wenn man reinbeißt, dann hat man eine Zuckerschnute!«

»Ha, ha, ha«, wehrte ich ab, und sie kicherte weiter. Momentan brauchte ich keinen Zaungast.

»Ooohhh – you're a guestarbeiter?«, fragte sie mit hochgezogenen Brauen. Ich schüttelte heftig den Kopf und hoffte, dass sie dieses eindeutige NEIN verstand. Dann lächelte ich und hoffte auf die Wunderwirkung meiner Grübchen. Sie sah mich an, lächelte zurück: *»No?«*, fragte sie überrascht. *»Ooohhh I know, you're a Turkish delight!«*, stellte sie lachend fest und schüttelte ihre rote Locken. Ich verdrehte die Augen, denn in London hörte ich diesen Witz häufiger, obwohl ich weder weich noch süß war.

Als ich Kazim davon erzählte, zog er nur genervt eine Schnute und meinte: »Die Engländer haben es nie geschafft, Anatolien zu kolonialisieren, *right*? Deshalb finden sie Anatolier interessant, geheimnisvoll, entdeckungswürdig, halt eine Art ›*Turkish delight*‹, verstehste? Curry und Chai* sind hier Standard, Routine, ja schon abgedroschen.« Wahrscheinlich hatte Kazim recht, denn wäre ich ein Pakistani, Inder oder ein Schwarzer – *no chance,* dass diese rote Trulla sich mit mir unterhalten, geschweige denn sich für mich interessiert hätte. »*Turkish delight*« klang gut, schmeckte gut. Wollte sie mich vielleicht als Toffee verschlingen?

Langsam verbreitete sich ein leichter, scharfer Duft von Gras im Raum, den die rote Trulla unwillkürlich zu schnüffeln begann, ihre Nasenflügel blähten sich, und sie zitterte leicht, nahm Witterung auf und schwang sich in Richtung Küche, wo der Geruch herkam.

Meine Augen suchten Khan und Betty. Beide standen jetzt am Getränketisch, und ich gesellte mich zu ihnen, trank ein Bier mit Khan. Betty sah mich besorgt an und flüsterte auf Deutsch, dass Khan nichts von dem Gras mitbekommen dürfe, da es ihn wieder high mache.

Ich begriff und eilte zur Küche, dort machte gerade ein fetter Joint die Runde. Ich öffnete die Fenster weit und zog die Küchentür hinter mir zu. Nach ein paar Bier und einem Teller Berliner Kartoffelsalat meinte Betty, sie wäre müde und wolle gerne nach Hause. Khan wollte noch bleiben, doch ich sorgte dafür, dass er langsam Richtung Tür ging. Ich begleitete beide nach draußen, und Betty holte den Wagen. Sie fuhr, da Khan zu viel intus hatte.

Khan fragte: »Hat Hannah das Bild gesehen?«

»Noch nicht …«

* Indischer Tee

»Machst es spannend, was? Sag Hannah, dass ich es gemacht habe. Außerdem schuldest du mir noch Geld dafür.«

»Zieh's mir vom Lohn ab. Okay?«

»Du bist mir einer«, lachte Khan, »die hat dich ganz schön in den Krallen!« Ich zuckte kurz mit den Schultern, Khan schlug die Autotür zu, beide fuhren davon und verschwanden in den Lichtern von Green Lanes.

In einer Ecke stand Hannah mit brennender Zigarette und einem Glas Wein in der Hand und blickte berauscht in den Raum. Fizzy gesellte sich zu ihr. Er hatte seine Haare fetzig gestylt. Fizzy redete auf Hannah ein, lange, sehr lange, was mir auf den Senkel ging.

Ich starrte Fizzy von hinten an, nein, ich durchbohrte seinen Rücken, seine Lungen, seine Brust. Er drehte sich nicht um, schien nichts zu merken, was mir auf die Eier ging. Hannah drückte ihre Zigarette aus und legte ihre Hand auf seine Schulter. Ich spürte einen Druck in der Kehle, goss mir einen Martini ein, nahm einen Schluck, ging mit dem Glas auf beide zu, stellte mich einfach neben Fizzy, blickte Hannah an. Sie lächelte, wie sie jeden anderen hier anlächelte. Ich rückte noch einen Schritt dichter an sie ran, roch ihr Parfüm. Sie redeten einfach weiter, als wäre ich eine Stehlampe oder ein Eckregal im Raum.

Ich nahm einen großen Schluck vom Martini, er stürzte durch meine Kehle wie ein Bach in die Täler.

»Man sollte sich keinem Diktat unterwerfen, die Idee, sich von Kopf bis Fuß in ein Label zu kleiden, ist jämmerlich«, meinte Fizzy.

»Stimmt, in Berlin zum Beispiel, hat mir Hasan erzählt«, dabei deutete sie mit einer minimalen Kopfbewegung auf mich, »wählen die Leute hauptsächlich Grautöne, weil man dort offenbar stumpfe Farben und Knautschlooks bevorzugt.«

Fizzy sah mich kurz an, nickte und wandte sich wieder Hannah zu.

»In New York löst gerade eine Retrowelle die nächste ab, alle Dekaden, Kulturen werden recycelt. Die Leute picken sich Sachen raus, die ihnen gefallen. Jeder hat seinen eigenen Stil. Modische Uniform ist passé.«

»Wirklich? Das muss ich sehen!«, jauchzte Hannah.

»Du weißt – in New York steht immer ein Zimmer für dich bereit«, sagte Fizzy und lächelte Hannah einladend an.

»Oh, du bist ein Schatz, Fizzy«, jubelte Hannah. »New York, Ethno, historische Folklore, ooohhh, das alles würde ich zu gerne für meine Abschlussarbeit nehmen!« Sie freute sich total, und ich hatte das ungute Gefühl, dass sie all das ohne mich machen würde. Eifersucht rumorte in meiner Tiefe, und ein alarmierender Gedanke machte sich breit: Ich würde Hannah verlieren. Der Abend war für mich gelaufen.

Als dann die letzten Kerzen runtergebrannt, Rakiflaschen leergetrunken und Reste des Kartoffelsalates pampig wurden, verabschiedeten sich die Gäste nach und nach, einige torkelten die Treppen hinunter, viele waren ganz schön abgefüllt.

Draußen wurde es langsam hell. Ich öffnete die Fenster weit, räumte Flaschen in die Küche, leerte Aschenbecher und achtete darauf, dass keiner dieser Fizzy-Boys hier zurückblieb. Brummelnd und stöhnend verließen sie die Wohnung mit der roten Trulla. Ich rief ein Taxi für sie und schloss die Haustür zu.

Hannah lag auf der Couch, die Haare jetzt offen und verwuschelt, berauscht und erschöpft vom Abend. Ich schaltete die Lichter aus, denn am Himmel war ein Streifen von Morgenrot zu erkennen, die Straße lag noch in wunderbarer Ruhe.

Am Sonntag nahmen Winde London ein, fegten die Straßen leer. Ich hatte den Frühstückstisch vorbereitet, setzte Eier auf, schaute ihnen beim Kochen zu. Meine Birne dröhnte noch vom vielen Bier und Martini. Hannah kam im langen T-Shirt verschlafen in die Küche, wickelte eine Haarsträhne um die Finger und summte »New York, New York…« vor sich hin.

»Die Eier brauchen noch drei Minuten«, erklärte ich.

»Dann ziehe ich mich um«, sagte sie müde und verschwand im Bad. Ich stürzte ins Schlafzimmer, holte das in knallblaues Papier verpackte Geschenk und stellte es auf ihren Stuhl. Ich war gespannt.

Hannah kam mit geflochtenen Zöpfen, weißem Hemd und Jeans, sie wirkte wie ein Schulmädchen.

»Ist das für MICH???«, jauchzte sie und packte das Geschenk aus. Mein Herz pochte. Pause. »Das ist ja EINMALIG! Wie hast du das hingekriegt?«, jubelte sie, wie ein kleines Mädchen beim Auspusten von Geburtstagskerzen. Sie umarmte mich, betrachtete das Bild, stellte es vors Fenster, sah es sich von weitem an. »Wirklich einmalig«, wiederholte sie und umarmte mich nochmals. Wir setzten uns und aßen, plauderten über die Party, lästerten über die rote

Trulla. Dann lehnten wir uns zurück, bewunderten das Porträt.

»Khan ist ein Meister«, stellte Hannah bewundernd fest.

»Das Bild wirkt sogar besser als die von Warhol«, schmeichelte ich ihr. Hannah schaute stolz und warf mir ein Küsschen zu.

»War diese grüne Ökotrulla Khans Freundin?«, fragte Hannah abschätzig.

»Meinst du Betty?«

»Hmmhmm.«

»Sie war echt umwerfend in ihrem grünen Kleid.«

»Findest du? Scheinst dich mit Betty gut zu verstehen...?«

Ich nickte, um kein weiteres Wort zu äußern, das ihre Eifersucht anstacheln konnte. Schweigen. Sie trank ihren Kaffee aus, überlegte. Stille.

»Komm, wir spielen Kolumbus!«, schlug Hannah plötzlich vor und kicherte dabei frech. Ich sah sie fragend an. Sie verzog das Gesicht, machte einen auf Schmollen. »Ach biiittee, lass uns Amerika entdecken«, erklärte sie immer noch verspielt schmollend.

»Klingt imperialistisch«, sagte ich und versuchte zu verstehen, auf was sie hinauswollte.

»Amerika entdecken, als hätte es vor dem weißen Mann nicht existiert? Oder?«, fragte Hannah, die inzwischen vom Schmollen ins Nachdenken geraten war und somit einen neuen Rekord in ihrer Wandlungsfähigkeit an den Tag legte.

»Spielverderber!«, grummelte sie und verzog eingeschnappt den Mund.

»Na, was denn?«

»Warst du schon mal in Amerika?«

Ich schüttelte den Kopf.

»Ich freue mich auf New York«, sagte sie ruhig.

»Was meinst du?«, fragte ich leise und schob trübsinnig ein Stück Brot in den Mund.

»Na, Fizzy hat doch davon erzählt, die haben in Brooklyn ein abgefahrenes Apartment, und ich kann da mitwohnen, total abgefahrene Gegend. Im Sommer werde ich im Büro von Donna Karan als Praktikantin jobben«, erklärte Hannah in einem bemüht neutralen Ton, wohl um ihre Vorfreude im Zaum zu halten und meine aufkommende Eifersucht zu deckeln. Sie mied meinen durchdringenden Blick. Ich spürte, wie mir das Blut in den Schläfen raste und mein Kopf zu glühen begann. Ich schluckte ein paarmal und schwieg eine ganze Weile. Sie nahm ihre Tasse, trank aus und sah mich erwartungsvoll an.

Ich lächelte, hielt nur mühsam meine innere Explosion im Zaum, denn wie Dynamit in die Luft zu gehen war uns Kazans einprogrammiert. Ich stand auf, begann den Tisch aufzuräumen, um mich abzulenken, denn ich spürte Wut, nackte Wut. Was glaubte sie eigentlich, mit wem sie es hier zu tun hatte? Da bereitete ich ihr ein Riesenfest, zerbrach mir den Kopf über ihr Geschenk, hoffte auf eine gemeinsame Hannah-Anna-Zukunft, und dann kam sie mit so was! Ihr abgefucktes NEW YORK konnte sie sich sonst wohin stecken! NICHT MIT MIR! Ich musste hier raus, jetzt, gleich, sofort! Daher sagte ich wie beiläufig: »Muss Kazim aushelfen, bin spät dran!«, zog mir die Jacke über und schlug die Wohnungstür hinter mir zu.

Ich lief, nein, ich raste die Treppen hinunter auf die Straße. »Haaasaaann!«, hörte ich Hannah am Fenster rufen, doch ich drehte mich nicht um, fühlte, wie meine Beine sich verselbständigten – nur weg von hier, weg, weg, weg!

Diese blöde Zimtzicke, die wird keinen Zentimeter von mir zu sehen bekommen! Ich will sie nie wieder sehen, soll sie doch in ihr verdammtes abgefahrenes New York gehen! Wie ich sie dafür hasste, dass sie einem immer alles auf den letzten Drücker mitteilte, auf so eine miese hinterhältige Tour. Mir alles zu verschweigen, heimlich zu planen und im letzten Moment damit rauszurücken! Dieses Riesen-Ego – was glaubt sie eigentlich, wer sie ist?! Hä? Madame Hannah? Prinzessin? Neee, nicht mit Hasan Selim Khan Kazan!

Den ganzen Sonntag trieb ich mich in der Gegend um Turnpike Lane und Finsbury Park herum und fühlte mich wie eine Seltersflasche, die zu lange geschüttelt wurde. Aus mir mussten alle Wutbläschen raus. Spät am Abend ging ich mit müden Beinen und hängenden Schultern zu Kazim. Für die folgenden Nächte wurde die kleine Kammer unter der Treppe zu meiner vorübergehenden Schlafstelle.

Ich bekam kein Auge zu, da klein Rana bis in die frühen Morgenstunden schrie. Die arme Sukjeet war Nacht für Nacht auf den Beinen und kämpfte mit den Koliken ihrer Tochter.

Unten in der Küche kämpfte Kazim auf einer Campingliege um ein paar Stunden Schlaf, und ich wälzte mich in der Kammer hin und her.

Eines wurde für mich klar: kein Familienkram, keine brüllenden Säuglinge, echt nicht meine Welt! Ich bewunderte Kazim für seinen Elan und Einsatz, wie er sein Haus abbezahlte und Frau und Kind versorgte. Das war schon bemerkenswert, wie er sich abstrampelte. Würde ich mich jemals für Hannah so einsetzen? Oder würde Hannah sich für mich so abarbeiten? Bestimmt nicht, die olle Ego-Tusse!

Gegen ein Uhr morgens stand für mich fest, dass ich mich von Hannah für immer trennen musste. Um drei Uhr fasste ich den Entschluss, diesen Fizzy zu finden und ihm das Leben zu ruinieren. Um vier Uhr waren Fizzy und Hannah tot, und ich mischte mich unter die Trauernden auf dem Friedhof.

Columbia Pictures presents a Hasan Kazan Production:

Hannah und ich haben einen tonlosen Streit. Wir bewegen uns langsam, wie unter Wasser, und werfen uns bittere Worte an den Kopf, die nicht zu hören sind. Die Kamera ist ständig in Bewegung, um aus verschiedenen Winkeln die Situation festzuhalten, und wir bewegen uns im slow motion style. *Neue Einstellung: Ich sehe, wie Hannah einen Revolver aus der Tasche zieht. Ich hisse die weiße Fahne. Wird sie auf mich schießen?*

Und so entstand der erste Fotoroman unter meiner Regie.

In der folgenden Maiwoche weigerte ich mich, Hannah zu sehen. Ich entkam ihr auf meine Art, sie kam an mich nicht ran.

Mein Schmollen war eine Waffe, ein Garant für ultra super Aufmerksamkeit von ihr, die ich auch bekam. Denn sie rief an, hinterließ Nachrichten, versuchte mich nach der Arbeit zu treffen. Ich blieb auf meinem Schmollsockel sitzen.

Ich wollte sie mit totaler Gleichgültigkeit strafen.

Am Donnerstagabend war sie bis nach Palmers Green gekommen und hatte vor dem Flachbau auf mich gewartet. »Wir müssen reden«, sagte sie ernst. Wir gingen in ein Pub. Hannah saß mir gegenüber, ich fühlte, wie sie innerlich die Ärmel hochkrempelte und ihre Notizen zückte, in denen sie jedes »Vergehen« aufgelistet hatte.

Sie sprach mit ernster Stimme und packte für den finalen Schlag sämtliche Lappalien der letzten Zeit aus; das heißt, für mich waren es Lappalien, für sie Fehltritte.

Das Treffen mit ihr war kein Zuckerschlecken. Ich wurde ernst, mir ging es dreckig, ich schluckte nervös. Als Hannah das bemerkte, änderte sie ihren Ton, wurde weicher und tröstlicher.

»Ach Hasan, ich bin ja nur sechs Monate weg, das geht doch schnell vorbei.«

»Was geht vorbei? SECHS MONATE? EINE EWIGKEIT!«, platzte es aus mir heraus. Sie hielt meine Hände fest, schaute sanft wie ein Rehkitz, kuschelte sich an mich, und mein Ärger ließ nach. Nach dieser Aussprache sahen wir uns wieder öfter, wir gingen sogar ins Pub, und ich begann wieder bei ihr zu übernachten.

Hannahs Arbeit am Rosenprojekt nahm allmählich Form an. Sie hatte Fotografien erst in grobkörnige Abzüge und dann in symmetrische Raster gebracht, sie wirkten seltsam verfremdet. Momentan war es angesagt, dass man alles Ursprüngliche verfremdete, um so etwas Neues zu schaffen – mir war das zu viel intellektuelles Gehabe und Anspruch. Schließlich waren doch die simplen, übersichtlichen Sachen in ihrer Urform viel schöner. Zum Beispiel eine üppige alte

Rosenart vom Highgate Cemetery, aber das verschwieg ich ihr. Derzeit war Offenheit gegenüber Hannah ein Luxus, den ich mir nicht leisten konnte, da unser neues Friedensabkommen noch sehr zerbrechlich war.

Eines Sonntagmittags, nachdem wir einige *jumble sales** in Schulen von Hampstead abgeklappert hatten und Hannah einige alte Vasen, ein seidenes Hemd und einen alten Armeemantel gekauft hatte, setzten wir uns in ihre Küche und aßen ein sehr spätes Frühstück. Hannah betrachtete ihre neuen Schätze, auch das blaue Seidenhemd mit dem *Made-in-Philippines*-Etikett.

»Das ist ja absurd«, stellte Hannah empört fest.

»Was?«

»Da werden Kleider in der Dritten Welt für ein paar Pence Stundenlohn hergestellt und später als Kleiderhilfe aus dem Westen wieder dorthin gebracht und an die Armen verteilt!«

»Na ja, ist ja nichts Neues, dass man die Armen durchfüttert und ihnen nie beibringt, wie sie sich selber helfen können!«

»Abhängigkeiten schaffen ist nur eine andere Art, masochistisch zu sein«, meinte Hannah abschätzig.

Plötzlich begannen Hannahs Augen zu leuchten. »Am besten wäre es, wenn man das Herkunftsland dieser Kleider zur Marke machte.«

»Wie bitte?«

»Ja, genauuu!«, schrie Hannah und freute sich noch mehr über ihren plötzlichen Einfall. »Ja, ich mache schöne, edle

* Wohltätigkeitsbasar

Etikette an die Kleider mit *made in Bangladesh* oder *made in Philippines…*, GENAU DAS IST ES!«, schrie sie begeistert über ihren plötzlichen Einfall.

»Ach, Hasan, du bringst mir Glück!«, rief sie entzückt und küsste mich kurz auf die Wange. Ich freute mich über ihre Freude. Ach, was würde ich nicht dafür geben, wenn bloß nicht diese New-York-Sache wäre! Ich konnte mich einfach nicht damit abfinden, dass sie ohne mich wegging – noch dazu in eine Stadt, wo ihr Ex lebte, ja vielleicht noch auf sie wartete? All diese Gedanken rasten mir durch den Kopf, machten mich ganz kirre und stachelten wieder die Eifersucht an, die mich zu ihrem Sklaven machte. Ich schwieg und hoffte, es würde irgendetwas dazwischenkommen und ihre Plänen verhindern. Verhindern! Genau! Das war es! Es musste etwas passieren, was sie total lähmte. Nur was? Ihre Mutter hatte einen Unfall? Im Rollstuhl? Der Fizzy lässt sich 'ne Glatze schneiden, dreht durch? Ihr Vater hat eine Affäre mit seiner Sekretärin? Nein, noch besser: Ihre Mutter hat einen Herzinfarkt…?

»Und weißt du was?«, fragte Hannah laut und riss mich aus meinen fiesen Szenarien. Ich sah sie unschuldig an.

»Schau mal dieses Che-Guevara-T-Shirt an! Und jetzt mit einem Label *made in Bangladesh…*!«

»Ganz schön absurd!«

»Das ist es. Diesen Nutella-Rebellen im Westen ihre eigene Stupidität verkaufen!«, forderte Hannah überzeugt.

»O Mann, du wirst ja richtig politisch«, stellte ich amüsiert fest.

»Nein, nur realistisch.«

»Nüchtern kapitalistisch«, korrigierte ich sie. Hannah

nickte kurz und fing an ihre neuen Ideen in die Tat umzusetzen.

Die nächsten Stunden und Tage brütete ich über »Verhinderungsszenarien«. Ich beobachtete sie heimlich, in der Hoffnung, etwas an ihr zu finden, was sie »untauglich« für New York, sie nicht zur Praktikantin, sondern zur Rentnerin machen könnte. Ich spielte einiges durch, blieb aber immer an dem Punkt hängen: Und wenn sie es rausbekam? Wenn sie es trotzdem nicht aufhielt? Während ich sie unauffällig beobachtete, bemerkte ich, dass Hannah mehrere Sachen gleichzeitig tat: telefonieren, Wäsche aufhängen und EastEnders schauen. Sie war schnell, hektisch und effizient in allem, was sie anpackte, das störte meinen eher ruhigen und gelassenen Rhythmus. Manchmal war ich ihr nicht schnell genug. »Lahme Ente« wurde mein neuer Kosename.

Auf ihre Hektik reagierte ich mit Trotz. Je mehr Druck sie machte, desto langsamer wurde ich. Beim Sonntagsfrühstück zum Beispiel beobachtete ich das Eierwasser, bis es kochte, erst dann stellte ich die Marmelade auf den Tisch, anstatt schon mal Teewasser aufzusetzen und den Tisch zu decken.

»Überall liegt Kram von dir rum!«, meckerte sie und stopfte meine Sachen in die Wäschetruhe.

»Bei dir schlabbert es an den Hüften! Wie wär's mit Jogging? Sport?«, fragte ich beiläufig und hoffte, dass sie dachte, ich würde sie zu dick finden, was natürlich keine Waage bestätigen konnte.

Hannah hatte einen Draht zu ihrer Mutter. Einen heißen Draht, der jeden Abend in langen Telefonaten glühte. Es war kaum zu ertragen, dieses Geplapper, Getuschel und Geklage. »Mom, bin so müde, vermisse dich…«

»Hast du meine neuen Rosenmotive gesehen?«, äffte ich sie nach. Hannah ging vehement auf Abwehr. *»Shut up!«* war ihre neueste Antwort.

Anfangs stritten wir spielerisch, dann ernster, und es dauerte nicht lange, bis ein tiefer Riss durch unser Friedensabkommen hindurchging. Anlass dafür war dieses verdammte Plakat, das Hannah kürzlich an ihrer Schlafzimmertür angebracht hatte.

…Paris 1920's… Step into a world of liaisons and secret rendezvous, on boulevards, in smoke filled cafes. Of silk stockings and snatched glances, of polite »arrangements« and uninhibited encounters, of bohemian bawdiness and haute monde decadence. Where blissful afternoons are spent in half-shuttered rooms and cognac and whispered propositions melt the will…

Ja, das konnte man sagen, dass Hannah meinen Willen zum Schmelzen brachte, da brauchte sie dieses dämliche Plakat nicht.

Offen gestanden, ging es mir ziemlich auf den Senkel. Da stand so ein abgefucktes Zitat aus irgendeinem abgefuckten Paris-Nostalgie-Sexphantasie-Buch oder von irgendeinem Popel, der auf Romantik-Geplapper machen wollte. Wollte sie mir damit indirekt etwas mitteilen, etwas, von dem ich nichts wusste, aber das ich auf eine seltsame Art im Nacken spürte, etwas, was in mir grübelte und dem ich keinen genauen Namen geben konnte, nur instinktiv spürte und immer wieder wegschob, weil es ja keine logische Erklärung gab, keinen konkreten Anlass. Oder war etwas während meiner Abwesenheit geschehen?

Zu jener Zeit begann sich Hannah zu verändern. Ich bemerkte ein größeres Interesse und eine stärkere Neugier mir und meinem Körper gegenüber, als vermutete sie einen Seitensprung und belauerte mich. Oder war sie es, die ihn begangen hatte? Und wollte nun herausfinden, ob das, was sie gerade entdeckt hatte, auch mit mir möglich wäre?

Zum Beispiel auf der Geburtstagsparty war ich alarmiert, unruhig, und am liebsten hätte ich Hannah an der Hand gepackt, aus dem Raum gezerrt und sie draußen vor der Tür zurechtgewiesen. Sie sollte wissen, dass sie es mit mir, Hasan Selim Khan Kazan, zu tun hatte und nicht mit irgendeinem Weichei von John oder Jack. Ich meine, in solchen Momenten verstand ich die Typen nicht, die mit einem Lächeln ihre Freundin in den Armen eines anderen tanzen ließen – *what the f…* sollte das sein? Eine liberale Art? Ich persönlich glaubte nicht an diesen ganzen Firlefanz von moderner, freizügiger Beziehung blablabla …, das ging ja auch nicht, wenn die Leidenschaft in einem brannte, wie sollte man da einen auf lässig tolerant und verständnisvoll machen? Schließlich musste man sein Revier abgrenzen und gegen Eindringlinge verteidigen. Löwen, Schimpansen taten das auch.

Ich liebte es, Hannah an der Hand hinter mir herzuziehen, meinen Arm um ihre Schultern zu legen, sie um die Hüfte zu fassen, oder wenn sie zu mir hochschaute, mit diesem naiven, sanften Blick, in solchen Momenten gab sie mir das Gefühl, ihr Freund, ihr Beschützer, ihr Mann zu sein und kein Labidabi-Typ, kein Softie, sondern ein Smoothie, der cool und geschmeidig war.

In Berlin kannte ich viele solcher Typen, die hatten eine Emanzen-Mama und waren es gewohnt, dass Mama alles für sie richtete, machte, organisierte, und nun erwarteten sie das Gleiche von ihrer Freundin, dabei vergaßen diese Typen, dass es die Frauen total abturnte. Schließlich steckt in uns der Jäger, der Versorger, der Beschützer, und das ließen diese Labidabi-Typen einfach eingehen, absterben. Kein Wunder, dass die Weiber dann dominant wurden, so überheblich und so viel von uns Männer verlangten, dass man gar nicht mehr wusste, wo es langging. Allein bei dem Satz »Lass uns über unsere Beziehung reden« gefror mir das Knochenmark. Oder wenn sie ein Gespräch mit dem Satz beendeten: »Wir passen nicht zueinander«! SO WHAT??? Wir sind doch alle verschieden! So ein Furzsatz.

Morgens war ich früh auf den Beinen. Hannah schlief dann noch. Abends gab es erst Schweigen, dann Krach. Schweigen, weil sie mir mit Klagen über ihre Projekte, Arbeit nicht auf den Keks gehen wollte und weil ich nichts zu erzählen hatte, wenn ich den ganzen Vormittag im Kurs saß, nachmittags Bauschutt schleppte und abends mit staubigen Haaren erschöpft nach Hause kam. Es war kein passender Job für mich. Ich hatte nichts erlebt. Krach, weil es niemanden gab, mit dem ich mittags essen gehen oder eine kurze Zigarettenpause machen, über die letzten Fußballspiele quatschen oder mich einfach austauschen konnte. Denn die Bulgaren und Albaner, mit denen ich zu tun hatte, sprachen kaum englisch. Außer *»cash money, work, cigarettes«* gab es kein Gespräch mit ihnen.

Und dann noch der Gedanke daran, dass Hannah ohne mich weggehen würde…

Hannah gab sich in den darauffolgenden Tagen wechselhaft. Sie war ein chaotischer Vorgang, wie das Wetter, also zeitlich, örtlich, gemütsmäßig kaum berechenbar. Ich blieb auf Distanz. Kazims kleine Kammer wurde wieder meine Schlafstelle.

Einige Tage lang sagte ich mir immer wieder, dass Eifersucht nichts anderes sei als Selbstbestrafung, doch es half nichts, ich verspürte ein wütendes Verlangen, Hannah zu sehen.

Dann sah ich sie in Green Lanes mit einigen Typen vor dem Pub sitzen. Ich ging zu ihr. Als sie mich sah, setzte sie ein bekifftes Grinsen auf, erzählte wundersame Dinge von einem Happening im Hyde Park, wunderbarer Stimmung, tollen Leuten, fetziger Musik, und all das ohne mich. Unerträglich!

Ich schwieg eine Weile, dann bat ich sie, mit mir unter vier Augen zu sprechen. Wir gingen einige Schritte um die Ecke.

»Sag, was Sache ist«, forderte sie mich direkt auf.

»Lass uns vernünftig sein, okay?«, schlug ich leise vor.

»Vernunft? Hmm!« Sie schüttelte den Kopf und blickte mich fast zynisch an. »Sieh mal einer an, da steht einer, der sieht aus wie Hasan, bewegt sich wie Hasan, aber spricht nicht wie Hasan. Habe ich mich vielleicht verhört?«

»Hör auf zu spotten!«

»Ich?«

»Nein, meine Tante aus Tanga! Was soll das?«

»Das frag ich dich?«

»Mit dir kann man gar nicht vernünftig reden.«

»Meinst du Vernunft wie Ratio?«, spottete Hannah.

»Also – was stört dich an mir?«

»Die Art, wie du…«

»Was?«

»Deine Eifersucht?«

»Weiter?«

»Deine Anhänglichkeit.«

»Und weiter?«

»Weiter, weiter… gibt's nix mehr! Zwischen dir und mir gibt's nix mehr! Geh!«, schrie sie mit schriller Stimme. Sie schob mich mit der Arroganz eines Mannequins auf dem Laufsteg zur Seite und stolzierte von dannen.

Ich war geladen wie eine Kalaschnikow (Ak-47 Typ) und konnte jederzeit 400 Schuss pro Minute abschießen. Wie ein Guerillero trug ich meine Wut mit mir rum. Ich rannte durch die abendlichen Straßen, es stank nach altem Öl in der Pfanne, Zwiebeln und Bier. Ich stieß einen Schrei aus, der durch die Luft flog wie ein Torpedo!

Spät am Abend saß ich im Bus 141, oberes Deck vorne rechts, normalerweise mein Lieblingsplatz für eine Feierabendfahrt. Aber jetzt war nichts normal. Kochende Lava in mir, die ich zu deckeln versuchte. Ich schaute hinaus, der Bus fuhr an erleuchteten Reklameschildern und Wohnungen vorbei Richtung Wood Green. Einige Stationen später stürzte sich eine Gruppe von wilden, türkischen Teenie-Mädels vor mir auf die Sitze. Lautes Gekicher.

»Look, Taylan is in the front bus…«, stellte eine mit Lockenkopf aufgeregt fest. Gekicher, Geschrei, als wäre der angehimmelte Taylan ein Popstar.

»Yeah Taylan, çok tatli[*]*.«*

»Yeah!«

»I told him, that I can't go out during the nights«, bedauerte der Lockenkopf.

»Did you?«

»Otobüs gitti[**] *…«*, stellte der Lockenkopf enttäuscht fest. Der vordere Doppeldecker verschwand in den Abendlichtern von Turnpike Lane.

»Giden gitmiştir, gitti anda bitmiştir[***]*«*, referierte ihre kleine Nachbarin philosophisch. Ich fing ihren Blick auf, nicht schlecht, die Kleine, zwinkerte ihr kurz zu, sie lächelte, drehte sich errötend zum Lockenkopf.

»Taylan wants to go out with me in the evenings, drinking and so … I told him my family is from BINGÖL[****]*…! And you know what he said? Burasi AVRUPA AND NOT BINGÖL*[*****]*. And I said: ›THANK YOU TO TELL ME THAT. I KNOW WHERE I AM …‹«*

»Yeah …«

»You know what Nurcan said? She said when she goes out with a boyfriend, she'll fuck.«

»Did she …?«

»Yeah. Oh did you see Blind Love last night?«

»No, what happened?«

»Well the girl introduced the boy to her family and he is gonna become a MUSLIM.«

[*] »Taylan ist sehr süß.«
[**] »Der Bus fährt davon.«
[***] »In dem Moment, in dem er geht, ist alles vorbei.«
[****] Stadt in Ostanatolien
[*****] »Das hier ist Europa und nicht Bingöl.«

»Is he? And what happened than?«

»They're going to show it next week. Yeah, all these families get involved.«

Der Doppeldecker hielt an, die Teenie-Mädels stürzten die Treppen hinunter. In meinen Ohren klang immer noch: *Giden gitmiştir, gitti anda bitmiştir…*, wie recht die Kleine hatte, na dann geht halt auch Madame Hannah Tuzcu. SO WHAT?

In den nächsten Tagen verhielt ich mich wie die Filmhelden aus Hollywood. Ich gab mich topfit, arbeitete viel, lächelte gut gelaunt und klang am Telefon immer enthusiastisch.

Ich dachte: Gib ihr bloß nicht das Gefühl, dass sie dich niedergeschmettert hat, diese heimliche Genugtuung gönnte ich ihr nicht. Einen gebrochenen Hasan würde sie nicht zu sehen bekommen. Die Weiber wollten immer einen Mann, der nach ihnen heult, damit sie Mama spielen, ihn trösten können, und heimlich lächeln sie in sich hinein: Habe ich's doch geschafft, ihn kleinzukriegen, diesen kleinen Jungen nach meinen Vorstellungen noch mal neu zu formen – *crash him and build him up.* Neee, nicht mit mir.

Für Ende Mai vereinbarte ich mit den Untermietern Ismail und Ismet deren Auszug. Die Brüder waren dabei, einen weiteren Kebap-Van in Willesden Green zu pachten, daher zogen sie wieder nach Nordlondon und ich nach Lewisham in meine verrotteten vier Wände zurück.

Momentan wollte ich allein sein und den Schauplatz meiner Niederlage hinter mir lassen, damit ich meine Batterien neu aufladen konnte.

21

Southall

Der einzige Lichtblick in dieser Zeit war das Opferfest*. Es erstreckte sich übers ganze Wochenende. Nach alter Tradition hätte ich Ali Bey, Ayşe Hanim und die ganze Cafe-Cyprus-Clique besuchen müssen, da sie alle älter waren als ich, aber momentan wollte ich mit der Green Lanes Gegend nichts zu tun haben. Daher war Kazims Vorschlag, uns in Southall zu treffen, ein willkommener Anlass für mich, einen neuen Teil Londons zu entdecken.

Kazim und Sukjeet waren mit klein Rana auf Familienbesuch bei Sukjeets Eltern. Das Opferfest sollte ein Fest der Versöhnung werden. Schließlich hatte Sukjeets Familie jahrzehntelang mit Moslems Tür an Tür in Southall gelebt. Sie wussten, dass sich zum Opferfest viele Zerstrittene wieder versöhnten.

Wir verabredeten uns für den Abend. Sukjeet wollte mir das beste Tandoori Restaurant von Southall zeigen.

In der Nähe des Bahnhofs leuchtete golden ein Dach in der Nachmittagssonne. In großen Buchstaben stand drauf »GURU NANAKA TEMPLE«.

Ich lief an unzähligen Geschäften mit Sari-Stoffen, Glitzerschuhen, Lebensmitteln, Curry-Takeaways vorbei, und

* Islamisches Fest

in der Luft lag der Geruch nach Frittieröl, Fisch, Curry und wunderbarem Sandelholz. Ich hielt einen Moment inne, sog alles ein und mischte mich unter die Leute.

An der nächsten Ecke wurde die Straßenszene schlagartig indisch, so lässig und locker wie ein Nachmittag in Kalkutta. Vor einem Lebensmittelladen saßen einige junge Männer in der Sonne, sie scherzten und lachten untereinander. Vor der Tür brühte einer von ihnen Tee im Samowar. Der Fleischerjunge vom Laden nebenan lehnte sich an einen alten Briefkasten und scherzte mit ihnen.

Ich hörte einige englische Worte heraus, es war ein Mix aus Urdu und Englisch. Ihr Ton kam mir nicht fremd vor, er erinnerte mich an die Istanbuler Straßen im Sommer.

Ich ging weiter, und in der High Street mischte ich mich unter eine Gruppe von jungen Girls, die kichernd und gackernd vor mir her schlenderten. Ich wollte die Frequenzen dieser fetzigen Girls empfangen. Sie schwangen verspielt die Hüften in den knallengen Jeans, darüber trugen sie enge indische Tops, die grün, rot und goldbestickt glänzten und einige Zentimeter von Taille und Bauch freigaben. Sie warfen schwungvoll ihre langen, schwarzen Haare über die Schultern, dabei klackerten und blitzten ein Dutzend bunte Armreifen an ihren Handgelenken. Sie sahen mich kurz von der Seite an, lächelten, giggelten, perlweiße Zähne, Nasenringe blitzten in ihren Gesichtern, dass es mich einfach umhaute. Alles in mir verlangte danach, noch mehr von diesen Girls zu spüren, zu riechen und ihnen nahe zu sein. Hatte ich mein Glück bis jetzt am falschen Ort gesucht? Kein anderer Fleck in London war so hip, frei und erotisch geladen wie diese Straße in Southall.

Am Abend saß ich gemütlich mit Sukjeet und Kazim im Tandoori Restaurant. Klein Rana wurde von der Großmutter betreut; was für eine Erleichterung für die beiden, nach langer Zeit mal wieder ausgehen zu können. Wir bestellten verschiedene Currys und frischgebackene Chapati. Ich berichtete aufgeregt von meinen Southall Eindrücken, löffelte dabei *lamb curry,* stippte Chapati ins Dal und begann das Essen zu genießen. »Umwerfend schön, die Girls hier, die *British girlies* – echt flott!«, bemerkte ich anerkennend.

»Von wegen *British*!«, sagte Sukjeet ironisch und verschlang ein Häppchen *chutney.* »Da wird einem was von *Great Nation, Britishness* vorgegaukelt. Es klingt nach Gleichheit und Multikulturalität. Und wenn du in so 'nem Furznest einen Pub betrittst, wird hinter vorgehaltener Hand über dich gemunkelt, die sehen dich gleich als Eindringling, als Fremden an. Nach außen hin, für den Kontinent, möchten sie alle als *The Great Nation with Antidiscrimination Laws* blabla geschätzt werden und damit glänzen.« Olle Sukjeet hatte eine scharfe Zunge, so scharf wie die Currygerichte auf unserem Tisch. Sie war in London aufgewachsen und hatte den Insider-Blick, wie ich ihn in Berlin hatte. »Klar«, meinte Kazim nickend. »In einer echten *multi-racial* Umgebung leben bedeutet, dass die Leute keine Angst haben und sich von WIR-IHR-, UNS-EUCH-Vorurteilen befreien. Andersartigkeit? Ja! Abwertung? Nein!«

»Ehrlich gesagt, gefällt mir das London der bengalischen Ladenbesitzer, der Brixton *girlies* und der Märkte«, sagte ich begeistert. »Es hat mehr Farbe, mehr Leben, mehr Dynamik und ist großzügiger als das London der Börsianer und anderen Haie. Diese Dagobert-Duck-Logik: Reichtum ins Unermessliche zu steigern – *pathetic*!«

»*Pathetic!*«, lachte Sukjeet, »willkommen in London, du hast schon den richtigen Ton drauf.«

»Natürlich sind wir die neuen Londoner, die alles pushen, putzen, polieren und dieser alten Stadt neuen Glanz geben«, meinte Sukjeet selbstbewusst, »wir bringen unsere Kraft und Kreativität ein und ändern vieles, machen es interessanter und attraktiver.«

Leuten wie Sukjeet und mir konnte man nichts mit politischem Multikultigelaber und Minoritätenwohltätigkeitsfesten vormachen. Sobald es um Bildung, Karriere, Gehälter, Anstellung ging, bekamen wir genau zu spüren, wo das Multikultidasein aufhörte. Besonders auf dem Berliner Wohnungsmarkt habe ich das jahrelang zu spüren bekommen.

In London hatte ich eine Antenne für Gleichgesinnte entwickelt, ich begegnete ihnen in der *tube,* auf Märkten, in Geschäften und Pubs. Ich erkannte sie an ihrem schnellen Gang, ihrer Direktheit oder an der Selbstverständlichkeit, mit der sie ihre traditionelle Kleidung trugen. So zum Beispiel der Sihk-Junge im Computerladen, der mit seiner coolen Londoner Aussprache und Turban fachmännisch Kunden bediente, oder die schöne schwarze Bankangestellte bei Barclay's mit ihren umwerfend grüngrauen Augen und meterlangen geflochtenen Zöpfen, der üppige kantonesische Koch vom Takeaway, wie gelassen und ruhig er durch den Laden ging und wie höflich er die Kunden bediente. Es waren diese neuen Londoner, die Kuldeep, Salma, Ali, Kim,

Meryem, Kirandeep hießen, mit denen ich auf gleicher Wellenlänge war.

Sukjeet hatte recht, wir waren die neuen Berliner, Pariser und Londoner, die in Kreuzberg, Barbès und Southall in Banken, Büros, Läden und Restaurants arbeiteten, unsere Energie, unseren Enthusiasmus ins Geschäft einbrachten und alles vorantrieben. Wir waren die neue Boheme, die die Szenen Stück für Stück eroberten. Wir schafften neue Bilder, neue Sprachen, neue Gewohnheiten, eine neue Person und stellten das Alte in Frage. Unser Hintergrund, unser kulturelles Gemisch machte uns wacher und empfänglicher für die Betrachtung unserer Umgebung aus verschiedenen Perspektiven.

Oft veräppelten wir heimlich die kleinkarierten Denker, die Holzköppe, die uns mit ihren engen Schablonen zu bewerten versuchten, uns als eine Generation des »Dazwischen« sahen. Denn im Grunde genommen konnten wir sie zehnmal schlagen, wir waren flexibler, schneller. Wir trugen all die historischen, kulturellen und politischen Gegensätze in uns, und wir wuchsen daran und schlugen Brücken. Wir passten in keine Schablone und waren eigentlich etwas ganz Neues, so ein Gemisch wie uns hatte es nie zuvor auf europäischem Boden gegeben.

Das Einzige, was diese Holzköppe mit uns vorhatten, war, dass wir so werden sollten wie sie: eine Sprache, eine Kultur, eindimensional, einschätzbar, in eine Schublade packbar. *Piss off!* Wir waren aus diesen Strickmustern herausgewachsen und hatten eigene Strukturen, die sie nicht begreifen wollten, weil sie ihrem gewohnten Denken nicht entsprachen. Und sie besaßen die unverschämte Dummheit, uns aus ihrer Beschränktheit zu beurteilen und als die »verlorene Generation« zu bezeichnen. *F… off!*

Wir waren eine Herausforderung für diese Holzköppe, denn wir sprengten die Grenzen in ihren Köpfen. Heimlich! Ja, wir waren Pioniere und Grenzgänger in Europa und hoben den Unterschied zwischen *placed* und *displaced* auf. Wir gingen unseren Weg und zogen Europa mit uns, manchmal ging es hinkend, manchmal schleppend, manchmal wie ein kleines Kind schreiend und sich auf den Boden werfend. SO WHAT!

Den ganzen Abend lang scherzten, lachten und diskutierten wir, leerten die Teller vor uns und entwickelten neue Geschäftsideen. Ich war froh, die beiden als Freunde zu haben, denn sie lenkten mich von Hannah ab und brachten mich auf andere Frequenzen.

Nach langer Funkstille rief mich Hannah an. Ich solle meine Sachen abholen, da sie ihre Wohnung untervermietet habe. Sie meinte sogar, ich könnte dort wohnen, falls ich für die Miete aufkommen könnte, wie reizend! Nein danke! Ich konnte es immer noch nicht fassen, dass sie einfach wegging.

Nach dem Kurs eilte ich zu Hannahs Wohnung.

Ich stieg eine Station vorher aus und wollte zu Fuß gehen, um mich auf diese Begegnung einzustimmen. Ich wollte es cool und lässig angehen. »Was soll's, so ist halt das Leben«, seufzte ich vor mich hin und schlenderte an kleinen Häusern mit Vorgärten und Büschen vorbei. In der Ferne donnerte es, und ein Lichtstrahl zuckte quer über den Himmel hinunter zu den kleinen Häusern. Ein Blitz, der sich jederzeit in ein gewaltiges Orchester verwandeln konnte. Ich ging schneller und legte mir ein paar Sätze zurecht.

Hannah hatte ihre Bücher und das runde lila Sofa weggeschafft, es lagen viele offene Kartons herum, gepackte Koffer standen im Korridor. Meine Sachen hatte sie in eine Sporttasche gepackt und gleich neben die Ausgangstür gestellt, so, als würde sie sie sofort loswerden, mich aus ihrem neuen Leben raushaben wollen. Ich schwieg, denn ich fühlte mich auf eine komische Weise schon von ihr verlassen. Als ahnte mein Instinkt bereits, was meine Ohren später zu hören bekommen sollten.

»Wer ist der Untermieter?«

»Fred.«

»Was für ein Fred?«

»Na, Fizzys Freund Fred, kennst du doch.«

»Ach, dieser Futzel-Typ!«

»Wenigstens zahlt er die Miete, was du ja nicht wolltest.«

»Wie bitte??? Nicht wolltest? Nicht konnte! Nicht jeder bekommt fette Schecks am Monatsende. Ich muss mir alles selber verdienen im Gegensatz zu dir und diesem Futzel.«

»Jetzt mach hier nicht auf armen Jungen, mir kommen gleich die Tränen!«

»Spottest du über mich?«

»Neee, ich will nur hier weiterkommen, wie du siehst, hab ich viel an der Backe, am Wochenende fliege ich schon.«

»Kannst es gar nicht abwarten, mich loszuwerden, wa?«

»Klingst beleidigt.«

»Pahhh, so eine wie du, so 'ne … so 'ne …«

»Na …? Sag schon … Geld-Tusse?«

»Eingebildete Mode-Mieze! Egoistin! So 'ne Tusse kann mich gar nicht beleidigen, einfach nicht mein Kaliber.«

»Raus!«, schrie Hannah und zeigte Richtung Tür.

»Nun mal ganz ruhig, Madame Tuzcu, ich gehe dann, wenn ich es will, immerhin habe ich bis jetzt all meine Entscheidungen selber getroffen!«

»Ach ja? Warum akzeptierst du dann nicht meine Entscheidung, nach New York zu gehen? Hä?«

»Weil du stillschweigend alles im Vorfeld geplant hast, mich dessen ungeachtet an dich gebunden, mir Hoffnungen gemacht hast und mich dann im letzten Moment mit deinem Weggehen konfrontiert hast, während du es bereits Monate zuvor gewusst hast. Dir waren meine Gefühle SCHEISSEGAL. Du hast nur an dich und dein Weiterkommen gedacht, sonst nichts!«

»Als ich dich kennenlernte, wusste ich noch gar nicht, dass ich so eine Möglichkeit bekommen würde, nach New York zu gehen, es hat sich erst in der letzten Zeit ergeben, kapiert? Ich komme ja in sechs Monaten wieder.«

»Und das soll ich dir abnehmen? Meine Gefühle ...«

»Meine Gefühle, meine Gefühle!«, äffte Hannah mich nach und blickte mich spöttisch an.

Da sah ich nur noch rot, rannte in die Küche, drehte mich im Kreis, trat heftig gegen den Tisch, alles schepperte, klirrte, ich schlug mit der Faust auf die Platte, Gläser flogen, zerbrachen am Boden. Ich brüllte: »Aaaaarrrgghhhhh!« und ließ meine Wut weiter an der Tischplatte aus.

Später kam Hannah in die Küche, die Arme vor der Brust verschränkt, sah sich kurz um, mied Augenkontakt, schwieg. Dann packte sie einige Sachen zusammen und ging ins Zimmer. Ich hörte sie nebenan irgendetwas vor sich hin reden, ihre Stimme hatte einen durchdringenden Ton. Sie erklärte etwas über ihre Situation, ging in Verteidigung. Ich hörte gar nicht richtig hin, blickte abwesend auf die Glassplitter am Boden und fühlte, wie alles in mir einstürzte, ich war platt wie ein Pfannenkuchen im Teller.

Später ging ich ins Zimmer, sie sah mich fragend an. Ich zuckte mit den Schultern. Plötzlich hatte ich Tränen in Brust und Hals und Angst, nicht reden zu können. Ich wollte vor ihr nicht weinen. Während sie sprach, stand ich mit dem Rücken zu ihr, schaute auf Kartons, Bücher und das Hannah-Porträt von Khan. Ich verstand jetzt auch, warum in alten türkischen Filmen die Männer mit dem Rücken zu der Frau redeten, die sie liebten, die sie aber dann verließen.

Nach einer Weile sagte ich: »Es tut mir leid, wirklich leid…«

Ich musste verletzlich geklungen haben, als ich diesen Satz aussprach, denn Hannah hielt kurz inne.

Dann kam sie auf mich zu, schluchzte auf, wischte sich die Nase ab und blickte zu mir hoch. »Komm her, bleib ruhig, ganz ruhig…« Sie legte ihren Arm um mich und hielt mich fest, aber es war eine zu oft von ihr benutzte Geste, so, wie sie immer auf Leute zuging, die sie erobern wollte, jedenfalls hatte sie den gleichen Ton in der Stimme. Ich hätte erneut ausrasten können! Ich wollte, dass ihre Stimme vor Erregung bebte, wenn sie mich in die Arme nahm.

Im Schlafzimmer klingelte plötzlich das Telefon und brachte uns wieder in die Realität zurück. Hannah nahm ab.

»Hi, daaas is ja 'ne Überraschung …«, rief sie enthusiastisch in den Hörer, sie klang plötzlich munter, fremd und weit von mir weggerückt.

Wer war da dran, der sie so schnell aufmuntern konnte? Ich hörte Hannah lachen, kichern, sie scherzte sogar.

War ich ihr lästig? Hatte sie mich vergessen? War das ihre Art, sich zu verabschieden? Sachen, die einen nicht tief betrafen, ließen einen auch nicht tief fühlen. War alles so oberflächlich gewesen zwischen uns?

Ich nahm die Sporttasche mit meinen Sachen, zog die Tür hinter mir zu und ging. Draußen regnete es, und ich konnte mich erst nicht bewegen. Dann lief ich mit gesenktem Kopf in den kalten Regen. In mir brach ein Orkan los. Er fegte durch mich hindurch und wirbelte alles durcheinander, riss mir schier Herz und Hirn heraus.

22

Circle Line II.

Mit nassen Haaren und Klamotten stieg ich in die Circle Line. Über mir tummelte sich der Londoner Verkehr, die Fußgänger, das Leben – ich fuhr einfach im Kreis. Unter London floss die Zeit langsam, sie stockte und moderte wie die Themse am National Theatre.

Zerstreut blickte ich umher und fing dabei den neugierigen Blick von einem Typen auf – es war Ray, Rons Kumpel. Ich nickte ihm müde zu und schwieg.

In Embankment Station stiegen wir aus und warteten auf Ron. Nach einer Viertelstunde kam er, quatschte und scherzte mit Ray. Ich saß mit gesenktem Kopf neben den beiden. In meinem Zustand war es mir gleichgültig, was sie über mich dachten. Ich schwieg. Dann stiegen wir in den hinteren Waggon der Circle Line. Die beiden unterhielten sich über ihren baldigen Auftritt. Nach einigen Stationen fragte mich Ron: *»Hey man, you were enthusiastic?«*

»Yes.«

»Courageous?«

»Yes.«

»Happy?«

»Yes.«

»And now depressive?«

»Yes.«

»Unhappy?«

»Yes.«

»Well, your fault was, that you thought too much about what these women are telling us. They think we men are unable, cold despots without any feelings. And they've been thinking this for the last 20 000 years. Now some men have started to believe in this bullshit! You try to understand and hope that living with women might improve, but …? Actually, there is only one problem between men and women: It's the WOMAN!«

Ron hatte recht. Das Ganze war doch so einfach: Eine Frau sollte kuschelig, anschmiegsam und schick wie ein Designerpantoffel sein, der einen zu Hause im Korridor empfing. Aber das begriffen die Weiber nicht, sie waren ständig auf Kriegspfad mit uns Männern.

In Barbican Station stiegen beide aus. Beim Abschied klopfte Ron mir auf die Schulter. *»Weekend we're playing in Notting Hill. Come around, have fun, good music, good looking girls to see … Believe me, it's not the end of the world. Take care.«*

Ich fuhr noch einige Runden auf der Circle Line. In der Nacht wandelte ich wie eine leere Hülle durch Straßen, grübelte und fand alles grau, fade und flach.

Am Wochenende stürzte ich mich in den Schuppen, wo Ron spielte. Es war ein harter Laden, ich betrank mich mit billigem Bier, rauchte, überließ mich den Rhythmen der Musik und rockte die Nacht durch.

In der Frühe machte ich mich auf den Weg. In diesen Stunden gehörte die Stadt mir. London war wie eine Stummfilmkulisse, wo mir Menschen begegneten, mit dicken Tränensäcken unter müden Augen, die sonst im Tempo der Stadt untergingen. Es waren alte, ergraute Männer und Frauen, die irgendwann karibische Inseln mit weitem Blick aufs Meer verlassen hatten, um ihr Glück hier im *motherland* auszuprobieren.

Jetzt kullerten sie in Dienstuniform übers Pflaster, die Treppen der Underground hinunter in das London der Tunnel, Neonlichter und *»mind the gap«*. Nur mühsam gewöhnten sie sich an die Enge der U-Bahnhöfe und die Winde der Tunnels, die einen eigenartigen, metallischen Geruch hatten.

Sie erinnerten mich an die alten Anatolier vom Kottbusser Tor, die frühmorgens in die Fabriken gingen, wenn ich gerade aus der Disco Bronx kam. Oft saßen sie müde auf den Bänken und warteten auf die U-Bahn. Je früher man mit Bahn und Bus fuhr, desto zerknitterter waren die Gesichter der Leute, weil niemand freiwillig vor zehn Uhr irgendwohin wollte. Diese Menschen waren Experten auf dem Gebiet des Fremdseins, der Einsamkeit und des Heimwehs.

Sie kannten jede Wendung, jede Nuance dieser Worte. Das neue Land war nicht bereit, für sie Heimat zu werden.

Ich schleppte mich schwer und kraftlos ins Bett. Momentan war alles in meinem Leben eine Baustelle. Ich musste wieder neu anpacken, aber mir fehlte die Power, denn ich war flach wie ein *eggmayonnaise sandwich*.

Im Bett starrte ich zur Decke und dachte, dass ich das Schicksal eines Torwarts teilte. Wie er konnte ich nicht laufen, nicht rennen und keinen umhauen. Ich stand die ganze Zeit zwischen den Pfosten, und da braute es sich in mir zusammen. Wenn man eine Messlatte für Schmerz aufstellen würde, dann müsste der höchste Punkt die Enttäuschung nach einem verlorenen Fußballspiel sein, wo sich alle Gefühle in Wut verwandelten und man ausgelassen brüllen und dann noch bis in die Nacht hinein diskutieren und den verfehlten Elfmeter in Zeitlupe analysieren konnte. Später, wenn man dann allein im Bett nochmals das Spiel Revue passieren ließ und nur fassungslos den Kopf schüttelte, dann drehte man sich irgendwann zur Seite, schnaubte die Wut ins Kissen und döste irgendwann ein. Ja, so sollte Schmerz sein und nichts darüber hinaus, sonst war er tödlich. Und so sollte auch der Rest meines Lebens sein.

Klares Licht und weißer Rauch mischten sich in meinen Augen. Alles wirkte seltsam flach vor mir, ohne Tiefenschärfe. An dem grellen Licht schloss ich, dass es noch nicht mal Mittag war. Ich versuchte die Augen aufzumachen, aber meine Lider wollten mir nicht gehorchen.

Ich hatte das Gefühl, mein Gehirn würde in Kürze schwinden. Ich musste aufstehen, mir war schwummrig. Ich ließ mich wieder aufs Kissen fallen und atmete schwer. Dann schleppte ich mich ins Bad und übergab mich.

Im Spiegel machten meine dunklen Augenringe einen Toten aus mir, und ich wirkte fahler als fahl. Ich strich mir über den Stoppelbart, seit Tagen hatte ich mich nicht rasiert, wollte auch nicht, wozu diese morgendliche Tortur mit Seife und Klinge? Vielleicht einen Schnurrbart wachsen lassen? Einen Oberlippenbart? Ja, so ein echter Schnurrbart sollte es sein! Schließlich trennte ein Schnauzbart richtige Männer von diesen verdammten Weicheiern! Was diese Weiber aus den Männern gemacht hatten: rosa Wackelpudel! Da sehnte man sich nach der Oberlippenkultur der Istanbuler Straßen, das müsste hier den Kerlen wieder bewusst werden, damit sie nicht nach der Pfeife der Weiber tanzten. »Ach Schätzchen, kannst du dich rasieren?« *Siiiktiiir Lan!* Was glauben eigentlich diese Weiber, wer sie sind? Hä? Schließlich hatte die Natur uns Männer mit Barthaaren geschaffen. Aus Protest gegen diese Dominas sollten sich alle Männer ein ganzes Jahr lang nicht rasieren, sich diesem Diktat nicht unterordnen, denn: Mann + Rasierapparat = Weichei.

Der Sonntag begann mit dem leisen Zischen und Köcheln des Teekessels. Während das Wasser warm wurde, zündete ich mir die erste Gitanes an.

Als der Kessel pfiff, goss ich heißes Wasser in den Teepot, ein herber Geruch von frischgebrühtem Tee breitete sich aus, und ich dachte, dafür bin ich auf dieser Welt.

Ein kleines, feines Teeglas mit glänzender Untertasse und einem feinen verzierten Teelöffel und heiß dampfender Tee mit drei Stück Zucker, ja, das war's. Ich verzichtete auf diese großen klobigen *mugs,* die hier zur Grundausstattung jedes Haushalts gehörten. Ich wollte endlich wieder die Farbe meines Tees sehen, an der jeder Teekenner Stärke und Geschmack ablesen kann. Ich liebte es, mit dem Löffel langsam im Teeglas zu rühren, dabei die sich auflösenden Zuckerwürfel zu betrachten und am Dampf zu riechen. Es beruhigte mich, dann war die Welt in Ordnung.

Ich goss mir einen *low tea* ins Glas, er hatte eine dunkle Farbe. Ich nahm einen Schluck, ja er war kräftig und würzig. Dann zündete ich meine zweite Zigarette an, nahm einen Zug, ja, das tat gut. Ich setzte mich an den Küchentisch, fasste meine Zigarette an wie eine Frau, wie eine Geliebte. Sie durfte nicht hart und spröde sein und auch nicht trocken und krümelig. Ich blickte auf den Aschenbecher voller Zigarettenstummel und wartete insgeheim darauf, dass die Tür aufging und die dunkle Zigeunerin von der Gitanes Packung reinkam, auf mich zuging und sagte: »Dich habe ich gesucht.« Ich wickelte sie in den Rauch meiner Zigarette, zog sie tief in mich hinein, nahm das taillierte Glas Tee, eine schöne Form hatte dieses Glas, es wurde auch *ince belli çerkez kiz** genannt. Nun war ich in Gesellschaft der Zigeunerin und des Çerkez Mädchens, berauschte mich an Tabak und Tee.

Rauchen war eine Imagination der Liebe. Eigentlich konnte man nichts festhalten; alles ging in Rauch auf, auch die Liebe. *»Seni sigaramini dumanina sarsam, içsem, icime çeksem…«***

Die Zigeunerin nahm mich in die Arme, streichelte mir über den Kopf, und die ganze Welt erschien mir ein wenig gerechter.

Aus einer alten Dose holte ich edlen Tabak, den ich vor einiger Zeit im Cafe Cyprus von Salim gekauft hatte. Es war reinster Tabak, auf fruchtbarem ägäischem Boden gewachsen, von der Sonne verwöhnt, von ledrigen Händen geglättet, gerieben, in Streifen geschnitten. Ich drehte mir eine fette Zigarette und inhalierte den Rauch. Was wollte

* Das tscherkessische Mädchen mit der schmalen Taille
** »Könnte ich dich in den Rauch meiner Zigarette einwickeln und tief in mich hineinziehen…«

man mehr? So wie dieser Tabak sollte meine Zukunft sein, ach ja …!

Mein Leben war an einem eigenartigen Punkt angelangt: es war handlungsarm, dafür aber äußerst gedankenreich. Die Zigeunerin auf der Gitanes Packung tanzte immer noch im Dunst durch den Raum.

Hannah war ohne Abschied nach New York gegangen. Mein Konto war leer, und ich saß in einem Zimmer, das auf eine Bahnstrecke schaute, beim Rattern der Züge vibrierte der Tisch immer leicht, und der Tee zitterte im Glas. Ich legte die Füße auf den Stuhl, knabberte an meiner Vergangenheit und schmökerte in den Tagen mit Hannah herum. Hannah hatte unsere einmalige, unschätzbare Beziehung weggeworfen wie eine Bananenschale, ohne sich dessen bewusst zu sein, was sie da eigentlich verlor.

Hannah und ich hatten eine perfekte Zeit, ich machte mir eine Sechzig-Sekunden-Montage aus dem Besten:

Columbia Pictures presents a Hasan Kazan Production: Hannah und Hasan im Restaurant, Spaziergänge im Park, Späße in der tube. *Pubbesuche, Küssen im Regen… »At the end the love you take is equal to the love you make.«* ENDE

Eines Nachts klingelte das Telefon sehr lange.

»*Allo,* canim*!«

»Ich höre.«

Aus dem Hörer merkwürdiges Rauschen. Ich schwieg.

* »Hallo, Liebes!«

»*Allo, allo,* bist du noch da?«

»Ja, ich stehe genau drei Meter von meinem Bett entfernt am Telefon.« Klick. Ein kurzer Moment der Stille, zerstückelt durch einen schwachen Piepton am anderen Ende der Leitung. Das Telefon klingelte zum zweiten Mal. Wenn ich jetzt abnahm, würde ich nicht mehr einschlafen können, dachte ich. Es war Mama am anderen Ende der Leitung.

Sie schrie mir ins Ohr, was ihr Organ hergab, als müsste sie über Marmarameer, Balkan, europäisches Festland, Ärmelkanal, Dover bis nach Lewisham schreien, also 3036 Kilometer Distanz überbrücken, damit ihre Botschaft auch tatsächlich bei mir ankam. Für Ende Juli war Ediz' Hochzeit angesetzt. Mama hetzte von einem Satz zum anderen, ohne Atempause, klagte über Vorbereitungen, Gästeliste, Tischdecken, Einladungskarten, Porzellan … lauter konkrete Sachen. Mamas Stimme brachte mich langsam auf den Boden des Alltäglichen zurück, in die reale, pragmatische Welt.

Zum Schluss meinte sie: »Buche deinen Flug rechtzeitig, am besten gleich!«

Am nächsten Morgen rappelte ich mich auf und ging zu Victoria Station. In dieser Gegend gab es viele *travel offices* mit günstigen Flugangeboten.

Ich trottete mit hängendem Kopf die Treppen der Underground rauf und runter, fühlte den ganzen schweren grauen Beton der Stationsdecken auf meinen Schultern. Im Bahnhof setzte ich mich auf eine Bank und betrachtete die riesigen Reklameplakate für *Cola light* und *light milk* mit den strahlenden schönen Frauen und Männern.

Hey Hasan, sagte ich zu mir selbst, ab sofort nimmst du das Leben wieder von der *light side,* so wie *Camel light, Joghurt light.* Alles einfach leichter, ohne Fette, Kalorien und den ganzen schweren Mist. Schließlich waren tote Punkte im Leben dazu da, dass man sie überwand.

Als ich aus Victoria Station rauskam, knallte draußen die Sonne auf den grauen Asphalt, der Sommer war längst in London angekommen, ich hatte es bloß nicht wahrgenommen.

Sommer in Berlin hieß für mich früher ins Prinzenbad gehen, fettige Pommes essen, Biertrinker mit Wampe am Kiosk, Goldkettenträger, Bademeister, Gewirr, Geplärre – nichts von all dem war in London zu sehen oder zu spüren.

Ich bekam ein günstiges Flugticket London–Istanbul und Istanbul–London.

An den folgenden Tagen gammelte ich durch die Seitenstraßen von Soho, wanderte durch die Galerien, starrte von der Waterloo Bridge auf die dahinfließende Themse und die majestätischen Türme, schaute mir alte Brücken und herrschaftliche Häuser dieser Stadt an.

Ich suchte nach der Freude, die ich einst in London hatte. Stattdessen hämmerten Fragen auf mich ein: Wer bin ich? Warum bin ich hier?

Eigentlich war es mir jetzt doch egal, ob der Big Ben läutete oder die spitzen Kuppeln von den Houses of Parliament elegant in die Luft ragten. Ich war allein in diesem riesigen, alten London. Alles nahm seinen täglichen Lauf, als wäre überhaupt nichts geschehen, und so war es auch, wenn man starb. Die Welt drehte sich einfach weiter, nichts geriet aus den Fugen. Alles war schon immer hier gewesen, vor mir, und nach mir würde es auch noch hier stehen, und nichts berührte mich mehr. Plötzlich war London mit seinem ganzen Pomp, seiner Coolness und westlichen Überheblichkeit fremd und unwichtig für mich geworden. London hatte ich mit Hannah entdeckt und mit Hannah geliebt, aber jetzt, wo sie nicht mehr da war, war mir auch London irgendwie egal geworden.

Die einzige Gewissheit, die mir blieb, war die, dass ich schon als Kind zwei verschiedene Welten in mir getragen hatte, die ich auch beide bewohnte. Ich lernte bereits sehr früh mit Hilfe der beiden scharfen Kameralinsen im Kopf die beiden Welten miteinander zu vergleichen, ihre Ticks, Macken und Vor- und Nachteile herauszufinden. Da war die eine Welt, in der Menschen nicht wussten, woher sie das Nötigste nehmen sollten und wo es morgen langgehen würde. In der anderen Welt wussten die Menschen nicht, wo sie mit sich hin sollten. Sie hatten zu viele Wahlmöglichkeiten und flüchteten sich ins Gejammer.

Manchmal stießen diese beiden Welten in mir zusammen, doch ich entzog mich der Explosion und begab mich auf meine eigene Ebene, meine dritte Ebene, mein Hasan-Zuhause.

23

Lavender Hill

Mutter Natur hat uns Männern die Gabe gegeben zu verdrängen. Was für ein Segen. Wie hätte ich sonst überleben können?

Langsam kam ich wieder in meinen alten Trott von Englischkurs und danach Bauarbeiten und war gerade auf dem Weg nach Palmers Green, als in King's Cross Betty in den Waggon zustieg. Ich sah sie zuerst, sie setzte sich ans andere Ende des Waggons, blickte ins Leere, schien abwesend zu sein.

Bis Caledonian Road Station überlegte ich, ob ich sie ansprechen sollte, dann sah sie mich – Betty war nicht überrascht, reagierte nicht. Nichts.

Ich setzte mich neben sie. »Hi«, sagte ich leise, und sie wendete sich mir langsam zu, sah mich an, brach plötzlich in Tränen aus, hielt sich die Hand vors Gesicht, schluchzte leise. Ich fühlte, wie meine Birne glühte, sah mich kurz um, einige Fahrgäste blickten schon in unsere Richtung. Eeyy, was war denn los?

Betty suchte nach einem Taschentuch, ich holte ein zerknülltes aus meiner Tasche und gab es ihr. Sie hielt es sich an die Nase und heulte unaufhörlich, was mir echt peinlich war.

»Was ist passiert?«, fragte ich besorgt. Betty schluchzte

und konnte kaum noch atmen, so heftig brach es aus ihr heraus. Ihr ganzer Körper zitterte – meine Güte, was war nur los?

»Bleib gaaannz ruuuhiig«, sagte ich sanft, zog sie ein Stück an mich, strich ihr über den Rücken und fühlte, wie verkrampft sie war. Tausend Sachen schossen mir durch den Kopf, machten mich ganz kirre. Dann, als wir in Arsenal Station einfuhren und Betty sich ein wenig beruhigt hatte, umarmte sie mich fest. Die müden Augen aller Fahrgäste ruhten auf uns. Ich sprach leise auf Deutsch, damit die Leute nicht so viel mitbekamen. In Finsbury Park Station stieg ich mit Betty aus, und wir setzten uns auf eine Bank.

»Was ist denn passiert? Kann ich was tun? Wo ist Khan?«

Betty sah mich mit großen roten Augen an, erneut flossen Tränen. »Weeeg. Wir haben uns getrennt, aus und vorbei!«, brach es aus ihr heraus. Einen Moment lang konnte ich nichts sagen, einfach NICHTS! Wie gelähmt saß ich neben ihr in diesem Bahnhof, und plötzlich nahm ich alles wie in *slow motion* wahr. Betty klammerte sich an meinen Arm, und wir saßen sehr lange fast reglos auf dieser Bahnhofsbank. Viele Züge fuhren ein, fuhren ab, Menschen kamen und gingen. Alles war wie durch eine Glaswand von uns getrennt. Wir kauerten wie zwei kleine Kinder im Regen unter einem Baum.

Später stiegen wir in die Victoria Line und fuhren nach Stockwell, denn Betty hatte in Lavender Hill einen Termin für eine Hausbesichtigung. Ich ließ die Bauarbeiten sausen und begleitete sie. Unterwegs erzählte sie mir, Khan habe einen Herzinfarkt gehabt und wie mies alles im Krankenhaus verlaufen war, wie bescheuert sich die Krankenschwestern angestellt hatten. Es wurde noch nicht mal ein EKG von ihm gemacht. Je mehr Betty erzählte, desto wütender wurde ich. Es war eine Kette von Missgeschicken, falscher Diagnose und falschen Medikamenten, die beinahe Khan das Leben gekostet hätten.

Wie konnten in einem Land, in dem die Dampfmaschine erfunden und Industrien gegründet worden waren, Menschen medizinisch so schlecht behandelt werden? Wer privat zahlte, lebte hier länger.

In Devon wurde Khan von seinen Eltern in eine Tagesklinik geschickt. Sie wollten ihren Sohn unter ihrer Aufsicht haben, schließlich war er ihr einziges Kind.

Wir stiegen in Stockwell um und fuhren nach Clapham.

Seit Khans Weggang hatte Betty die gemeinsame Wohnung nicht mehr betreten. Sie hatte ein paar Tage bei alten Bekannten gewohnt, dann war sie in einem Bed and Breakfast untergekommen, das ihre Mutter für sie bezahlte. Bettys Mutter war sofort nach London gekommen, als ihre Tochter am Telefon zusammengebrochen war.

Auch das Haus in Lavender Hill hatte sie für Betty arrangiert, es gehörte Bekannten von ihr, die nach Neuseeland auswanderten. Wir kamen mit Verspätung bei dem Haus an. Ein blonder Mann im Trainingsanzug öffnete uns die Tür, er hatte nicht mehr mit Bettys Besuch gerechnet.

Es war ein Reihenhaus mit zwei Zimmern im oberen Teil und einem Zimmer, Küche, Bad im unteren Teil. Dahinter lag ein kleiner ruhiger Garten. Das Ehepaar hatte schon das meiste in Kartons gepackt, sie standen kurz vor der Abreise. Das Haus gefiel Betty, sie wollte es mieten. Gleich zu Beginn des nächsten Monats konnte sie hier einziehen. Auf dem Rückweg meinte Betty, dass sie noch ein oder zwei Mitbewohner suche, da sie allein in so einem Haus nicht wohnen könne, schon allein wegen der Kosten. Wir sahen uns die Gegend an, liefen bis hin zum Battersea Park, und Betty fragte mich, ob ich nicht mit einziehen wolle? Die Frage überraschte und erfreute mich zugleich, denn die Gegend von Lavender Hill war gepflegter als die von meinem *council flat* in Lewisham. Ich nahm das Angebot an.

Am Wochenende rief Betty an. Ihre Mutter war zu einer Freundin nach Edinburgh gefahren, und sie hatte schon die Schlüssel für das Haus bekommen. Ich begann meinen Umzug in Angriff zu nehmen.

In meinem Zimmer sah ich mich um. Berge von Krimskram lagen herum. Werbestifte, Lineale, Stecker, alte Tassen vom Markt. Immigranten pflegten alles in Koffer zu stopfen, für den Fall dass… Schließlich waren sie in dieses England gekommen, um etwas zu besitzen. Sie hatten ja nichts. Aber dieses England mit seinem *mortgage system* nahm ihnen auch etwas – nämlich die Jugend, die Zeit, die Gesundheit.

Die neue Miete war hoch, mein Konto knapp, deshalb dachte ich daran, das Rauchen aufzugeben. London und Gitanes: unvereinbar. Also musste ich mich von der tanzenden Zigeunerin verabschieden.

Es war schwer, denn die Sucht saß im Kopf, meine Sucht war meine Leidenschaft. Panik überfiel mich, wenn ich spätabends unterwegs war und befürchtete, die Zigaretten könnten mir ausgehen. Es ging so weit, dass ich ohne Grund ausrastete.

Um mich auf andere Gedanken zu bringen, rappelte ich mich auf und fing an alles zu sortieren und einzupacken. Ich warf alle Aschenbecher, Zigarettenstummel, halbvolle Gitanes Schachteln in den Müllbeutel, dann packte ich alte Zeitungen und Magazine dazu, schnürte ihn fest zu, warf den Beutel mit einem heftigen Schwung in die Tonne und knallte den Deckel zu, dabei fühlte ich mich wie eine Heckenschere, die die Sträucher und den Wildwuchs im Vorgarten in Form bringt.

Mein neues Leben sollte sauber und rein, ohne Ballast aus der Vergangenheit beginnen. Ich räumte den Kühlschrank aus, lüftete meine Kleider, packte meine Bücher, zog das Bett ab, stopfte die Bezüge in die Trommel im Waschsalon um die Ecke. Dann füllte ich die Wanne mit heißem Wasser und streckte mich der Länge nach aus. Es war jetzt Sonntagabend, und ich hatte keine Packung angerührt, keinen Stummel zwischen den Lippen gehabt. Es wurde Sonntagnacht, und ich schlief unruhig. Am nächsten Morgen, nach dem Frühstück, begann das Zippo Feuerzeug in meiner Hosentasche zu wackeln, zu jucken. Ich öffnete den Reißverschluss meiner Jacke und durchwühlte die Innentaschen auf der Suche nach einem Päckchen Gitanes. Jetzt eine Zigarette! Ich fand eine fast leere Benson und Hedges, schon allein bei diesem Namen verknotete sich meine Zunge, auch der Geschmack ließ zu wünschen übrig. *»Stop, top, drop smoking…«*, sagte ich mir immer wieder vor.

Dann begann ich meine Kleider zu sortieren und zu packen, dabei stieß ich in der Schublade auf einen Stapel von Fotos vom Highgate Cemetery, von unseren Spaziergängen, vom Besuch bei Hannahs Eltern. Ich zog die Fotos heraus, auf denen ich mit Hannah gemeinsam drauf war, schnitt sie in der Mitte durch und verglich unsere Gesichter. Dann halbierte ich Hannahs Gesicht und meines und fügte unsere Hälften zusammen. Irgendwo hatte ich gelesen, dass ein physiognomisches Echo ein Hinweis auf Harmonie ist. Wir hatten beide den gleichen Oberlippenschwung, aber die Form der Brauen war verschieden. Sie hatte diese langen dünnen, nach oben geschwungenen Brauen, wohingegen meine wie Pinselhaare ins Gesicht hingen, und unsere Augenlider waren ähnlich. Wenn ich uns beide so betrachtete, passten wir eigentlich gut zusammen. Wir waren ein schönes Paar, ein Topf mit passendem Deckel, was wollte sie mehr? Andere Paare hätten dafür den Kilimandscharo bestiegen, wenn sie so zusammengepasst hätten wie wir.

Hannah war einfach zu sehr verwöhnt vom Leben. Ich meine, sie wuchs mit Vater, Mutter, Haustieren und Privatschule auf. Ja, wenn ich die Leute um Hannah und aus meiner Berliner Unizeit genauer betrachtete, dann bestand doch das einzige Drama dieser Nutella-Typen in ihrer Beziehung – allenfalls waren sie noch Scheidungskinder. Da war nichts, was sie plötzlich aus der Kurve schleuderte, ihnen ihre Lebensgrundlage nahm, kein Monsunregen oder Erdbeben. Sie hungerten nicht, verdursteten nicht, sie erfroren auch nicht, ertranken in keinen Fluten oder Schlammmassen.

Und diese Nutella-Typen hatten so viele Möglichkeiten, ihren Kummer, ihren Schmerz in Reisen, Hotels und Wellness umzuwandeln, sich davon zu befreien, sie waren so mobil, so reich, so egoistisch dazu. So auf sich bezogen, ihren Kummerbrei wiederkäuend, dass sie ganz vergaßen, dass Millionen von Menschen tagtäglich hungerten, Durst hatten und sich dabei tapfer durchs Leben schlugen. Sie wollten nur das Beste, echte Liebe, wahre Gefühle, mehr Liebe und Leidenschaft, und zwar sofort und für immer, ohne dafür zu kämpfen oder sich in ein Risiko zu stürzen. Es sollte immer auf Knopfdruck bereit sein, wie die Bestellung von Pizza oder beim *Chinese take-away.* Aber Liebe war kein *take-away,* sondern viel Arbeit, Hingabe und Aufopferung.

Mit Hannah hatte ich vieles erlebt, einiges hatte ich auch falsch gemacht, die Sachen waren eben passiert, das war jetzt Vergangenheit, ich konnte es nicht mehr ändern. *Peace with the past.* Das war die Quintessenz meiner Gedanken der letzten Zeit.

Lavender Hill, ein Hügel in der sonst flachen Stadt. *Police Station, Magistrate,* ein Stückchen weiter eine Straße mit Reihenhäusern, die weit nach Norden führte und einen guten Blick auf London freigab. Dann ein *Post Office,* am anderen Ende des Hügels ein Pub. *ASDA 24 h Supermarket* mit Parkplatz war das Erste, was ich auf diesem Hügel und in dieser Gegend kennenlernte.

In diesem Laden waren die Regale riesig lang, die Kellogg's Cornflakes Packungen riesig groß, die Milch in Dreiliterflaschen, die Einkaufswagen so breit wie Panzer. Viele schwarze Kassiererinnen, schwarze Mamas mit Kind im Einkaufswagen. Kaufe drei – bezahle zwei! *Half-price*-Etikett. London Billig.

»Steve verbessert sein Deutsch und ihr euer Englisch!

Win to win situation.« Frau Feldmann lächelte wie eine Consultingberaterin und zündete sich ihre erste Morgenzigarette an. Bettys Mutter war eine gepflegte Frau mit hellblauen Augen, die Betty von ihr geerbt hatte. Sie hatte diese unheimlich schön leuchtenden blauen Augen, die sich einem sofort einprägten. Ich meine, mit diesen hellen, klaren Augen war sie etwas Besonderes, und das wusste sie auch, denn beim Frühstück ließ sie sich von mir bedienen wie die Herzogin von Kent. Meinen Verdruss darüber spülte ich mit einer großen Tasse Milchkaffee runter.

Beim Frühstück erzählte sie uns voller Begeisterung von Steve, unserem neuen Mitbewohner, den sie, ohne uns zu fragen, von Anfang an mit eingeplant hatte. Er war der Sohn ihrer Jugendfreundin Avril aus Edinburgh und auf dem Weg hierher.

Ich muss zugeben, dass sie beim Umzug eine große Hilfe war. Sie organisierte alles für Betty, was deren trübe Stimmung ein wenig aufhellte und uns somit einen leichteren Anfang in der neuen WG ermöglichte.

Die Feldmann schien ihre Finger und Connections überall zu haben, denn im Nu hatte sie den Mietvertrag für Betty unter Dach und Fach gebracht. Die Vorbewohner waren Bekannte ihrer Bekannten, die in Neuseeland eine Farm gekauft hatten.

Nach der zweiten Tasse Kaffee wurde sie noch einen Zacken lauter und gesprächiger. »Steve ist in deinem Alter, hat ein abgeschlossenes Studium, einen Job als Deutschlehrer und scheint alles schneller auf die Reihe zu bekommen als du«, erklärte sie Betty vorwurfsvoll.

»Das musst ausgerechnet DU MIR sagen …!«, wehrte

Betty ab. »Ihr hattet es doch damals einfach. Mit Wirtschaftswunder, Vollbeschäftigung, einmal Indien und zurück und dann mit Sozialpädagogikstudium zur Geschäftsführerin werden. Pah!«, rief Betty voller Trotz und Wut. Die Feldmann blickte überrascht über diesen heftigen Ausbruch, schüttelte ungläubig den Kopf und goss sich eine weitere Tasse Kaffee ein.

Betty hatte recht, diese 68er und Möchtegern-Weltverbesserer waren doch nichts anderes als die verhätschelten Kinder des Kapitalismus.

»Unsereins schlägt sich mit Furzjobs durchs Leben, und diese Revolutionäre sitzen jetzt in Toppositionen, verlagern Arbeitsplätze nach Vietnam, Indien und Bangladesh und lassen dort für 'nen Penny Kinder arbeiten«, fauchte Betty wütend und sah ihrer Mutter direkt ins Gesicht. »Ihr hattet die Zuversicht, dass ihr feste Arbeitsverträge, Gehälter und Rente bekommen würdet!«

»Diese Tresengenies, die gehen doch nicht mehr auf die Barrikaden, sondern warten auf die fette Rente, und ihre Pinkelpausen sind terminlich effizient im Computer festgehalten«, sprang ich ihr bei.

»Wenn sie überhaupt einen Computer benutzen können«, ergänzte Betty ironisch.

Die Feldmann zog genervt die Brauen hoch und winkte lässig ab: »Wenn man es nicht in der Birne hat, dann sind immer die Umstände, die anderen daran schuld«, sagte sie trocken und hielt Bettys Blick stand. »Das ist so ein abgedroschenes Zeug, was du da erzählst!« Die Feldmann schaute uns verächtlich an.

»Ach ja?«, fragte Betty lakonisch. Ihre Mutter stand

ruckartig auf, nahm ihre Zigaretten vom Tisch und ging nach oben. Ich schwieg. Betty ebenfalls. Stille.

»F… off!«, zischte Betty zähneknirschend.

Am späten Sonntagmittag ging Betty zum *fish and chips shop.* Sie wollte, dass ihre Mutter vor ihrer Abreise noch eine echte englische Spezialität zu essen bekam. Währenddessen erzählte mir Frau Feldmann von ihrer schottischen Freundin Avril, deren Mann Ian und den Kindern, Enkelkindern und Freunden. Wie freundlich und herzlich sie alle miteinander umgingen, was für einen höflichen Ton sie an den Tag legten und vor allem, was für gute Manieren sie hatten. All das schien Frau Feldmann sehr beeindruckt zu haben, und sie verglich es natürlich mit den Verhältnissen bei sich zu Hause. »Bei uns zweifeln sie und sind selbstgefällig. Sie nörgeln ständig, kritisieren, verachten, beneiden heimlich, das ist so typisch. Dann heißt es immer, wir haben schon alles gesehen, uns beeindruckt nichts mehr. Wahrscheinlich geht es den Leuten zu gut, sonst würden sie alles viel enthusiastischer betrachten, wie Kinder einen Weihnachtsbaum. Mit großen überraschten Augen an das Leben rangehen und nicht so blasiert sein. Nein, bei uns haben die Leute zu viel Speck an den Hüften und an der Seele. Dabei könnten sie so viel dazulernen, findest du nicht?«

Ich nickte und dachte, im Prinzip hat sie ja recht. Aber ich hatte jetzt keinen Bock auf tiefsinnige Diskussionen.

Bettys Mutter würde nicht nur mit schottischem Whisky im Gepäck zurückreisen, sondern auch mit einem neuen Blick auf ihren Mann, ihre Ehe, die Schweiz. Und mit der Erkenntnis, dass man sich von außen betrachtet auf einmal ganz anders wahrnahm.

Nachdem Bettys letzte Kartons ausgepackt waren und ihre Bücher im Regal standen, bereitete sich Frau Feldmann auf ihre Rückreise vor.

Montag früh, kurz vor ihrem Aufbruch, nahm sie mich beiseite: »Hab ein wachsames Auge auf meine Kleine. Sie braucht jetzt eine starke Schulter«, bat sie mich besorgt. Sie bekam mein Versprechen.

Abends beim Essen erzählte mir Betty, dass ihre Mutter eine sehr eigene Art hätte, ihren Zorn und Protest gegen ihren Mann, die Gesellschaft und vor allem auf Fußgängerwegen parkende Blechlawinen zu zeigen. Sie hätte immer einen großen, spitzen Nagel in der Handtasche dabei, den sie an schlechten Tagen herausnahm und an parkenden Autos auf Fußgängerwegen entlangzog. Eine Art postmoderne Protestkunst.

Am folgenden Freitagabend holte Betty unseren neuen Mitbewohner Steve vom Bahnhof ab. Betty hat viele Sommerferien mit ihrer Mutter und Steves Familie verbracht. Ein zweiter Gast namens Keith war auf dem Weg nach Lavender Hill, er war Steves Freund.

Ich hatte die ehrenvolle Aufgabe, im neuen Haus ein Dinner vorzubereiten.

Ich entschied mich für einen Braten und frisches Gemüse, es war jetzt die richtige Jahreszeit dafür. Ich wollte Betty betütteln und sie von dem Müsli-Muff und Wheetabix-Brei befreien, denn sie war drauf und dran, zur Fleischlos-Fraktion überzulaufen. Für mich war der Geschmack viel wichtiger als das ganze Getue um die Tischordnung.

Während Tee vor sich hin köchelte, kleine gerollte Böreks im heißen Fett brutzelten, klingelte es an der Tür, dann klopfte es. Ich wischte mir die Hände ab, hastete zur Tür und öffnete. Vor mir stand ein Rucksack von der Größe des Ayers Rock und versperrte jede Aussicht. Ich atmete tief ein, und dann hörte ich hinter dem Ayers Rock ein tiefes: *»Hi, I'm Keith!«*

Ich stellte mich auf die Zehen und erblickte ein paar Schweinsäuglein und einen braunen Bart. Keith kam mit seinem gigantischen Rucksack in die Küche und beengte damit meinen Bewegungsradius, den ich zum Schälen, Schneiden, Schnippeln und Rühren brauchte. Er roch nach kaltem Rauch und schmutzigen Waggons. Ich zeigte ihm das Bad und stürzte mich wieder auf meine Kochtöpfe.

Später saß Keith mit nassen Haaren und Bart am Küchentisch und erzählte mir von seinen zahlreichen Reisen durch die USA. Er war über ein Jahr herumgereist und befand sich jetzt wieder auf dem Heimweg.

Es klickte an der Haustür, ein Schlüssel drehte sich im Schloss, und Betty kam mit unserem neuen Mitbewohner Steve herein. Er war groß und breit, hatte einen karierten Pullover an und im Gesicht einen Faltenwurf, der ihn aussehen ließ wie einen englischen Mops im Burberry Pulli. Keith stand abrupt auf, fiel Steve um den Hals, beide umarmten sich lange, als wären sie gerade einem Attentat entgangen. Betty und ich blickten uns überrascht an, und dann klickte es bei mir. Waren die beiden vom anderen Ufer? Ich sah Betty fragend an. Sie nickte kurz und schwieg.

Sie schleppten ihr Gepäck nach oben. Endlich hatte ich die Küche für mich allein. Ich räumte auf, deckte den Tisch, zündete Kerzen an und goss den Wein ein.

Als alle wieder runtergepoltert kamen, servierte ich. Der Braten schmeckte vorzüglich, der Wein war spritzig, die Unterhaltung desgleichen, das Leben war schön.

Steve gab zu allen Gerichten seinen Senf, als würde ohne diesen alles nur halb so gut schmecken. Er wusste die Zutaten für Bohnensalat, Lammbraten, gefüllte Paprika, er war ein wandelndes Rezeptbuch.

Während er von der türkischen Küche schwärmte, benutzte er immer wieder Worte wie *Mediterranean cuisine, Byzantine cuisine, old Constantinople* ... Ich war mir sicher, dass diese Äußerungen jeden konservativ eingestellten Kleinasiaten auf die Palme gebracht hätten, aber ich ließ mir das nicht anmerken. Schließlich checkte ich sofort, was bei ihm abging. Ich meine, Steve wusste viel über Essen und Gourmets. Er wollte wohl gegen das verbreitete Klischee vorgehen, dass man auf dieser Insel zwar schönes Tischporzellan hatte, aber nichts vom Kochen verstand. Wahrscheinlich hatte der arme Kerl in seiner Kindheit nur *Haggis** und *Kippers*** bekommen.

Ich verschlang gerade das letzte Stück Lamm, da meinte Keith abschätzig: *»He's a winner, she's a loser.«* Er teilte die Welt – einen Planeten von ca. 5,5 Milliarden Menschen – in *winners and losers* ein. Dazwischen gab es nichts. Jahrtausende alte Kulturen und Traditionen betrachtete er wie Rechenaufgaben, und so war auch seine Art zu reden. *»You folk«, »you guys«* war einer seiner Standard-Satzanfänge, die er sich wahrscheinlich auf seinem USA-Trip angewöhnt

* Schottisches Gericht aus Schafsinnereien
** Räucherhering, Bückling

hatte. Keith sprach einfach, dachte einfach und war einfach – einfach dumm. Aber das äußerten wir natürlich nicht. Er war eben zwischen roten Backsteinen, kleinen Häusern, einsamen Straßen, Neon, Beton in einer kleinen englischen Stadt aufgewachsen, trug einen stinknormalen Namen und war auf seine Art eben ein Nullachtfuffzehntyp, nichts weiter.

Als ich den Nachtisch servierte, sprachen sie gerade über den Film *Schindlers Liste*, dann übers deutsche Kino.

»*These fucking Krauts don't know anything about being creative. They put everything in fucking groups with registration numbers on top… Do you know that they let their country down? These Fritz, these damn Fritz*«, brabbelte Keith vor sich hin, wahrscheinlich nahm er an, dass am Tisch kein Deutscher saß. Wenn ich die Augen schloss und ihm zuhörte, dann klang er wie ein alter weißer Engländer aus einem *suburb* Pub, der nach drei Pints eine rote Birne und rote Rübe hatte und sich über seine Jugendzeit ausließ.

»*You've never been to Germany! How do you know the Krauts?*«, fragte Betty genervt.

»*Everybody knows that about the Krauts. Common sense. They're just Krauts*«, lachte er, vom Wein berauscht und mit rotunterlaufenen Augen.

»*The Krauts don't have much fun, but we've a lot of fun about them.*«

»*What about Pakis and wogs?*«, fragte Betty wütend.

»*Blitz, Fritz, tough stuff…*«, lachte er über seine eigene Bemerkung.

Im Schutz der intimen Kerzenbeleuchtung hatte Betty ihren Ärger bis jetzt verbergen können.

»What do you mean with Fritz, Blitz?«, fragte sie in einem ungewöhnlich ruhigen Ton, doch unter dem Tisch wackelte sie nervös mit dem Bein.

»Oh, just joking«, lachte Keith und leerte sein Weinglas.

»Ooohhh, JOOOKING? I have enough of that!«, fauchte sie und errötete jetzt sichtbar. Dann schossen die Gegenangriffe und Beschimpfungen nur noch so aus ihrem Mund.

An den genauen Wortlaut kann ich mich nicht mehr erinnern, aber sie schlug mit der Hand auf den Tisch, dass die Messer und Gabeln in den halbleeren Tellern klirrten. »Diese elenden Frontwitze aus Opas Zeiten sind so abgedroschen, so 'ne abgefuckte Propaganda! Wo ist der Unterschied – ob sie über Pakis, Wogs, Krauts, Frogs herziehen oder von Ratten, Gesindel, Judenpack reden? Wo bitte ist der UNTERSCHIED???« Betty war laut genug, um die anderen am Tisch zum Schweigen, ja Flüchten zu bringen. »Purer Shit ist das. Shit Imperialismus, Teilung, Vernichtung, Sklaverei, Diktaturen in Afrika, Indien, Asien, ja sogar in Amerika. Dafür müsste diese scheiß Insel Reparationskosten noch in hundert, ja tausend Jahren bezahlen!!!«

Jetzt war die Stimmung dahin, der Abend gelaufen. In dem Moment schaltete ich auf pragmatisch und begann die leeren Teller und Gläser abzuräumen, was auf die anderen befremdlich wirkte. Sie verabschiedeten sich unter Vorwänden und gingen hinauf ins Zimmer.

Da saß ich nun mit Betty und einem Berg von schmutzigem Geschirr in dieser kleinen Küche auf einem Hügel in London inmitten einer Insel, deren Vergangenheit glorreich und brutal zugleich gewesen war.

Betty betrank sich bis in die Nacht hinein und faselte immer noch was von Wiedergutmachung und heuchlerischen Imperialisten. »In Deutschland wurde wenigstens aller Shit auf den Tisch gepackt«, meinte sie. »Mit diesem stinkenden alten Shit habe ich nichts zu tun!«

Kurz vor Mitternacht nahm ich sie unter den Armen und schleppte sie in ihr Zimmer. So wie sie roch, war das kein Kater mehr, sondern ein Puma.

Samstagvormittag polterten Steve und Keith die Treppe hinunter, sie machten sich auf den Weg zu Keith' Familie. Danach wollten beide gemeinsam Urlaub in Italien machen. Ende August wollte Steve wieder in Lavender Hill eintreffen und seine neue Lehrerstelle antreten.

Ich half beiden mit dem Gepäck, verabschiedete mich von ihnen und schlug erleichtert die Haustür hinter ihnen zu.

24

Liebe ist $C_4H_5CH(NH_3)CH_3$

Schrille Farben und wilde Muster waren nicht Bettys Ding. Zurückhaltendes Weiß an den Wänden, ein Chromleuchter aus den Siebzigern, flauschiger Flokati vor dem Sofa, überdimensionierte Bilder von Khan, das war Bettys neue Höhle, in die sie sich zurückziehen und ihre Wunden lecken wollte. Betty und ich mieden Themen wie Khan, Hannah, unsere Beziehung, das war einfach noch zu nah dran, und es würde unsere gesamte Chemie und Gedanken radikal durcheinanderbringen, vielleicht auch ändern. Ich drängte Betty nie, da ich Angst hatte, etwas zu zerstören, was noch im Entstehen war.

Nachdem die letzten Sachen einschließlich Kleiderbügel verstaut waren, ließ Betty das Haus von einem Feng-Shui-Master segnen, jeden Winkel, jede Ecke, jeden Raum. Ein Hausaltar mit einem dicken Buddha aus grüner Jade, Räucherkerzen, Blumengirlanden, einem sich drehenden Derwisch, der Göttin Shiva und Jesus am Kreuz befand sich in brüderlicher Vereinigung auf unserem Küchenschrank, und an unserem Tisch sollten nie die Worte: Wog, Paki, Kraut, Frog, Nigger fallen. Nie.

Die erste Zeit mit Betty unter einem Dach war schön und ungewohnt. Sie war sehr still, und das war auch gut so, denn ich konnte mit heulenden Frauen nicht umgehen und auch nichts anfangen.

Ich war froh, in dieser WG gelandet zu sein, denn im Gegensatz zu den Drei-D-Landeierfrauen aus der Berliner WG war Betty keine Putzfanatikerin. Sie war eine Frau von Welt, eine Kosmopolitin für deutsche Verhältnisse. Sie hatte einiges Provinzielle und Kleinkarierte von sich abgeschält und stand mit beiden Beinen in diesem London.

An manchen Abenden, wenn der Fernseher lief, die Pizza in der Mikrowelle brutzelte und das Küchenradio dudelte und die Details des Alltäglichen in den Vordergrund rückten, dann hatten Betty und ich eine Ruhe und Vertrautheit miteinander, die ich so noch nie erlebt hatte. Es lenkte mich von meiner Wut auf Hannah ab, und es tat mir gut, mich mit Alltäglichem auseinanderzusetzen.

Betty war nicht wie andere Frauen, so mit Löckchen, Make-up und hohen Stöckelschuhen. Ich glaube, als Kind hat sie selten ein Kleidchen getragen und mit Puppen gespielt. Nein, sie war eher wie ein Kumpel, und wir verstanden uns wie Kids, die zusammen eine Sandburg bauen.

Betty zahlte keine *council tax* und keine Fernsehgebühren, sie fuhr oft schwarz und kaufte nie Toilettenpapier, Servietten, Salz, Pfeffer, Zahnstocher, Essig, Besteck, Aschenbecher, Zucker oder Handtücher. All diese Sachen ließ sie aus Fünfsternehotels und Restaurants mitgehen. Es war ihr Protest gegen das *Rip-off-London.*

Wir entdeckten das Pub The Falcon, das sich am Ende des Hügels breitmachte. Es war gut besucht, meistens Engländer, zwei schwarze Männer, der Rest Weiß, obwohl einige Straßen weiter die Gegend um Battersea *Black* war.

Als wir aus dem Pub raustorkelten, überraschte uns ein Nieselregen, und wir schlenderten und schaukelten wie betrunkene Arbeiter an einem Freitagabend nach Hause.

In der Küche öffneten wir noch einige Dosen Beck's, draußen peitschte jetzt der Regen heftig gegen das Fenster. Wir leerten langsam unser Bier, mir brummte schon der Schädel, als Betty plötzlich ganz nüchtern sagte: »Gefühle sind organisch.«

»Liebe auch«, bemerkte ich halb abwesend und hoffte, der Regen draußen würde endlich aufhören und ich könnte wieder meine Runden drehen, denn das hatte ich mir in letzter Zeit angewöhnt, vor dem Schlafengehen durch die Seitenstraßen dieser Gegend zu flitzen.

»Also ständig veränderbar? Risiko?«, fragte Betty neugierig und blickte zum Fenster, draußen trommelte der Regen gegen die Scheibe. Ihr in die Augen schauen und über solche tiefsinnigen Sachen reden würde mich und Betty einfach umhauen. Das würde in weite Meere ausufern und unsere gesamte Chemie und Gedanken radikal durcheinanderbringen. Das wussten wir beide, deshalb schwiegen wir und hörten den lauten Regentropfen zu.

In dieser Nacht gab es Momente, wo ich zu ihrer Tür stürmen und zaghaft klopfen wollte, wo ich ihr tief in die Augen schauen und sie fest um die Hüfte fassen wollte. Ja, solche Momente gab es, aber es blieb dabei, und im Nachhinein bin ich darüber froh, dass es bei solchen Momenten blieb. Ich meine, hätte ich an ihre Tür zaghaft geklopft und Betty fest an mich gezogen... Den Rest können Sie sich ja denken!

Ich glaube, ich hätte einen guten Kumpel verloren. Schließlich war Betty was Besonderes, sie suchte einen

Freund, der sie nicht anschrie, sondern in Ruhe ließ. Aber wie sollte ich das alles hinkriegen, was Frauen sich von uns Männern immer wünschen? Begriffen sie denn nicht, dass wir aus Fleisch und Blut waren?

In Downing Street Number 10 war der Honeymoon der deutsch-britischen Beziehungen vorbei. Auch in Lavender Hill hing der Haussegen seit Tagen an einem seidenen Faden.

Betty war ständig auf Achse, kam spät in der Nacht nach Hause, putzte die Küche, backte um Mitternacht Plätzchen – und ich machte mir Sorgen um sie. Eines Abends brachte sie eine dürre, kleine Chinesin mit, die nochmals jeden Winkel, jede Ecke, jeden Raum mit irgendwelchem Zeugs ausräucherte.

Dann begann sie von Joga, Tanz und Taekwondo zu reden. Ihre innere Unruhe machte mich ganz kirre, denn es lag eine gewisse Verzweiflung darin, wie sie jede Stunde mit irgendetwas ausfüllen musste. Es war, als suchte sie noch immer nach einem Anker, der sie vor ihrer Trauer und Verzweiflung retten sollte.

Ehrlich gesagt, beneidete ich sie nicht um das Gepäck, das sie aus ihren Jahren mit Khan noch mit sich herumschleppte.

Ein verregneter Abend, Betty schwieg, kein Wort, kein Ton. Später klingelte das Telefon. Sie hatte ein langes Gespräch mit Khan. Inzwischen ging ich bei ASDA einkaufen. Als ich mit schweren Tüten zurückkam, hing sie immer noch an der Strippe. Es roch nach Krise!

Mittlerweile ging es mir an die Nieren, fast bereute ich es, mit ihr zusammengezogen zu sein, denn ich hatte das komische Gefühl, dass sie mich und alle anderen für Khans Anfälle verantwortlich machte. Ich hielt wie immer schweigend Distanz. Betty nahm die Fernbedienung vom Tisch und schaltete den Fernseher aus. Einen Augenblick lang stand sie da, starrte auf den dunklen Bildschirm, bevor sie mit einer heftigen Handbewegung die Fernbedienung quer durchs Zimmer schleuderte, bis sie mit einem Knall knapp unter Khans Bildern gegen die Wand schlug und in Stücke sprang.

Ich blieb stumm, mein Herz schlug schneller, ich hielt den Atem an, versuchte angestrengt, mich völlig ruhig zu verhalten. Sie sprang tobend auf, rannte wie ein wilder Stier im Zimmer herum, riss sich an den Haaren. Sie war geladen wie eine Dynamitstange. Betty ging auf und ab, öffnete das Küchenfenster, dann schlug sie die Haustür hinter sich zu.

Ich schrie ihr hinterher, doch Regen und Abendverkehr verschluckten meine Stimme. An der nächsten Ecke holte ich sie ein. Sie bog in eine kleine dunkle Seitenstraße, sprang von einer Pfütze in die nächste. »Ich habe genug von deinen Macken!«, schrie ich sie an. Betty blieb steif an einem Zaun stehen, der Regen floss in Strömen, ihre Haare klebten wie nasses Papier an ihrem Kopf. Sie wirkte noch kleiner und schwächer, als sie es ohnehin schon war.

»Lass mich in Ruh!«, schrie sie mich an, ohne mich dabei anzusehen.

»Das habe ich lange genug gemacht, ich hab's satt! Hör zu! Khan ist ein Kranker, ein Psychotyp. Neben seinem Leben hat er auch deines fast zerstört.« Sie sah mich aus weitgeöffneten Augen an.

»Piss off!«, schrie sie und stampfte in die dunklen Pfützen. Und: »Aaaaaaaaaa«, brüllte sie, drehte sich wütend im Kreis – so hatte ich Betty noch nie erlebt. Sie verlor total die Beherrschung, trat mir gegen das Schienbein, und im nächsten Moment schlug sie mir voll ins Gesicht. Ich konnte kaum atmen und schlug im Reflex zurück, sie fiel auf den nassen Boden, blieb einen Moment geduckt in den Pfützen, es tat mir plötzlich leid. Ich versuchte sie hochzuheben, da biss sie mich in die Hand und zog mich zu Boden, ich schrie, wir rauften auf dem Boden, plötzlich hatte ich diese kleine Frau in den Armen, sie schlug, spuckte und zerkratzte mir das Gesicht, ich hielt ihre Arme fest und drückte sie an mich. Sie atmete heftig, zitterte am ganzen Körper, und im nächsten Moment fühlte ich ihren warmen nassen Hals, ihren Nacken an meinen Lippen, ich küsste sie sacht, sie erstarrte kurz in meiner Umarmung und rührte sich nicht. Als wäre ein Stromschlag durch sie gegangen. Langsam ließ ich ihre Arme los, und unsere Lippen berührten sich wie von einem Zauber geleitet, und wir küssten, küssten uns im Regen.

Am nächsten Tag erwachte ich mit Kopfschmerzen und steifem Nacken. Ich ging auf die Toilette und betrachtete mein Gesicht im Spiegel. Kratzer an Stirn und Hals, müde eingefallene Augen, mir war kalt, ich zitterte am ganzen Körper, mir war schlecht, ich wollte mich übergeben, doch es ging nicht. Ich konnte mich kaum auf den Beinen halten und kroch wieder ins Bett. Betty kam ins Zimmer, brachte eine Tasse Tee, doch ich bekam nichts hinunter.

Sie maß meine Temperatur, dann holte sie etwas aus ihrer Tasche, steckte mir eine Pille in den Mund, ich nickte ein. Es war hell, als ich wieder zu mir kam. Aus der Küche roch es nach Suppe. Ich hatte Durst. »Betty«, rief ich kraftlos. Sie brachte mir Wasser, wechselte meine Decke, gab mir Medizin, und ich schlief wieder ein, und das ging so bis zum nächsten Tag.

Am Morgen wachte ich auf und verspürte Hunger. Früchte, Säfte, leichte Kost, darauf hatte ich Appetit.

Wenn man krank ist, spürt man erst, wie wichtig es ist, einen Partner zu haben, auf den man sich verlassen kann. Hier in London hatte ich keine Verwandten, Bekannten oder Eltern. Eigentlich war ich ganz auf mich allein gestellt.

Beim Essen erzählte Betty von ihrer Familie. Sie meinte, das mit ihrem Vater und der Scheidung – daran sei einzig und allein der Krieg schuld. Hätte ihr Großvater bei der Familie gelebt und die Söhne erzogen, dann hätte ihr Vater ein männliches Vorbild gehabt.

Ihr Großvater war an der Front gewesen, die Großmutter hatte sich mit zwei kleinen Söhnen allein durchgeschlagen. Als der Krieg zu Ende war und der Großvater nicht kam, da hat die Großmutter was mit anderen Männern gehabt. Flüchtig. Und dann kam eines Tages der Vater zurück, wie ein Fremder aus einer anderen Welt saß er da am Küchentisch. Er war da und doch irgendwie nicht. Dann begann er zu trinken und hatte über Jahre eine Geliebte. Und in all diesem Gefühlschaos wuchs Bettys Vater auf. Auch er ließ oft seine Familie allein, alles lastete auf den Schultern der Frau. »Das war eine Bürde, die sich von Vater auf Sohn übertrug«, stellte Betty nüchtern fest. »Was glaubst du, warum sich so viele Paare in den siebziger, achtziger Jahren scheiden ließen? Das war der Mist von dreißig, vierzig Jahren, der immer weitergegeben wurde und von dem die Leute sich nicht befreien konnten, erst jetzt …« Plötzlich klingelte das Telefon und unterbrach unser Gespräch. Betty ging ran. Sie sprach mit ihrer Mutter. Ich trank meinen Saft aus und dachte, vielleicht war es ja die Immigration, die meine Eltern auseinandergebracht hatte, ich meine, wären meine Eltern in Istanbul geblieben, dann hätten sie kein Pendlerleben gehabt und wären sich nicht so fremd geworden, vielleicht wäre alles anders, besser zwischen ihnen gewesen.

Inwieweit beeinflussten die Umstände wohl die Vergangenheit? Das Zusammenleben von Ehepaaren? Familien? Inwieweit? Fragen, auf die ich keine Antwort wusste.

Am folgenden Samstag blieb Betty den ganzen Vormittag in ihrem Zimmer, sie hatte sich wie ein verletztes Tier in ihre Höhle zurückgezogen. Ich machte die üblichen Besorgungen fürs Wochenende. Dann, am Nachmittag, kam sie mit verstrubbelten Haaren und verheulten roten Augen in die Küche, setzte Kaffee auf. Schweigen, sie mied meinen Blick und verschwand wieder in ihrem Zimmer, dann kam sie mit einem kleinen Plakat zurück, das sie an der Kühlschranktür anbrachte. LIEBE IST $C_4H_5CH\ (NH_3)\ CH_3$.

Leidenschaft? Aufregung? Sehnsucht? Romantik? Leiden? Drama? All das sollte in dieser Formel enthalten sein? Neee!

Ich hatte nie so über die Liebe nachgedacht. Für mich war Liebe eine Haltungssache: Ging sie wirklich verloren, dann war die einzige vernünftige Lösung, seine Haltung zu ändern, es so zu nehmen, wie es war. Im Nachhinein war das auch mein einziger Trost bei Hannah.

Betty hatte auch eine Definition für Beziehungen verfasst, die sie ebenfalls mit zwei Magneten an die Kühlschranktür geheftet hatte: *»Eine Partnerschaft bleibt nie so, wie sie einmal war. Unterschiede sind gut, Gemeinsamkeiten sind besser.«* Betty hatte Ahnung und Erfahrung genug, um so komplizierte Sachen auf den Punkt zu bringen. In dieser Zeit, glaube ich, brauchte sie solche Beschlüsse und Grundsätze, an denen sie sich festhalten konnte.

Ich nickte und strich mir dabei durch die lang gewordenen Haare; ein Friseurbesuch war notwendig. Jetzt am besten keinen Mucks, kein Intello-Gelaber von mir geben, dann konnte ich auch nicht in irgendeinen Gefühlssumpf geraten und steckenbleiben. Neee, Weiber liebten es, in Gefühlen herumzustochern, einen damit vollzulabern. Ich strich mir nochmals durch die Haare, bis ich merkte, wie Betty mich bis ins kleinste Detail beobachtete.

»Schneiden?«, fragte sie.

»Am liebsten ganz kurz«, antwortete ich überrascht und war froh über ihren Gedankensprung.

»Kann ich machen.«

»Du?«

»Traust es mir nicht zu?«

»Doch, doch, nur…?«

»Komm, setz dich hin!« Betty zog einen Stuhl in die Mitte der Küche und ging ins Bad, kam mit Handtuch, Spiegel, Kamm und Schere wieder. »Na, wird's bald!«, forderte sie mich in zackigem Ton auf.

Ich setzte mich langsam auf den Stuhl, und sie begann zu kämmen, zu schneiden. Dabei waren ihre Handgriffe schnell und sicher, sie hatte Übung. Hatte sie auch Khan die

Haare geschnitten? Ich schloss die Augen und überließ mich Bettys Künsten. Nach zwanzig Minuten drückte sie mir den Spiegel in die Hand und sah mich erwartungsvoll an. »Und?«

Schweigen. Stille.

»Na, sag schon!«, forderte sie mich ungeduldig auf.

»Es hat was«, sagte ich überrascht über das Ergebnis. Ich sah aus wie Howard Carpendale, mit stufiger Frisur. Meine Güte, so konnte ich doch nicht bei Ediz' Hochzeit erscheinen?

»So gefällst du mir viel besser«, meinte Betty.

Ich schwieg, lächelte und dachte, so fängt es an, wenn Weiber sich einen Mann zurechtbiegen wollen. Sie mischten sich in Kleider, Frisur und Rasierwasser und später in Hobbys ein, und Stück für Stück formten sie sich den Mann nach ihren Vorstellungen.

Als das Telefon in der Früh klingelte, weckte es mich aus einem unruhigen Schlaf, mein erster Gedanke: Hannah! Doch es war Mama, die einige Bestellungen für die Hochzeit durchgab, die ich von Harrods mitbringen sollte. Meine Güte, die Hochzeit stand vor der Tür, und ich hatte noch nichts organisiert! Ich rief Kazim an, regelte einiges im Vorfeld, da er mit Sukjeet und der kleinen Rana auch nach Istanbul flog und bei der Hochzeit mit dabei war.

Rana sollte ihre türkischen Großeltern kennenlernen. Mein Flug ging zwei Tage früher als der von Kazim, deshalb nahm ich zwei seiner Koffer mit, da ich kaum Gepäck hatte.

Kazim wollte die Grundstücke seiner Eltern in Istanbul verkaufen und das Geld in den Coffee Shop investieren.

Im Herbst sollte die Eröffnung von ›Cafe El Turco‹ sein, das war der Name seines Ladens, und er hatte auch schon ein Logo dafür entworfen: Dunkelbraune Kaffeebohnen im Hintergrund und einen roten Fes dazu, ja in diesen warmen Farben wollte er die gesamte Einrichtung und Dekoration des Ladens halten. Er meinte: »Wärme und Gemütlichkeit – damit kann man Londoner zu Kaffeetrinkern machen.«

25

Istanbul

Eine dunstige Schwüle hatte sich über das Häusermeer der Stadt gelegt, aus dem sich spitze Minarette in den Himmel erhoben. Betonbauten erstreckten sich wie ein grauer Teppich entlang der Meeresküste, bis an die angrenzenden Dörfer und Wälder, die im Nu von diesem Riesen Istanbul verschluckt werden konnten. Vor der Landung checkte ich, wie viele grüne Flecken auf den Hügeln der Stadt noch übriggeblieben waren. Für mich war dieses verbliebene Grün wie eine heimliche Statistik über den Zuwachs von Geburten, Gräbern und dem Ganzen in dieser gigantischen Stadt, die locker London und Berlin in sich aufnehmen konnte.

Am Flughafen war ein Kommen und Gehen, wie auf dem Grand Bazaar. Draußen brummten Taxis, und am Ausgang warteten Hunderte von dunkelhaarigen, dunkeläugigen Anatoliern auf die Ankunft ihrer Kinder und Verwandten aus dem Westen. Diese neugierigen Gesichter musterten Gepäck, Kleider, Schuhe und Taschen der ankommenden Fluggäste immer aufs Genaueste, als kämen sie von einem anderen Planeten, und jedes Mal wieder überkam mich ein befremdendes Gefühl, als würde ich jetzt eine andere Welt, einen anderen Kontinent betreten, weit weg von der Berliner Ordnung und der coolen Londoner Distanz.

Ich öffnete die oberen Knöpfe meines Hemdes, wischte mir den Schweiß von Stirn und Hals und wartete auf meinen Bruder Ediz. Er kam spät, es war Stau auf der Autobahn, willkommen in Istanbul!

Ediz war kräftiger und voller geworden. Er hatte die Haare mit Gel streng nach hinten gekämmt. Der weiße Sommeranzug stand ihm gut, wahrscheinlich übte er sich schon als Bräutigam. Wir umarmten uns, klopften uns auf den Rücken, sprangen in ein Taxi und fuhren am Marmarameer entlang, vorbei an unzähligen kleinen Cafes und Teehäusern, die sich langsam fürs Wochenende rausputzten. Ich kurbelte das Taxifenster herunter, kühler Meerwind wehte mir durch das Haar, von weitem hörte ich den Muezzin zum Gebet rufen, ich atmete tief durch und war froh, wieder in meinem alten chaotischen Istanbul zu sein.

Unterwegs erzählte mir Ediz, dass er von Boston nach Istanbul umziehen und mit einigen Jungs aus unserer alten Schule hier eine Brokerfirma aufziehen werde, denn Boston war doch nichts für ihn. Es war schön anzuschauen, aber dabei blieb es. Mit seinen alten Kumpels aus der Deutschen Schule hatte Ediz eines gemeinsam: Dollar, Dollar und noch mehr Dollar, sonst nichts. Eigentlich sehr einfache und klare Ziele.

Nach der Kurve, an den dicken Mauern des Topkapi-Palastes, stießen wir auf den Feierabendverkehr am Sirkeci-Bahnhof. Hier wurde gedrängelt, gewühlt, gehupt, und unser Taxifahrer schrie und schimpfte mit ... Während all dessen schaute ich ruhig auf die andere Seite des Wassers nach Galata, das von der Abendsonne sanft und gelb schimmernd eingehüllt war. Der Galataturm ragte elegant aus dem Häusermeer heraus, und für einen Moment hatte ich den Eindruck, als würde er leicht hin und her schwanken und so sein Missfallen über dieses allabendliche Chaos zum Ausdruck bringen. Schließlich waren am Galataturm Kriege, Brände, Schlachten und Erdbeben vorbeigegangen, und über Jahrhunderte hinweg war Istanbul ein Triumph über die Einseitigkeit gewesen. Deshalb ärgerten mich westliche Fernsehberichte, die immer das Gleiche zeigten: fremd klingende Namen, Begriffe, alles kurz und knapp mit ein paar Bildern. Ich konnte dieses Klischee von der Brückenfunktion Istanbuls nicht mehr hören, diese Märchen, Mythen und Aladin-Zauberwelten … Ehrlich gesagt, ging mir dieses Karl-May-Hadschi-Halef-Omar-Ben-Hadschi-Abul-Abbas-Ibn-Hadschi-Davud-al-Gossarah-Halbwissen ziemlich auf den Senkel! Ich meine, es gab doch so viele Unterschiede und Besonderheiten, wie zum Beispiel eine Szene auf einer Istanbuler Straße. Offen gesagt, ging es mir auch ziemlich auf den Keks, dass jeder dahergelaufene Tom, Dick und Harry etwas über Istanbuls Geographie, Skyline, Bordelle zu sagen hatte. Also, damit es ein für alle Mal klar war: Wir alle wissen aus dem Geographieunterricht, dass Istanbul die einzige Stadt auf der Welt ist, die zwei Kontinente verbindet. Istanbul liegt am Bosporus, umfasst das Goldene Horn (ein natürlicher Hafen). Ja, genau, Istanbul ist ein *melting pot* der Gegensätze, die Istanbul-Brücke ist ein abgedroschenes Bild für *East meets West,* ja, Istanbul ist wie ein dichtgeknüpfter Teppich … und so weiter und so weiter. Nein, es gibt überhaupt kein Pardon dafür, dass uns in jedem Reiseführer dieses Klischee zum x-ten Mal nochmals verkauft und aufgeschwatzt wird. *Sorry, no excuse!*

An der Tür empfing mich der halbe Kazan-Clan mit lauter Begrüßung, Schmatzern und großer Freude. Ich versuchte ruhig und gelassen zu bleiben, denn wenn wir Kazans zusammenkamen, dann war eines klar: Entweder wir stritten uns furchtbar und explodierten wie Dynamit, oder wir fielen uns um den Hals und brachen in Tränen aus. Wir waren so programmiert. Ich blieb cool.

Mama lief hektisch umher, gab Anweisungen fürs Abendessen, meine Cousinen hatten die Küche belagert, es köchelte und dampfte aus den Töpfen.

Ediz war ständig am Telefon, da er sich um die Unterbringung seiner Schwiegereltern und Braut kümmern musste. Es war ein Kommen und Gehen in unserer Wohnung, so dass ich für einen Moment in mein altes Zimmer flüchtete und tief durchatmen musste. Zu meiner Überraschung saß meine Tante Ceyda still an meinem Schreibtisch und polierte altes Silber. Na endlich, Mama hatte das Silberbesteck ausgepackt, das sie auf dem Flohmarkt in Berlin gekauft hatte. Für besondere Anlässe. Meine Beschneidung, etliche Geburtstage und viele Zuckerfeste waren ins Land gegangen, nichts davon war für Mama festlich genug, sie wartete immer noch auf DEN feierlichen, bedeutungsvollen Anlass, nun war er endlich eingetreten. Jetzt lagen die Messer, Gabeln und Löffel auf dem Tisch und blitzten neben dem Poliertuch.

Tante Ceyda gab mir zwei Kissen, die ich mir in den Nacken legte, und ich streckte mich auf dem Bett aus.

Sie setzte sich mir gegenüber, schlug die Beine übereinander und schaute mich erwartungsvoll an. Tante Ceyda hatte eine top Figur und sehr lange Beine, was für türkische

Frauen ihres Alters ungewöhnlich war. Überhaupt war sie eine ungewöhnliche Frau, eine Schönheit wie aus den vierziger Jahren, und so verhielt sie sich auch. Es war, als wäre Tante Ceyda über die fünfziger, sechziger, siebziger und achtziger Jahre rüber in die neunziger gesprungen, hätte ihr Make-up, die Kleider und Frisur aus dieser Zeit einfach beibehalten und sich ins Zeitalter von Rap und Techno verirrt.

Natürlich fragte mich Tante Ceyda nach meinen Zukunftsplänen, nach Hochzeit und Beruf. Ich wich ihr aus, witzelte und versuchte alles im Vagen zu lassen.

»Als ältester Sohn der Familie hättest du als Erster heiraten müssen. Lenke deine Zukunft in richtige Bahnen! Schau mich an, ich habe nicht geheiratet, keine Kinder, immer alles verschoben – und jetzt? Zu spät!«, erklärte sie warnend. Ich schwieg, sie schwieg, dann gähnte ich und schloss die Augen, in der Hoffnung, sie würde endlich Ruhe geben. Sie begann wieder das Besteck zu polieren.

Der Kazan-Clan war neugierig auf die Schwiegereltern von Ediz. Sie wurden zum Abendessen erwartet. Als es an der Tür klingelte, blickten alle gespannt Richtung Eingangstür.

Ein kleiner runder Mann und eine kleine runde Frau traten in hellen Shalwar Kamiz ein, hinter ihnen eine junge Frau mit einer Brille in Pink und Grün. Alle drei trugen traditionelle indische Kleidung, was meine Cousinen, Onkel und Tanten überraschte, da sie eine junge Braut aus den USA erwartet hatten. Nun standen die drei, gekleidet wie in einem Märchen, vor ihnen.

Mama lächelte und begrüßte die Gäste herzlich. Olle Ediz musste den Vorstellungspart übernehmen und switchte ständig vom Englischen ins Türkische. Er schien in der Rolle des zukünftigen Schwiegersohns voll aufzugehen. Den Gästen wurde Kolonya* und Lokum** gereicht, und meine Tante Ceyda tauschte auf *Turko-English* Höflichkeiten aus und erklärte nochmals den Gästen die Verwandtschaftsverhältnisse meiner anwesenden Cousins, Tanten und Onkel *en détail.* Ich musste öfter zum Übersetzen einspringen.

Wir setzten uns an den Esstisch, Mama geriet ins Schwitzen, da meine Cousinen fälschlicherweise das normale Besteck auf den Tisch gelegt und ihr kostbares Silberbesteck in der Schublade vergessen hatten. Mama fächelte sich mit der Serviette den Ärger aus dem Gesicht, lächelte verlegen und killte meine Cousinen mit ihrem Blick.

Es wurde serviert, dabei erklärte meine gesprächige Tante Ceyda die verschiedenen Gerichte und meinte, dass die zukünftige Braut natürlich türkisch kochen lernen müsse. Ayscha lächelte, blickte verlegen Ediz an, der nickte kurz beruhigend und gab ihr zu verstehen, dass sie all das nicht wörtlich nehmen solle.

Während gegessen, geredet und gelacht wurde, sah ich mir Ayscha genauer an. Sie war eine kleine, drahtige Frau, die mit ihrer Brille wie ein kleines Schulmädchen wirkte. Sie hatte große braune Augen und kräftige schwarze Haare, die sie mit einem tiefen Seitenscheitel trug und alle zwei Sekunden hinter ihr Ohr zu klemmen versuchte. Ehrlich

* Traditionell: türkisches Eau de Toilette
** Türkischer Honig

gesagt, erschien mir Ayscha wie eine dieser unscheinbaren Frauen, die es faustdick hinter den Ohren haben. Denn obwohl sie zerbrechlich wirkte, hatte ihre Stimme einen festen, toughen Ton, der mich sofort aufhorchen ließ. Ich ahnte schon, was auf meinen Bruder zukam. Eine Frau, die später den ganzen Haushalt und die Kinder im Griff hatte und wenig Entfaltungsraum für den Ehemann zuließ. Ich schwieg, lächelte sie an, hoffte auf die Wirkung meiner Grübchen und dachte, von der kannst du noch was lernen.

Ayschas Eltern waren ruhige Leute, die jetzt ihr fünftes Kind unter die Haube brachten und somit schon viel Erfahrung damit hatten, wie man mit Hochzeiten, Gästen und der ganzen Aufregung umging. Für Mama hingegen war alles neu und unübersichtlich. Sie war total aufgedreht.

»Wir heiraten zweimal«, sagte Ediz und lächelte seine Zukünftige an.

»Ach ja?«, fragte Tante Ceyda überrascht.

»Hmmh, in Istanbul und in Boston.«

»Doppelt hält besser«, bemerkte ich spitz. Ediz verdrehte die Augen. »Ayschas Geschwister und Onkel landen morgen in Istanbul, und Baba wird zur Hochzeit in Amerika sein«, erklärte er stolz.

Aha, so hatten sie das also organisiert. Für die Hochzeit in Istanbul war Mama zuständig, und die in Boston war Babas Aufgabe, somit wurde eine Begegnung der beiden vermieden, Konflikt entschärft. Keine schlechte Idee.

Nachdem der Muezzin zum Nachtgebet gerufen hatte, verabschiedeten sich die Gäste, denn für den nächsten Tag stand ein volles Programm bevor. Mama reichte Geschenke an Ayschas Eltern, die sie freudig entgegennahmen. Sie hatte tief in die Tasche gegriffen und bezahlte alle Ausgaben für die Hochzeit, sie wollte wahrscheinlich vor dem Kazan-Clan glänzen und somit Baba übertrumpfen, der die Hochzeit in Amerika ausrichtete. Nach alter Tradition war die Familie des Bräutigams zuständig für alle diese Ausgaben.

Die nächsten zwei Tage waren gefüllt mit Istanbul-Touren, Einkäufen im Grand Bazaar, Besorgungen und Hinundherfahren in der Stadt.

Für die Hochzeit hatte Mama ein Bankett in einem Hotel arrangiert. Es war ein großer Raum für Hunderte von Gästen mit dekorierten Tischen und Stühlen, einer Terrasse und einem riesigen Kronleuchter, der alles feierlich blitzen ließ.

Ein kühler Abendwind wehte über die Terrasse, in der Ferne leuchteten Istanbuls Lichter wie unzählige kleine Edelsteine.

Die Band spielte ein softes Stück, Gäste trudelten ein, Mama begrüßte sie, gab Anweisungen an den Oberkellner, tupfte sich immer wieder den Schweiß von der Stirn und versuchte den Überblick über den Ablauf des Abends zu behalten. Kazim und ich nahmen die Geschenke und Blumen entgegen, verstauten sie im Nebenraum, kümmerten uns um die Gäste und deren Wohlergehen.

Familien, nein, ganze Sippen, saßen an langen weißen Tischen. Alle Generationen waren vertreten. Männer in Anzügen, Krawatten und goldbehängte Frauen im neuesten Chic.

Die Familienmitglieder von Ayscha waren herausgeputzt wie für eine Hochzeit in Jaipur oder Karachi. Ediz und Ayscha strahlten ganz in Weiß an einem dekorierten Podesttisch. Beide lächelten übers ganze Gesicht und schienen glücklich zu sein.

Kellner brachten Raki nicht im Glas, sondern stellten gleich die Flaschen hin. Sie servierten Kebabplatten, Mezes, Salate, Melonen; Wein- und Wasserflaschen türmten sich auf den Tischen.

Die Band schmetterte ein Çifte Telli mit elektrischer Orgel und Gitarre. Ein junger Mann steuerte auf das Mikrofon zu. Die Ansage war zuerst auf Türkisch und dann auf Englisch.

Die Band spielte zum Tanz auf. Kleine Mädchen in Samtkleidern und Lackschuhen sprangen und hopsten über das Parkett. Die Erwachsenen verhielten sich noch zurückhaltend. Plötzlich ging der Kronleuchter aus, und nun hüpften die Kinder im Geflacker von bunten Spots auf der Tanzfläche. Das Ganze kam mir vor wie eine Kombination aus Bankettsaal, Disco und kinderfreundlichem Nachtclub.

Die Band setzte neu an, ein Sänger lief unruhig auf dem Podium auf und ab, wand das Mikrokabel wie eine zahme Schlange um sein Handgelenk und schob sich das Mikrofon zur Hälfte in den weit geöffneten Mund. Ein explosiver Ausbruch an Vitalität, Energie und hinreißendem Gesang. Einige der älteren Herrschaften begleiteten das Ganze mit zartem Fingerklopfen auf weichen Handflächen. Männer tranken Raki, Frauen schwangen die Hüften. Dann forderte der Sänger das Brautpaar zum Tanz auf, und mit ihnen füllte sich die gesamte Tanzfläche. Laserstrahlen schweiften farbenfroh durcheinander.

Eine große silberne Kugel drehte sich im Kreis und warf

flackernde Lichter über die Köpfe der wie in Trance zappelnden Menschen.

Mitternacht. Die Kinder waren immer noch zahlreich, lebhaft und die Tanzfreude ungebrochen. Nebenan wurden immer noch Platten mit Cigköfte*, Salat und Obst aufgefahren, obwohl die Gäste längst matt in ihren Stühlen hingen. Ein Violinist und ein Sänger schweiften umher, und sie verweilten an Tischen, wo man ihnen Dollar- und Lira-Noten zusteckte.

Die Band machte eine Pause. Ich ging mit den Gästen auf die kühle Terrasse, genoss die weite Aussicht, Istanbuls Lichter flackerten und glänzten in der Ferne, Männer wischten sich über die Schnurrbärte, lockerten ihre Krawatten, Frauen tranken Tee im Glas.

An der Bar vor all den Whisky-, Wodka- und Martiniflaschen saß Tante Ceyda neben Mr. Fawzi auf einem Barhocker, es war merkwürdig, sie dort sitzen zu sehen. Ich gesellte mich zu ihr. Sie streckte sich im engen Kleid, und ihre schlanken Beine kamen zum Vorschein. Mit ihrer langen Zigarettenspitze wirkte sie wie eine Filmdiva aus einem alten Hollywoodfilm. Jetzt blies sie erhobenen Hauptes den Rauch in die Nachtluft und unterhielt sich mit dem Onkel der Braut im hellen Anzug, mit glänzender Brillantine im Haar.

»Bislang stand Indien für Yoga, Gandhi und Nirvana. Nun aber haben indische Firmen Marken kreiert … Die Uhr tickt jetzt anders auf dem Subkontinent, nicht wahr?«,

* Köftegericht

stellte Tante Ceyda wie eine Wirtschaftsexpertin fest und forderte mich auf, es für sie zu übersetzen. Mr. Fawzi nickte lächelnd, nahm einen Pappdeckel, schrieb etwas darauf und reichte es ihr. *»An Indian who earns money in India is a winner, an Indian who earns money overseas is a hero«,* las ich ihr laut vor. Beide lachten und leerten ihre Gläser in einem Zug. Seit wann hatte Tante Ceyda Ahnung von Indien? Wollte sie Eindruck auf diesen Mr. Fawzi machen? Wahrscheinlich widerstand sie seinem sprühenden Charme nicht und flirtete ganz ungeniert vor allen Gästen. Tante Ceyda!

Die Band spielte gerade einen flotten Beat, und plötzlich hatte ich Lust zu tanzen, ich packte Tante Ceyda an den Händen, drehte einige Runden mit ihr, sie bekam einen Lachanfall, dann tanzte und steppte ich Richtung klein Rana, die hellwach in Sukjeets Armen lag und alles beobachtete. Ich nahm sie auf den Schoß, hielt sie unter den Achseln fest und schaukelte sie leicht zum Takt der Musik hin und her. Kazim und Sukjeet fegten übers Parkett, und klein Rana stieß ein Jauchzen aus, als sie ihre Eltern in der Menge sichtete. Sie brabbelte, jauchzte und rockte und steckte mich an, ich jauchzte, schrie und pfiff mit. Die Musik setzte zu einem neuen Song an, *»Dile … dile …«*, hauchte ein sanfter Tenor, ich lehnte mich zurück und dachte, wenn Rana mal groß ist, erzähle ich ihr die Geschichte von ihrem Onkel Hasan, von Ediz, von ihrem Baba, der Berliner Mauer, vom Keep-up-a-Kebap, von den Fischern der Galata-Brücke, von den Familien in Jaipur und Istanbul, von zwei alten Kulturen und Familien, die sich auf einer Insel im Atlantik zu einer neuen Familie verbündeten und solche kleinen, süßen und rockigen Ranas in die Welt setzten. Viele, viele andere Geschichten, ja, das werde ich ihr einmal erzählen...

26

Notting Hill Carnival

Rückflug: Das Flugzeug war für mich der schönste Wartesaal der Welt. Es war die Abwesenheit von allem, was störte. Ich lebte in einer Zwischenzeit, und das hatte etwas Unbekümmertes, was mich in mir selbst ruhen ließ. Ein kleines Lächeln huschte über mein Gesicht, und ich ließ alles vor meinen Augen Revue passieren: mein Leben in den Höhen und Tiefen einer Sinuskurve. Einige Sachen prallten aufeinander, manches brach ein, einiges änderte sich für immer. London schüttelte mich und schlug mir ab und zu gegen die Rippen, so dass ich mich erneuern musste. Nur wie?

Ich war sprunghaft und überließ mein Leben gern dem Zufall.

Genial war ich nicht, brauchte ich auch nicht zu sein. Beharrlich, ausdauernd musste ich werden. Jedenfalls war alles besser als Wankelmut und Unentschlossenheit. Schließlich musste jeder Erfolg erkämpft werden, und meine Zukunft gestaltete sich nach meiner Entschlossenheit. Auf keinen Fall wollte ich zu den Typen gehören, die keine Dramaturgie, keinen roten Faden, null Witz und Charme in ihrem Leben hatten. Ich musste mir meine Chancen selber schaffen, das war die einzige Chance, auf die ich mich verlassen konnte!

Bei meiner Ankunft in Lavender Hill fand ich ein langes Faxpapier, das sich wie eine königliche Depesche zusammengerollt hatte, so allein und still wartete es auf mich. Betty hatte es an der Kühlschranktür angebracht, bevor sie übers Wochenende mit Khan nach Bath gefahren war. Anscheinend hatte es zwischen den beiden wieder gefunkt.

»ON MY WAY TO LONDON: HANNAH«

Ich traute meinen Augen nicht. Was hatte das jetzt zu bedeuten? Wollte sie mich wiedersehen? Hannah, die mir im letzten Moment von ihren Plänen erzählte, die alles heimlich plante, ließ mich jetzt im Voraus wissen, dass sie auf dem Weg nach London war? »Ha, ha, ha!«, spottete der Zyniker in mir, »hurra, hurra«, jauchzte der Liebende. »Rache, gib es ihr«, knirschte der Nachtragende. Es verwirrte mich, wühlte mich auf, alles war diffus in meinem Kopf, denn die Sache mit Hannah hatte ich die ganze Zeit wie Restmünzen im Portemonnaie mit mir herumgetragen, es grummelte in mir, wenn ich an sie dachte. »Schwamm drüber!«, sagte der Lockere, »nimm alles so, wie es kommt«, und das gefiel mir am besten.

Der August war warm und ungewohnt schwül. Ich zog T-Shirt, Jeans und Turnschuhe an, fühlte mich leicht, hatte einen schnelleren Gang als sonst, sprang über mehrere Treppenstufen, dabei hatte ich das Gefühl, ich würde gleiten, nein fliegen. Ja, genau, fliegen, springen, hüpfen... Ich hatte so viel Elan und Power und wusste nicht, wohin damit? Deshalb ging ich zur Portobello Road, wo der Notting-Hill-Karneval in vollem Gang war.

Einmal im Jahr hieß die Devise in London: *»Black sells«.* Schwarze kamen auf das Titelblatt von liberalen Zeitungen.

Die einzige Farbe, die in London zählte, war das Grün der Pfundscheine, und solange das Establishment damit Geld verdienen konnte, war die Hautfarbe egal.

In Portobello kamen Rhythmen, Beats und Songs aus den Cafes und Pubs, da liefen einem die Füße davon. Die DJs mischten Club Sounds, House, Dub, Techno, Achtziger Disco, Funk und sogar Rock, und solche Mischungen brachten mein Blut zum Wallen. Grandiose Sounddimension, einfach kongenial!

Am Straßenrand saßen Rastas, Freaks mit Bierdosen, schwatzten, hörten Musik und schnipsten mit den Fingern. Sie alle waren entschlossen, den Karneval bis in die frühen Morgenstunden durchzujammen. Yeahy, yeahy, yeahy …

An einer Ecke mischte ich mich unter den Strom der Menschen, die Samba tanzten, ein ganzer Zug von schlanken braunen *girlies,* in knallengen Shorts, mit bunten Federtops und langen Stiefeln. Einige der *girlies* hatten Tücher um die Haare zu Turbanen gebunden, dazu trugen sie große Ohrringe, sie streckten ihre langen Hälse wie Gazellen hoch, und ihre feinen Schlüsselbeine kamen zum Vorschein. Für mich ein Augenschmaus.

Später, als ich aufgeregt und durstig den Strom verließ, sah ich Ron! Er strahlte übers ganze Gesicht, schloss die Augen und spielte sich die Finger auf den Trommeln wund.

Sein Beat jagte durch den dichten Karneval-Dschungel. Reiner Wahnsinn! Ich stand da, kopfnickend und fußwippend. Ron benötigte gerade mal drei Minuten, dann hatte er den Leuten schon die Füße weggezogen und sie in wüste

Träume und Bilder fallen lassen. Gewitterwolken über dichtem Großstadtdschungel.

Ich stürzte mich in den dahinströmenden Karnevalszug, tanzte zu den Rhythmen der Calypso-Truppe. An der nächsten Ecke blieb ich stehen, lehnte mich an einen alten roten Briefkasten mit dem Wappen der *Royal Mail,* atmete tief aus und schloss die Augen.

Ich atmete ruhig, fühlte einen wohlig prickelnden Schauer auf der Haut und war froh, in London zu sein. Ich ließ mich treiben von diesem London der Bengalen, Rastas, Pakistani, Inder. Sie hatten Inseln, Wüsten, Berge hinter sich gelassen, hatten tiefe Flüsse und Ozeane überquert, um in diesem London der alten Backsteinhäuser, kleinen Straßen und engen Hintergärten eine neue Bleibe zu finden. In harter, zäher Arbeit hatten sie sich London Stück für Stück zur neuen Heimat gemacht. Ja, hier wollte ich bleiben und weiterkommen, schließlich wollte ich London immer noch erobern.

Ich spürte in jeder Pore, in jeder Zelle den heilsamen Strom dieser fetzigen Musik. London lebte, London pulsierte.

I close my eyes and listen to London, I close my eyes and listen to the beat, to the rhythm of the drums and tap my feet. I hear the opening of a can, and the giggling of a child. I close my eyes and listen to London.

I close my eyes and listen to London, I close my eyes and smell the barbecues from the next stall, the garlic and chili sauce,

I close my eyes and listen to London

I close my eyes and listen to the carnival…

Der Robert-Bosch-Stiftung danke ich ganz herzlich für das Arbeitsstipendium.

Ferner danke ich für ihre hilfreichen Kommentare und Kritiken folgenden Menschen: Cem Mete, Aviva Grinfeld, Osman Sevim, Dorothee Jabado, K. H. Zubrod, Bahadir Gökmen, Hildegard L. Ullmann, meiner Lektorin Ursula Baumhauer, dem Diogenes Team, den Anregungen von Daniel Keel und natürlich der Großzügigkeit von Miss Miriam Braby, Nasib Cheema, Shulay Erim und Can Erim (verstorben 2000), die meine Londoner Freunde und Familie waren. Merci!

Yadé Kara

Yadé Kara

Selam Berlin

Roman

Die Geschichte Hasans, neunzehn, der mit seiner Familie jahrelang zwischen Bosporus und Spree hin- und hergependelt ist und der am Tag des Mauerfalls beschließt, Istanbul zu verlassen und ganz nach Berlin zurückzukehren.
Er will mit dabei sein, wenn die große Berlin-Party steigt. Was noch keiner von ihnen weiß: Auch für Familie Kazan wird bald nichts mehr so wie früher sein.
Ein atemberaubend tragikomischer Roman voll farbigster Charaktere und Episoden aus Ost und West. Er handelt vom Erwachsenwerden, von Freundschaft, von der Suche nach der großen Liebe, von Verrat und Identität. Ein kosmopolitisches Buch, das Klischees aufzeigt und zerstört.

»Dynamisch, flippig, farbig, chaotisch. Yadé Kara hat vielleicht den Wende-Roman geschrieben, nach dem die Kritik seit langem ruft.«
Franziska Wolffheim / Brigitte, Hamburg

»Yadé Kara entlarvt deutsch-türkische Klischees mit Witz und Biss. Ein erfrischend anderer Blick auf die jüngere Geschichte – und ein tragikomischer Roman übers Erwachsenwerden.«
Uwe Baltner / Stuttgarter Nachrichten

»Stadtgeschichte mit wunderbar chaotischen Charakteren.« *Ira Panic / Hörzu, Hamburg*

Ausgezeichnet mit dem Adelbert-von-Chamisso-Förderpreis der Robert-Bosch-Stiftung

Deutscher Bücherpreis 2004 für das beste Debüt

Ivana Jeissing im Diogenes Verlag

Unsichtbar

Roman

Ist es ein Kompliment, wenn man mit einem berühmten Gemälde verglichen wird? Für Jane Terry ist es der Höhepunkt in einer jahrelangen Kette von Irritationen, die dazu geführt haben, dass auch sie, ganz der Tradition der Frauen in ihrer Familie folgend, unsichtbar geworden ist: Sie folgt dem Schicksal ihrer Mutter, einer ehrgeizigen Schattentaucherin, und dem ihrer Großmutter, einer begnadeten Totstellperfektionistin, und führt, im Unterschied zu ihrer Cousine, die eine erfolgreiche Verhaltensbiologin, Liebesexpertin und anpassungsfähige Chamäleondame geworden ist, ein Leben, das nur deshalb funktioniert, weil sie tut, was man von ihr verlangt oder erwartet. Doch die Protagonistin findet auf dem Weg in die Sichtbarkeit überraschend Helfer, vor allem den alten Fred, Besitzer eines nostalgischen Kinos in einer Seitenstraße des Kudamms. Seine »Revoltiermanege« und ein Strudel denkwürdiger Ereignisse rücken Jane schließlich ins rechte Licht.

»Gute Unterhaltungsromane sind gar nicht so häufig. Um so mehr sticht das Debüt *Unsichtbar* von Ivana Jeissing aus der Menge. Höchst amüsant.«
Claudia von Dehn / Hessische Allgemeine, Kassel

Felsenbrüter

Roman

So frei zu sein und unerschrocken zu schweben wie die Felsenbrüter ist Marthas Wunschvorstellung, und von nichts ist sie, verlassene Ehefrau Anfang vierzig, weiter entfernt. Ihre 70-jährige Großtante Maud nimmt sie ins Schlepptau und mit auf die kleine Kanalinsel

Sark, ein Vogelparadies, so grün und nass, dass »sogar die Hunde verheult aussehen«.
Maud ist alles andere als eine verständnisbereite Psychologin, ihr Lebenspartner ist das Teleskop, ihre Sehnsucht gilt dem Nachthimmel, den sterbenden Sternen und schwarzen Löchern. Mit dieser Reisegemeinschaft – Martha, die vor Selbstmitleid und Verzweiflung zerfließen will, und Maud, die alles in ganz anderen Dimensionen sieht – beginnt ein Abenteuer von einer subtilen Komik und befreienden Heilsamkeit.

»Ivana Jeissings Erzählstil ist eigenwillig, bildhaft, stark und unverwechselbar, er entfaltet beim Lesen eine poetische Kraft, die einen sofort gefangen nimmt.«
Jury, DeLiA-Literaturpreis 2008

Anthony McCarten im Diogenes Verlag

Anthony McCarten, geboren 1961 in New Plymouth/Neuseeland, schrieb als 25-Jähriger mit Stephen Sinclair *Ladies Night*, einen Theaterhit um vier Loser ohne Job und Liebesleben, die eine Männerstrip-Gruppe gründen; die unautorisierte Adaption *The Full Monty* wurde eine der weltweit erfolgreichsten Filmkomödien der 1990er Jahre. Seither schrieb McCarten weitere Theaterstücke, Drehbücher, Gedichte, Kurzgeschichten und Romane. Er lebt in Los Angeles, Wellington und im englischen Gloucestershire.

»Anthony McCarten hat die unglaubliche Gabe, Geschichten so aufzuschreiben, dass es einem das Herz zerreißt, während man über sein Einfälle, Sprüche und seinen unbesiegbaren Humor lacht.«
Annemarie Stoltenberg / Hamburger Abendblatt

»Anthony McCarten ist unter den literarischen Exporten aus Neuseeland einer der aufregendsten.«
International Herald Tribune, London

Superhero
Roman. Aus dem Englischen
von Manfred Allié und
Gabriele Kempf-Allié
Auch als Diogenes Hörbuch erschienen,
gelesen von Rufus Beck

Englischer Harem
Roman. Deutsch von Manfred Allie
und Gabriele Kempf-Allié
Auch als Diogenes Hörbuch erschienen,
gelesen von Rufus Beck

Hand aufs Herz
Roman. Deutsch von Manfred Allié
Auch als Diogenes Hörbuch erschienen,
gelesen von Rufus Beck

Jakob Arjouni im Diogenes Verlag

»Ein großer, phantastischer Schriftsteller, der genau und planvoll und lesbar schreibt.«
Maxim Biller / Tempo, Hamburg

»Seine Virtuosität, sein Humor, sein Gespür für Spannung sind ein Lichtblick in der Literatur jenseits des Rheins, die seit langem in den eisigen Sphären von Peter Handke gefangen ist.« *Actuel, Paris*

»Seine Texte haben Qualität. Sie sind ambitioniert, unaufdringlich-provokativ, höchst politisch.«
Barbara Müller-Vahl / General-Anzeiger, Bonn

»Arjouni weiß als Dramatiker genauso wie als Krimiautor, wie er Spannung erzielt, ohne platt zu wirken.«
Christian Peiseler / Rheinische Post, Düsseldorf

Happy birthday, Türke!
Ein Kayankaya-Roman
Auch als Diogenes Hörbuch erschienen, gelesen von Rufus Beck

Mehr Bier
Ein Kayankaya-Roman

Ein Mann, ein Mord
Ein Kayankaya-Roman
Auch als Diogenes Hörbuch erschienen, gelesen von Rufus Beck

Magic Hoffmann
Roman

Ein Freund
Geschichten
Daraus vier Geschichten auch als Diogenes Hörbuch erschienen: *Schwarze Serie,* gelesen von Gerd Wameling

Kismet
Ein Kayankaya-Roman

Idioten. Fünf Märchen

Hausaufgaben
Roman

Chez Max
Roman
Auch als Diogenes Hörbuch erschienen, gelesen von Jakob Arjouni

Der heilige Eddy
Roman
Auch als Diogenes Hörbuch erschienen, gelesen von Jakob Arjouni

Esmahan Aykol im Diogenes Verlag

Esmahan Aykol wurde 1970 in Edirne in der Türkei geboren. Während des Jurastudiums arbeitete sie als Journalistin für verschiedene türkische Zeitungen und Radiosender. Darauf folgte ein Intermezzo als Barkeeperin. Heute konzentriert sie sich aufs Schreiben. Sie ist Schöpferin der sympathischen Kati-Hirschel-Romane, von denen weitere in Planung sind. Esmahan Aykol lebt in Berlin und Istanbul.

»Wer von der Schwermut skandinavischer Krimiautoren genug hat, ist bei Esmahan Aykol an der richtigen Adresse: Nicht in Eis, Schnee und Regen, sondern unter der sengenden Sonne Istanbuls deckt ihre herzerfrischend sympathische Heldin Kati Hirschel Mord und Totschlag auf.« *Deutsche Presseagentur*

»Esmahan Aykol ist eine warmherzige, vor allem aber kenntnisreiche Schriftstellerin.«
Angela Gatterburg / Der Spiegel, Hamburg

Goodbye Istanbul
Roman. Aus dem Türkischen von
Antje Bauer

Die Fälle für Kati Hirschel:

Hotel Bosporus
Roman. Deutsch von Carl Koß

Bakschisch
Roman. Deutsch von Antje Bauer

Scheidung auf Türkisch
Roman. Deutsch von Antje Bauer